Über die Autorin:
Judith W. Taschler, 1970 in Linz geboren, ist im Mühlviertel aufgewachsen. Nach einem Auslandsaufenthalt und verschiedenen Jobs studierte sie Germanistik und Geschichte. Sie lebt mit ihrer Familie in Innsbruck und arbeitete jahrelang als Lehrerin. Mittlerweile ist sie freie Schriftstellerin und Drehbuchautorin. Für ihren Roman »Die Deutschlehrerin« gewann sie 2014 den renommierten Friedrich-Glauser-Preis.
Weitere Informationen unter www.jwtaschler.at.

JUDITH W. TASCHLER

Roman ohne U

ROMAN

Besuchen Sie uns im Internet:
www.droemer.de

Vollständige Taschenbuchausgabe Februar 2016
Droemer Taschenbuch
© 2014 Picus Verlag Ges.m.b.H., Wien
Ein Imprint der Verlagsgruppe
Droemer Knaur GmbH & Co. KG, München
Alle Rechte vorbehalten. Das Werk darf – auch teilweise –
nur mit Genehmigung des Verlags wiedergegeben werden.
Covergestaltung: NETWORK! Werbeagentur GmbH
Coverabbildung: inpicture/Mira
Satz: Dorothea Löcker, Wien
Druck und Bindung: CPI books GmbH, Leck
ISBN 978-3-426-30477-8

2 4 5 3 1

Für meine Familien, *alle*

Aber was hätte das für einen Wert?
Am Ende wird alles ganz einfach, alles,
was war und was hätte sein können.

Sándor Márai, Die Glut

NOVEMBER 2012: KATHARINA
DER UNGEBETENE GAST

Katharina saß mit ihren vier Kindern beim Abendessen, als der Gast zur Tür hereinkam.

Er hatte weder geklopft noch geläutet, er war einfach eingetreten, die Haustür stand ja stets offen, wurde nur in der Nacht abgesperrt. Er schloss leise die Küchentür und näherte sich langsam dem großen Esstisch. Katharina wusste sofort, wer er war und was er von ihr verlangen würde. Behäbig wirkte er und gleichzeitig autoritär, ein Mann, der gewohnt war, dass man sich ihm nicht widersetzte. Umständlich nahm er neben ihr Platz, ohne jemanden zu begrüßen. Katharina bedeutete ihm mit ihren Augen, er möge doch warten, bis die vier aufgestanden und in ihr Zimmer gegangen wären. Er ignorierte das und fing ohne Umschweife zu sprechen an, dabei sah er jedem Kind unverhohlen neugierig ins Gesicht.

Er erinnerte Katharina daran, dass Krieg war und die Eindringlinge mordend durch das Land zogen, ganze Familien grausam ausrottend. Vor den Augen der Eltern wurde jedes einzelne Kind gefoltert, bevor man ihm schließlich den erlösenden Tod gewährte. Zum Schluss wurden auch die Eltern getötet, indem man jedes Fenster, jede Tür von außen mit Brettern zunagelte und das Haus schließlich anzündete. Bald schon, sehr bald würden die Soldaten auch in dieses Dorf kommen und ein Gemetzel in jeder Familie anrichten.

Allein er könnte ihr helfen zu verhindern, dass ihre Kinder und sie selbst gefoltert und ermordet wurden. Er hatte gute Verbindungen zu den Soldaten und mit ihnen eine Verordnung ausgearbeitet: Jede Familie dürfe ein Kind opfern, dann würde der Rest verschont werden.

Sie müsse ihm nur den Namen eines ihrer Kinder nennen, dieses Kind würde er zu den Soldaten bringen und es würde schnell und schmerzlos sterben. Dafür aber werde keinem anderen auch nur ein Haar gekrümmt, kein Soldat werde seinen Fuß in das Haus setzen, das garantiere er mit seinem Namen. Katharina starrte ihn an. Nach den Erzählungen, die sie gehört hatte, hatte sie ihn sich anders vorgestellt, irgendwie größer, weißhaariger, strahlender. Schließlich zwang sie sich, den Blick abzuwenden, sie schaute in der vertrauten Küche herum, bevor sie sich ihm wieder zuwandte.

Der Mann lächelte sie gütig an und sagte: »Nennen Sie mir nur einen Namen und alles wird gut. Nur einen Namen und Sie können die anderen retten. Denken Sie an die gefolterten und getöteten Familien und Sie wissen, dass mein Angebot gnädig ist.«

Sie wusste, dass er wusste, was sie sagen würde, und sagte es trotzdem: »Ich gehe mit Ihnen.«

»Das geht leider nicht, es muss eines Ihrer Kinder sein«, antwortete er wie aus der Pistole geschossen, unentwegt lächelnd, »so lautet einfach das Gesetz.«

Die Kinder rührten sich nicht und starrten abwechselnd auf den Mann und auf ihre Mutter, dabei sagten sie kein Wort, Katharinas Gedanken überschlugen sich.

Ja, es war Krieg. Jeden Tag war Krieg.

Nur einen Namen sollte sie nennen und damit die anderen retten. Aber welchen Namen sollte sie aussprechen? Welches Kind verraten und dem Tod preisgeben? Denn es war Verrat, das stand fest, das Kind, das sie dem Mann mitgeben würde, war das, das sie am wenigsten liebte, so würden zumindest alle denken.

Sie wusste es, die Kinder wussten es, der Gast wusste es. Sie zermarterte sich ihr Gehirn, was sie tun sollte. Sollte sie einfach aufstehen und den mächtigen Mann hinauswerfen? Sie sah ihm an, dass er das nicht gewohnt war. Mit großer Genugtuung würde sie ihm »Du kannst mich mal mit deiner Gnade!« an den Kopf schmeißen.

Aber dann würde man ihren Kindern bei lebendigem Leib die Haut abziehen oder sie in siedend heißes Wasser werfen oder sie vierteilen. Sie stellte sich all diese schrecklichen Dinge bildhaft vor, sah beim Ankündigen der jeweiligen Foltermethode das verzweifelte Entsetzen in den Augen ihrer Kinder und hörte sie dann schreien, schreien, schreien. Einen Namen! Sie musste einen Namen sagen.

Ihre zwei Großen flehte sie mit den Augen an, einer von ihnen möge doch ihre Verzweiflung spüren und sich für die Familie opfern. Einer von beiden sollte mit ruhiger Stimme sagen: »Ich geh freiwillig, Mama.« Es hätte zu ihnen gepasst, sie waren doch immer die verständigen Großen, wenn es um die Kleinen ging. Doch sie taten es nicht, wie die zwei Jüngeren hingen sie mit weit aufgerissenen Augen an ihren Lippen: Welchen Namen würde sie sagen?

Einen Namen! Sie musste endlich einen Namen sagen! Welches von den Kindern würde ihr den Verrat verzeihen können, dachte sie, welches Kind könnte gehen und ihr dabei einen Blick zuwerfen, der sagte: Ich bin dir nicht böse. Gleichzeitig wusste sie, kein Kind würde das können. Sie würde ihn einfach schnell flüstern, den Namen, dann die Hände vor das Gesicht schlagen, um nicht zusehen zu müssen, wie das Kind abgeführt wurde. Unmöglich konnte sie ihm in die Augen schauen.

Die Geduld des Gastes war erschöpft, er befahl Katharina mit lauter Stimme: »Sie sagen mir sofort einen Namen!« Sie hatte einen auf der Zunge, konnte ihn aber nicht aussprechen.

Verzweifelt blickte sie in die Runde, streifte dabei Julius' leeren Stuhl und plötzlich durchzuckte es sie voller Zorn: Warum musste sie diese Entscheidung alleine treffen? Warum war ihr Mann nicht da und half ihr? Warum war er eigentlich nie bei seiner Familie?

In dem Moment hauchte sie – innerlich auf Julius wütend – einen Namen, wusste selbst nicht, welcher es war, doch der Gast schien es mit unbeirrbarer Sicherheit zu wissen, er stand auf und streckte seine Hand aus, wem streckte er sie entgegen?

NOVEMBER 2012: KATHARINA
EINSAMKEIT

Nachdem der ungebetene Besucher das fünfte Mal an Katharinas Tisch gesessen war, stand sie abrupt während des Essens auf, nahm ihr Handy und verschwand damit im Schlafzimmer. Die Kinder sahen ihr perplex nach. Sie rief ihre Freundin Doris an und fragte sie, ob sie Lust hätte, spontan mit ihr nach Linz zu fahren, ins Kino zu gehen und eventuell anschließend noch irgendwo etwas zu trinken. Doris bedauerte, sie war verkühlt, auch Sabine konnte nicht, die kleine Tochter war krank. Katharina warf sich stöhnend auf das Bett.

Sie überlegte, ob sie sich an den Computer setzen sollte, um an der Biografie von Frau Hausmann weiterzuarbeiten, oder ob sie alleine fahren sollte. Sie entschied sich, alleine zu fahren. Sie zog ihre Jeans aus, schlüpfte in eine helle Hose, zog ein elegantes schwarzes Oberteil an und hohe Schuhe. Im Badezimmer rollte die sechsjährige Luisa mit den Augen, als sie sich auffälliger als sonst schminkte und die Haare hochsteckte.

Im dunklen, zugigen Kinosaal fröstelte sie die ganze Zeit. Rings um sie herum saßen nur Pärchen oder befreundete Leute und sie fühlte sich so einsam wie noch nie. Ein älteres Paar, sie schätzte die beiden auf an die siebzig, saß ein paar Stühle weiter, der Mann hatte den Arm um die Schulter der Frau gelegt. Katharina konnte die Augen nicht von den beiden lassen, immer schon hatten sie alte, verliebte Menschen mehr beeindruckt als junge Pärchen, die giggelnd Hand in Hand gingen. Sie wünschte sich, Julius säße neben ihr.

Früher, als die Kinder noch kleiner gewesen waren, war sie

oft alleine in die Stadt gefahren und ins Kino gegangen, es war wie eine Art Flucht vor dem eigenen Leben gewesen, nie hatte sie sich dabei einsam gefühlt, im Gegenteil, sie hatte es genossen: Man taucht in eine fremde Geschichte ein, betäubt sich mit ihr und vergisst zumindest für zwei Stunden die eigene. Sie war jahrelang lieber alleine ins Kino gegangen, als in den Familienurlaub zu fahren, keinem hatte sie je davon erzählt. Sie war überzeugt davon, sie hätte von ihren Bekannten nur Unverständnis geerntet. Zu jedem Kindergarten- oder Schulbeginn wurden die Wochen am Meer, in einer fremden Stadt oder in einer exotischen Landschaft enthusiastisch als so erholsam, entzückend, bezaubernd beschrieben, und lange Zeit fragte sie sich, ob den Leuten der Urlaub wirklich so gut gefallen hatte oder ob es nur das übliche Spiel war, nämlich die subtile Demonstration, wer hier der Interessantere, der Aufgeschlossenere war und vor allem wer sich mehr leisten konnte. Sie war lieber im dunklen Kino gesessen: Mit den großen Bildern vor sich auf der Leinwand war der Alltag weit weg. Um halb sechs Uhr früh mit einem oder sogar zwei Kleinkindern an der Hand im Hotelgang herumtapsend, ständig mit dem Zeigefinger an den Lippen und »sch-scht« flüsternd, da wog der Alltag doppelt so schwer.

An diesem Abend nahm die Einsamkeit von ihrem ganzen Körper Besitz. Unentwegt zitterte sie vor Kälte, sie hatte Bauchschmerzen, der Kopf dröhnte, die Beine waren schwer. In einer Bar saß sie auf einem hohen Barhocker, nippte an ihrem Cocktail und fühlte sich von den meisten Leuten beobachtet, der Barkeeper flirtete mit ihr und aus Dankbarkeit trank sie zu viel. Bei der Heimfahrt stierte sie vornübergebeugt und konzentriert aus der Windschutzscheibe. Ein Reh huschte über die Straße, sie konnte gerade noch rechtzeitig bremsen. Dann begann sie plötzlich heftig zu weinen und musste anhalten.

Schluchzend und schlotternd umklammerte sie das Lenkrad und konnte sich kaum beruhigen.

Am nächsten Morgen fasste sie beim Aufwachen den Entschluss.

Nach dem Frühstück verließen die Kinder nacheinander das Haus. Katharina warf ein paar Sachen in einen kleinen Koffer und ging dann zu Arthur und Olga hinüber.

»Willst du Kaffee?«, fragte Olga mit ihrem starken Akzent, den die Kinder so lustig fanden und stets nachahmten.

Katharina bejahte. Arthur kam dazu, zu dritt saßen sie am Küchentisch und frühstückten.

»Ich wollte euch um was bitten«, sagte Katharina.

»Wir passen gern auf die Kinder auf«, sagte Olga.

»Na, wo drückt der Schuh?«, fragte Arthur freundlich.

Arthur, Katharinas Schwiegervater, war zweiundsiebzig, er hatte im selben Haus eine Wohnung mit eigenem Eingang. Vor einem halben Jahr hatte er sich die Hüfte gebrochen und seither wohnten abwechselnd Olga und Mascha, zwei Pflegerinnen aus der Slowakei, bei ihm und kümmerten sich um alles. Der Hauptgrund, warum Arthur eine Pflegerin haben wollte, war nicht so sehr seine eigene Eingeschränktheit gewesen, sondern die Tatsache, dass er Katharina bei den Kindern, im Haus und im Garten nicht mehr unterstützen konnte. Von Anfang an vereinbarte er mit beiden Pflegerinnen einen höheren Lohn als vorgesehen dafür, dass sie nicht nur für ihn zuständig waren, sondern gelegentlich bei Katharina einspringen mussten.

Es waren Mutter und Tochter, nach zwei Wochen fuhr die eine nach Hause und die andere löste sie ab. Sie hätten unterschiedlicher nicht aussehen können: Die zweiundfünfzigjährige Olga hatte schwarze schulterlange Haare, die sie alle drei Wochen sorgfältig färbte, wasserblaue Augen und war auffallend blass, weshalb Luisa sofort herausplatzte: »Du siehst aus wie das alte Schneewittchen!«

»Luisa!«, entfuhr es Katharina daraufhin, doch Olga lachte nur herzlich.

Die zweiundzwanzigjährige Mascha war braun gebrannt und trug ihre weißblonden Haare raspelkurz. In ihrem Wesen jedoch waren sie einander ähnlich, beide waren temperamentvoll.

»Ich möchte zu Julius fahren«, sagte Katharina und erzählte von dem Entschluss, den sie gefasst hatte.

»Wird höchste Zeit!«, sagte Olga.

»Wir unterstützen euch auf alle Fälle«, sagte Arthur.

Arthur und Olga begleiteten sie zum Auto und umarmten sie.

»Was würde ich nur ohne euch machen?«, sagte Katharina, als sie einstieg.

Dann fuhr sie los.

Sie genoss die Fahrt auf der Autobahn und sang laut mit Cat Stevens mit: *How can I tell you that I love you?*

Sie überlegte sich genau, was sie zu ihrem Mann sagen würde, und flüsterte die Sätze vor sich hin.

NOVEMBER 2012: JULIUS
DEM TOD ENTGANGEN

Zur selben Zeit, vierhundertfünfzig Kilometer südlich von P., fuhr ebenfalls ein Auto mit überhöhter Geschwindigkeit auf der Autobahn dahin, und die beiden Menschen im Auto, eine Fahrerin und ein Beifahrer, hörten ebenfalls die CD von Cat Stevens und zufälligerweise genau den gleichen Song: *How can I tell you that I love you.* Die Frau, sie hieß Stephanie, summte mit, dem Mann, er hieß Julius, ging dies auf die Nerven.

Die beiden waren gerade auf dem Weg vom Ötztal, wo sie eine Skitour gemacht hatten, zurück nach Innsbruck. Die CD hatte er, Julius, von seiner Frau Katharina vor fast einem Jahr zu Weihnachten geschenkt bekommen, in Erinnerung an die Zeit ihres Kennenlernens in Wien, als sie die Musik von Cat Stevens tagtäglich hörten, während sie sich in seiner heruntergekommenen Studentenbude wieder und wieder liebten. Das Lustige daran war, dass Julius damals die gleiche Idee gehabt hatte und deshalb an jenem Heiligabend zwei CDs von Cat Stevens, beide schön verpackt, eine in schlichtes violettes Papier, die andere in goldenes Papier, auf dem sich zahlreiche Engel tummelten, unter dem Christbaum lagen. Sie überlegten, eine davon zurückzugeben, entschieden sich aber dafür, beide zu behalten, jeder sollte seine CD im Auto haben und so war es dann auch.

Während Katharina sie sehr oft gehört hatte, hatte Julius sie kaum jemals eingelegt, er hörte lieber Radio, und so war sie seit Langem verwaist im Handschuhfach gelegen, aus dem sie Stephanie vor einigen Wochen rausgefischt hatte.

»Leihst du sie mir?«, hatte sie gefragt, »ich hör so gern Cat Stevens im Auto.«

Und so war das Geschenk der Ehefrau in das Auto der Geliebten gewandert, ohne dass die Geliebte wusste, dass es ein Geschenk der Ehefrau gewesen war. Wenn er mit der einen Frau irgendwohin fuhr, war die andere immer mit dabei.

Bei der Rückfahrt vom Ötztal nach Innsbruck legte nun Stephanie die CD ein, weil sie dachte, es würde Julius beruhigen. Das schien aber nicht der Fall zu sein, er saß mit aschgrauem Gesicht neben ihr, versuchte sein Zittern zu unterdrücken und starrte angestrengt aus dem Seitenfenster. Vor drei Stunden war er knapp dem Tod entronnen.

Stephanie und er waren am frühen Morgen ins Ötztal gefahren und mit den Skiern über den steilen Nordhang auf den Granatenkogel gegangen. Beim Abfahren fuhr Julius als Erster los, Stephanie sollte wenige Minuten später nachkommen. Als er am Gipfelhang seine Schwünge zog und wegen des frischen Pulverschnees nicht nur innerlich, sondern lauthals jauchzte, passierte es: Eine Lawine löste sich und riss ihn mit, er wurde mit der donnernden Schneemasse über Felsen gespült und landete schließlich unsanft an die hundert Meter weiter unten.

Er musste kurz bewusstlos gewesen sein, als er aufwachte, lag er auf der Seite und eine schwere weiße Last war auf ihm, es war dunkel und er konnte sich nicht bewegen. Panik kroch in ihm hoch und er wusste, er würde ziemlich schnell ersticken. Es war der blanke Horror.

Ich sterbe, mein Gott, ich sterbe jetzt.

Vor seinem Gesicht erkannte er ein Atemloch, das ziemlich groß war, das spornte ihn an, Ruhe zu bewahren und mit den Händen alles zu versuchen, um seinen Kopf freizubekommen. Julius bewegte vorsichtig seine Hände nach vor und merkte, dass das Gewicht der Schneemasse nur auf den Beinen erdrückend war, nicht aber auf dem Oberkörper. Mit ganzer Kraft kämpfte er sich an die Schneeoberfläche und wie ein Tier schnaufend blinzelte er endlich in die Sonne. Seine Beine steckten fest, sie wurden von Stephanie freigelegt, während er wie ein kleines Kind weinte und weinte. Auch sie weinte.

Anschließend brauchten sie Stunden, bis sie wieder beim Auto waren, da Julius' ganzer Körper schmerzte und er sich beim Skifahren schwertat. Eine Weile versuchte er, die Skier geschultert, mit den Skischuhen den Berg hinunterzustapfen, doch da ihm das Gehen noch mehr Mühen bereitete, schnallte er sich die Skier wieder an und fuhr mit wackligen Knien bergab. Stephanie wartete immer wieder geduldig auf ihn und redete ihm gut zu.

Endlich saßen sie im Auto und sie legte besagte CD von Cat Stevens ein. Julius starrte schweigend aus dem Fenster, er war gar nicht fähig zu sprechen, der Schock saß noch tief. Er nahm sich vor, nie wieder eine Skitour zu gehen. Stephanie und er würden sich eine andere Sportart suchen müssen.

In Innsbruck bat er sie, sie möge ihn zum Hotel bringen, damit er sich aus seinem Koffer Valium und Schlaftabletten holen konnte. Sie parkte und er stieg aus. Beim Aussteigen kläffte links von ihm ein Hund, er schaute hin und entdeckte Katharinas Auto, er hatte das Gefühl, als würde sein Herzschlag einen Moment aussetzen. (Vor Schreck hätte er beinahe in die Hose gepinkelt; dem Hund war er wahnsinnig dankbar.)

Oh mein Gott, Katharina ist hier! Ruhig bleiben und schnell reagieren.

Er beugte sich zu Stephanie hinunter und lächelte sie an.

»Ich warte hier«, sagte sie zu ihm, »oder fühlst du dich zu schwach? Soll ich die Tabletten aus dem Zimmer holen?«

»Nein, nein. Aber wenn ich es mir so recht überlege, würde ich heute gern alleine sein und einfach nur schlafen, ich muss morgen ohnehin sehr früh raus. Bist du mir sehr böse, wenn ich gleich hier im Hotel bleibe?«, fragte er.

»Bist du dir sicher, Liebling?«, fragte sie besorgt, »schaffst du es wirklich alleine?«

»Mach dir keine Sorgen«, sagte er lächelnd und küsste sie.

»Sehen wir uns am Montagabend?«, fragte sie.

»Ja, natürlich«, antwortete er, drehte sich um und ging auf die Eingangstür zu. Seine Beine fühlten sich an wie Blei. Stephanie fuhr weg.

(Sie sollte vor ihrer Wohnung ebenfalls einen Überraschungsgast vorfinden: Ihr Bruder Philipp war auf einem Ärztekongress in Innsbruck gewesen, schaute spontan bei seiner Schwester vorbei – was äußerst selten war – und übernachtete bei ihr. Am nächsten Tag wollte er in ein Wellnesshotel, um sich noch ein wenig zu entspannen, und fragte sie, ob sie nicht Lust hätte, mitzukommen, doch sie lehnte ab, sie musste einen Auftrag fertig machen. Sie empfahl ihm das Interalpen-Hotel Tyrol.)

NOVEMBER 2012:
FAMILIE BERGMÜLLER

In diesem Buch geht es um eine Familie. Die Familie ist so gewöhnlich wie ihr Name: Bergmüller. Gibt es einen gewöhnlicheren Namen? Außer Maier und Müller vermutlich nicht.

Da Familie Bergmüller aus vielen Personen besteht, ist es unerlässlich, alle vorzustellen. Vorneweg: Es ist eine tatsächlich ganz gewöhnliche Familie. Das werden Sie, lieber Leser, liebe Leserin, in der Geschichte bald merken, ob an der Tatsache, dass der älteste Sohn auf Facebook tausendvierundfünfzig Freunde hat, im wirklichen Leben aber nur einen, oder an der Tatsache, dass die mittlere Tochter von einem Tag auf den anderen aufhört, Fleisch zu essen. Oder daran, dass der vierzigjährige Vater in einem Teil des Landes, und zwar am Wochenende, der liebevolle Familienvater und im anderen Teil des Landes, von Montagmorgen bis Freitagmorgen, der aufregende Liebhaber ist. Oder daran, dass der zweiundsiebzigjährige Opa der perfekte Schwiegervater ist, der seine Schwiegertochter schätzt und unterstützt, wo es nur geht, und sich ihren Körper manchmal nackt vorstellte (als er noch jünger war), hingegen mit seinem Sohn kein einziges freundliches Wort spricht. Oder daran, dass die neununddreißigjährige Mutter sich oft im Spiegel betrachtet und sich daran erinnert, wie sie als junge Frau von einem außergewöhnlichen Leben träumte.

Sehen Sie? Familien dieser Art gibt es zu Hunderttausenden in ganz Europa, vermutlich in der ganzen Welt.

Die Hauptfigur ist eindeutig Katharina Bergmüller.

Sie ist Mutter von vier Kindern, von denen nur eines geplant war. Deswegen hatte sie lange Zeit Komplexe, denn in ihrem früheren Weltbild wurden nur asoziale Menschen ungewollt schwanger. Als die Kinder noch kleiner waren und sie mit ihnen in der Stadt unterwegs war, im Buggy ein schreiendes Baby, an der Hand ein trotziges Kleinkind, hinter ihr zwei schmollende größere Kinder, trafen sie die Blicke der Passanten wie Blitze und sie glaubte vor lauter Scham im Erdboden versinken zu müssen. Sie interpretierte die Blicke als abschätzig und schrieb ihnen folgende Gedanken zu: Können die nichts anderes als Kinder in die Welt zu setzen und dann Beihilfen zu kassieren?

Wenn sie mit ihren Kindern jetzt in der Stadt unterwegs ist, schmeicheln ihr die Blicke der Passanten, sie interpretiert sie als anerkennend und schreibt ihnen folgende Gedanken zu: Vier so nette Kinder! Das muss eine fleißige Frau sein! Wenn wir nur mehr solcher Frauen in unserer Gesellschaft hätten! So sieht eben jeder das, was er sehen will, und es hat sehr viel damit zu tun, wie es gerade im Inneren des jeweiligen aussieht.

Am Morgen steht sie um sechs Uhr auf, bereitet Frühstück und Jausenbrote zu, gibt sich fröhlich und munter, obwohl sie am liebsten noch eine Stunde geschlafen hätte. Nachdem sie die Kinder verabschiedet hat, legt sie für zehn Minuten die Füße auf den Tisch, was sie ihren Kindern nie erlauben würde, liest die Zeitung und trinkt in Ruhe ihren Kaffee, dabei überlegt sie, was sie zu Mittag kochen soll. Im Eiltempo räumt sie die Wohnung auf, um sich anschließend an ihren Computer zu setzen, neben sich das Aufnahmegerät. Als das jüngste Kind in den Kindergarten kam, das war vor drei Jahren, begann sie als selbständige Biografin zu arbeiten.

Sie besucht ältere Leute, die ihre Memoiren den Kindern

und Enkeln hinterlassen wollen beziehungsweise deren Kinder und Enkel sich wünschen, mehr vom Leben ihres Vaters oder der Großmutter zu erfahren. In mehreren Sitzungen nimmt sie die Lebensgeschichte des alten Herrn oder der alten Dame mit einem Aufnahmegerät auf. Bei jedem alten Menschen, der ihr beim ersten Treffen etwas aufgeregt die selbst gemachten Kekse oder Kuchenstücke auf der altmodischen Tischdecke zuschiebt, fragt sie sich, was denn nun das Geheimnis in dessen Leben sei. Sie lauscht gerne der ruhigen Stimme des Erzählenden, die sehnsüchtig von vergangenen Zeiten spricht, offen und schonungslos eine Lebensbeichte ablegt. Im hohen Alter, angesichts des Todes, gibt es keine Geheimnisse mehr.

Zu Hause hört sie das Aufgenommene ab und klopft es gleichzeitig Wort für Wort in ihren PC. Aus diesem Rohkonzept eine berührende Lebensgeschichte zu schreiben, ist für Katharina am aufwändigsten und herausforderndsten, und doch liebt sie diesen Teil ihrer Arbeit am meisten. Zum Schluss werden Layout und Coverbild ausgesucht und alles der Druckerei übergeben. Das fertige Buch schließlich der Familie zu überreichen, oftmals im Zuge einer Geburtstagsfeier, und die übermäßige Freude im Gesicht des alten Menschen zu sehen, erfüllt sie jedes Mal mit Stolz und Zufriedenheit.

Katharina liebt ihre Arbeit, und seitdem sie als Biografin arbeitet, ist sie ausgeglichener als davor. (Die Tatsache, dass ihre Kinder größer und deshalb viele Dinge einfacher sind, trägt natürlich dazu bei.)

Am Nachmittag sitzt sie neben der Jüngsten und hilft bei der Hausübung, kontrolliert die Aufgaben und Referate der mittleren Tochter, räumt auf, wäscht Wäsche, kauft ein, spielt Chauffeur für die Kinder und trinkt ab und zu mit einer Freundin oder einer Nachbarin Kaffee. An den Abenden liest sie, arbeitet an einer Biografie weiter, trinkt mit Arthur und

Olga ein Glas Wein. Einen Abend in der Woche besucht sie einen Yogakurs und einen weiteren Abend in der Woche geht sie mit Freundinnen aus.

Auf das Wochenende freut sie sich jedes Mal, da am Wochenende ihr Mann nach Hause kommt, nach dem Wochenende ist sie jedes Mal erschöpft, weil an diesen zwei Tagen erstens alles an Elternschaft und Beziehung nachgeholt werden muss und zweitens, weil sie angespannt versucht, ihren Mann in den zwei Tagen davon zu überzeugen, was für eine gute Mutter, Hausfrau und vor allem Ehefrau sie ist. Montags verachtet sie sich dafür. Katharina weiß, dass sie attraktiv ist, ihre Eitelkeit ist ihr größtes Laster, ansonsten hat sie keines, sie ist eine durch und durch langweilige Frau: Sie liebt ihre Kinder, will es ihrem Mann recht machen, genießt es, ihr selbst verdientes Geld ohne Gewissensbisse auszugeben. Oft wünscht sie sich ein Geheimnis in ihrem Leben, eine verflossene Affäre, der sie immer noch nachtrauert, einen Verehrer, der ihr Liebesbriefe schreibt, eine verrückte Tat auf einer verrückten Reise mit einer verrückten Freundin, an die sie immer wieder denken muss. Da ist aber nichts.

Sie ist groß, hellblond und hat blaue Augen. Früher gaben ihr Schulkolleginnen zu verstehen, dass sie wie eine Mischung aus Kim Basinger und Michelle Pfeiffer aussehe, ältere Menschen wiederum sagten ihr, dass sie einige Jahrzehnte früher das perfekte BDM-Mädchen gewesen wäre. Als Teenager wäre sie gerne eine zierliche, gebräunte Schwarzhaarige gewesen, aus dem einfachen Grund, weil sie fand, dass Dunkelhaarige geheimnisvoller aussahen, sie selbst fand sich zu groß, zu gewöhnlich, ihr Gesicht stets wie ein verdammtes offenes Buch.

Ihre besten Freundinnen im Dorf heißen Doris und Sabine. Ihre Schuhgröße ist neununddreißig, ihr Hobby ist Lesen. Im Winter geht sie manchmal langlaufen.

Im Herbst 2012 ist Vincent siebzehn Jahre alt.

Er besucht die vierte Klasse einer Höheren Technischen Lehranstalt und ist ein durchschnittlicher, etwas fauler Schüler, seine Lieblingsfächer sind Informatik und Physik. Alle Mädchen in seiner Schule sind der Meinung, dass Vincent phänomenal gut aussieht: Er ist wie sein Großvater sehr groß, schlank und sportlich gebaut und hat die blonden Haare und blauen Augen seiner Mutter geerbt. Ansonsten finden sie ihn jedoch langweilig und eigenbrötlerisch, er interessiert sich weder fürs Ausgehen noch für Musik, Filme, Reisen und schon gar nicht für sie. »Ihm fehlt der Pfeffer im Arsch«, sagen sie und seufzen.

Auf Facebook hat er tausendvierundfünfzig Freunde, im wirklichen Leben nur einen einzigen. Dieser Freund heißt Robert, ist um einen ganzen Kopf kleiner als Vincent und hat zwischen Lippe und Nase eine große Narbe, die von einer operierten Hasenscharte stammt. Außerdem ist Robert etwas mollig und sehr schüchtern. Er spricht buchstäblich kein Wort, auf eine Frage hin nickt er oder schüttelt den Kopf, manchmal bringt er ein überfordertes Grunzen zutage, das der Fragesteller dann nach Belieben deuten kann. Katharina ahnt, warum sich ihr Sohn ausgerechnet Robert als Freund ausgesucht hat: Vincent redet nicht gern und mit Robert muss er das nicht, denn dieser ist genauso wortkarg wie er selbst.

Als Baby und kleines Kind war Vincent weinerlich und kränklich, er klammerte sich sehr an seine Mutter, erst in der Volksschule wurde er pflegeleichter und selbständiger. Mit der Selbständigkeit kam die Computersucht, Vincent wurde regelrecht zum Computerfreak. Katharina konnte ihn kaum vom Notebook wegzerren, nirgendwo sonst war er so konzentriert und versunken, beim Legospielen oder Basteln war er fahrig, unausgeglichen und gelangweilt. Sie reglementierte seine Zeit vor dem PC und bemerkte dann eines Nachts, dass ihr Zehnjähriger sein tägliches Pensum eben nächtens nachholte, und rastete völlig aus. Dann resignierte sie. Jahrelang war Katharina deswegen verzweifelt und hatte Schuldgefühle, besonders wenn andere Mütter erzählten, wie gern ihre Söhne im Freien, egal ob bei Sonne, Schnee oder Regen, Fußball spielten. (Sie wusste, dass das meiste, was diese Mütter berichteten, völlig übertrieben war, ihr Schuldgefühl funktionierte trotzdem einwandfrei.)

Erst in der Höheren Technischen Lehranstalt lernte Vincent seine Computerbesessenheit etwas zu kontrollieren, er begann zu lesen und Sport zu betreiben. Und seit einem halben Jahr hat der Computer überhaupt seine Anziehungskraft verloren: Das neue Hobby heißt Mascha und weiht ihn gerade in die Liebe ein.

Im Winter fährt er Ski oder mit dem Snowboard, im Sommer mit dem Mountainbike.

Mit seinem Vater versteht er sich nicht gut. Am liebsten isst er Wiener Schnitzel mit Bratkartoffeln. Sein Spitzname ist Vince.

Victoria ist fünfundvierzig Minuten jünger als Vincent.

Katharina wusste in der Schwangerschaft, dass sie einen Jungen und ein Mädchen bekommen würde, und von Anfang an stand für sie der Name des Jungen fest, Julius konnte Protest einlegen, so viel er wollte, es war ihr gleichgültig. Ihm gefiel der Name Vincent überhaupt nicht, er wünschte sich einen Lukas. (Katharina hatte von einem kleinen Vincent geträumt, seit ihre Mutter die Geschichte von einem Vater mit diesem Namen für sie erfunden hatte.)

Für das Mädchen wollte sie einen Namen finden, der zu Vincent passte, und kam schließlich auf Victoria, und auch Julius stimmte zu. Bald wurde allen klar, dass es keinen besseren

Namen für das kleine blonde Mädchen hätte geben können: Es war von Geburt an eine strahlende Siegerin.

Als Kind selten krank, war sie außerdem ruhig und kreativ, stundenlang beschäftigte sie sich alleine mit Puppen, Stofftieren und Bastelsachen. Victoria war eine natürliche Schönheit, sie war das beliebteste Mädchen im Kindergarten, später in der Schule, obendrein war sie jedes Jahr Klassenbeste, sie war hilfsbereit, fröhlich, ausgeglichen, stets optimistisch und hatte trotz allem aufgrund ihres freundlichen Wesens keine Neider. Lehrer versichern Katharina bei Elternsprechtagen, sie hätten noch nie ein derartig perfektes Mädchen in der Klasse gehabt, andere Mütter fragen sie spaßeshalber, ob sie denn sicher sei, ob Vic – so nennen sie alle – nicht von einem anderen Stern sei. Manchmal hat Katharina Angst um sie: Kein Mensch kann sein ganzes Leben lang strahlen, wann wird bei ihr der Wendepunkt kommen, wann wird sie die Schattenseiten des Lebens kennenlernen?

Victoria spielt gerne Tennis, ihre Lieblingsfächer sind Französisch und Deutsch und sie spielt ausgezeichnet Gitarre. Sie ist Julius' Lieblingskind. Ihre beste Freundin heißt Elisa. Nach der Matura will sie ein Jahr lang nach Paris gehen und danach in Wien Kulturmanagement studieren. Sie ist groß, blond und blass wie ihre Mutter. Am liebsten isst sie Quiche.

Leonora, sie ist im Herbst 2012 zwölf Jahre alt, ist das einzige geplante Kind der Familie Bergmüller. Sie rutschte so leicht in die Welt wie ein kleiner Pandabär. Als Baby schrie sie so selten, dass man sie hätte vergessen können, sie trank, machte ihr Bäuerchen und vor allem schlief sie. Als kleines Kind hatte sie stets ein Lachen im Gesicht und war selten krank. Am liebsten lag sie nackt neben ihrer Mutter im Bett und ließ sich von ihr den Rücken massieren.

Mit fünf Jahren brachte sich Leonora mit Vics Hilfe das Lesen bei und verschlang seitdem alle Kinderbücher, die sich im Haus befanden. Ihr Lieblingsbuch war lange Zeit »Pippi Langstrumpf«. Im Fasching wollte sie nie wie die anderen Mädchen Prinzessin sein, sondern die rothaarige, freche Pippi.

Mit acht Jahren wünschte sie sich Hörbücher über Geschichte, die sie dann bei längeren Autofahrten hören wollte – die Geschwister daneben stöhnten und meckerten – und von denen sie längere Passagen bald auswendig konnte. Mit zehn Jahren wünschte sie sich eine Patenschaft beim WWF, mit elf Jahren eine Spende für Greenpeace, seit einem halben Jahr ist sie überzeugte Vegetarierin. Sie läuft nur mit Hosen und schlabbrigen T-Shirts herum und bevorzugt es, mit Leo angesprochen zu werden.

Sie interessiert sich für Geschichte und Politik, bei Nachrichtensendungen und Reportagen ist sie die Einzige, die sich zu ihrer Mutter gesellt, und anschließend will sie oft mit ihr darüber diskutieren. Bei gemeinsamen Mahlzeiten quasselt sie über die Ungerechtigkeiten der Welt: Warum verdient ein Manager so viel mehr als eine Supermarktkassiererin, warum werden fast nur Ratten für medizinische Tierversuche verwendet, warum kann ein Künstler um eine Förderung ansuchen und eine Putzfrau nicht, warum müssen Frauen kochen und Kinder kriegen, warum, warum? Die Großen flüchten dann grinsend in ihre Zimmer, Luisa hält sich die Ohren zu. Eines ist Leonora sicherlich nicht: angepasst. Das gefällt Katharina und nervt ihre Geschwister.

Ihre beste Freundin heißt Mara, ihre Lieblingsfächer sind Geografie und Geschichte. Als Erwachsene will sie Tierärztin sein und nebenbei als Greenpeace-Aktivistin arbeiten. Sie ist einen Meter sechzig groß, ihre Schuhgröße ist neununddreißig und sie sieht ihrer Mutter ähnlich. Am liebsten isst sie Spaghetti mit Tomatensauce.

Im Herbst 2012 ist Luisa, das Nesthäkchen, sechs Jahre alt.

Als Katharina mit Luisa schwanger wurde, arbeitete sie seit einem Jahr als Texterin in einer Werbeagentur, nach elf Jahren Hausfrauendasein genoss sie ihren Job und die finanzielle Unabhängigkeit unendlich. Sie war entsetzt über die ungewollte Schwangerschaft; das Mädchen kam zur Welt und sie hatte in den ersten Monaten Schwierigkeiten, es zu lieben.

Im Großen und Ganzen ist die Jüngste – wie es schon ihre große Schwester war – ein ruhiges Kind, das sich viel alleine beschäftigt, doch ist etwas an ihr, das Katharina beunruhigt, und manchmal ist ihr Luisas Art sogar zuwider. Ihr schlechtes Gewissen wächst dann noch mehr.

Luisa ist nicht gerne mit anderen Kindern zusammen, am liebsten spielt sie zu Hause Prinzessin, sie verkleidet und schminkt sich stundenlang alleine in ihrem Zimmer, um sich anschließend vor dem großen Spiegel zu betrachten, wieder und wieder zu drehen und sich Kusshändchen zuzuwerfen. Sie liebt schöne Kleider und Röcke und überlegt jeden Morgen lange, was sie anziehen soll, es gibt heftige Streitereien, wenn sie im Winter eine Hose anziehen muss, sie wirft sich tobend auf den Boden, wenn eine Haarsträhne nicht richtig sitzt.

Luisa ist zart, bewegt sich äußerst anmutig und geht zwei Mal in der Woche in den Ballettunterricht. Am Wochenende, wenn ihr Vater zu Hause ist, ist sie in ihrem Element, im Wohnzimmer führt sie ihm ihre Pirouetten vor und fragt mehrmals schmeichelnd, ob sie besser tanzen könne als ihre Mutter. Wenn sie sich verletzt, sieht sie sich zuerst um, ob sie jemand beobachtet, dann erst fängt sie zu weinen an; wenn sie weiß, dass jemand in der Nähe ist, kuschelt sie liebevoll mit dem Hund, wenn sie sich alleine glaubt, schreit sie das Tier an, es müsse ihr gehorchen, und reißt es ruckartig am Schwanz.

Arthur, der einmal Katharinas besorgte Blicke bemerkte, sagte: »Mach dir keine Sorgen, das legt sich von selbst.«

Luisa verehrt Victoria abgöttisch, deren Haare zu bürsten ist das Schönste, was es für sie gibt. Sie ist selig, wenn sie sich im Zimmer der großen Schwester aufhalten darf, selbst wenn diese lernen und sie selbst sich still verhalten muss. Leonora ist eifersüchtig auf die innige Beziehung der beiden und verhält sich dementsprechend kratzbürstig gegenüber der kleinen Schwester.

»Du bist nur ein 08/15-Püppchen«, wirft sie ihr oft an den Kopf.

Luisa ist einen Meter dreiunddreißig groß, trägt Schuhgröße vierunddreißig, besucht die erste Volksschulklasse und ihr Lieblingsfach ist Lesen. Sie sieht ihrer Mutter ähnlich. Am liebsten isst sie Frittatensuppe. Ihr Spitzname ist Lui.

Julius Bergmüller wurde im November 1972 geboren und ist vier Monate älter als seine Frau Katharina. Wie der Leser bereits weiß, hat er nicht nur Ehefrau und vier Kinder, sondern auch eine Geliebte in Tirol, mit der er gerne auf Skitouren geht. Das wird ihm schließlich zum Verhängnis. (Julius hat noch weitere Geheimnisse vor seiner Frau, die dem Leser jedoch noch nicht verraten werden.)

Julius liebt alte Gebäude und alte Möbel. Die modernen Bauten aus Stahl, Glas und Beton, die sein Vater als Architekt früher plante und baute, versteht er nicht, er will sie auch nicht verstehen. Extreme Modernität stößt ihn ab. Er kann in seiner Freizeit stundenlang in seinem Keller einen alten kaputten Kasten oder ein Bett restaurieren, um es wieder zum Leben zu erwecken. Schon als Gymnasiast genoss er es, am Nachmittag einem alten Restaurator in dessen Werkstätte auszuhelfen. Später entschloss er sich, in Wien Restaurierung und Konservierung zu studieren, was er dann abbrechen musste, als Katharina ungeplant schwanger wurde.

Julius hört gerne Musik jeglicher Art. Er tanzt nicht gerne. Er hasst Chaos, ist in dieser Hinsicht sogar pingelig, außerdem ist er manchmal lärmempfindlich, außer in der Werkstätte. Er liebt seine Kinder, der Lärm, die Unruhe und die Unordnung, die sie machen, verstören ihn aber geradezu.

Julius ist groß, hat dunkle Haare und Augen und seine Nase ist eine Spur zu groß geraten. Angeblich sieht er seiner verstorbenen Mutter Eve ähnlich. Am liebsten isst er Pfefferrahmsteak.

Arthur Bergmüller ist Julius' Vater. Er wurde 1940 geboren und wuchs als behütetes Einzelkind in der Bergmühle auf, er war das Ein und Alles seiner Eltern Max und Luzia.

In den sechziger Jahren begann Arthur in Wien Architektur zu studieren, was er dann in Paris beendete. Danach blieb er, nicht nur weil er die perfekte Arbeitsstelle fand, sondern vor allem, weil er sich in der Stadt wohlfühlte. Erst zehn Jahre später, nachdem er seine große Liebe verloren hatte, verließ er Frankreich und lebte einige Jahre in Berlin und Stockholm, wo er nichts anderes tat, als wie ein Besessener zu arbeiten.

Arthur ist Architekt mit Leib und Seele. Früher liebte er klare, strenge Linien und Strukturen und die Kombination von Beton und Stahl. Später veränderte sich sein Baustil, er wurde weicher, Arthur begann Holz und Glas als Baumaterialien zu bevorzugen.

Seit Herbst 1978 lebt er in der Bergmühle in P. Nach anfänglicher Distanziertheit zu seinem Elternhaus und den Leuten im Ort fühlt er sich sehr wohl, er könnte sich nicht vorstellen, woanders zu leben.

Als junger Mann war Arthur gesellig und fröhlich, er arbeitete viel, reiste viel und feierte viel, machte mit seinem Freundeskreis jeden erdenklichen Unsinn. Arthurs Freunde nannten ihn einen Tausendsassa. Eves Tod veränderte ihn, er trauerte jahrelang und wurde verschlossen und hart. Später wünschte er sich, sich zu verlieben, schon alleine deswegen, damit eine Frau im Haus wäre, der Zwei-Männer-Haushalt war oft mehr als trostlos, besonders an den Feiertagen; er traf sich mit Frauen und eine Lehrerin verliebte sich sogar heftig in ihn, doch er konnte nie genug empfinden. Es war, als hätte er keine Gefühle mehr.

Das Verhältnis zu seinem Sohn ist angespannt, Arthur spürt, dass dieser ihn ablehnt, und er fühlt sich aus irgendeinem Grund schuldig, könnte aber nicht sagen, warum. Er bemüht sich um eine gute Beziehung zu Julius und noch mehr bemüht er sich um Julius' Frau und seine vier Enkelkinder, die er über alles liebt. Als die schwangere Katharina damals einzog, fand er seine innere Ruhe wieder.

Indem er sich um die Familie seines Sohnes kümmert, will er gutmachen, was er beim Sohn versäumt hat. Allerdings ist Julius nicht glücklich deswegen, sondern eifersüchtig, was Katharina aber nicht weiß.

NOVEMBER 2012: KATHARINA UND JULIUS
EIN NEUANFANG?

Julius betrat die Hotelhalle und sah sich um.

Katharina saß in einem abgenützten Fauteuil der verstaubten Hotellobby und las in einem Buch. Auf sie zugehend, merkte er, dass seine Knie immer noch zitterten, und er versuchte es zu unterdrücken. Sie sah von ihrem Buch hoch und stand langsam auf, er registrierte erstaunt seine übermäßige Freude, sie in dieser altmodischen Hotelhalle zu sehen. Ein Aufschluchzen musste er unterdrücken, als er sie heftig an sich drückte.

»Ich wollte dich überraschen«, sagte sie.

»Das ist dir gelungen«, flüsterte er.

Untergehakt gingen sie langsam die Treppen hoch in den ersten Stock.

»Ich muss dir etwas sagen«, wiederholte sie mehrmals im Hotelzimmer, ihn lachend abwehrend, da er nicht aufhörte sie an sich zu drücken und zu küssen.

»Später«, murmelte er und vergrub sein Gesicht in ihren Haaren, »ich freu mich so, dass du da bist. Lass mich duschen gehen, ich muss ja fürchterlich stinken, dann lass uns für eine Weile ins Bett fallen – du erregst mich wahnsinnig, weißt du das? –, und dann kannst du mir alles sagen, was du willst.«

»Wo warst du denn?«, fragte sie und musterte zum ersten Mal seine Bergsteigerkleidung, »gehst du mit diesen Sachen zu deinen Kunden?«

Er riss sich etwas zu abrupt los, betrat das kleine Badezimmer, ließ die Tür einen Spalt offen und erklärte laut, während er sich auszog: »Simon und ich sind heute mit ein paar Ärzten

Schneeschuhwandern gegangen. Du weißt schon, Kunden-
betreuung, machen wir ein Mal im Jahr.«

In der Duschkabine streckte er erschöpft sein Gesicht dem
heißen Wasser entgegen, bevor er in die Hocke sank. Er lehnte sich mit dem Rücken an die Wand und atmete tief durch,
immer noch spürte er das Gewicht des Schnees auf seinem
Körper, immer noch fühlte er die Panik in sich aufsteigen.

Katharina lag nackt im Bett, die Vorhänge hatte sie zugezo-
gen. Jedes Mal zog sie die Vorhänge zu, bevor sie miteinander
schliefen, oft hatte ihn dies gestört, er mochte es, sich bei Tageslicht zu lieben, doch heute empfand er das Dämmerlicht als
wohltuend. Die Welt konnte draußen bleiben, die Menschen,
die Berge, der glitzernde Schnee, das alles konnte ihm gestoh-
len bleiben.

Julius schlüpfte zu ihr unter die Bettdecke und sie umfing
ihn warm mit ihren Armen. Es fühlte sich verdammt richtig
und gut an, dass sie und niemand anderer ihn umarmte, er
betrachtete es als einen Wink des Schicksals, dass nach dem
großen Schock des Absturzes sie, seine Ehefrau, neben ihm im
Bett lag. In diesem Augenblick war er unendlich dankbar und
glücklich, sie liebten sich lange und sanft und dann begann sie
zu sprechen. Er wünschte, sie würde mit dem Reden bis zum
Abend warten, ganz gleich, was sie zu sagen hatte, sie würde es
mit ihrer eindringlichen und leicht theatralischen Sprechweise
sagen, und dem fühlte er sich noch nicht gewachsen. In ihren
Armen wollte er einfach nur daliegen, der Erschöpfung nachgeben und in den Schlaf hinüberwandern.

»Lass mich eine Stunde schlafen, reden wir beim Heimfah-
ren«, murmelte er.

»Wir fahren heute nicht nach Hause«, sagte sie lachend, »wir
bleiben übers Wochenende hier in Innsbruck. Wir könnten
aber auch in ein schönes Wellnesshotel fahren, wenn du Lust

hast. Kannst du eines empfehlen? Dann ruf ich an, ansonsten fahren wir einfach ins Blaue hinein.«

Stephanie hatte ihn einmal im Sommer für zwei Tage in das Interalpenhotel entführt, es war dreißig Kilometer westlich von Innsbruck und lag mitten im Wald. Ein anderes schönes Hotel kannte er nicht.

»Ruf im Interalpen-Hotel an, die Nummer findest du im Internet«, sagte er, dann schlief er ein.

Drei Stunden später saßen sie einander im großen Speisesaal des Wellnesshotels gegenüber und aßen zu Abend. Katharina sprach von ihrer Liebe zu ihm, von ihrer Einsamkeit und von bestimmten Veränderungen, die sie sich wünschte. Sie wollte keine Wochenendehe mehr führen, sie wollte, dass Julius auch während der Woche bei ihr und den Kindern war.

»Ich bin nun einmal hier Vertreter und nicht in Oberösterreich«, wandte er ein. Seit nunmehr sechs Jahren war er Pharmareferent einer Psychopharmaka-Firma für ganz Tirol und Vorarlberg.

»Man kann kündigen«, sagte Katharina.

Er lehnte sich zurück und lachte: »Stellst du mir ein Ultimatum? Entweder dein Beruf oder deine Familie?«

Sie wehrte ab: »Es soll natürlich kein Ultimatum sein, sondern ein – na ja, wie soll ich sagen? Wir sind eine Familie, wir gehören doch zusammen, auch von Montag bis Freitag, ich will so nicht mehr leben, ich bin wirklich unglücklich, Julius. Ich möchte, dass du es einzig und allein als Angebot betrachtest, als ein Angebot der Liebe.«

Sie machte eine Pause, er bemerkte, dass ihre Augen beim Reden feucht geworden waren, und war gerührt. Er stellte sich vor, wie sie im Auto saß und die richtigen Worte suchte, die Sätze probte und immer wieder vor sich hin flüsterte.

Sie fuhr fort: »Du hast dir vor sechs Jahren diese Arbeit

hier gesucht, weil wir nur noch gestritten haben nach Luisas Geburt, weißt du noch? Wir haben uns monatelang richtig befetzt und angefeindet, das war es, deshalb bist du nach Tirol geflüchtet. Doch, es war eine Flucht, und ich habe sie unterstützt, diese Flucht, ich habe sie sogar vorangetrieben. Du bist mir damals richtig auf die Nerven gegangen, ich konnte dich nicht mehr sehen. Es tut mir so leid, ich bin eigentlich schuld daran! Wenn ich nicht so ekelhaft gewesen wäre, hättest du dir nie eine Arbeit so weit weg von der Familie gesucht.«

Er räusperte sich und wollte sie unterbrechen, sie ließ es aber nicht zu und redete schnell weiter: »Am Anfang waren wir sicher erleichtert über die Trennung unter der Woche, die ganze Situation hat sich ja dadurch entspannt, wir haben aufgehört zu streiten. Wir haben uns dann auf die Wochenenden und Urlaube gefreut. Und mit der Zeit haben wir uns eben daran gewöhnt, dass deine Arbeit so weit weg ist. Das hätten wir nie tun dürfen! So schnell sind sechs Jahre daraus geworden, sechs lange Jahre! Wir haben die Dinge einfach laufen lassen und dadurch so viel verpasst!«

Angespannt zerknüllte sie ihre Serviette.

»Schatz, lass mich auch mal zu Wort kommen«, sagte er beruhigend. Er konnte es nicht leiden, wenn sie sich in ein Thema hineinsteigerte.

»Nein«, lachte sie, »erst rede ich fertig, dann darfst du etwas sagen. Wir sind jetzt beide vierzig, oder fast vierzig, und die Kinder sind aus dem Gröbsten raus. Es wird Zeit, dass wir mehr auf uns schauen, dass wir achtsamer mit unserer Beziehung umgehen und mehr zu zweit unternehmen.«

Achtsamer mit der Beziehung umgehen? Oh mein Gott, hatte sie jetzt angefangen solche Beziehungsratgeber zu lesen wie ihre Freundinnen, sie hatte sich doch früher immer darüber lustig gemacht! Er schenkte ihr und sich Wein nach und sie stießen an.

»Ich wünsche mir wirklich«, fuhr sie fort, »dass du kündigst und dir eine Arbeit in unserer Nähe suchst. Es gibt eventuell sogar eine Möglichkeit, die dich vielleicht interessiert.«

»Was meinst du?«, fragte Julius.

Sie lächelte geheimnisvoll und sprach dann weiter: »Außerdem möchte ich mit dir eine längere Reise machen, vielleicht nach Südostasien, Indonesien und weiter nach Australien oder so ähnlich, ungefähr zwei bis drei Monate, das ist doch schon lange dein Traum, nicht wahr? Ich habe an Februar und März gedacht.«

»Und was ist mit den Kindern?«, fragte er verblüfft.

»Ich habe schon mit Arthur und Olga gesprochen«, antwortete sie, »es wäre überhaupt kein Problem.«

Julius staunte. Nie hatte sich Katharina von den Kindern losreißen können. Wenn er eine längere Reise vorgeschlagen hatte, hatte sie stets mit den Worten abgewehrt, eine kurze Reise von ein paar Tagen wäre möglich, aber länger wolle sie die Kinder nicht alleine lassen.

»Möchtest du das wirklich?«, fragte Julius.

»Ja«, sagte sie, »ich möchte es unbedingt.«

Sie beugte sich vor und küsste ihn auf den Mund, ihre Lippen glänzten vom Rotwein, ihre Wangen waren leicht gerötet vor Aufregung und ihre Augen leuchteten dunkler als sonst. Er konnte sich nicht erinnern, dass sie ihm in den letzten Jahren jemals so gut gefallen hatte, am liebsten wäre er mit ihr auf der Stelle nach oben ins Zimmer gegangen und hätte ihr das Kleid vom Leib gerissen.

»Sag schon, was meinst du mit dieser eventuellen Möglichkeit?«, fragte er, wischte ihr mit dem Zeigefinger einen Tropfen Rotwein von den Lippen und schleckte dann langsam den

Finger ab, »oder was hältst du davon, wenn du mir das oben im Bett erzählst?«

»Ich halte das für eine gute Idee«, erwiderte sie augenzwinkernd.

Sie orderten eine Flasche Champagner auf das Zimmer und verließen Hand in Hand, wie zwei Jugendliche, den Speisesaal. Im Bett rauchten sie, die Balkontüren weit geöffnet, und kicherten ausgelassen. Dann erzählte Katharina von dem Gespräch, dass sie vor wenigen Tagen mit einem alten Bekannten geführt hatte. Beim Einkaufen hatte sie zufällig Ferdinand Hauer getroffen, der alte Mann freute sich sichtlich, sie zu sehen, fragte sofort nach Julius und lud sie spontan auf einen Kaffee ein. Julius kannte Hauer, den Restaurator und Besitzer eines Antiquitätengeschäfts, gut, er hatte bis vor sechs Jahren bei ihm gearbeitet, bis er als Pharmareferent nach Tirol gegangen war. Obwohl er sich dort wohlfühlte, vermisste er dennoch die Atmosphäre in der Werkstätte, die ruhigen Gespräche mit Hauer und das handwerkliche Arbeiten manchmal sehr.

»Er will sein Geschäft verkaufen, um einen Pappenstiel, er ist einfach nur froh, wenn es weitergeführt wird! Er hat als Erstes an dich gedacht, stell dir das vor, er hat zu mir gesagt: Am liebsten wäre mir, wenn Julius mein Geschäft übernehmen würde, von allen Mitarbeitern war er eindeutig der beste, als Restaurator und als Verkäufer, mein Gott, konnte der es gut mit den Kunden, ja, genau das hat er gesagt!«, lachte Katharina.

»Wirklich, das hat er gesagt?«, fragte Julius.

Sie nickte und betrachtete forschend sein Gesicht. Er musste sich eingestehen, dass ihn das Lob des alten Hauer nach so vielen Jahren mit Stolz erfüllte, und konnte ein Grinsen nicht unterdrücken.

»Ist das nicht großartig?«, fragte sie ihn ernst, »sag, dass es großartig ist! Du wolltest immer selbständig sein, das war doch dein Traum! Im Grunde hasst du doch deine Arbeit als Vertreter, du machst dich selber ständig lustig darüber, du nennst dich Klinkenputzer und du kannst es nicht leiden, den ganzen Tag im Anzug herumzulaufen. Du bist Restaurator und das von ganzem Herzen! Es ist dein Beruf! Ich kann mich erinnern, dass es dir am besten gegangen ist, als du ihn ausgeübt hast! Du warst damals so ausgeglichen und zufrieden.« Leise fügte sie hinzu: »Und uns ist es auch gut gegangen.«

Er fühlte, wie ein triumphierendes Hochgefühl langsam von seinem Körper Besitz ergriff und sich allmählich ausbreitete und ausdehnte, von den Zehen über den Bauchnabel bis in die Haarspitzen, alles an ihm kribbelte. Ja, auch er erinnerte sich daran, wie gut es ihm damals gegangen war, wie wohl er sich in dieser Werkstätte gefühlt hatte, ja, er hatte lange von seinem eigenen Unternehmen als Restaurator geträumt, das stimmte, aber es war schon sehr lange her. War es eine Möglichkeit? Er musste sich eingestehen, dass alles sehr verheißungsvoll klang. Würde er den Mut haben, den Sprung zu wagen? Er dachte an Stephanie und wusste es nicht. Katharina sah ihm gespannt in die Augen und er bedeckte ihr Gesicht mit zahlreichen kleinen Küssen.

»Julius«, flüsterte sie, »was hältst du davon? Wir fahren gemeinsam nach Asien und danach eröffnest du deine eigene Werkstätte. Wir machen das doch, oder?«

»Ja, wir machen das. Wir machen alles, was du willst, Schatz. Ich liebe dich«, flüsterte er und küsste sie auf den Mund.

Dann liebten sie sich wieder. Das ganze Wochenende liebten sie sich und das ganze Wochenende war erfüllt von diesem Hochgefühl, von begeistertem Pläneschmieden, von einer überschwänglichen Freude auf die große Veränderung in ihrer beider Leben.

Am Montagvormittag fuhr Katharina wieder nach Hause zurück. Während der ganzen Autofahrt hindurch trällerte sie die Songs von Cat Stevens mit.

Zu Hause angekommen, lief sie sofort zu Arthur und Olga, umarmte die beiden stürmisch und erzählte ihnen überdreht, dass Julius von den Plänen begeistert gewesen war.

»Das heißt, er hat Ja gesagt? Er kündigt und kommt ganz nach Hause?«, fragte Arthur.

»Ja, ja, ja!«, lachte Katharina, »er hat Ja gesagt!«

Julius besuchte den ganzen Tag mit seinem schwarzen Medikamentenkoffer voller Psychopharmaka einen Arzt nach dem anderen. Mehrmals läutete sein Handy, es war Stephanie, beim dritten Mal hob er ab.

Sie verabredeten sich für den Abend.

Als Stephanie die Tür öffnete, stand sie nackt, nur mit einer Krawatte um den Hals, vor ihm und er wusste, er würde nicht von Trennung sprechen.

NOVEMBER 2012: KATHARINA
EIN NEUER ARBEITSAUFTRAG

Zwei Wochen später erhielt Katharina mit der Post einen großen Umschlag, der ein Manuskript und eine CD enthielt.

Sie zog das Manuskript heraus und betrachtete es. Es waren Kopien und es war offensichtlich, dass die Originale alt, vergilbt und zerknittert sein mussten. Einige wenige Zeilen waren schwarz übermalt und sie konnte sie beim besten Willen nicht entziffern. »Roman ohne U« stand ganz oben und dann folgte in engem Zeilenabstand und in Schreibmaschinenschrift ein Text über mehrere Seiten. Katharina überflog die Seiten schnell. Ihr fiel auf, dass der Buchstabe U von Seite zu Seite schwächer wurde, bis er zum Schluss nur noch wie ein zu kurz geratenes I ohne Punkt aussah. Sie wusste, von wem der Umschlag stammte. Vor mehr als einem halben Jahr war an einem Sonntag eine Frau namens Stephanie Mangold vorbeigekommen, sie wollte von Katharina die Biografie eines entfernten Verwandten schreiben lassen. Sie sei an diesem Sonntag in der Nähe und könne vorbeischauen, hatte sie am Telefon gesagt, und Katharina hatte sie eingeladen, zu kommen.

Stephanie Mangold war aus Wien gekommen, wo sie beruflich zu tun gehabt und kurz ihren Bruder besucht hatte, und sie war ihr sofort sympathisch gewesen. Sie war sehr geschmackvoll gekleidet, Katharina schätzte sie auf Ende dreißig. Für Katharina hatte sie eine kleine Aufmerksamkeit mitgebracht, ein kleines, gerahmtes Ölbild. Das Bild zeigte ein altes gelbes Haus auf einem Hügel, es lag Schnee und dahinter waren mächtige Tannen zu sehen.

»Das ist aber nett von Ihnen«, lachte Katharina, »und vor allem aufmerksam! Noch nie hat mir ein Auftraggeber gleich beim ersten Treffen etwas geschenkt.«

Sie betrachtete das Bild genau, es gefiel ihr ausgesprochen gut.

»Irgendwie sieht es aus wie die Bergmühle«, sagte sie.

»Ja, nicht wahr?«, fragte Stephanie, »aber es gibt in Österreich wahrscheinlich ganz viele gelbe Häuser auf einem Hügel. Ich habe das Bild vor Kurzem bei einem Antiquitätenhändler in Wien gefunden und es hat mich sofort angesprochen. Als ich die Fotos auf Ihrer Website gesehen habe, auf einem ist ja im Hintergrund Ihr Haus zu sehen, fiel mir auch die Ähnlichkeit auf und da dachte ich, ich nehme es Ihnen mit. Bei mir habe ich keinen passenden Platz gefunden, es ist dann nur rumgelegen.«

»Vielen Dank«, sagte Katharina und stellte das Bild an die Wand, »aber warum kommen Sie ausgerechnet zu mir? Gibt es in Tirol keine Biografieschreiber?«

»Nicht dass ich wüsste, ich habe im Internet nur Ihre Adresse gefunden«, antwortete Stephanie freundlich lächelnd, »ich habe auch nicht lange weitergesucht, nachdem ich Ihre Adresse gelesen habe: Bergmühle 1. Mein Onkel Thomas ist nämlich im Burgenland auch in einer Mühle aufgewachsen. Sie hat Leitenmühle geheißen. Diese Parallele hat mir gut gefallen, ehrlich gesagt. Thomas würde es auch gefallen.«

Julius betrat das Wohnzimmer, begrüßte Stephanie Mangold und setzte sich zu den beiden Frauen.

»Würde?«, fragte Katharina irritiert. »Lebt Ihr Onkel denn nicht mehr?«

»Doch, aber es geht ihm nicht mehr so gut.«

»Ich müsste ihn aber treffen und ihm eine Menge Fragen stellen«, sagte Katharina.

»Mein Onkel hat seine Erlebnisse 1965 nach seiner Rückkehr
aus Sibirien geschrieben, auf einer uralten, kaputten Continen-
tal. Es gibt also ein altes Manuskript, das ich Ihnen zukommen
lassen würde, falls Sie überhaupt an dem Auftrag interessiert
sind. Außerdem hat er zusätzlich auf ein Tonband gesprochen,
weil das Manuskript nicht vollständig ist. Irgendein Psychiater
hat ihn befragt und es aufgenommen. Das ist schon lange her,
ich glaube, es war kurz nach seiner Heimkehr. Ich habe das
Tonband digitalisieren und auf eine CD brennen lassen«, erzählte Stephanie, »es würde mich sehr freuen, wenn Sie zusagen.
Ich möchte diese unglaubliche Geschichte aufschreiben lassen,
sie muss einfach erhalten bleiben.«

»Eigentlich ist es üblich, dass ich den Betreffenden persönlich treffe und interviewe«, sagte Katharina.

»Das ist leider nicht möglich. Thomas ist bereits sehr dement«, sagte Stephanie.

Nach einer Weile fügte sie leise hinzu: »Er lebt in einem Pflegeheim. Von seiner Zeit in Sibirien will er schon lange nicht
mehr reden, er weiß auch nicht mehr viel davon. Er spricht
überhaupt nicht gern. Wir haben Gott sei Dank diese alten
Aufzeichnungen aufgehoben.«

»Ich verstehe«, sagte Katharina und bedauerte es trotzdem.
Sie liebte es, ein Gesicht vor sich zu sehen, eine Stimme zu
hören, wenn ein Leben vor ihr Gestalt annahm.

Stephanie erzählte in ein paar Sätzen das Leben ihres Onkels: Dieser war 1945 als junger Mann von den Sowjets nach
Sibirien verschleppt worden und erst nach zwanzig Jahren als
kranker und gebrochener Mann wieder heimgekehrt. Was er
dort erlebt hatte, war unfassbar. Er wollte seine Geschichte
damals selbst aufschreiben, schaffte es aber nicht. Bald bemerkten die Angehörigen, dass die schlimmen Erlebnisse in den
verschiedenen Lagern bei Thomas eine starke Traumatisierung

hervorgerufen hatten, er hatte oft Wahnvorstellungen, hörte Stimmen. Ohne Medikamente war er nicht gesellschaftsfähig, außerdem konnte er nur eine leichte Tätigkeit ausüben. Vor ein paar Jahren kam er in ein Pflegeheim, weil man sich nicht mehr ausreichend um ihn kümmern konnte.

Dann plauderte man über Mühlen, über die Bergmühle, und wie sie sich im Laufe der Zeit durch Umbauten verändert hatte, über alte Möbel (die Frau war Innenarchitektin, Julius und sie verstanden sich prächtig), über das Wohnen am Land und seine Vor- und Nachteile, über Kinder und über belanglose Dinge. Katharina und Julius unterhielten sich so gut mit Stephanie Mangold, dass Katharina sie spontan zum Mittagessen einlud.

Danach war sie in die Küche gegangen, um zu kochen, während Stephanie von Julius durch das Haus geführt wurde. (Dabei steckte Stephanie Julius ihre Visitenkarte zu und flüsterte: »Rufen Sie mich an.«) Um eins aßen alle gemeinsam in der Küche, später trank man noch einen Kaffee im Wintergarten.

»Ich bin an dem Auftrag interessiert«, sagte Katharina beim Abschied, »allerdings würde ich erst im Herbst dazu kommen, ich habe gerade zwei Biografien in Arbeit und drei weitere sozusagen in der Warteschlange. Wäre das ein Problem für Sie?«

»Nein, gar nicht«, sagte Stephanie und reichte Katharina die Hand, »es eilt überhaupt nicht. Ich schicke Ihnen also die Aufzeichnungen im Oktober oder November zu, ja?«

Und dann war sie in ihrem schicken Mercedes weggefahren.

Jetzt saß Katharina in ihrem Arbeitszimmer und las sich die Seiten durch. Sie hatte nicht mehr damit gerechnet, dass sie wirklich die Unterlagen zugeschickt bekäme, sie hatte gedacht, die Frau hätte es sich anders überlegt.

Die Geschichte ergriff sofort von ihr Besitz.

THOMAS' GESCHICHTE

Ich bin zurück. Ich bin daheim daheim daheim.

DAHEIM! Hirngespinst für so lange Zeit.

Wie leicht sich das jetzt schreibt.

Letzte Nacht bin ich angekommen. Um zwei Uhr. Habe an die Tür geklopft. An das Fenster. Es hat eine Ewigkeit gedauert. Bis die Tür einen kleinen Spalt aufgegangen ist. Mein Vater.

Er hat gefragt: »Wer ist da?«

»Ich bin es, Thomas«, habe ich geantwortet.

Meine Mutter hat geweint und geweint. Sie sind alt geworden. Sie haben mich umarmt. Steif. Nichts gefühlt.

Ich sitze vor meiner Continental-Schreibmaschine. Auf dem Dachboden. Nicht so warm hier. Bin Kälte gewöhnt. Ich fühle mich rastlos. Vor der Schreibmaschine werde ich ruhiger. Wie lange habe ich davon geträumt! Vor ihr zu sitzen! Zu schreiben. Ich streichle über die schwarzen Tasten. Sie schimmern matt. Meine Mutter hat die Maschine für mich aufgehoben. Zwanzig Jahre lang. Sie hat sie nicht benützt.

Es ist schwer für mich, auf Deutsch zu schreiben. Ich muss üben. Das Schreiben wird mir dabei helfen. Es tut mir gut. Ich denke vieles noch auf Russisch. Oder gar nicht. Ich denke gar nichts. Nichts ist in mir.

Die Schreibmaschine funktioniert noch einwandfrei. Nur das U macht Faxen. Damals, bei diesem Streit, als der Vater sie vom Tisch gefegt hat. Ist der Buchstabe beschädigt worden. Ich hoffe, er hält noch eine Weile.

Ich brauche das U. Ohne U geht es nicht.

Nicht einmal »Russland« könnte ich ohne U schreiben.

45

Russland, das mich fast zwanzig Jahre lang verschluckt hat. »Verschluckt« könnte ich ohne U auch nicht schreiben. Uuuuuuuh! Heulen wie ein Wolf könnte ich auch nicht ohne U! Hahaha! Uuuuuuuh! Du kommst herein. Nicht einmal deinen Namen könnte ich schreiben: Ludovica.

Ludovica Juliane.

Meine Lu. Du umfasst mich von hinten. Legst deinen Kopf auf meine Schulter. Ohne dich könnte ich nicht sein.

Meine Mutter ruft mich. Sie will mich ins Dorf mitnehmen. Allen will sie es verkünden. Dass ich wieder da bin. Ihr Erstgeborener. Der Totgeglaubte. Muss es verhindern. Sollen sie weiterhin glauben. Dass ich tot bin. Ich bin tot.

Hämmere in die Tasten.

Was mache ich hier? Es gibt keine Mühle mehr. Man hat sie geschlossen. Ich bin bald vierzig. Hätte bleiben sollen. In Russland. In der Kälte.

Es ist schön. Zu schreiben. Die Tasten unter den Fingerkuppen zu spüren. Es ist schön. Die eingesperrten Wörter kommen raus.

Ich muss gehen.

Katharina nahm ihren Laptop und machte sich an die Arbeit, sie begann die Geschichte – mit stilistischen und satztechnischen Verbesserungen – zu schreiben.

Jetzt sitze ich mit der Schreibmaschine in der Küche, meine Eltern sind im Wohnzimmer. Wir werden nicht ins Dorf gehen. Wir bleiben hier, in der Mühle, die keine Mühle mehr ist. Ich will es so. Es ist so anders als früher, als das Haus voller Leben war, so still. Es gibt nur noch die alten Leute und jetzt mich.

Es tut gut, alles aufzuschreiben. Ich muss schreiben, sonst werde ich zappelig. Das Zappeln fängt im Bauch an, wandert zum Herzen und geht in den Kopf. Ich muss es aufschreiben. So vieles ist da.

Wo soll ich anfangen? Wie kam es dazu? Dass wir uns nicht auf einer Bergwanderung kennengelernt haben? Oder bei einem Konzert in Wien? Wie hätte es sein können?

Es ist Sommer, der Krieg ist vorbei. Gemeinsam mit einem Freund wandere ich einen Berg hinauf und treffe dabei auf dich. Du bist mit deiner Schwester unterwegs. Ihr zwei lacht ständig über irgendetwas. Wir gehen an euch vorbei und wir beide sehen uns an, eine Spur zu lange. Mein Freund stößt mit dem Ellbogen in meine Rippen und deine Schwester schaut uns verwundert ins Gesicht. Oben in der Hütte sitzen wir schon an einem Tisch, als ihr hereinkommt. Wir winken euch zu und deuten auf die leeren Plätze. Lachend kommt ihr näher.

So hätte es sein können. So war es aber nicht. Ganz und gar nicht.

Du hast mir mitten im Niemandsland der russischen Weite das Leben gerettet. Mit deinem Klavierspiel. So war es.

Der Tag, an dem ich dich in der sowjetischen Militärkommandantur in Wien kennenlernte, ist ganz klar in meinem Kopf.

Die Wörter sollen fließen.

Als man mich aus der Zelle holt und zum Verhör bringt, sehe ich Ludovica zum ersten Mal, sie steht im Gang zwischen zwei Soldaten. Sie fällt mir sofort auf. Ein Sonnenstrahl, der durch ein schmales Fenster fällt, erhellt genau ihr Gesicht. Noch nie habe ich ein so schönes Mädchen gesehen: rotblonde lange Haare, grüne Augen, ein kleiner Mund, kleine Nase, alles wirkt zart an ihr, selbst die Sommersprossen. Sie trägt ein knielanges dunkelblaues Kleid, darüber einen leichten Sommermantel, flache Schuhe. Unendlich traurig sieht sie aus. Obwohl wir lange nebeneinander stehen, schaut sie mich nicht an, sie starrt auf die gegenüberliegende Wand.

Dann öffnet sich die Tür und man führt mich hinein. Als ich mich umdrehe, sehe ich, dass sie mich ansieht. Ich nicke ihr aufmunternd zu.

Sie geht mir nicht mehr aus dem Kopf. Was hat sie wohl angestellt, das eine Verhaftung rechtfertigt? Bei den Sowjets braucht es da nicht viel. Sie sieht so jung aus, ich schätze sie auf siebzehn.

Erst vier Wochen später sehe ich sie im Durchgangslager in der Nähe von Sopron wieder. Als wir nach wochenlangem Aufenthalt aus den Zellen in den Innenhof getrieben werden, sehe ich eine Gruppe Frauen in einer Ecke stehen. Aufmerksam betrachte ich jedes Gesicht, bis ich sie trotz des Schals, den sie um den Kopf gewickelt hat, erkenne. Hat man sie auch kahl geschoren? Vorsichtig nähere ich mich den Frauen. Ich muss unbedingt mit ihr reden, wissen, wie sie heißt, warum sie hier ist.

Schließlich stehe ich zwei Meter neben ihr. Sie sieht mich an und ich merke, dass sie sich an mich erinnert. Ich freue mich wie ein kleines Kind darüber.

»Du bist auch Österreicher?«, fragt sie, »wir haben uns in Wien in der Schiffamtsgasse gesehen, nicht wahr?«

»Ja, das stimmt«, sage ich.

»Wie heißt du und warum bist du hier?«, fragt sie mich schnell, als wollte sie verhindern, dass ich sie danach frage.

Es sind die üblichen Sätze unter den Häftlingen. Eigentlich wollte ich sie zuerst fragen. Ich erzähle kurz, warum ich verhaftet wurde.

Plötzlich kommen eine Menge Soldaten in den Innenhof, brüllen herum und formieren uns in Zweierreihen.

»Wie heißt du?«, kann ich nur noch schnell fragen.

»Ludovica«, sagt sie und stellt sich neben eine Frau.

Ich laufe zu meinen Kameraden zurück. Mittlerweile sind wir insgesamt vier Österreicher: Fritz, Karl, Helmut und ich. Ich bin mit meinen zwanzig Jahren der Jüngste. Wir werden durch das geöffnete Tor getrieben, hinein in einen großen Lastwagen, von denen so viele da stehen, dass ich sie gar nicht zählen kann.

Ludovica, denke ich, Ludovica. Noch nie habe ich einen so fremden und schönen Namen gehört.

Die Fahrt geht bis zu einem Bahnhof, dort werden wir in Waggons verladen. Sieben Tage lang sind wir unterwegs bis zum nächsten Lager in Lemberg.

Es ist wieder ein Durchgangslager. Wir wissen, wir werden ein paar Tage, vielleicht auch ein paar Wochen hierbleiben müssen und dann in irgendein Arbeitslager weitertransportiert. Welches Lager es sein wird, weiß niemand von uns, in welchem Teil der Sowjetunion es sein wird, wissen wir auch nicht. Wir hoffen, dass es nicht zu weit weg von unserer Heimat sein wird.

Wir bleiben zwei Wochen in diesem gottverdammten Lager, dann geht es weiter nach Moskau, wo wir nur wenige Tage bleiben. Ludovica sehe ich kein einziges Mal. Eines Nachts treibt man uns aus den überfüllten Zellen und lässt uns im Innenhof antreten. Wir stehen im Nieselregen, der Boden wird immer schlammiger, und warten.

»Du wirst sehen, heute geht es los, die sind alle ganz nervös«, sagt Fritz und deutet mit dem Kopf auf die Wachsoldaten.

Er hat recht. Mehr Soldaten als gewöhnlich eilen herum. Anspannung und Hektik liegt in der Luft.

Eine große Gruppe Frauen wird in den Innenhof getrieben und von den russischen Häftlingen mit Gegröle begrüßt. Ich hoffe, dass Ludovica dabei ist. Ich will sie unbedingt wiedersehen. Vielleicht kommen wir in dasselbe Lager?, träume ich.

Vielleicht wird alles gar nicht so schlimm, vielleicht ist es nur ein großes Abenteuer? Vielleicht macht es aus mir den Mann, der ich immer sein wollte?

Die Frauen tragen alle eine Mütze oder einen Schal um den Kopf gewickelt. Ich erblicke Ludovica, sie winkt mir zu, und ich stelle freudig fest, dass die Frauen sich unserer »Ecke« nähern. Es ist die sogenannte Ausländerecke, hier stehen Ungarn, Rumänen, Deutsche und Österreicher beisammen. Ludovica kommt zu mir.

»Wie geht es dir?«, frage ich sie.

Sie lacht auf: »Es ging mir noch nie besser! Und dir?«

»Na ja, es geht so.«

Gerade als ich ansetze, sie nach Herkunft und Verhaftungsgrund zu fragen, nähern sich die Wachsoldaten und ordnen uns barsch in einer Zweierreihe an. Das riesige Holztor des Innenhofs öffnet sich.

Ludovica steht direkt vor mir, dreht sich um und lächelt mich an.

Und dann geht es los und mein Bauch verkrampft sich vor lauter Aufregung.

Mit Kolbenstößen und Fußtritten treiben uns die Soldaten immer weiter durch die dunkle Stadt, Schäferhunde werden an straffer Leine mitgeführt. Die Hunde knurren gefährlich, wenn wir ihnen zu nahe kommen. Wir drücken uns eng aneinander. Vor mir gehen Fritz und Karl, ich humpele neben Helmut her. Die Sohlen meiner Schuhe lösten sich schon vor Wochen vom Leder, was ein normales Gehen unmöglich macht. Die Frauen sind die Ersten einer langen Kolonne, dann folgen wir, hinter uns Hunderte andere. Wie wir traurige Gestalten, müde, hungrig, in zerrissener, verdreckter Kleidung.

Nach einem einstündigen Fußmarsch kommen wir an einem großen Bahnhof an und werden bis zu einem entlegenen Bahnsteig weitergeführt. Vor uns tauchen riesige rote Viehwaggons auf, deren geöffnete Schiebetüren wie schwarze Schlünde aussehen. Noch mehr Soldaten, noch mehr Hunde stehen vor dem monströsen Zug. Meine Panik wächst.

»Was würde ich jetzt alles für eine Zigarette geben!«, sagt Fritz.

Angst und Nervosität liegen in der Luft. Ich will da nicht einsteigen, denke ich verzweifelt, ich will da nicht mit. Ich gehöre nicht hierher! Ich will nach Hause! Das ist alles ein großer Irrtum!

Ach, doch keine Lust auf Abenteuer?, höhnt gleich darauf mein Innerstes.

Die Angst ist in meinem ganzen Körper. Schnürt mir die Kehle zu.

Vor dem ersten Waggon entdecke ich einige Frauen mit Kopftüchern. Mithilfe von Soldaten heben sie Kessel und Lebensmittel in das Wageninnere. Die Küche? In den zweiten Waggon werden große Reisekoffer und auch Möbel verfrachtet. Für das Wachpersonal?

Die roten Viehwaggons dürften offensichtlich für uns, die Häftlinge, reserviert sein. Unzählige rote Waggons reihen sich aneinander, wir werden bis an das Ende geführt. Die Frauen bleiben vor dem letzten Waggon stehen, wir vor dem vorletzten.

Lange stehen wir in der Kälte. Wir treten von einem Fuß auf den anderen. Reiben uns mit den Händen die Arme, um uns etwas zu wärmen. Wenigstens regnet es nicht mehr. Wenn wir damals gewusst hätten, wie mild diese Kälte im Vergleich zu der Kälte, die uns erwartete, war! Wir sehen zu den weiten Feldern hinüber. Leichte Nebelschwaden steigen auf. Sie färben sich durch die aufgehende Sonne rot.

»Das ist doch wunderschön«, sagt eine Mädchenstimme neben mir.

Ich drehe mich um und sehe Ludovica neben mir stehen. Sie hat sich von ihrer Gruppe entfernt. Fasziniert starrt sie auf die rote Sonne.

»Hast du Angst?«, frage ich sie leise.

Sie zögert und sagt dann: »Ja, sehr. Und du?«

Ich versuche mich mutig zu geben: »Ein bisschen.«

»Wovor hast du am meisten Angst?«, frage ich sie nach einer Weile.

»Dass ich nicht zurückkomme und meine Familie nie mehr sehe«, sagt sie.

Ein Pfiff erfolgt. Ludovica drückt schnell meine Hand, ich sehe ihr erstaunt ins Gesicht, und dann läuft sie zu den Frauen zurück. Ich spüre den Abdruck ihrer Hand in meiner und atme heftig.

Ein Natschalnik, so bezeichnet man einen Vorgesetzten, erklärte mir Fritz, deutet auf die Frauen und schreit den Soldaten etwas zu. Daraufhin kommt Bewegung in die Soldaten hinter uns. Sie machen noch zwei gierige Züge und werfen die selbst gedrehten Zigaretten, Machorkas genannt, weg.

»Dawai, dawai!«, schreien sie, schubsen die Frauen und zeigen auf den letzten Waggon. Die Frauen gehen zögernd auf die geöffnete Schiebetür zu, manche halten einander an den Händen. Ein Soldat sagt etwas zu den anderen und alle lachen, daraufhin werden zwei Hunde von den Leinen gelassen. Die Soldaten ziehen sich mehrere Schritte zurück und zünden sich wieder Machorkas an. Lachend beobachten sie die Szene.

Die Hunde stürzen auf die Frauen zu, diese schreien gellend auf und laufen gleichzeitig zur offenen Schiebetür. Die Vorderen klettern hinein, was mit den langen Mänteln schwierig ist, denn die Rampe ist an die anderthalb Meter hoch. Die Ersten im Wagen ziehen die Nachkommenden hinauf.

Ein Hund begnügt sich damit, hinter den Frauen zu stehen, zu bellen und zu knurren. Hin und wieder schnappt er nach einem Mantel, lässt ihn aber sofort wieder los. Der andere Hund verbeißt sich in Ludovica, er packt sie am Unterschenkel und lässt sie nicht mehr los. Ich sehe fassungslos und entsetzt zu. Sie schreit und wimmert. Ihre Strümpfe zerreißen und sie beginnt zu bluten. Die anderen Frauen können sie nicht mehr halten, sie wird vom Hund zu Boden gerissen und liegt auf dem nassen, schmutzigen Bahnsteig.

Der Hund lässt ihr Schienbein kurz los. Sie will sich aufrappeln, doch in Sekundenschnelle verbeißt er sich in ihren rechten Oberschenkel. Sie fällt wieder hin und versucht ihr Gesicht mit den Armen zu schützen. Ich weiß nicht, was ich tun soll, und sehe Fritz, Helmut und Karl hilflos an. Die Soldaten grinsen nur.

»Wir müssen ihr helfen!«, schreie ich.

»Du lässt das schön bleiben«, raunt Fritz, »die knallen dich sonst nieder. Sie werden den Hund früher oder später zurückpfeifen. Du weißt schon, es geht nur um Demütigung.«

Ja, das weiß ich mittlerweile nur zu gut.

Eigentlich wurde ich bei keinem Verhör misshandelt. Es ging immer nur um diese Demütigungen, die einen brechen sollten. Bei der Ankunft im Gefängnis in Wien wurden mir alle Knöpfe vom Hemd, von der Jacke und von der Hose abgeschnitten. Stundenlang saß ich hungrig und durstig im stickigen Verhörzimmer und wurde über das Ereignis, das mir die Verhaftung eingebrockt hatte, ausgequetscht.

Dieser blödsinnige Vorfall! Könnte ich doch die Zeit zurückdrehen! Das war während der ersten Monate das Einzige, was ich dachte.

Der Vernehmende aß und trank ständig vor mir. Einmal ließ er sich ein Wiener Schnitzel kommen, begann zu essen und lobte die österreichische Küche. Eine Minute später kam ein

Mann mit einer Haarschneidemaschine in den Raum und breitete eine alte Decke auf dem Boden aus. Mich zwang man vor der Decke auf die Knie, mit einem Gürtel fesselte man meine Hände am Rücken. Der Mann schor mich kahl. Strähne für Strähne fiel auf die Decke hinunter, er hob sie hoch und stopfte sie mir in den Mund. Würgend spuckte ich sie wieder aus. Im Hintergrund schmatzte der Offizier, während ich glaubte ersticken zu müssen. In den Nächten ließ man mich nicht schlafen, stündlich kam ein Soldat in die Zelle und weckte mich mit einem Fußtritt. In allen Durchgangslagern überließ man uns den stärkeren Russen und sie knöpften uns Mäntel, Stiefel und anderes ab. Das Wachpersonal sah teilnahmslos zu. Demütigungen ohne Ende.

Ich denke nicht mehr und spüre nur noch Hass. Es ist mir in diesem Augenblick gleichgültig, ob ich sterbe. In Sibirien gehe ich sowieso drauf. Das weiß ich. Ich bin kein Kämpfer, ich bin ein verwöhntes Muttersöhnchen. Alle sagen das. Vor allem mein Vater.

Ich stürze auf den Hund zu und gebe ihm einen Tritt in den Bauch. Fest packe ich ihn am Schwanz, reiße ihn mit einem Ruck zurück. Er lässt Ludovicas Bein los, sie rappelt sich schnell hoch und klettert in den Waggon. Der Kopf des Hundes dreht sich zu mir. Wie ein wild gewordener Wolf sieht er aus, wie eine Bestie. Seine Zähne sind meinem rechten Unterarm gefährlich nahe. Um uns herum entsteht Tumult, die Soldaten kommen aufgeregt näher. Ich höre Karl sagen: »Mensch, bist du ein Depp!«

Ich lasse blitzartig den Schwanz des Hundes los und er setzt zum Sprung an. Ins Gesicht springen will er mir, ich spüre es, er will mir Augen, Nase, Wangen zerfleischen. Mit beiden Händen packe ich ihn am Hals und würge ihn. So fest ich kann, drücke ich zu. Meine angestaute Wut kommt hoch, die Wut der letzten Monate. Die Wut in mir, seit dem Streit mit meinem Vater. Der Streit ist schuld an allem, ohne diesen Streit wäre ich nicht von zu Hause weggelaufen, in die Stadt.

Ich hätte nie –. Ich wäre nie von den Russen verhaftet worden.

Mein Gott, ich spüre sie immer noch, während ich hier sitze und tippe. Die große Wut auf meinen Vater. Auch dir wäre es anders ergangen, Ludovica, wenn ich nicht dabei gewesen wäre, auf dieser Höllenfahrt in das Land der Vergessenen. Da bin ich mir sicher.

Zurück. Zurück nach Moskau, zurück an den Tag, an dem wir wie Vieh in Waggons verladen wurden.

Ich knie auf dem Boden, auf dem Hund, drücke immer fester zu, bis ein Soldat über mir ist. Er verpasst mir einen Fußtritt in die Seite, doch ich lasse den Hund nicht los. Noch einmal drücke ich fest zu. Die Soldaten umringen mich und beginnen mich systematisch zusammenzuschlagen. Ich lasse den Hals des Hundes los, um mit beiden Händen meinen Kopf schützen zu können. Mit ihren Füßen treten sie auf mich ein, bis ich bewusstlos werde.

Als ich stöhnend aufwache, liege ich auf verfaultem, stinkendem Stroh. Mein ganzer Körper schmerzt, ich kann mich kaum bewegen. Es rattert laut und gleichmäßig, der Boden vibriert, der Gestank ist unerträglich. Mir bleibt der Atem weg. Die Augen müssen sich an die Dunkelheit gewöhnen. Langsam erkenne ich Fritz, Karl und Helmut. Sie hocken um mich herum und erzählen mir, dass ein Soldat die Pistole auf mich gerichtet hatte und schon abdrücken wollte. Der Natschalnik kam jedoch rechtzeitig hinzu, er deutete ihm barsch mit der Hand, die Waffe einzustecken, und verlangte eine Erklärung. Die Soldaten stotterten herum. Fritz, der einigermaßen gut Russisch spricht, hatte den Mut, ihm schnell die Sache mit dem Hund zu schildern.

Daraufhin packte der Mann Fritz fest am Kragen. Er sagte zu ihm: »Passt gut auf ihn auf, noch so eine dumme Aktion und ich erschieße ihn eigenhändig.« Dann deutete er ihm, Karl und Helmut, sie sollen mich, den Bewusstlosen, in den Waggon heben. Schon im Waggon konnte Fritz noch hören, wie er die Soldaten anschnauzte: »Lebend sollen wir sie dort abliefern, ist das klar?«

Ich liege mit Schmerzen auf dem Boden, besonders meine rechte Schulter und die rechte Hüfte tun weh. Der Kopf dröhnt und mir ist speiübel. Wir fahren tagelang, ohne Halt zu machen.

In unserem Waggon befinden sich insgesamt hundertvier Menschen. Die Hälfte davon sind Russen, die andere Hälfte besteht aus uns Ausländern. Die Russen nahmen sofort die obere Etage im Waggon in Anspruch, dort gibt es wegen der Schlitze mehr Luft und Licht. In einer Ecke befindet sich ein Loch im Boden, das ist die Toilette. So spartanisch lebte ich noch nie. Entweder hocken oder liegen wir auf dem verdreckten Holzboden. Manchmal steht einer auf und tritt vom rechten auf das linke Bein und umgekehrt, ein paar Schritte zu gehen, ist unmöglich. Überall kauern Menschen.

Jede Nacht hält der Zug quietschend an. Die Türen werden aufgerissen, zwei Soldaten mit brennenden Fackeln klettern in den Waggon herein. Mit einem riesigen Holzhammer klopfen sie sorgfältig den Boden, die Wände, die Decke ab. Dabei verteilen sie spaßeshalber Schläge auf Köpfe, Rücken, Schultern. Ich sehe ihr hämisches Grinsen immer noch, höre immer noch ihr dröhnendes Lachen.

»Wozu machen sie das?«, frage ich Fritz.

»Sie wollen verhindern, dass jemand die Bretter irgendwie lockert und heimlich flieht.«

Der Hunger ist schrecklich, alle reden wir vom Essen. Ich fühle mich krank, elend und habe schlimmes Heimweh, oft kann ich meine Tränen nicht zurückhalten. Einmal bemerkt Karl meine nassen Wangen.

»Reiß dich zusammen«, murmelt er, »alle haben jetzt großen Respekt vor dir wegen der Sache mit dem Hund, sogar die Russen. Das ist wichtig. Dann schikanieren sie dich nicht.«

Karl hat recht. Mir fällt auf, dass mich viele merkwürdige Blicke streifen. Von den Russen werden wir Österreicher in Ruhe gelassen, im Gegensatz zu den Ungarn und Rumänen. Ihnen wurden bereits mehrere Kleidungsstücke gewaltsam abgenommen.

»Was bist du für einer?«, fragt mich einmal ein älterer Ungar in perfektem Deutsch, »siehst so verweichlicht aus und fängst einen Kampf mit einem Hund an. Das ist sehr mutig und sehr dumm zugleich.«

Ich antworte nicht. Der alte Mann gibt nicht auf: »Sag, was bist du von Beruf?«

»Nichts Besonderes, ich hab daheim gearbeitet.«

»Habt ihr einen Bauernhof daheim?«

»Mühle.«

Der Ungar lacht: »Ein Müller ist er!«

Ein Müller bin ich. Ein stinknormaler Müller in einem kleinen Dorf. Einer, der die Getreidesäcke der Bauern und Händler schleppt und ständig weiß vom Mehlstaub ist. Einer, der die barschen Befehle seines Vaters befolgt. Einer, der liebend gern ins Gymnasium gegangen wäre und sich nicht durchsetzen konnte.

Nach drei Tagen hält der Zug auf offener Strecke. Durch die Ritzen in den Holzwänden sehen wir weißen, frischen Schnee, er blendet uns. Soldaten spazieren auf und ab und rauchen. Stundenlang bleibt es still, bis die Tür aufgerissen wird und zwei Soldaten mehrere Brotlaibe auf die verdreckten Holzbohlen werfen. Keiner wagt es, sich zu bewegen. Jeder betrachtet gierig die Laibe. Schließlich wird noch ein Holzbottich hereingeschoben und die Tür wieder geschlossen. Aufgeregt rufen alle durcheinander, bis zwei Leute bestimmt werden, die das Essen ausgeben sollen. Einer nimmt die Salzheringe aus dem Bottich und verteilt sie. Der andere zerreißt die Brotlaibe in gleich große Stücke. Dann sitzen alle still auf dem Boden und essen andächtig und schmatzend.

Ein paar Stunden später beginnt der Durst. Zum Essen gab es kein Wasser, keinen Tropfen, und die Salzheringe leisten Schlimmes. Der Durst wird unerträglich, die Zunge klebt am Gaumen.

Wir fahren und fahren. Erst nach zwei Tagen wird die Schiebetür geöffnet und ein Bottich voll mit schmutzigem Wasser hereingeschoben, dazu ein einziger Schöpflöffel. Wie es ihr wohl geht, frage ich mich manchmal. Ob der Hund sie schwer verletzt hat? Einmal sagt Helmut: »Heute ist der 26. Oktober.« Ich falle aus allen Wolken und kann es kaum glauben. Seit wir Moskau verlassen haben, sind wir schon mehr als drei Wochen unterwegs! Ich denke an meine Mutter und muss wieder die Tränen zurückhalten. Sie weiß nicht, was mit mir passiert ist und wo ich bin. Vor drei Monaten habe ich sie zum letzten Mal gesehen.

Am nächsten Tag hält der Zug an. Die Türen werden geöffnet und die Soldaten deuten uns mit den Händen, dass wir aussteigen dürfen. Zögernd steigen wir in den Schnee hinunter und stehen fröstelnd nebeneinander. Ich halte Ausschau nach Ludovica, kann sie aber nicht sehen. Es ist klirrend kalt, aus unseren Mündern dampft der Atem. Wir befinden uns auf einem kleinen Verschiebebahnhof. Hinter uns liegt eine Stadt und jemand flüstert mir zu, dass es Omsk ist. Die Sonne geht rot auf, taucht die Kirchtürme und Häuser in ein besonderes Licht.

Aus jedem Waggon werden die Toten ausgeladen und einfach in den Schnee geworfen, in unserem Waggon sind es vier. Sie sind einfach nicht mehr aufgewacht. Ein Lastwagen nähert sich und hält an, beim Wachpersonal kommt geschäftiges Treiben auf. Die Plane wird zurückgeschlagen, ein schwarzer Klavierflügel steht majestätisch da. Der Natschalnik gibt Anweisungen und fünf Soldaten klettern auf die Ladefläche. Wir Häftlinge sehen gespannt zu.

»Der Offizier heißt Wladimir Iwanowitsch Teljan und ist Musikliebhaber«, flüstert mir Fritz zu, »das Klavier hat er hier in Omsk gekauft. Er nimmt es mit. Dort soll er in irgendeinem Lager die Leitung übernehmen. Hat sich freiwillig gemeldet. Die Bezahlung ist in Sibirien viel höher. Er soll einer von den besonders Grausamen sein.«

»Woher weißt du das?«, frage ich ihn verdutzt.

Er deutet mit dem Kopf auf die Wachsoldaten, die einige Meter neben uns stehen: »Ich habe ihnen zugehört.«

Ich entferne mich von meinen Freunden und schlendere zum letzten Waggon hinüber. Mit meinen Schuhen versinke ich im Pulverschnee. Ludovica steht abseits und starrt zum Klavierflügel auf dem Lastwagen, ihre Lippen zittern.

»Wie geht's dir?«, frage ich leise, »hat dich der Hund schwer verletzt?«

Sie wendet sich zu mir und lächelt mich an.

»Gott sei Dank war die Wunde nicht tief«, antwortet sie, »danke für deine Hilfe. Dich haben die Soldaten ja mehr verletzt als mich der Hund. Wie geht es dir?«

»Wie soll es einem schon gehen auf diesem Höllentransport?«, sage ich und versuche mutig auszusehen.

Wir stehen schweigend im Schnee. Sie starrt wieder mit glänzenden Augen zum Flügel hinüber. Ich betrachte sie verstohlen von der Seite. Im Gegensatz zu den anderen Frauen hat sie ihren Rücken durchgedrückt, als könnte nichts und niemand sie brechen. Sie wirkt stark und zart gleichzeitig.

»Wohin, glaubst du, bringen sie uns?«, fragt sie mich.

Das Klavier wird mittlerweile vom Lastwagen gehoben und auf den schneebedeckten Bahnsteig gestellt.

»Keine Ahnung, irgendwo in Sibirien werden wir landen«, antworte ich.

Die anderen Frauen werden auf uns aufmerksam und kommen näher. Sie umringen uns.

»Wie heißt du?«, fragt eine ungefähr dreißigjährige Frau.

»Thomas«, antworte ich.

»Was für ein schöner Name für einen Helden!«, sagt sie lachend.

Die anderen Frauen beginnen Fragen zu stellen, es sind die üblichen, ich kenne sie aus dem Gefängnis in Wien und aus den Durchgangslagern: Woher kommst du? Warum wurdest du verhaftet? Wie viele Jahre? Ich versuche sie eine nach der anderen zu beantworten, hätte aber viel lieber etwas von Ludovica erfahren. Warum ist sie hier?

Plötzlich stürmen drei Soldaten schreiend auf uns zu. Erschrocken zucke ich zusammen. Angst kriecht in mir hoch. Ich trete ein paar Schritte zurück, doch es ist zu spät. Die Soldaten kommen bei uns an und schlagen mit den Knüppeln um sich. Wir laufen alle auseinander.

Ein Soldat schlägt auf mich ein, er schlägt und schlägt, trifft Rücken, Schultern, Oberarme, Rippen. Ich versuche mein Gesicht zu schützen. Brennende Schmerzen durchzucken mich, auch Angst und Hass.

Als ich zu Boden falle, steigt er mit dem Fuß auf meinen Rücken, aus dem Augenwinkel sehe ich, dass er mit der Pistole auf mich zielt. Die Soldaten rufen sich gegenseitig etwas zu und ich höre Schritte näher kommen. Man zieht mich hoch und ich stehe ihm gegenüber. Er trägt einen langen blaugrauen Mantel mit Pelzkragen, eine Pelzmütze und blank gewienerte schwarze Lederstiefel.

»Du schon wieder«, sagt Wladimir Iwanowitsch Teljan auf Deutsch mit starkem Akzent. Er betrachtet mich eingehend.

Die Soldaten erklären ihm etwas.

»Sie sagen, du hast dich unerlaubt von deinem Waggon entfernt. Und sie sagen, du hast eine Gruppe gebildet. Das ist verboten«, schnauzt er.

»Ich habe keine Gruppe gebildet«, antworte ich leise und stockend.

»Ich habe dich nicht verstanden«, sagt Teljan.

Er tritt näher. Sein Gesicht ist von meinem nur noch zwanzig Zentimeter entfernt. Ich rieche seinen Atem.

Soll er mich doch erschießen, denke ich. Das wäre wenigstens ein schneller Tod, diesem qualvollen Frieren und Verhungern vorzuziehen.

»Ich habe keine Gruppe gebildet«, sage ich.

Dieses Mal sage ich es sehr laut und mit Pausen nach jedem Wort. Er starrt mich an und sein Gesicht verzerrt sich wutentbrannt.

»Ich kann keine Aufwiegler gebrauchen!«, schreit er und zieht seine Pistole. Er hält sie mir an die Stirn.

Ich höre einen hellen Aufschrei. Ludovica stürzt auf uns zu und schreit: »Hören Sie auf damit!«

Teljan betrachtet sie, dann wieder mich.

»Das ist ja rührend«, sagt er.

Die Pistole bleibt an meiner Stirn.

»Ich bitte Sie, lassen Sie ihn leben«, stammelt Ludovica, »das Klavier, ich kann Ihnen darauf vorspielen. Ich kann Ihnen auch Unterricht geben, wenn Sie das möchten.«

Überrascht sieht der Offizier sie an, er betrachtet sie lange und aufmerksam. Dabei verändert sich sein Gesicht, es strahlt Neugier, Staunen und Sensationsgier gleichzeitig aus.

»Na, jetzt wird es richtig spannend«, sagt er und fügt lachend hinzu: »Was kannst du mir denn vorspielen?«

Er betrachtet sie von oben bis unten.

»Zum Beispiel Beethovens ›Mondscheinsonate‹ oder seine ›Appassionata‹ oder von Mozart die ›Fantasie in c-Moll‹ oder Schumanns ›Kinderszenen‹ oder Chopins ›Nocturnes‹ oder seine ›Ballade Nr. 1‹. Oder Sie nennen mir ein Stück, das Sie gerne hören würden.«

Beim Sprechen knetet und bewegt sie fortwährend ihre Finger. Teljans Augen verengen sich, während er nicht aufhört ihr ins Gesicht zu starren. Schließlich nimmt er die Pistole von meiner Stirn und steckt sie zurück in das Halfter am Gürtel.

»Wie heißt du? Woher kommst du und warum wurdest du verhaftet?«, fragt er knapp.

»Mein Name ist Ludovica Juliane Steiner, ich komme aus Wien und bin Pianistin«, antwortet sie.

Sie hält seinem Blick stand.

Er betrachtet sie und atmet tief durch.

»Warum wurdest du verhaftet?«, fragt er betont langsam.

»Ich habe jemanden erschossen«, sagt sie leise.

»Wen?«, fragt er knapp.

»Einen Russen«, antwortet sie.

»Ach ja, du bist die Mörderin, man hat mir von dir erzählt«, sagt er.

Eine Pianistin, die eine Mörderin ist! Ich betrachte ihr kindliches Gesicht und kann es kaum glauben.

»Ich würde es wieder tun!«, sagt Ludovica laut.

Teljans Gesicht verzieht sich ebenso, seine rechte Hand wandert wieder zum Pistolenhalfter. Eine Weile ist es still und es ist eine nervenzerreibende Stille. Alle atmen verhalten. Ludovica sieht ihm ruhig ins Gesicht.

»Schumann«, sagt Teljan, »und wenn du dem Jungen schon das Leben retten willst, würde ich dir raten, gut zu spielen.«

»Gut«, sagt sie, »ich muss meine Hände zuerst ein bisschen aufwärmen.«

Sie spielt.

Sie spielt mit einer Leidenschaft, die uns alle mitreißt. So als hätte sie in den letzten Wochen nie etwas anderes getan. Ihr Gesichtsausdruck wirkt entrückt.

Inmitten von Soldaten und Hunderten von abgemagerten Häftlingen steht ein majestätischer Flügel im Schnee. Davor sitzt ein Mädchen, das in einem dunkelblauen Kleid Schumann spielt. Schumanns »Kinderszenen«.

Die Musik trägt uns fort. Trägt uns zu unseren Lieben, die wir zurückließen. Trägt uns in eine ungewisse Zukunft, vor der wir Angst haben. Ich kann meine Tränen nicht zurückhalten.

Es ist eigenartig, ich sitze in der Küche meiner Kindheit und erinnere mich viel zu gut an diese Minuten. Viel besser als an all die folgenden Jahre in Kälte, Dreck und Elend.

Auch Teljan ist verzaubert, man sieht es ihm an. Er legt den Mantel um ihre Schultern, führt sie zum ersten Waggon und ordnet an, dass sie einen Teller Kartoffeln bekommt. Mich hat er völlig vergessen. Hastig isst sie, während gierig Hunderte Häftlinge zuschauen. Einer stimmt sogar ein Geheul an, es klingt schrecklich. Ein Soldat schlägt ihm mit dem Gewehrkolben in den Bauch, er sackt zusammen und seine Freunde bringen ihn fort. Das Klavier wird verladen, es dauert eine Ewigkeit. Wir frieren und sehnen uns sogar in die stinkende Wärme unseres Waggons zurück.

Wir alle steigen wieder ein. Ludovica wird nun von zwei

Soldaten zum letzten Waggon geführt. Im Vorbeigehen lächelt sie mir zu.

Der Zug fährt weiter. Tagelang werde ich von den anderen mit meinem »Liebchen« gehänselt.

Das U ist härter im Anschlag als die anderen. Oft muss ich ein zweites Mal die Taste drücken. Es muss noch eine Weile halten. Ohne U kann ich meine Geschichte nicht fertig schreiben. Ohne U gibt es keinen Mut. Meine mutige Ludovica.

Das Schreiben ist gut. Die Wörter fließen.

Ich bin schrecklich müde.

Erst spät ging Katharina ins Bett.

NOVEMBER 1972: ARTHUR
DER STREIT DER GROSSMÜTTER

Die Maschine aus Paris landete am späten Nachmittag in Wien-Schwechat. Der zweiunddreißigjährige Arthur Bergmüller stieg mit dem vier Wochen alten Säugling, der in eine hellblaue Decke eingewickelt war, die steile Gangway hinunter. Schwer erschöpft fühlte er sich und er musste sich mit einer Hand konzentriert am Geländer festhalten, um nicht zu fallen. Der Kleine hatte den ganzen Flug hindurch wie am Spieß gebrüllt und sein Fläschchen verweigert, die Stewardessen hatten den überforderten Vater mitleidig beobachtet, die Fluggäste jedoch hatten gestöhnt und mitunter lauthals geflucht. Ein kleines Mädchen fragte ihn mit großen Augen unverblümt, ob er das Baby denn entführt habe, woraufhin Arthur aufstand und in die erste Klasse ging. Es nützte nichts, der Säugling schrie auch hier mit der ganzen Kraft seiner kleinen Lunge. Nach einigen Minuten fragte ein alter Herr aufgebracht: »Guter Mann, sagen Sie mal, wo ist denn die Mutter?«, woraufhin Arthur ihn anschnauzte, er solle sein dreckiges Mundwerk halten, und wieder in die zweite Klasse wechselte.

Es dauerte eine Ewigkeit, bis er endlich seinen Koffer in Händen hielt und in die Ankunftshalle trat. Seine Mutter Luzia umarmte ihn stürmisch und hatte dabei Tränen in den Augen, mehrmals flüsterte sie ihm zu: »Du wirst sehen, wenn du erst mal daheim bist, wird alles wieder gut, alles wird wieder gut«, und er wusste, dass nichts mehr gut werden würde für ihn, nie mehr.

Das schreiende Kind nahm sie ihm sofort ab. Im Wartebereich wickelte und fütterte sie es fachmännisch, bevor sie es in den mitgebrachten Korb legte; es war der riesige Henkelkorb, mit dem Arthur früher immer die Birnen im Garten hatte einsammeln müssen, um sie in den Keller zur Mostpresse zu bringen.

»Ich habe eine dicke Matratze für den Korb genäht, sie ist nicht zu hart, aber auch nicht zu weich, greif mal hinein, Säuglinge dürfen auf keinen Fall zu weich liegen, aber natürlich auch nicht zu hart«, plapperte sie, während sie den Korb leicht hin und her bewegte. Der Kleine schlief augenblicklich ein. Arthur saß teilnahmslos daneben.

Eine halbe Stunde später saßen sie im Auto, er fuhr und Luzia saß neben dem Korb auf dem Rücksitz. Da es heftig schneite, dauerte die Fahrt sehr lange, erst spät am Abend kamen sie daheim an. Arthurs Vater Max stand mit einer Taschenlampe vor dem Haus, als sie parkten. Er empfand sogar so etwas wie Rührung, als der alte, große Mann auf ihn zuschlurfte und ihn in die Arme nahm, was er – soweit Arthur sich erinnern konnte – nur getan hatte, als er ein Kind gewesen war.

Beim Abendessen taten die zwei alten Leute alles, um ihn seine Trauer vergessen zu lassen: Es gab sein Lieblingsgericht – gefüllte Paprika mit Tomatensauce –, man aß im Wohnzimmer und nicht in der Küche, sogar Feuer im großen Kamin war gemacht worden, es prasselte anheimelnd und die beiden erzählten alle möglichen Anekdoten, die sich im Laufe der letzten Jahre im Ort zugetragen hatten. Trotzdem fror er die ganze Zeit.

»Lass ihn ruhig bei mir über Nacht«, sagte Luzia dann zu ihm beim Abwasch, als er sich über den Korb beugte, der auf dem Küchentisch stand. »Ich bin alt und brauch nicht mehr so viel Schlaf und du siehst aus, als hättest du einiges nachzuholen.«

Er ließ sich schwer auf einen Stuhl fallen: »Ich weiß nicht, was ich machen soll, Mutter.«

»Was du machen sollst? Dein Kind großziehen, natürlich, was sonst? Und mit der Zeit darüber hinwegkommen, das auch, das ist wahrscheinlich das Wichtigste. Und deinen Beruf ausüben. Architekten haben im Mühlviertel Seltenheitswert.«

»Ich soll dableiben, meinst du?«, fragte er erstaunt.

»Ja, natürlich, wo willst du denn hin? Ist ja genug Platz in dem großen Haus. Der ganze obere Stock steht leer, richte dir eine Wohnung nach deinem Geschmack ein. Wir würden uns sehr freuen, das weißt du, wir vier in der Bergmühle, wär das nicht schön?«

»Ich kann ihn nicht lieben«, sagte er leise.

Seine Mutter hielt beim Abtrocknen inne und legte ihm eine Hand auf die Schulter: »Das kommt schon. Bis dahin liebe ich ihn für zwei.«

Drei Tage lang befand Arthur sich in einer Art Dämmerzustand, er tat nichts anderes als schlafen, dösen, essen, seinen Eltern zusehen, wie sie ihren Enkel herzten und küssten und ihn im Kinderwagen – woher hatten sie den? – durch den glitzernden Schnee schoben, und wieder schlafen. Er dachte nichts, er fühlte nichts.

Am vierten Tag nach seiner Ankunft erhob er sich am späten Vormittag und war zum ersten Mal seit Langem in der Lage, etwas klarer zu denken. Er schlenderte im ganzen Haus herum und betrachtete jedes Zimmer genau, die Räume erschienen ihm größer und heller als in seiner Jugend. Damals hatte er sich nie vorstellen können, sein Leben in diesem düsteren Haus zu verbringen. Mit dem Kind hierbleiben? Vermutlich hatte seine Mutter recht – mein Gott, er würde ihre Hilfe brauchen – und es war das Beste für alle, vor allem für den Kleinen. Was sollte er mit ihm in einer fremden Stadt? Und nach Paris würde er

67

auf keinen Fall zurückgehen, dort wäre alles nur schmerzhafte Erinnerung.

Die Tage vergingen. Die Sonne setzte sich wieder durch und der Schnee schmolz. Arthur ging viel alleine spazieren, half seinem Vater beim Holzhacken, begann Pläne zu zeichnen für den Umbau des Hauses. In der ehemaligen Mühle, sie war Anfang der sechziger Jahre geschlossen worden, sollte sein Architekturbüro entstehen.

Nachdem zwei Wochen vergangen waren, schaukelte an einem Montag zur Mittagszeit ein Taxi über die Landstraße auf das Haus zu. Aus dem Auto stieg eine elegant gekleidete Frau, es war Esther, Eves Mutter; am Vortag war sie von New York nach Wien geflogen und hatte in einem Hotel übernachtet, am Morgen war sie zeitig in der Früh mit dem Zug nach Linz und weiter mit dem Taxi nach P. gefahren.

Sie saß am Tisch in der alten, einfachen Küche und sah aus, als würde sie mit ihrem engen dunkelroten Kaschmirkleid, ihren kurzen blondierten Haaren und dem stark geschminkten Gesicht aus einer anderen Welt kommen. Still weinte sie vor sich hin, als ihr das Baby überreicht wurde.

Den ganzen Nachmittag ließ sie ihren Enkel, sie nannte ihn Jules, nicht aus den Augen, sie versorgte ihn hingebungsvoll und trug ihn ständig herum. Luzia bot ihr an, ein Zimmer für sie herzurichten, und sie nahm das Angebot dankbar an. Beim Abendessen dominierte sie das Gespräch, sie erzählte von ihrem Mann, der vor einigen Jahren an einem Herzinfarkt gestorben war, von ihrer Tochter Eve, wie diese als Kind mit ihrem Pony zur Schule reiten wollte. Luzia wurde immer stiller.

Allmählich hörte Esther zu sprechen auf. Arthur erhob sich, um seiner Mutter beim Abräumen des Tisches zu helfen. Luzia trug laut klappernd das Geschirr in die Küche, sie schien innerlich vor Wut zu toben, und als sie die Teller schwungvoll abstellte, sagte sie unvermittelt: »Sie will das Kind.«

»Was meinst du?«, fragte Arthur verwirrt.

»Sie will ihn mitnehmen«, erwiderte Luzia mit einem bitteren Zug um den Mund.

»Was redest du da?«,

»Du wirst schon sehen«, antwortete sie.

Luzia sollte recht behalten.

Am dritten Tag erzählte Esther mit ihrem amerikanischen Akzent, dass sie zum ersten Mal seit 1945 wieder in Österreich sei, und auf Max' aufgeräumte Frage, warum sie denn ihre schöne Heimat so lange nicht besucht habe, antwortete sie: »Seitdem man mich in meiner schönen Heimat beschimpft, verfolgt, meine ganze Familie und meinen Mann umgebracht hat und ich in einem KZ fast verhungert wäre, hatte ich kein Bedürfnis nach Besuch.«

Daraufhin folgte eine Kurzversion ihres Lebens: Esther war 1917 in Wien als Tochter eines angesehenen, jüdischen Arztes geboren worden, ihre Schwester Sarah kam vier Jahre später zur Welt. Ihre Eltern waren modern, emanzipiert und hatten das Judentum ihrer Eltern und Großeltern vollständig hinter sich gelassen, sie belächelten die Kaftanjuden aus dem Osten. Das rettete sie dennoch nicht vor der Verfolgung durch die Nationalsozialisten, Esthers gesamte Familie kam im Konzentrationslager Dachau ums Leben. Sie selbst versteckte sich gemeinsam mit ihrem Mann, ebenso ein Jude und Rechtsanwalt, bei einem befreundeten Ehepaar außerhalb von Wien. Diese besaßen einen großen Bauernhof, Esther und Samuel hausten jahrelang abwechselnd in Keller und Heustadel. Im Frühling 1943 gebar Esther im Versteck ein Mädchen und nannte es Eva. Irgendjemand musste das junge Ehepaar verraten haben, denn ein paar Tage später wurde eine nächtliche SS-Razzia auf dem Hof durchgeführt. Esther und Samuel führte man ab, die kleine Eva schlief unbemerkt in einem alten Koffer, der zwischen Marmeladen- und Kompottgläsern auf einem wackligen Regal lag. Die Bäuerin nahm sich des Babys an, Samuel starb im Februar 1945 im Steinbruch des KZ Mauthausen, Esther überlebte schwer gezeichnet, der Gedanke an die Tochter hatte sie am Leben gehalten.

Im Juni 1945 stand sie vor dem Zaun des Bauernhofs und beobachtete das zweijährige blonde Mädchen, das fröhlich im Garten einem Schmetterling nachlief. Sie musste sich zusammenreißen, um nicht laut herauszuschreien, als das Kind sich weigerte, von ihr in die Arme genommen zu werden. Im September flog sie mit ihrer Tochter zu entfernten Verwandten nach New York und entschied sich zu bleiben. Vier Jahre später heiratete sie den um einiges älteren Industriellen Gabriel Bloomberg, er adoptierte Eva. Weitere Kinder konnte Esther nicht bekommen und sie litt sehr darunter. Sie engagierte sich in New Yorks Kunstszene, übernahm eine angesehene Galerie und machte sich einen Namen als Kunstkritikerin. Vor allem förderte sie junge jüdische Künstler. (Eve hatte ihm einmal erzählt, dass sich ihre Mutter von Anfang an einen Spaß daraus gemacht hatte, die Karriere von deutschen und österreichischen Künstlern zu ruinieren, und als sie sie einmal zur Rede gestellt hatte, gesagt hatte: »Das nennt man Sippenhaft, mein Kind!«)

Eve Bloomberg wuchs wie ein typisches amerikanisches Mädchen auf, besuchte ein privates College, tanzte auf Partys, studierte Sprachen. Und jetzt war sie tot, gestorben bei der Geburt des ersten Kindes.

Betretenes Schweigen folgte. Jeder starrte auf seinen Teller und kaute bedächtig, was hätte man nach solch einer Geschichte sagen sollen? Alles hätte banal geklungen, passende Trostworte gab es nicht. Nach einer Weile seufzte Max und sagte: »Ja ja, Hitlers Verbrechen waren furchtbar«, ohne dabei Esther in die Augen zu schauen.

»Hitler hat sie nicht alleine ausgeführt«, meinte diese trocken und auf ihren Enkel, den sie auf dem Schoß hielt, hinunterschauend, fügte sie hinzu: »Es waren österreichische Nationalsozialisten, die verhindert haben, dass ich meine Tochter in diesem Alter im Arm halten konnte.«

Und dann war es wieder ausgerechnet ein Österreicher gewesen, den diese Tochter vor acht Jahren auf einer Europareise kennengelernt hatte, dachte Arthur, Esther hatte ihn von vornherein schlichtweg abgelehnt und das nur aufgrund seiner Nationalität. Er erinnerte sich an die wenigen Begegnungen mit Esther, die allesamt schwierig verlaufen waren, auch weil Eve und ihre Mutter eine äußerst delikate Beziehung gehabt hatten. Esther hasste alles, was irgendwie mit Deutschland oder Österreich zu tun hatte, und konnte sich nicht von ihrem Hass befreien.

Mit allen Mitteln kämpfte sie darum, dass ihre Tochter in die USA zurückkehrte, bis sie ihr schließlich den Geldhahn zudrehte, doch auch das half nichts, Eve blieb in Paris – und bei diesem Österreicher – und nahm eine Arbeit als Dolmetscherin an.

Noch am selben Abend, man saß im Wohnzimmer zusammen, begann Esther ohne Umschweife zu reden: »Ich würde Jules sehr gerne nach Fort Lauderdale mitnehmen. Er soll bei mir in Florida aufwachsen. Ihr könnt sicher sein, dass er es bei mir gut haben wird.«

Sie sprach weiter, erzählte von ihren Plänen, welches Zimmer sie für den Enkel herrichten, welche Schulen er besuchen würde. Arthur könne zu Besuch kommen, sooft er wolle, damit der Junge seinen Vater kennenlerne. Die anderen schwiegen die meiste Zeit, abschließend zündete sie sich eine Zigarette an.

Arthur staunte über die Intuition seiner Mutter, die von Anfang an erkannt hatte, worum es dieser Frau eigentlich ging, und wunderte sich über seine Naivität. Und er bewunderte Esthers Taktik, zuerst von ihrem Leben zu erzählen und danach das Kind zu fordern. Denn er wusste – und seine Eltern wussten es, er sah es in ihren Gesichtern –, es war nicht nur eine einfache Bitte, sondern Esthers gesamte gewaltige Vergangenheit schwang in dieser Bitte mit und machte aus der Bitte eine Forderung, eine Forderung, die unabänderliches moralisches Recht darstellte. Einer Frau, die Unsägliches in einem Konzentrationslager erlitten hatte, dort ihre Familie und ihre große Liebe verloren hatte, den einzigen Enkel zu verweigern, war Unrecht. Nachdem man ihr die einzige Tochter weggenommen und quasi an deren Tod nicht ganz unbeteiligt war, einer Frau den einzigen Enkel vorzuenthalten, war Unrecht. Es wäre somit doppeltes Unrecht, er – der Österreicher – und alle Österreicher mit ihm standen ja geradezu in ihrer Schuld!

Aber war es nur das? Spielte nicht auch etwas anderes mit, etwas Leises, das er tief in sich spürte? War er nicht insgeheim erleichtert, das Kind bald nicht mehr sehen zu müssen, das Kind, das ihm Eve genommen hatte?

Arthur verscheuchte diese aufkeimenden Gedanken. Nein, er konnte es ihr nicht verwehren, so war es, er war ihr gar nicht gewachsen in seiner immensen Trauer und Verletzlichkeit, für einen Streit nicht gewappnet, das wusste sie, das wusste er, nur seine Mutter wollte es nicht wahrhaben, sie würde um den Enkel kämpfen. Er sah Luzia an. Die Ungeheuerlichkeit von Esthers Anliegen hatte ihr buchstäblich die Sprache verschlagen.

Das Baby schrie, Luzia ging wankend in die Küche und kehrte mit ihm zurück, Esther streckte die Arme nach ihm aus, doch Luzia ignorierte es und ging, das Kind wiegend, auf und ab. Dabei schaute sie forschend in Arthurs Gesicht und er wünschte sich weit fort.

»Sag doch was«, forderte sie Arthur auf.

Er konnte nur hilflos mit den Schultern zucken und sie schaute ihn mit großen Augen an.

Bitte fang nicht zu weinen an, Mutter, dachte er, bitte fang jetzt nicht zu weinen an, erspar mir das, ich kann nicht mehr.

»Es ist so«, fuhr Esther fort, »Ihr Sohn und meine Tochter waren ja nicht verheiratet, Jules heißt deshalb auch mit Nachnamen Bloomberg und ist amerikanischer Staatsbürger, und rechtlich ist es so, dass, wenn die Mutter stirbt, automatisch die Großeltern der Mutter …«

»Die Vaterschaft ist anerkannt«, unterbrach Luzia sie, »mein Sohn wird ihn adoptieren, dann heißt er Bergmüller, und er wird ihn großziehen.«

Die beiden Frauen fixierten sich, Arthur beobachtete, dass sie beide tief durchatmeten. Der Streit war unvermeidbar.

»Sie brauchen keine Angst haben, Jules wird es bei mir sehr gut gehen, ich liebe ihn wie einen Sohn, nicht wie einen Enkel. Ich kann ihm alles bieten, alles, er wird die besten Schulen besuchen und jede berufliche Möglichkeit haben«, sagte Esther beschwichtigend und ließ ihren Blick durch das alte Wohnzimmer schweifen.

Laut konterte Luzia: »Sie brauchen gar nicht so demonstrativ hier herumschauen, ich weiß selber, dass alles alt und bescheiden ist. Was wollen Sie damit sagen? Dass wir hier in diesem alten Haus dem Kind nicht alles bieten können, so wie Sie? Ich weiß auch, dass ich alt bin. Ich liebe Julius wie einen Enkel und nicht wie einen Sohn, denn er ist mein Enkel. Aber hier steht mein Sohn und er ist der Vater des Kindes! Sie können doch nicht wollen, dass ein Kind ohne seinen Vater aufwächst!

Glauben Sie, dass Ihre Zeit im Konzentrationslager und Ihr Reichtum es rechtfertigten, einem Vater das Kind wegzunehmen? Ich finde das, ehrlich gesagt, einfach nur überheblich.«

Arthur zuckte zusammen und auch Luzia wurde in dem Moment bewusst, was sie damit ausgesprochen hatte. Sie hatte eine ehemalige Inhaftierte eines Konzentrationslagers beschimpft und als überheblich bezeichnet und das durfte man vermutlich nicht. Galt sie nun als Antisemitin?

Esther blieb die Luft weg, sie starrte mühsam beherrscht in die drei betretenen Gesichter und erhob sich langsam.

»Wie können Sie es wagen!«, zischte sie.

Luzia stand ebenfalls auf, sie bereute ihre unbedachte Aussage, wollte sich das jedoch nicht anmerken lassen und sagte ruhig: »Das möchten Sie doch nicht, dass der Kleine ohne seinen Vater aufwächst.«

»Ein Vater ist nie so wichtig wie eine Mutter und Jules soll vor allem nicht mit einem Vater aufwachsen, der ihn nicht liebt«, sagte Esther.

»Aber er liebt ihn ja«, beteuerte Luzia.

»Ach ja? Ich bin jetzt seit drei Tagen hier und kein einziges Mal hat er seinen Sohn hochgehoben«, sagte Esther.

»Ich hab meinen Enkel in den letzten drei Tagen auch nicht hochgehoben«, entrüstete sich Luzia, »das hat aber mit Ihnen zu tun, Sie hatten ihn ja die ganze Zeit in Händen.«

»Er hat ihn aber nicht einmal angesehen«, erwiderte Esther.

Arthur konnte es nicht mehr ertragen und flüchtete aus dem Raum. Vor der Haustür zündete er sich eine Zigarette an, nach einer Weile kam Esther nach.

»Du kannst es mir nicht verwehren«, sagte sie und zündete sich ebenfalls eine Zigarette an. Er schwieg und starrte in die Ferne.

»Komm doch mit nach Florida. Ich kenne ein paar gute Architekten, die sich freuen würden, dich einzustellen. Ich miete ein Haus für dich ganz in unserer Nähe«, sagte sie.

Arthur lachte bitter auf und sah ihr ins Gesicht: »Ist dein Haus nicht groß genug?«

Esther senkte den Blick und er starrte wieder in den Garten hinaus. Er wusste, sie wollte den Jungen für sich alleine haben, das Angebot war nicht ernst gemeint, war nur pro forma, um ihr das Fünkchen schlechte Gewissen in dieser Angelegenheit zu nehmen, das schlechte Gewissen dem störenden Faktor gegenüber, ihm, den sie eigentlich ganz und gar nicht um sich haben wollte.

»Du hast recht, ich kann es dir nicht abschlagen«, sagte er leise, ohne sie anzusehen. Er wandte sich zur Tür, sie griff nach seinem Oberarm und fragte: »Wir sind uns also einig?«

Arthur nickte und ging schnell ins Haus hinein, seine Zimmertür schloss er ab.

Die ganze Nacht wälzte er sich herum, erst im Morgengrauen schlief er ein. Als er aufstand, bemerkte er als Erstes Esther, die mit ihrem Koffer aus dem Zimmer trat, sie verlangte die Geburtsurkunde und er händigte sie ihr aus, außerdem unterschrieb er ein paar Zeilen, deren Inhalt er nicht einmal durchlas. Am Nachmittag würde ihr Taxi kommen, erklärte sie, sie wollte eine Nacht in Wien in einem Hotel verbringen, da am nächsten Tag am frühen Morgen der Flieger nach New York ging.

In der Küche saß sein Vater und las die Zeitung, Arthur setzte sich zu ihm.

»Die zwei Frauen haben sich heute Morgen noch eine Schlacht geliefert«, sagte Max.

Oh mein Gott, dachte Arthur.

Sie schwiegen eine Weile, dann sagte Max: »Er ist der letzte Bergmüller, weißt du. Es wäre schön gewesen, wenn er hier aufgewachsen wäre und dann den Besitz geerbt und weitergeführt hätte. Wie du ja weißt, hat unsere Familie hier jahrhundertelang gelebt.«

Komm mir nicht damit, dachte Arthur, ich kann mit dem Buddenbrooks-Scheiß nichts anfangen.

Seine Mutter traf er vor dem Haus, sie hatte einen letzten Spaziergang mit ihrem Enkel gemacht. Erhitzt redete sie auf ihn ein, er solle es sich noch einmal überlegen, er habe eine Verantwortung und könne doch das Kind nicht einfach weggeben!

»Willst du wirklich, dass dein Sohn ohne Vater aufwächst?«, fragte sie ihn.

»Was hätte ich tun sollen? Sie hat so viel Schlimmes durchgemacht, sie hat mir leidgetan. Ich konnte einfach nicht Nein sagen, ich konnte es nicht!«, sagte Arthur.

»Viele Leute haben Schreckliches durchgemacht! Bitte, Arthur, tu es nicht, ich bitte dich!« Sie sah ihn eindringlich und flehend an.

»Es wird ihm wirklich gut gehen bei ihr. Akzeptiere es. Wir werden ihn jedes Jahr besuchen«, antwortete er resigniert.

Luzia sah ihn bitter enttäuscht an, sie wusste, dass sie kein einziges Mal in die Staaten fliegen würde, dafür fühlte sich Max zu alt und alleine wollte sie ihn nicht lassen. Zwölf Jahre hatte sie mit ihrem Mann zu zweit in dem großen Haus gewohnt, sich durch die langen Winterabende geschleppt und sich danach gesehnt, dass Arthur nach Hause zurückkehrte. In den letzten Wochen hatte sie es gewagt, von glücklichen Jahren zu träumen, von einem Haus erfüllt mit Kinderlachen, von einem kleinen Jungen, der auf ihrem Schoß saß und sie Oma nannte. Sie hatte von einem Lebensabend geträumt, der gleichzeitig eine Zukunft darstellte und der sie für die jahrelange Einsamkeit entschädigen sollte. Er hatte sie um diese Jahre betrogen.

Als das Taxi kam und Esther mit dem Baby einstieg, war Arthur der Einzige, der ihr dabei half. Seine Eltern zogen es vor, im Haus zu bleiben.

In der Nacht träumte er von Eve, sie lagen auf ihrem Bett in der Wohnung in Paris und waren nur mit Unterwäsche bekleidet, es war heiß, die Fenster waren weit geöffnet, zwischen ihnen das Kind, es krähte hin und wieder vergnügt und schien schon ein paar Monate alt zu sein. Plötzlich war das Kind weg, seltsam, es flog einfach beim Fenster hinaus und obwohl er es festhalten hätte können, tat er es nicht, Eve sah ihn traurig an und verließ die Wohnung, er lag wie gefesselt im Bett und konnte sie nicht festhalten. Schweißgebadet wachte er auf, es war vier Uhr früh.

Was hatte er getan? Was um Himmels willen hatte er getan? Er hatte seinen Sohn mit einer Frau ziehen lassen, die er kaum kannte und deren selbstgerechtes, eitles Getue er nicht ausstehen konnte! Eve hätte das unter keinen Umständen gutgeheißen, das wurde ihm mit einem Schlag klar, sie war mit ihrer Mutter überhaupt nicht zurechtgekommen. Doch es war zu spät, bis er es schaffte, in Wien zu sein, wäre der Kleine schon im Flieger, auf dem Weg nach Übersee. Und ihn von dort zurückzuholen, käme einer Entführung gleich, immerhin hatte er unterschrieben. Mit einer Flasche Wodka begoss er Kapitulation und schlechtes Gewissen und kotzte das Badezimmer voll.

Die Tage zogen sich zäh dahin, die Leute im Dorf schauten ihm irritiert ins Gesicht. Arthur wurde unruhig und spürte, er konnte hier nicht bleiben.

»Ich werde für eine Weile nach Berlin gehen, ein Freund von mir wohnt dort und hat mich eingeladen, in seinem Büro ist eine Stelle frei«, teilte er seinen Eltern mit.

Sie saßen beim Frühstück und sahen ihn traurig an.

Er packte seine Reisetasche und ließ sich von seiner Mutter

nach Linz zum Bahnhof fahren. Er schaute auf das Haus zurück, sein Vater stand davor und winkte dem Auto nach, eine Ahnung durchzuckte ihn, sah er ihn soeben zum letzten Mal? Im Auto betrachtete er verstohlen seine Mutter, sie sah um zehn Jahre älter aus, und sie tat ihm leid.

Am Bahnsteig bat sie ihn unter Tränen: »Besuch uns manchmal, ja?«

Er versprach es. Sie zog aus ihrer Manteltasche ein Foto und überreichte es ihm mit den Worten: »Damit du deine Familie nicht vergisst.« Bei jedem Abschied hatte sie ihm ein Foto von der Familie überreicht und diesen Satz gesagt: Damit du deine Familie nicht vergisst. Sie wusste, dass Arthur dazu neigte, die Familie zu vergessen.

Er nahm das Foto an sich und betrachtete es. Er kannte es noch gar nicht, es war bald nach seiner Ankunft von einem Nachbarn gemacht worden und zeigte ihn und seine Eltern vor dem Haus stehen, die beiden strahlten stolz, Luzia hatte ihren Enkel im Arm. Lange betrachtete er es, bevor er es in seine Manteltasche steckte.

Der Zug fuhr ein und sie umarmten sich, Luzia begann zu weinen und umklammerte ihn. Beinahe mit Gewalt musste er sich losreißen. Im Zug hatte er erst den Mut, aus dem Fenster zu sehen, als er losfuhr, seine Mutter stand auf dem Bahnsteig und wurde immer kleiner. Erschöpft ließ er sich auf seinen Sitz fallen.

Sechs Jahre später sollte Arthur gemeinsam mit seinem Sohn Julius am selben Bahnsteig ankommen, um für immer nach Hause zurückzukehren.

21. DEZEMBER 2012: KATHARINA
WELTUNTERGANGSPARTY

Am Nachmittag rief ein Polizist aus Kitzbühel an und über-
brachte ihr die Nachricht.

Sie trat mit dem Telefon in der Hand auf den Balkon hinaus
und schaute in den weißen Garten, es hatte zwei Tage lang
stark geschneit und immer noch fielen vereinzelt dicke Flo-
cken, die wie Kristalle aussahen; alles wirkte durch die weiche
Schneedecke still und gedämpft. Fröstelnd fragte sie den Anrufer ein zweites Mal nach dem Grund seines Anrufs – sie hatte
ihn vorher wegen der lauten Musik in der Küche nicht verstanden –, während sie sich umdrehte und die Kinder, Arthur und
Olga durch die Glasscheibe beobachtete, wie sie einfach weiter-
tanzten und sich gleichzeitig vor Lachen bogen, weil Olga gerade versuchte, Luisas Ballettfiguren nachzuahmen. Katharina
würde noch jahrelang an das Paradoxe dieser Situation denken:
Dass es ausgerechnet während der Weltuntergangsparty ihrer
Kinder gewesen war, als sie die Nachricht erhielt.

Die Stimme am Telefon wiederholte nun das, was sie offensichtlich bereits gesagt hatte, denn sie tat es betont langsam,
laut und deutlich, und es war Arthur, der ihren veränderten
Gesichtsausdruck bemerkt haben musste, denn er öffnete die
Balkontür, kam zu ihr und sah sie mit fragendem Gesichtsausdruck an. Auch Leonora und Luisa kamen nun näher zur Balkontür, die einen Spalt offen stand, sie wollten das Gespräch
belauschen und starrten Katharina neugierig ins Gesicht. Allmählich merkte sie, dass sie ziemlich entsetzt und verwirrt aussehen musste, da sich ein verstörter Ausdruck in die Gesichter

der zwei Mädchen schlich. Deshalb straffte sie ruckartig ihre Schultern und bemühte sich, einigermaßen normal auszusehen, außerdem wechselte sie plötzlich ins Englische.

»An accident, did you say?«, sagte sie zwei Mal hintereinander, woraufhin die sechsjährige Luisa sich zu ihrem großen Bruder wandte, der mit seinem Freund am Küchentisch stand und sich einen Cocktail mixte, und ihn fragte: »Was heißt denn Exident?«, und Vincent posaunte laut und stolz – weil er das Vokabel wusste – zurück: »Das heißt Unfall!« Auf dem Balkon zuckten Arthur und Katharina gleichzeitig zusammen.

Die Kinder hatten wochenlang gebettelt, eine Weltuntergangsparty machen zu dürfen, und schließlich hatte sie eingewilligt, am nächsten Tag war ohnehin Samstag und somit keine Schule. Sie erlaubte jedem, einen Freund oder eine Freundin einzuladen – was schließlich mit Murren akzeptiert wurde, denn eigentlich wollten alle jeweils fünf oder sechs Freunde einladen –, sie würde Pizza machen, die Kinder würden sich selbst Cocktails mixen, unerträglich laut Musik hören und später einen Film ansehen.

Am Vormittag des 21. Dezember war Katharina noch in der Stadt gewesen, hatte die letzten Weihnachtsgeschenke für die Kinder besorgt und es genossen. Im Bekanntenkreis getraute sie sich nie die Wahrheit zu sagen, nämlich dass sie es liebte, sich dem Kaufrausch uneingeschränkt hinzugeben, ohne dabei ein schlechtes Gewissen verspüren zu müssen.

Meistens nickte sie einfach nur zustimmend, wenn sich die Bekannten intellektuell gaben und der allgemeine und stöhnende Tenor ertönte, dass es so schrecklich degeneriert sei, in überfüllten Shops herumzulaufen und Kram zu kaufen, den ohnehin niemand benötigte und den man dann nach einiger Zeit sowieso wieder entsorgen musste, wo bliebe denn eigentlich die besinnliche Stille? Sie war anderer Meinung, wollte das aber nicht jedem gegenüber kundtun, vermutlich hätte man ihr nur Unverständnis entgegengebracht. Sie besorgte gerne Geschenke und liebte die glänzenden Augen der Kinder, wenn sie sie am Heiligabend auspackten.

Bevor sie heimfuhr, aß sie in einem Café eine Kleinigkeit, trank dazu Prosecco und beobachtete die Leute, saugte das Leben um sich herum auf. Sie freute sich auf die Weihnachtsferien gemeinsam mit Julius, sie wollten ihre Südostasienreise im Detail planen, ein Mal mit Freunden essen gehen und ein Mal ins Theater. Sie waren in den letzten Wochen so glücklich gewesen. Nach den Ferien würde Julius, der bereits gekündigt hatte, nur mehr drei Wochen in Tirol arbeiten müssen.

Auf der Heimfahrt hatte Katharina plötzlich einen Schwächeanfall und sie musste an den Straßenrand fahren, um sich zu sammeln. Ihr war furchtbar übel, sie hatte starke Kopfschmerzen und das beklemmende Gefühl, dass einem ihrer Kinder etwas zugestoßen war. Sie brauchte lange Minuten und viele tiefe Atemzüge, um schließlich weiterfahren zu können, und erst nach einer halben Stunde legte sich das mulmige Gefühl allmählich.

Um ein Uhr kam sie zu Hause an, die Freunde der Kinder trudelten gemeinsam mit ihr ein, und offenbar war niemandem etwas passiert. Leonora und Luisa kamen sofort aus dem Haus gestürmt, sie wollten zum Auto laufen, um in den Kofferraum zu lugen, und sie musste sie beinahe mit Gewalt ins Haus scheuchen: »Na los, ihr zwei, ab mit euch, die Geschenke bekommt ihr am Montagabend!«

»Wie oft noch schlafen?«, fragte Luisa, was Leonora mit einem »Noch drei Mal, du Doofi« beantwortete, woraufhin Luisa einen Schmollmund zog und der Schwester in die Rippen boxte. Im Flur stand bereits Olga mit verschränkten Armen,

Katharina reichte ihr den Autoschlüssel und flüsterte ihr zu: »Vielen, vielen Dank!« Olga würde die Geschenke in Arthurs Schlafzimmer verstecken.

Kurze Zeit später aßen acht Kinder in der Küche Pizza und Schokomousse, anschließend wurde einstimmig entschieden, die Reihenfolge der Party-Agenda zu ändern, man wollte sich zuerst den Film ansehen und später Cocktails mixen und Musik hören.

Es war der vierte Teil einer Vampirsaga, die zurzeit bei Kindern und Jugendlichen in aller Munde war, Leonora hatte ihn unbedingt noch sehen wollen, bevor sie sich den im Kino angelaufenen fünften Teil anschauen würde, und sie setzte sich bei ihren Geschwistern durch. Katharina setzte sich zu den sechs Mädchen, die sich auf das Sofa gefläzt hatten – Vincent hatte den Film für zu kindisch befunden und sich mit seinem Freund in seinem Zimmer verkrochen –, und musste insgeheim über Vampir Edwards unglaublichen Schlafzimmerblick und über die dahinschmelzenden Mienen der Mädchen lachen.

Der Inhalt war überwältigend schlicht: Die Hochzeit eines Vampirs mit einer Normalsterblichen wird von einer modebewussten Vampirin geplant und schließlich rauschend gefeiert, ein gut aussehender Werwolf taucht auf dieser Hochzeit auf und beschwert sich, weil sie eigentlich ihn hätte nehmen sollen, anschließend verbringen die Brautleute ihre Flitterwochen auf einer einsamen Insel vor der Küste Brasiliens, wo sie entweder Schach spielen oder miteinander schlafen, der Vampir entjungfert die Normalsterbliche und schwängert sie dann. Sie kehren nach Hause zurück, wo die Schwangere durch den Fötus beinahe stirbt, dessen Tod wiederum von Werwölfen und feindlichen Vampiren, den Volturis, gewünscht wird, weshalb sich plötzlich alle bekriegen. Das Kind kommt zur Welt und seine Mutter wird in eine Vampirin verwandelt, damit endete der Film.

»Mein Gott, ist das alles blöd!«, stöhnte Victoria die ganze Zeit.

»Ich wäre auch so gern ein Vampir, nein, lieber ein Werwolf, nein, doch lieber ein Vampir«, sagte Luisa mehrmals sehnsüchtig. »Dann muss ich nie schlafen und nie essen, bin voll schnell und stark und schön.«

»Sie soll Jacob nehmen und nicht Edward, die blöde Kuh!«, schrie Leonora an die zehn Mal, »der ist ja viiiiel cooler und fescher!«

Nach dem Film hatte Katharina begonnen, mit Luisa und ihrer Freundin Greta Lebkuchen zu backen, da ihnen langweilig geworden war, sie hatten kein Interesse daran, sich wie die Großen im Zimmer zu verkriechen und Musik zu hören oder Computerspiele zu spielen. Sie stand am Küchentisch, rollte den Teig aus und beobachtete anschließend, wie die Kleinen hingebungsvoll Figuren ausstachen, einen Engel, ein Herz, ein Schaukelpferd, einen Stern. Nach und nach kamen Victoria und Leonora mit ihren Freundinnen dazu, setzten sich an den großen Tisch, und schließlich kamen sogar Vincent und sein Freund Robert aus dem Zimmer heraus.

Die beiden begannen Cocktails zu mixen, die Mädchen halfen mehr oder weniger eifrig beim Kekseausstechen mit, die ganze Zeit blödelten alle herum, und obwohl die Großen schrien: »Bitte nicht, bitte nicht, wir wollen den Kack nicht hören!«, spielte Luisa ihre CD »Ö3 Greatest Christmas Hits«, die sie letztes Jahr zu Weihnachten bekommen hatte. Alle wurden also mit John und Yokos »Happy X-Mas« und Wham!s »Last Christmas« berieselt und plötzlich, bei José Felicianos »Feliz Navidad«, fingen die Jüngeren zu tanzen an, sie tanzten um den großen Tisch herum, Luisa und Greta im Ballettstil, sie machten Pirouetten, bis ihnen schwindlig wurde, Leonora und Mara hüpften herum, als wären sie in der Disco, was

83

Victoria und Vincent mit verdrehten Augen kommentierten. Katharina genoss es, ihnen zuzuschauen, in solchen Momenten fühlte sie sich mit der Mutterschaft absolut versöhnt, sie konnte sich kaum sattsehen an ihnen und dachte, wie schade es sei, dass Julius solche Augenblicke nicht miterleben konnte, so viel hatte er in den letzten Jahren versäumt.

Luisa öffnete die Tür, als es klopfte. Arthur und Olga betraten die Wohnung, Arthur drückte Luisa an sich und Olga überreichte Katharina zwei Flaschen Sekt. Und während sie mit ihrem herrlichen Akzent zu Katharina sagte: »Na, stoßt mit uns auch auf die Katastroph' an, zu Mitternacht gibt es uns ja nicht mehr?«, und Vincent herüberrief: »Opa, wir brauchen keinen Sekt, wir haben hier Mojito und Caipirinha, was magst?«, läutete das Telefon.

»Stadtpolizei Kitzbühel hier«, sagte eine männliche Stimme, die sich anschließend sofort räusperte.

Katharina musste auf den Balkon flüchten, weil sie nicht verstehen konnte, was der Mann sagte. Auf der einen Seite sah sie die schneebedeckte Landschaft in der Dämmerung und auf der anderen Seite ihre beleuchtete Küche wie ein großes Schaufenster, in dem acht Kinder herumalberten. Arthur bemerkte ihren erschrockenen Gesichtsausdruck, kam zu ihr auf den Balkon. Er sah ihr fragend ins Gesicht, als sie zwei Mal stotterte: »An accident, did you say?«

Leonora und Luisa, die neben ihr standen und sie belauschten, scheuchte sie mit einer energischen Handbewegung zurück in das Wohnzimmer, bevor sie die Balkontür zumachte. Als sie endlich verstand, was der Anrufer ihr mitteilen wollte, musste sie sich an der Glastür stützen, da alles um sie herum schwankte und für einen kurzen Augenblick schwarz wurde. Arthur packte sie am Oberarm und hielt sie fest.

Das Gespräch war beendet, Katharina ließ das Handy sinken, sie zitterte am ganzen Körper und flüsterte Arthur zu: »Da war ein Polizist, der gesagt hat, dass Julius tot ist. Und noch eine Frau. Es war ein Autounfall in Kitzbühel. Ein Lkw ist in sie hineingerast. Wir sollen so schnell wie möglich ins Bezirkskrankenhaus St. Johann kommen, um ihn zu identifizieren.«

Eine halbe Stunde später saßen die beiden im Auto und fuhren Richtung Westen. Arthur fuhr, Katharina saß neben ihm, bebend und den Würgereiz unterdrückend.

»Vielleicht handelt es sich gar nicht um – um unseren Julius«, murmelte Arthur.

»Ich hoffe, du hast recht.«

Sie saß da und starrte aus dem Fenster. So viel dachte sie und gleichzeitig nichts. Plötzlich waren da nur noch Bilder.

Die Beziehung zu Julius begann wie ein Film in ihrem Kopf abzulaufen.

THOMAS' GESCHICHTE

Ich sitze an meiner alten Schreibmaschine und hämmere in die Tasten. Aufschreiben muss ich es, um weiterleben zu können. Meine Eltern sehen mich mit großen, entsetzten Augen an.

Ich wurde am 26. April 1925 in einer Mühle geboren.

Ja richtig, in einer Mühle.

Die Mühle, in der ich geboren wurde, ist nicht nur eine Mühle, sondern auch ein Wohnhaus, mein Elternhaus. Es ist ein sehr großes Gebäude, im westlichen Teil befindet sich die Mühle, ein bisschen sieht es von außen aus wie ein kleines Schloss. Wunderschön ist es, das große Haus im Wald, und seit vierhundert Jahren im Besitz meiner Familie. Ich bin der Müllerssohn, nein falsch, ich bin der Sohn der schönen Müllerin. Einen Müller gibt es nicht. Und meine Mutter ist wirklich eine wunderschöne Frau.

Der Müller machte sich nicht einmal ein Jahr nach meiner Geburt aus dem Staub. Weil er kein Müller mehr sein wollte. Im wahrsten Sinne des Wortes machte er sich aus dem weißen Staub, um in Australien nach goldenem Staub zu schürfen. Doch, das ist wahr.

Mir fehlt er nicht, ich weiß nichts von einem Leben mit einem Vater. Ich wachse inmitten einer großen Familie auf, insgesamt sind wir neun Leute. Wir haben es gut miteinander.

Im Haus wohnen nicht nur meine Mutter und ich, sondern auch die alten Eltern meiner Mutter und ihr geistig zurückgebliebener Bruder Hermann. Außerdem eine Schwester meines abgängigen Vaters, Hedwig, deren Mann, Alfred, und die zwei

Kinder, Gudrun und Rudolf. Gemeinsam betreiben Alfred und Hedwig die Mühle, meine Mutter bezahlt sie dafür gut, sie ist nämlich lieber Schneiderin als Müllerin. Für die Frauen im Dorf und in der Umgebung näht sie Kleider, Mäntel, Röcke und Blusen.

Meine Mutter schenkt mir Bücher. Ich lese gerne. Ich schreibe gerne. Mit zwölf besuche ich in der Stadt das Gymnasium und wohne bei einer entfernten Verwandten meiner Mutter, am Wochenende und in den Ferien bin ich zu Hause.

Nach vielen Jahren kommt der richtige Müller zurück, kurz vor dem großen Krieg. Sein rechtes Bein ist steif, er wurde im Goldschürflager von jemandem angegriffen und wäre dann fast verblutet, wenn ihn nicht ein Freund zu einem Arzt gebracht hätte.

Meine Mutter freut sich sehr. Viel zu sehr, finde ich. Der Mann ließ sie beinahe fünfzehn Jahre im Stich und sie nimmt ihn mit offenen Armen wieder auf! Monatelang ist sie außer sich vor Glück! Neun Monate später bekommt sie meinen kleinen Bruder. Für mich verändert sich alles. Alles.

Alfred zieht in den Krieg, seine Familie in die Stadt, sie werden nicht mehr gebraucht. Jeden Tag vermisse ich sie, vor allem Gudrun und Rudolf, sie waren wie meine Geschwister. Rudi und ich teilten uns ein Zimmer und ich las ihm oft vor oder erzählte ihm eine Geschichte.

Er liebt mich nicht. Den Vater meine ich, er liebt mich nicht. In manchen Momenten scheint es mir sogar, er würde mich hassen. Er betrachtet mich manchmal mit einem seltsamen Ausdruck im Gesicht, der mich erschreckt.

Ich soll Alfred ersetzen. Jeden Tag rackere ich mit dem Vater in der Mühle. Er lässt mich nicht weiter das Gymnasium besuchen. Ich bin siebzehn, ein Jahr hätte mir bis zur Matura gefehlt. Ich schlafe in der Kammer neben dem Elternschlafzimmer und höre die Geräusche des Babys und der Eltern nebenan.

Es ist Krieg. Im Dorf spüren wir am Anfang nicht viel davon. Dann gibt es immer weniger Bücher zu kaufen und ich muss sie vom Schuldirektor ausleihen. Ich möchte weg vom Dorf, weit weg, alles ist mir zu eng. Dem Vater kann ich nichts recht machen, er zankt ständig mit mir und meine Mutter leidet darunter, ich sehe es ihr an. Nichts ist mehr gut. Nichts hält mich mehr hier im Dorf, in der abgelegenen Mühle, am liebsten würde ich in ferne Länder reisen. In den Krieg will ich nicht, ich bin ein Feigling. Zwei Bekannte von mir wurden schwer verwundet und erzählten Furchtbares. Einem wurden beide Beine weggeschossen.

Ich träume vom Kriegsende und davon, nach Kriegsende die Matura zu machen. Ich möchte studieren. Jedes Jahr wünsche ich mir eine Schreibmaschine zum Geburtstag. Ich möchte schreiben, ich möchte reisen. Der Vater hat genug von meinen Träumereien. Ich bin oft nahe daran, einfach von zu Hause wegzugehen, auszuwandern, in die Schweiz oder nach Großbritannien. Meine Mutter hält mich immer wieder zurück, deshalb schenkt sie mir zu Weihnachten 1942 eine Continental-Schreibmaschine. Dafür nähte sie zwei Kostüme und gab obendrein ein halbes Schwein dazu. Sie hat das ohne das Wissen des Vaters getan und er wird sehr zornig.

Ich bin glücklich und schreibe jeden Tag, beginne einen Roman nach dem anderen. Ich fasele irgendetwas zusammen, meistens von einem Helden, der eine schöne Frau vor einem Schurken rettet. Selbst habe ich noch nichts erlebt und ich sehne mich nach Abenteuern, die ich dann zu Papier bringen kann. Ich weiß noch, dass ich mich für begabt hielt und dass ich von einer Karriere als Schriftsteller träumte, von Ruhm und Geld, von den Metropolen London und New York. Lä-

cherliche Träumereien eines Jugendlichen. Einmal gebe ich
ein paar Seiten dem Hauptschuldirektor zu lesen, er schreibt
selbst Gedichte, die immer wieder mal in einer Zeitschrift abgedruckt werden. Als er sie mir zurückgibt, bin ich angespannt,
ich erwarte mir Lob. Doch der Mann lächelt nur mild und
sagt: »Müller, bleib bei deinem Leisten!«

Ich bin verletzt, aber vor allem empört. Und ich gebe nicht
auf, ich schreibe weiter.

Der Vater wird eines Tages wild, als er mich einmal mit
einem Buch erwischt.

»Hältst dich wohl für was Besseres?«, schreit er mich an, »die
Müllerei ist dir nicht gut genug? Du bist wie –«

Die Mutter unterbricht ihn entsetzt. Er spricht es nicht aus,
wem ich angeblich ähnle.

Ohne mich kann er die Mühle nicht betreiben, denn er kann
es sich nicht leisten, eine Arbeitskraft einzustellen. Ich bin sein
Knecht. Mit seinem steifen Bein ist er oft hilflos, sein Gesicht
verzerrt sich dann eigenartig.

Endlich ist der Krieg zu Ende. Chaos und Freudentaumel
brechen aus, sogar bei uns im Dorf. Immer wieder rollen Panzer vorbei, russische und amerikanische, Horden von zerlump-
ten Soldaten ziehen durch unser Dorf, sie alle wollen nach
Hause. Nur ich will weg. Ich will weit weg. Ich will nach New
York auswandern.

Eines Tages erwischt mich der Vater beim Schreiben. Er fegt
die Maschine auf den Boden und gibt mir eine Ohrfeige. Meine Wange brennt und ich bebe vor Demütigung. Ich hebe die
Maschine auf und sehe, dass der Buchstabe U heraushängt. Er
lässt sich nur mit Mühe hineindrücken und steht dann wieder
in Reih und Glied mit den anderen Buchstaben, wie ein braver
Soldat. Ich spanne ein Blatt Papier ein und schreibe ein paar
Zeilen für meine Mutter. Ich teile ihr mit, dass ich mich bis

nach Bremen durchschlagen will und dort ein Schiff Richtung New York besteigen werde. Mein ganzes Erspartes nehme ich mit. Nur mit einem Rucksack laufe ich von zu Hause weg. Es ist der 12. August 1945. Meine Freiheit wird nur ein paar Tage dauern.

Der Zufall will es, dass ich zwei Bekannte aus dem Nachbardorf treffe. Was für ein grausiger Zufall!

Gemeinsam marschieren wir Richtung Stadt und hoffen auf eine Mitfahrgelegenheit. Wir sind übermütig und ausgelassen. Die beiden haben Wein mit, wir trinken die Flaschen leer. Es ist heiß und wir wollen in einem kleinen Fluss schwimmen gehen. Wir entdecken eine Gruppe junger Leute und schleichen uns heran. Es sind russische Soldaten mit zwei österreichischen Mädchen. Sie baden. Weit und breit ist niemand, sie fühlen sich sicher. Wir fühlen uns durch unsere Betrunkenheit mächtig, nehmen ihre Kleidung mit, ihrem Jeep schlitzen wir die Reifen auf. Dann laufen wir kichernd weg. Später verbrennen wir die Sachen, auch Papiere sind darunter.

Drei Tage später trennen wir uns kurz vor der Stadt. Ich sah die beiden nie wieder. Bis heute weiß ich nicht, ob sie auch verhaftet wurden. Bei einer Personenkontrolle zeigt plötzlich ein Soldat aufgebracht auf mich und redet erregt auf die anderen ein. Daraufhin werde ich verhaftet. In der Kommandantur erfahre ich den Grund. Offenbar wurden wir bei unserem dummen Streich doch von jemandem gesehen.

Stundenlange Verhöre folgen. Unter den Badenden befand sich ein Offizier, der nicht nur seinen Pass, sondern andere wichtige Dokumente bei sich trug. Man glaubt mir nicht, dass wir betrunken waren, man glaubt nicht an die Verbrennung der Kleidung samt Papiere. Man ist felsenfest davon überzeugt, dass die Sachen an andere Leute weitergegeben wurden. Mein Schweigen wird mir zur Last gelegt.

Zwei Tage später werde ich nach Wien in die Schiffamtsgasse gebracht, wo ein kurzer Prozess vor einem Militärtribunal stattfindet.

Dort sehe ich Ludovica das erste Mal.

Nach dem berühmt-berüchtigten Paragraphen 58, Spionage, werde ich zu fünfzehn Jahren Arbeitslager verurteilt. Ich breche zusammen. Es wird mir verboten, meiner Mutter einen Brief zu schreiben. Mir kommt alles wie ein Albtraum vor.

Mit dem Zug geht es von Wien nach Sopron, in das erste Durchgangslager, dort lerne ich Fritz, Karl und Helmut kennen. Wir achten von Anfang an darauf, uns nicht zu verlieren, und wollen unter allen Umständen zusammenbleiben. Karl und Helmut sind Brüder, zwei Studenten, und stammen aus St. Pölten. Mit Steinen warfen sie eines Nachts auf einen russischen Panzer, dabei verletzten sie unabsichtlich einen russischen Soldaten schwer, der plötzlich hinter dem Panzer aufgetaucht war. Er starb dann im Krankenhaus. Ich mag ihre lustige, unkomplizierte Art, sie heitern mich auf. Für sie ist das Ganze ein Abenteuer, manchmal stecken sie mich damit an. Da hast du dein Abenteuer, denke ich dann. Fritz ist ein vierundvierzigjähriger Beamter, der eigenhändig einen russischen Leutnant aus einem Wiener Museum schmiss. Später behauptete dieser Leutnant, Fritz habe ihn schwer verletzt und obendrein beleidigt. Fritz ist ruhig und verschlossen, jedoch sehr gutmütig.

Dann geht es weiter nach Lemberg, in das zweite Durchgangslager, und schließlich nach Moskau, wo wir fünf Tage auf die Weiterfahrt warten. Eines Nachts werden wir abgeholt und zum Bahnhof gebracht.

Wir begeben uns auf eine lange Reise und entfernen uns immer mehr von zu Hause. Die Erzählungen der anderen Häftlinge über die Arbeitslager sind schauderhaft. Es sind Todeslager, kaum einer überlebt sie. Die furchtbare Kälte, der Hunger, die schwere Arbeit, Krankheiten. Fritz übersetzt für uns. Meine Angst und Verzweiflung steigen ins Unermessliche.

Die Landschaft, die ich durch die Ritzen der Seitenwände sehe, fasziniert mich. Diese grünen Ebenen, diese mächtigen Wälder, die riesigen Seen, die Berge mit den weißen Spitzen! Dann beginnt es zu schneien. Die Schneeflocken tanzen sanft auf uns herab, wenn wir kurz aussteigen dürfen. Während der Fahrt machen sie einen Hexentanz um den Waggon. Das alles ist unsäglich schön. Ich sauge es in mich auf.

JÄNNER 1995: KATHARINA UND JULIUS
EIN FOLGENSCHWERER SATZ

Um sieben Uhr früh schaltete sich der Radiowecker ein und eine Sprecherin verlas mit monotoner Stimme die Nachrichten. Julius spähte zur anderen Bettseite hinüber, sie war leer, aus dem Badezimmer hörte er das Wasser rauschen. In wohligem Halbschlaf drehte er sich auf den Bauch, lauschte der Stimme aus dem Radio und verlor sich in schläfrigen Träumereien. Diese Minuten am Morgen, wenn er zwischen Schlaf und Wachsein hin- und herschaukelte, liebte er am meisten. Er hörte Schritte und drehte sich wieder auf den Rücken.

Katharina kam langsam auf das Bett zu, sie war kreideweiß im Gesicht. Und als die Sprecherin zum Abschluss verkündete, dass am heutigen Tag Plácido Domingo seinen vierundfünfzigsten Geburtstag feiere, wobei sie ihrer monotonen Stimme einen etwas fröhlicheren Beiklang zu geben versuchte, sagte Katharina: »Ich bin schwanger.«

Julius war mit einem Schlag hellwach und setzte sich auf.

Später wusste er nicht mehr, wie lange der schockartige Zustand angedauert und wann er begonnen hatte, wieder einigermaßen klar zu denken, waren es ein paar Tage gewesen oder eine Woche oder vielleicht sogar ein ganzes Monat? Wie in einem Nebel taumelte er in dieser Zeit von seiner Wohnung zur Universität oder zur Werkstätte und zurück zur Wohnung, wo er sich schlaflos neben Katharina herumwälzte.

Die einzige Stunde, die Julius noch klar und deutlich vor Augen stand, wenn er an diesen Tag zurückdachte, war die erste, nachdem der folgenschwere Satz zwischen ihnen gefallen war. Katharina saß mit nassen Haaren auf dem Bett, sie trug nur eines ihrer weißen Huber-Unterhemden, über die er sich stets lustig gemacht hatte, weil er sie altmodisch fand, und eine Jeans. Ihr Rücken war gekrümmt und sie begann am linken Daumennagel zu kauen, eine Gewohnheit, die ihm noch nie an ihr aufgefallen war.

»Du bist was?«, fragte er verdattert und sie wiederholte den Satz noch einmal laut, sah ihm dabei aber nicht in die Augen, sondern starrte auf den Polster.

»Bist du sicher?«, fragte er weiter.

»Würde ich es dir sonst sagen?«, fragte sie gekränkt zurück. Seltsam starr und abwesend wirkte sie.

Julius sah in seinem unordentlichen Schlafzimmer herum, betrachtete den graugrünen Vorhang, der das große Fenster verdeckte, die Möbel aus billigem hellem Furnierholz, den Wandspiegel, den schmutzig beigen Teppichboden und hatte das Gefühl, alles um ihn herum würde wanken. Sie hatten doch immer verhütet! Offenbar waren sie zu wenig gewissenhaft dabei gewesen.

Er hatte gar nicht mitbekommen, dass Katharina einen Schwangerschaftstest gekauft hatte, geschweige denn, dass sie vermutet hatte, schwanger zu sein, weil die Periode ausgeblieben war. Warum hatte sie ihm das nicht erzählt? Er sprach sie darauf an.

»Ich mach nicht gern unnötig Panik«, antwortete sie, »ich wollte einfach sicher sein, bevor ich mit dir rede.«

Julius sah ihr direkt ins Gesicht, sie starrte immer noch auf den Polster, bis sie schließlich langsam den Blick hob und ihm in die Augen sah, sie waren voller Tränen. Diese Tränen rührten ihn jedoch nicht, er hatte kein Bedürfnis, sie zu umarmen, im Gegenteil, er spürte Wut in sich aufsteigen, verstand aber gleichzeitig diese Wut nicht und versuchte sie hinunterschlucken.

Er hatte keine Ahnung, was sie in dem Moment dachte oder fühlte, und ihm wurde bewusst, dass er eigentlich nicht viel von ihr wusste. Sie hatten sich erst vor zwei Monaten kennengelernt, als Katharina mit einem Fotoapparat bewaffnet bei ihm in der Werkstätte aufgetaucht war. Julius arbeitete neben seinem Studium der Restaurierung bei einem Restaurator, Katharina in einer Werbeagentur. Er war vor Kurzem zweiundzwanzig geworden, sie war ein Jahr jünger.

Er lötete gerade einen alten Sarg, als sie plötzlich vor ihm stand. Sie haute ihn von Anfang an um.

Man habe sie geschickt, um Fotos für die Einladungen zu einem Tag der offenen Tür zu schießen, erklärte sie und entschuldigte sich dafür, dass sie sich nicht angekündigt hatte. Obwohl sein Chef und die anderen Mitarbeiter gerade auf einer Baustelle waren, beteuerte Julius, der Zeitpunkt hätte kein besserer sein können. Er zeigte ihr die ganze Werkstätte, erklärte ihr alles geduldig und hoffte, dass sie seine Nervosität nicht bemerken würde.

»Ich arbeite gerade an dem Sarg«, sagte er, »in dem die Leiche von Kaiser Maximilian von Mexiko 1867 überführt worden ist. Das heißt, er hätte darin überführt werden sollen, der Sarg war aber dann nicht geeignet, weil man die Leiche darin nicht befestigen konnte und sie zu stark beschädigt worden wäre. Man hat den mexikanischen Sarg verwendet. Nur kurz vor der Ankunft in Triest hat man die Leiche umgebettet, weil der österreichische Sarg repräsentativer gewesen ist. Der Sarg wird gerade für eine Ausstellung restauriert. Der Übersarg besteht aus Kupfer und der Innensarg aus Holz ist mit Brokatstoff tapeziert. Der Stoff löst sich stellenweise, das muss ich wieder befestigen und hier muss gelötet werden. Siehst du?«

»Wow, hast du dir das alles angelesen?«, fragte sie beeindruckt.

»Nein«, gab er verlegen zu, »das hat mir mein Chef erzählt. Ich lese eigentlich nicht so gern.«

(Diesen Satz ignorierte Katharina. Was ignoriert man nicht alles, wenn man sich vom Gegenüber angezogen fühlt und die Hormone verrücktspielen? Erst viel später wusste sie, dass er ihr hätte zu denken geben sollen.)

Sie schoss eine Menge Fotos von der Werkstätte, den Maschinen, den alten Möbelstücken, die herumstanden, und von ihm.

Ich muss sie unbedingt wiedersehen, dachte er die ganze Zeit.

»Sollen wir von uns beiden ein Foto machen?«, fragte er auf einmal und staunte selbst über seinen Mut, »mit dem Selbstauslöser, meine ich. Wir stellen uns hinter den Sarg, okay?«

Als sie sich nebeneinander hinter den Sarg stellten, berührten sich ihre Schultern und er fühlte sich wie elektrisiert. Als er verstohlen zu ihr hinüberschaute, bemerkte er, dass sie rot geworden war und seinen Blick mied.

Er bat sie, die gelungensten Fotos in den nächsten Tagen vorbeizubringen, und sie versprach es ihm. Sie würden sich also wiedersehen, beschwingt arbeitete er weiter, nachdem sie gegangen war. Schon am übernächsten Tag brachte sie ihm die Fotos vorbei und da es kurz vor Dienstschluss war, gingen sie gemeinsam etwas trinken.

An diesem Abend war die starke Anziehungskraft, die sie zwischen sich spürten, beinahe unerträglich für Julius, er musste sich zurückhalten, um sie nicht an sich zu reißen und zu küssen. Sie verabredeten sich für den nächsten Abend und da getraute er sich, sie mit einem Kuss auf die Wange zu begrüßen. Eine Stunde später zogen sie sich gegenseitig in seinem Zimmer aus.

Seither waren sie ein Liebespaar, beinahe jede Nacht hatten sie gemeinsam verbracht, meistens bei ihm, weil ihre kleine

Wohnung am Stadtrand lag und die morgendliche Fahrt mit der U-Bahn zu ihren Arbeitsplätzen sehr lange dauerte.

Julius' riesiges Bett war zu ihrem Schiff geworden, das sanft schaukelte, während sie sich fast ununterbrochen liebten. Sie verschlangen einander förmlich, unersättlich, gierig auf den Körper des anderen. Die Welt außerhalb des Zimmers war in den Stunden, in denen sie zusammen waren, völlig ausgeblendet, sie brauchten nichts und niemanden, sie trafen Freunde nur, wenn sie alleine waren, nie gemeinsam, sie unternahmen nichts. So lange wie möglich wollten beide, ohne sich dessen richtig bewusst zu sein und ohne es vor dem anderen auszusprechen, ihre Beziehung geheim halten. Beide wollten sie nicht so schnell von ihren Freunden als Paar vereinnahmt werden, sondern die Heimlichkeit genießen, sie befürchteten, dass der Zauber, den sie um sich spürten, sich verflüchtigen würde. Es war ein kalter Winter, nur beim Weg zur Arbeit und zurück merkten sie beiläufig, dass ein unangenehmer Wind blies oder dass es schneite, in der Wohnung selbst spürten sie nichts davon, sie wärmten sich gegenseitig mit ihren erhitzten Körpern.

So waren die Wochen dahingeflogen. Nur an den Weihnachtsfeiertagen waren sie getrennt gewesen, da Julius diese Tage zu Hause bei seinem Vater verbrachte und Katharina bei ihrem Onkel, da ihre Mutter mit ihrem Freund auf einer Weltreise unterwegs war. An den Körper des anderen denkend und sich vor Sehnsucht verzehrend, standen beide vor verschiedenen Christbäumen und sangen »Stille Nacht, Heilige Nacht«, während sie an heiße Nächte dachten.

Und jetzt saß sie vor ihm und sagte: »Ich bin schwanger.«

Julius überwand sich und nahm sie schließlich doch in die Arme, flüsterte ihr ins Ohr, dass alles gut werden würde und dass sie noch heute zum Gynäkologen gehen solle, um das Ganze abklären zu lassen, vielleicht habe der Schwangerschaftstest ja nicht richtig funktioniert. Katharina sah ihn befremdet an.

Wie jeden Morgen verließen sie gemeinsam das Haus, in dessen zweiten Stock Julius' kleine Wohnung lag, nur dass sie sich dieses Mal nicht an den Händen hielten wie sonst, und tranken in der Bäckerei an der Straßenecke einen Kaffee, wo jeder krampfhaft in die Tasse starrte, um nicht in die Augen des Gegenübers zu blicken. Sie sprachen nicht miteinander, jeder war mit seinen Gedanken beschäftigt und wagte nicht, sie dem anderen mitzuteilen. Beide dachten sie an dasselbe, nämlich an eine Abtreibung, und keiner hatte den Mut, das Thema offen anzusprechen.

Julius fühlte die ganze Zeit Ärger und Wut in sich rumoren und wusste plötzlich, warum das so war. Dass sie geahnt hatte schwanger zu sein und einen Schwangerschaftstest gekauft hatte, hatte sie ihm verschwiegen, warum hatte sie nicht auch verschweigen können, dass der Test positiv ausgefallen war? Warum konnte sie das Ganze nicht mit sich alleine ausmachen? Musste sie ihn da reinziehen? Warum konnte sie nicht einfach einen Termin mit einer Abtreibungsklinik ausmachen und es wegmachen lassen, ohne ihn darüber zu informieren? Er musste sich eingestehen, dass ihm diese Variante am liebsten gewesen wäre. Das hätte für ihn Stärke und Autonomie bedeutet und er liebte starke und autonome Frauen. Dadurch, dass eine Frau einem Mann mitteilte, dass sie schwanger sei, kam die moralische Komponente der Sache ins Spiel. Es ging ja bei der Mitteilung nie einfach nur um das biologische Faktum, sondern so vieles schwang da mit: »Ich mache dich bald zum Vater.« Oder »Ein Teil von dir wächst in mir heran.« Gab es viele Männer auf der Welt, die den Mut hatten, der Frau ins

Gesicht zu sagen: »Lass es wegmachen!«, ohne sich wie ein Unmensch vorzukommen? Er hatte Angst vor ihrer Reaktion, wusste aber gleichzeitig, dass er auf keinen Fall so früh Vater werden wollte.

Katharinas Gedanken überschlugen sich ebenso, während sie nicht aufhören konnte, hektisch in ihrem Kaffee zu rühren. Eine Abtreibung machen zu lassen, war das Erste, was ihr in den Sinn gekommen war, schon im Zimmer auf dem Bett sitzend, sie war nicht katholisch erzogen worden und fühlte sich gänzlich als moderner Mensch: Ich bestimme über mein Leben und meinen Körper selbst. Und obwohl sie so dachte, schreckte sie davor zurück, es Julius zu sagen. Sie wusste so wenig von ihm! Wie dachte er über bestimmte Dinge, was lehnte er ab, was befürwortete er? Was, wenn er strikt gegen Abtreibung eingestellt war und maßlos entsetzt wäre, wenn sie eine vorschlagen würde? Wenn er ihr ruhig zuhören würde, um sich danach angewidert wegzudrehen? Sie würde es nicht ertragen, wenn er sie für kalt und herzlos hielt.

Katharina dachte fieberhaft weiter. Ihre Finger pressten sich fest um die Kaffeetasse, sodass ihre Knöchel weiß hervortraten. Noch mehr Angst hatte sie aber davor, dass Julius selbst ihr eine Abtreibung vorschlagen würde. Nicht weil sie den Vorschlag an sich für unmoralisch hielt, sondern weil es für sie gleichzeitig eine Absage an die Liebe gewesen wäre. Sie war heftig in Julius verliebt und ihre kurze, leidenschaftliche Beziehung war für sie auf der romantischen Vorstellung der großen Liebe aufgebaut. Es wäre für sie so, als würde Julius sagen: »Liebe zwischen uns gibt es nicht, ich habe nur wegen deines Körpers mit dir geschlafen.« Sie wäre zutiefst verletzt, das wusste sie. Es wäre, dann bereits das zweite Mal, dass sie einer Illusion aufgesessen wäre, und sie würde lange brauchen, um

darüber hinwegzukommen. Ihr erster Freund war ein Chemie-
student gewesen, der ziemlich hart mit ihr umgegangen war.
Einmal, er hatte zu viel getrunken gehabt, hätte er sie beinahe
vergewaltigt, daraufhin hatte sie sich von ihm getrennt.

Was sollte sie nur tun? Eine Abtreibung vorschlagen oder
nicht?

Mit einem Kuss verabschiedeten sie sich vor der Bäckerei
und gingen auseinander, keiner drehte sich um wie sonst und
winkte dem anderen zu; sie ging zu Fuß ins Büro, er fuhr mit
der U-Bahn in die Restaurator-Werkstätte. Bis vor Kurzem
hatte Katharina studiert, Journalistik und Französisch, im
letzten Sommer hatte sie über einen Bekannten ihres Onkels
einen Ferialjob als Texterin in einer großen Werbeagentur bekommen, der ihr so gut gefiel, dass sie sich im Herbst nicht
mehr dazu aufraffen konnte, wieder die Uni zu besuchen. Unter den – vorwiegend jungen – Kollegen fühlte sie sich wohl,
sie ließ sich mitreißen von der Atmosphäre der Lässigkeit und
Oberflächlichkeit, die permanent durch das Büro zu wehen
schien, alle waren stets gut drauf, smalltalkten locker und entspannt den ganzen Tag, am Abend ging man oft gemeinsam
etwas trinken und amüsierte sich dabei. Vor allem genoss sie
es, am späten Nachmittag nach Hause zu kommen und frei zu
sein, nicht mehr büffeln zu müssen. Dazu kam, dass die beiden
Chefs der Agentur sie mit einem überdurchschnittlich hohen
Gehalt zum Bleiben motivierten, sie sei ein Talent, sagten sie
zu ihr, sie habe ein untrügliches Gespür für das Spiel mit der
Sprache, die Kunden verlangten nach ihr, wenn es um das
Verfassen einer Broschüre oder eines Prospekts ging. Seither
saß sie von acht Uhr morgens bis vier Uhr nachmittags mit
drei weiteren Kollegen in einem hellen Büroraum und verfasste
Werbetexte über Hotels, Autos, Reisebüros und Kosmetika.

In einer Telefonzelle rief Katharina sofort bei ihrem Gynä-

kologen an und vereinbarte einen Termin. Obwohl sie bettel-
te, dass es dringend sei, bekam sie erst einen in der nächsten
Woche. Es war ihr gleichgültig, sie spürte ohnehin, dass sie
schwanger war, die Anzeichen und Veränderungen an ihrem
Körper waren eindeutig.

Die Woche verstrich zäh, verzweifelt schleppte Katharina sich
durch die Tage. Mit niemandem redete sie darüber, sie sehnte
sich nach ihrer Mutter. Der Alltag war wie immer, Katharina
fuhr nach der Arbeit zu sich nach Hause, um dort auf Julius zu
warten, oder packte ein paar Sachen zusammen und fuhr zu ihm.
Keiner der beiden traf sich mit Freunden. Wie gelähmt waren
sie, sie schliefen zwar miteinander, versuchten jedoch krampfhaft
das Thema zu vermeiden, was aber nicht immer gelang.

Eines Abends brach es aus Katharina heraus: »Ich will noch
überhaupt kein Kind haben, absolut nicht, es ist mir viel zu
früh! Ich will nicht fett werden, eine grauenhafte Geburt will
ich schon gar nicht und einen plärrenden Säugling am aller-
wenigsten!«

Julius nahm sie daraufhin tröstend in die Arme, wollte schon
das Thema Abtreibung vorsichtig anschneiden, ließ es dann
aber bleiben. Er hoffte immer noch auf einen Irrtum.

Der ältere weißhaarige Gynäkologe bestätigte die Schwangerschaft.

»Sie sind in der sechsten Woche schwanger und der Geburts-
termin ist am 24. September«, sagte er zu ihr und notierte alles
eifrig in der Kartei, bevor er sich ihr wieder zuwandte.

Voller Anteilnahme im Gesicht fragte er sie, ob es eine geplante Schwangerschaft sei und sie sich freue, Katharina konnte nur leicht den Kopf schütteln und die Tränen zurückhalten.
Seine mitfühlende Mimik schien Routine zu sein, sein Gesicht
veränderte sich sofort wieder, nachdem er ihr diskret einen Folder eines Ambulatoriums für Schwangerschaftsabbrüche über

den Schreibtisch zugeschoben hatte und sich wieder seinen Aufzeichnungen in der Kartei widmete. Hastig steckte sie ihn in ihre Handtasche, bevor sie sich erhob.

Zu Hause in ihrer Wohnung angekommen, machte sie sich einen Kamillentee und legte sich auf das Sofa, sie hatte Kopfschmerzen und es war ihr elend zumute, zwei Stunden wälzte sie sich herum. Katharina vermisste ihre Mutter in diesem Augenblick schmerzlich, gerne hätte sie sie um Rat gefragt, was sie machen sollte.

Alles kam ihr wie ein schlechter Traum vor, sie war noch nicht einmal zweiundzwanzig Jahre alt und schwanger von einem Mann, in den sie zwar verliebt war, mit dem sie aber erst einige Wochen zusammen war! Nie hatte sie gedacht, dass ihr so etwas einmal passieren würde, früher hatte sie sich stets innerlich lustig gemacht, wenn ihr jemand von einer ungeplanten Schwangerschaft erzählt hatte. Waren die zu dämlich, um zu verhüten, hatte sie jedes Mal vorwurfsvoll gedacht. Ihre Gedanken kreisten ständig um das Wort Abtreibung und sie las sich immer wieder den Folder des Ambulatoriums durch. Sie hatte Träume, sie waren zwar nicht sehr konkret, es waren mitnichten Pläne, geschweige denn Ziele, aber sie wollte ebendas, wovon man allgemein redete, wenn man jung war: viel ausgehen, Spaß haben, viel reisen, viel erleben und Geld sparen, eine eigene Wohnung kaufen. (Wie sich das eine mit dem anderen verbinden ließ, blieb meistens offen.)

Sie schnappte das Telefon und begann die Nummer der Klinik zu wählen, sie würde es tun, Kinder wollte sie frühestens in zehn Jahren haben. Bevor sich jemand meldete, legte sie wieder auf. Dasselbe wiederholte sich drei Mal, jedes Mal legte sie wieder hastig auf. Stöhnend drehte sie sich auf die Seite und schloss die Augen.

Als sie sie wieder öffnete, fiel ihr Blick auf das Buch, das auf dem Wohnzimmertisch lag, es war Milan Kunderas »Die unerträgliche Leichtigkeit des Seins«, das sie gerade zum zweiten Mal gelesen hatte. Sie liebte dieses Buch, die tragische Liebesgeschichte von Tomas, dem Chirurgen, und Teresa, der Kellnerin, hatte es ihr einfach angetan.

Plötzlich wusste sie, warum sie den Hörer aufgelegt und keinen Termin vereinbart hatte. Ihr fehlte sie, die unerträgliche Leichtigkeit des Seins. Ende September würde sie nicht aufhören können, an die Geburt ihres Kindes, das gar nicht mehr existieren würde, zu denken. Wäre es ein Mädchen, ein Junge, würde sie sich fragen, hätte es ihre blauen Augen oder Julius' dunkelbraune? Jedes Jahr im Spätsommer, in der Zeit im Jahr, die sie am meisten mochte, würde sie sich Szenen ausmalen: Jetzt sitze ich mit meiner einjährigen, pausbäckigen Tochter, sie sieht mir wahnsinnig ähnlich, vor einer selbst gebackenen Torte mit einer rosa Kerze darauf, sie kräht vergnügt vor sich hin und strahlt mich an. Ach nein, tue ich nicht, es gibt kein Kind, das wurde rechtzeitig entfernt, in eine eigenartig geformte Metallschüssel hineingekratzt.

Jedes Jahr würde sie daran denken müssen (dieses Jahr käme mein Kind in die Schule) und nicht nur jedes Jahr, jedes Monat (jetzt würde es zu krabbeln anfangen), jeden Tag (würde es mich heute beim Aufwecken kitzeln?), sie wusste es, nie würde es sie loslassen, diese Sache, sie würde es nicht vergessen können. Sie kannte sich gut, sie wusste, wie sie tickte. Für sie konnte ein Leben mit einem Kind gar nicht so ruiniert sein wie ein Leben nach einem weggemachten Kind.

Irgendwie wird es schon gehen, dachte sie und probierte ein Lächeln vor dem Spiegel, sie wollte sich Mut machen, denn sie hatte absolut keine Vorstellung davon, wie es gehen sollte. Sie machte sich ein üppiges Schinken-Käse-Omelette und sah sich das Video »Und täglich grüßt das Murmeltier« an.

Erst am späten Abend rief sie Julius an, sagte ihm, dass der Gynäkologe ihre Schwangerschaft bestätigt hatte, und lauschte seinen Atemzügen. Außer einem leisen »Okay, ich hab verstanden« brachte er nichts heraus.

Eine Weile schwiegen sie, dann fasste Katharina sich ein Herz und sagte: »Julius, ich muss dir etwas sagen. Ich habe die ganze Woche ernsthaft über eine Abtreibung nachgedacht. Es ist mir egal, wie du darüber denkst.«

»Ich bin grundsätzlich nicht dagegen eingestellt«, antwortete er zögernd.

»Ich auch nicht«, erwiderte Katharina, »ich bin auch nicht dagegen eingestellt und auch nicht dafür. So etwas muss jeder Mensch für sich alleine entscheiden. Aber —«

»Ja?«, sagte Julius, es hörte sich an wie ein Krächzen.

»Aber«, fuhr Katharina fort und versuchte ihrer Stimme einen festen Klang zu geben, »ich schaff das einfach nicht. Ich würde so etwas nicht verkraften. Es würde mich das ganze Leben lang belasten und verfolgen.«

Es würde mich das ganze Leben lang belasten und verfolgen. Dieser Satz sollte Julius wochenlang verfolgen. Er war am Boden zerstört, als ihm Katharina mitteilte, sie wolle das Kind bekommen, und brauchte lange, um sich an den Gedanken zu gewöhnen, Vater zu werden.

Zaghaft begannen sie über die Zukunft zu reden und sie zu planen, sie vermieden das Thema nicht mehr. So schlimm würde es schon nicht werden, versuchten sich beide einzureden. Gemeinsam wollten sie eine größere Wohnung suchen, Julius würde die Universität aufgeben und nur noch beim Restaurator arbeiten, das wäre ihm ohnehin lieber, sein Studium der Konservierung und Restaurierung gefiel ihm nicht besonders, er übte lieber ein Handwerk aus. So schnell wie möglich würde

Katharina wieder arbeiten gehen und das Kind in eine Kinderkrippe geben.

Sie begannen also über die Zukunft zu reden, ohne dass sie eine gemeinsame Geschichte hatten. Weder waren sie miteinander verreist noch hatten sie zusammengelebt. Ein gemeinsamer Freundeskreis existierte noch nicht, von gemeinsamen Erlebnissen konnte man nicht zehren. Ihre beiden Körper kannten sie auswendig, ansonsten nichts. Zwar wusste Katharina von Julius, dass er ein Einzelkind und ohne Mutter aufgewachsen war, dass sein bester Freund Florian hieß, er das Arbeiten mit Holz schon als Jugendlicher geliebt hatte, und Julius wusste von Katharina, dass sie ein Einzelkind und ohne Vater aufgewachsen war, ihre beste Freundin Elisabeth hieß und ihr Lieblingsfach in der Schule Französisch gewesen war. Sie kannten nicht die Schwächen des anderen und nicht die Stärken, wussten nicht voneinander, ob der andere im Alltag gut funktionierte, was er im Urlaub bevorzugte. Sie kannten nicht die furchtbaren kleinen Gewohnheiten, die das Leben zur Hölle machen können.

Sie begannen sich kennenzulernen im Wissen, bald Eltern zu werden.

Einen Monat später erfuhren sie, dass sie Eltern von Zwillingen werden würden.

FEBRUAR UND MÄRZ 1995: KATHARINA
HUT AB, MEIN SOHN, SCHÖNES MÄDCHEN!

Weil sie keine andere Möglichkeit hatte, informierte Katharina ihre Mutter am Telefon über die Tatsache, dass sie ein Kind erwarte und gerade dabei sei, gemeinsam mit Julius eine Wohnung zu suchen.

Linda war zu dem Zeitpunkt mit ihrem Freund gerade in Sydney. Das Erste, was sie ihre Tochter fragte, war: »Sag mir ehrlich, freust du dich auf das Kind? Bist du glücklich mit diesem Julius?«, und Katharina konnte nicht anders als die Fragen euphorisch zu bejahen, hätte sie sie verneint, wäre ihre Mutter sofort nach Hause geflogen, um ihrer Tochter in der kommenden Zeit beizustehen, das wusste sie und sie wollte es nicht. Linda war ihr ganzes Leben lang alleine gewesen und hatte mit achtundfünfzig – auf Kur – ihre große Liebe kennengelernt, einen verwitweten Hausarzt. Vor einem halben Jahr hatten die beiden spontan beschlossen, eine Weltreise zu machen, Katharina gönnte es ihrer Mutter, zu der sie ein gutes Verhältnis hatte, von ganzem Herzen. Zeitlebens hatte sich Linda für ihre Tochter und für die kleine Spedition ihres Bruders abgerackert.

Die Wochen vergingen zäh. Katharina verlor den Mut, den Julius ohnehin nie aufgebracht hatte. Bei der Wohnungssuche kamen sie nicht voran, entweder war die Wohnung zu teuer oder sie war absolut nicht passend. Als sie ihrem Chef schüchtern mitteilte, dass sie ein Kind erwartete, reagierte er ungehalten.

»Habt ihr Frauen nichts anderes zu tun, als Babys in die Welt zu setzen? Das ist doch Irrsinn! Wie alt bist du denn?«, schimpfte er lautstark. »Du bist talentiert, Katharina, ich habe auf dich gesetzt. Ich bin wirklich enttäuscht. Aber es ist jedes Mal dasselbe, immer wenn ich eine Frau einstelle, ist sie nach kurzer Zeit weg, weil sie dem Reproduktionswahn erlegen ist. Ihr kostet mich ja Geld! Ich investiere in euch! Am Anfang bringt ihr mir nichts ein, nichts! Ihr müsst zuerst aufgebaut werden! Dann bekommt ihr schnell ein Kind und geht in Karenz. Nach zwei Jahren wollt ihr dann in den Job zurück-kommen, als wär nichts gewesen, als hätte sich die Branche nicht weiterentwickelt, daheim ein kleines Kind, das ständig krank ist und für das man Pflegeurlaub ohne Ende nimmt. Und natürlich immer Kündigungsschutz! Ihr Frauen seid sel-ber schuld, wenn euch Firmen nicht einstellen wollen.«

Die Atmosphäre im Büro war unangenehm, sie war noch nicht so lange dort gewesen, dass sich echte Freundschaften hätten entwickeln können, die Kollegen gingen ihr, mit einer Mischung aus Mitleid und Unverständnis im Gesicht, zumeist aus dem Weg, keinen interessierte, wie es ihr tatsächlich ging. Schnell wurde ein junger Mann eingestellt, der sie dann ersetzen sollte, ihr selbst gab man nur noch unwichtige Aufträge.

Doch das Schlimmste für sie war, dass Julius und sie oft nicht wussten, wie sie miteinander umgehen sollten, die Un-gezwungenheit ihrer Affäre war wie weggewischt. Die Anzie-hungskraft verlor sich ein wenig. Katharina hatte kaum Lust auf Sex, Julius keine Lust auf Gespräche. Sie bemerkte, dass er eigentlich ein verschlossener, introvertierter Mann war. Sie fanden kaum Themen, über die sie hätten reden können, au-ßer über praktische Dinge wie Vornamen, Wohnung, Möbel, Lebensmitteleinkauf.

Und noch etwas bemerkte sie: Es war keine Affäre mehr, eine Beziehung jedoch auch noch nicht. Sie bewegten sich im Schwebezustand. Verzweifelt waren sie beide. Als der Gynäkologe ihnen beim Ultraschall mitteilte, dass er nicht nur einen, sondern zwei Embryos erkennen könne, brachen sie zusammen. Julius betrank sich alleine in seiner Garçonnière bis zur Bewusstlosigkeit, sie weinte sich alleine in ihrer Wohnung in den Schlaf.

Und dann kam Arthur.

Katharina erschien er wie ein Retter in der höchsten Not.

Am nächsten Abend, Katharina war gerade bei Julius angekommen – sie hatten kurz vorher am Telefon beschlossen, noch einmal das Thema Abtreibung zu besprechen –, klopfte es an der Tür, und als Julius öffnete, stand sein Vater vor ihm. Perplex starrte Julius ihn an. Arthur hatte beruflich in der Stadt zu tun gehabt und wollte nun seinen Sohn besuchen, bevor er ins Hotel schlafen ging.

»Hallo, willst du mich nicht hereinlassen?«, fragte Arthur jovial.

In der Hand trug er einen Korb voller Lebensmittel, den er Julius überreichte.

»Danke«, sagte Julius und trat einen Schritt zurück, um ihn einzulassen. Arthur betrat das winzige Zimmer und Katharina kam zögernd auf ihn zu. Sie war neugierig auf den Vater ihres Freundes, oft hatte sie Julius über ihn ausgefragt und stets nur ausweichende Antworten erhalten, außerdem hatte sie irritiert, dass Julius seinem Vater noch kein Sterbenswort über die Tatsache, dass er selbst bald Vater wurde, erzählt hatte. Sie stellte sich Arthur als alten, unsympathischen Mann vor.

Arthur ging auf Katharina zu und reichte ihr die Hand, sein Händedruck war warm, weich und fest zugleich.

»Ich bin Arthur«, sagte er.

»Katharina«, antwortete sie.

»Deine Freundin?«, fragte er Julius und dieser nickte.

»Hut ab, mein Sohn, schönes Mädchen«, sagte Arthur anerkennend, und wie er es sagte, klang es weder anzüglich noch schmeichelnd, sondern ehrlich gemeint und freundlich.

Sie saßen einander gegenüber, Arthur auf dem einzigen Stuhl und die beiden auf dem Bett, niemand wusste, was er reden sollte, Anspannung lag in der Luft. Arthur fragte, wie lange sie schon zusammen seien.

»Drei Monate«, antwortete Julius.

Katharina wurde auf einmal bewusst, wie eigenartig die Situation auf Arthur wirken musste, und ihr fiel auf, dass er spürte, dass etwas nicht in Ordnung war. Sie beobachtete scharf sein Gesicht, wie er seinen Blick kaum merklich durch das kleine, unaufgeräumte Zimmer streifen ließ, wie er seinen Sohn und sie selbst heimlich musterte. Er räusperte sich.

»Ihr wirkt auf mich, als wärt ihr schon mindestens sieben Jahre lang ein Paar und hättet gerade einen riesigen Krach hinter euch«, begann er.

Julius sah ihn verwirrt an.

»Katharina hat verweinte Augen und du siehst aus, als hättest du nächtelang nicht geschlafen. Außerdem vermeidet ihr, euch anzusehen, ihr haltet Abstand von einem halben Meter zwischen euch und einander nicht an den Händen. Ein frisch verliebtes Paar stelle ich mir anders vor. Wollt ihr mir nicht sagen, was los ist?«

Julius ließ die Katze aus dem Sack.

»Katharina ist schwanger«, sagte er schnell und schluckte. Nach einer kurzen Pause fügte er hinzu: »Und wir finden keine passende Wohnung und außerdem werden es Zwillinge.«

Katharina erwartete gespannt Arthurs Reaktion und bemerkte überrascht, wie sich ein Strahlen über sein Gesicht zog.

»Ich werde Großvater!«, platzte es aus ihm heraus, er stand auf und breitete seine Arme aus.

Erst Jahre später würde er ihr die Wahrheit erzählen, nämlich dass er sehr wohl geschockt und betroffen von der Mitteilung gewesen war, dass er sich jedoch nichts hatte anmerken lassen, um sie beide aufzubauen.

»Ihr habt so überfordert und unglücklich ausgesehen, hätte ich da noch Öl ins Feuer gießen sollen? Und was hätte eine Moralpredigt denn noch genützt? Ihr habt in dieser Situation einfach ein bisschen Motivation gebraucht«, sagte er.

»Du hast uns damals sehr geholfen«, antwortete Katharina.

Doch zurück ins Studentenzimmer, wo Arthur Katharina und dann Julius umarmte: »Ich gratuliere euch und auch mir! Ein Kind ist nie eine Katastrophe! Das kriegen wir schon hin, ich helfe euch.«

Julius ließ die Umarmung seines Vaters steif über sich ergehen und murmelte dann: »Wie willst du uns helfen?«

»Zuerst braucht ihr zwei mal Frischluft«, sagte Arthur fröhlich, »wir gehen feiern und das pipifein, okay? Wir werden das schön zelebrieren.«

Er führte sie zum Essen aus. Vorher musste sich Julius umziehen, sein Vater bestand auf ein frisches Hemd und Sakko. Katharina wurde nach Hause gefahren, wo sie sich zurechtmachen sollte, in einer halben Stunde würden sie sie wieder abholen.

Pünktlich auf die Minute standen die beiden Männer vor ihrer Wohnungstür und überreichten ihr jeweils einen Blumenstrauß, Julius einen überdimensional großen, hinter dem sein Gesicht nicht zu sehen war, Arthur einen etwas kleineren. Katharina konnte nicht anders, sie musste unwillkürlich kichern, als sie die beiden so vor sich stehen sah. Als Arthur ihr die Blumen mit einer angedeuteten Verbeugung und einem charmanten Lächeln überreichte, errötete sie leicht. (Es war dieses Erröten seiner Freundin, das Julius zutiefst irritieren und den Verlauf ihrer Beziehung wesentlich beeinflussen sollte. Aber dazu später.)

In gelöster Stimmung saßen sie im Restaurant und aßen zu Abend, Katharina trug ein rotes Kleid und sah großartig aus, alle drei plauderten angeregt. Julius erzählte von einer alten Schminkkommode aus dem 18. Jahrhundert, an der er gerade arbeitete, Katharina erzählte bereitwillig aus ihrem Leben, von ihrer alleinerziehenden Mutter, die vor einem Jahr auf Kur ihren Traummann kennengelernt hatte, sich frühzeitig hatte pensionieren lassen, um mit ihm eine Weltreise zu machen, von ihrem Studium, das ihr nicht gefallen hatte, von ihrer Arbeit als Werbetexterin, die ihr sehr gut gefiel.

Arthur fragte die beiden, ob sie nicht am nächsten Tag mit nach P. kommen wollten, der Nachbarssohn feiere seine Hochzeit und er und Julius seien eigentlich eingeladen. Es sei eine gute Gelegenheit für Katharina, Julius' Heimatort kennenzulernen. Julius sah Katharina fragend an und sie nickte spontan. Sie wusste, ein Tapetenwechsel würde sie ihre Situation wenigstens für kurze Zeit vergessen lassen.

Gegen Mitternacht verabschiedete sich Arthur von den beiden und fuhr mit dem Taxi ins Hotel. Er würde sie am nächsten Morgen abholen. Gut gelaunt trällerte Katharina im Bad herum, während sie sich abschminkte. Der große, charismatische Mann mit der tiefen Stimme hatte ihr auf Anhieb gefallen.

»Dein Vater ist sehr nett«, sagte sie.

Julius antwortete nicht, vermutlich hatte er sie nicht gehört.

Am nächsten Morgen holte Arthur sie mit dem Auto ab. Sie fuhren zum Studentenheim, wo Julius ein paar Sachen zusammenpackte, und dann verließen sie die Großstadt. Nach drei Stunden kamen sie im kleinen Ort P. an. Sie schaukelten durch das Ortszentrum und Katharina betrachtete fasziniert die farbkräftigen Fassaden mit den barocken Giebeln der Häuser, den breiten Marktplatz mit Dorfbrunnen und Pranger.

»Wurde der wirklich benützt?«, fragte sie.

»Na klar«, sagte Julius, »früher hat man Verbrecher an den Pranger gefesselt, um sie zu bestrafen. Die Leute durften sie dann im Vorbeigehen beschimpfen, anspucken und mit verfaultem Gemüse bewerfen.«

»Wie viele Leute wohnen hier?«, fragte sie.

»An die zweitausend«, antwortete Arthur.

Außerdem erfuhr sie, dass die nächste Kleinstadt fünfzehn Minuten und die nächste größere Stadt, Linz, fünfzig Minuten entfernt war. Viele Leute mussten zur Arbeit pendeln.

Sie fuhren weiter, neben der Straße erstreckten sich Wiesen und Felder, alles grünte und blühte bereits, Katharina staunte, sie hatte in den letzten Wochen nicht mitbekommen, dass der Frühling gekommen war. Sie bogen ab, fuhren durch einen Wald hinauf und kamen schließlich beim Haus an. Es stand majestätisch auf einem Hügel, man sah unten in der Ferne das winzige Dorf, einige Meter hinter dem Haus rauschten mächtige Tannen.

»So, hier ist sie, die Bergmühle«, sagte Arthur, als Katharina aus dem Auto stieg.

Sie verliebte sich sofort in das alte gelbe Haus, und nicht nur in das Haus, auch die Landschaft und das Dorf hatten es ihr angetan. Der Lärm und die Hektik der Großstadt fielen von ihr ab, sie fühlte sich so ruhig und gelassen wie schon lange nicht mehr. Katharina, die ihr ganzes Leben lang in der Stadt verbracht und kaum Ausflüge aufs Land gemacht hatte, mit Ausnahme von zwei Wochen Strandurlaub im Sommer im überfüllten Bibione – mehr konnte sich Linda nicht leisten –, erlag dem Zauber des Landlebens.

Das Wochenende, das sie hier verbrachte, erlebte sie als eines der schönsten seit Jahren. Alles präsentierte sich im besten Licht, nicht nur das Wetter (blauer Himmel, strahlender Sonnenschein, blühende Sträucher und Bäume), auch das Haus (Arthur hatte es kurz vorher auf Hochglanz bringen lassen, als hätte er geahnt, dass eine zukünftige Schwiegertochter mitkommen würde), die Dorfleute auf der Hochzeit (sie waren nicht nur unkompliziert, sondern auch herzlich), der angehende Großvater (er verwöhnte die beiden, wo es nur ging) und selbst Julius (er war ausgelassener als sonst).

Diese drei Tage entschieden über ihre Zukunft. Am Montagmorgen, Arthur bereitete ein Frühstück mit Rührei und Speck zu und servierte es ihnen, fragte er sie spontan: »Na, wollt ihr nicht hierher ziehen? Hier ist genug Platz. Das wäre doch die Lösung all eurer Probleme. Ich will euch nicht überreden, überlegt es euch einfach.«

Nach einer Woche in der Stadt riefen sie Arthur an und sagten, dass sie sein Angebot gerne annehmen würden. Sie wollten es beide, niemand musste den anderen überzeugen. Katharina hielt nichts mehr in der Stadt, seitdem ihre Mutter weggezogen war, nur ihrem Freundeskreis würde sie nachtrauern. Gegenüber Arthur bestand Julius darauf, einen eigenen Bereich im Haus zu haben, er wollte nicht mit seinem Vater zusammenwohnen.

»Natürlich, das möchte ich auch nicht«, sagte Arthur, »ihr bekommt die Wohnung im Erdgeschoß, ich bleibe oben.«

Sie planten Anfang Juli, zu Beginn der Karenzzeit, zu übersiedeln. Linda beglückwünschte ihre Tochter am Telefon zu ihrer Entscheidung.

Oft dachte Katharina später, als sie in den ersten Jahren mit ihrer Mutterschaft haderte, an diese Tage zurück. Sie fragte sich, was aus ihr geworden wäre, wenn diese nicht so wunderschön (beinahe kitschig schön) verlaufen wären. Was hätte sie gemacht? Würde sie immer noch in der Großstadt leben? Hätte sie abgetrieben? Wäre sie noch mit Julius zusammen?

Sie wusste es nicht. Abgekämpft und müde, mit einem angekleckerten, ausgeleierten T-Shirt bekleidet, trug sie den Windeleimer voll mit angeschissenen Windeln zur Mülltonne und stellte sich vor, wie sie als gut gekleidete Karrierefrau in ihrem Büro saß, tough und erfolgreich, von ihren Kollegen bewundert, von ihren Kolleginnen beneidet. Anschließend kam sie sich kindisch vor und knallte den Deckel der Tonne zu. Sie bedauerte zu dieser Zeit, den Zauber dieses einen Wochenendes im Frühling 1995 nicht als Verblendung erkannt zu haben.

Im fünften Monat der Schwangerschaft wurde sie vom Gynäkologen in Frühkarenz geschickt, woraufhin Julius und sie beschlossen, die Übersiedelung auf das erste Wochenende im Mai vorzuverlegen. Von einem Tag auf den anderen brachen sie sozusagen ihre Zelte in der Großstadt ab, Katharinas Freundinnen waren mehr als verblüfft und ihr selbst kam es wie eine Flucht vor. Während sie durch die Wohnung ihrer Mutter ging und alles, was ihr gehörte, in Kartons packte, kamen ihr vage Zweifel. Kannte sie Julius gut genug, um mit ihm zusammenzuleben? Würde sie sich nicht einsam fühlen in diesem Dorf? Sollte sie nicht lieber ihre Mutter bitten, zurückzukommen, um hier gemeinsam mit ihr und den Babys zu wohnen und ihr zu helfen? Nein, sie musste endlich lernen, auf eigenen Füßen zu stehen. Sie dachte an die grüne Landschaft, an den rauschenden Wald und freute sich auf das neue Leben.

Arthur lieh einen Kleinbus und half den beiden, und da sie nicht viele Sachen besaßen, ging das Ganze schnell. Er hatte das Erdgeschoß neu ausmalen, Küche und Bad erneuern lassen, die weiteren Möbel wollten sie in den nächsten Wochen gemeinsam aussuchen.

Und dann schaukelte Katharina buchstäblich der Geburt entgegen. An zwei Obstbäumen im Garten hing eine Hängematte, in der sie viele Stunden verbrachte, lesend, dösend, schlafend, träumend. Julius fand lange Zeit keine Arbeit, Arthur bot ihm eine Teilzeitstelle in seinem Architekturbüro an, er hätte jemanden gebraucht, der die Büroarbeiten erledigte, doch Julius lehnte ab.

Schließlich fand er eine Stelle in einer großen Versicherung und wurde dort als Vertreter eingeschult. Die Arbeit machte ihm keinen Spaß und er hoffte, bald etwas anderes zu finden, doch er wusste nicht so recht, welche berufliche Richtung er einschlagen sollte. Am liebsten hätte er als Restaurator in der Werkstätte gearbeitet, in der er als Gymnasiast schon in den Ferien gejobbt hatte, doch dort hätte er nicht genug verdient, um eine Familie ernähren zu können.

Im Umgang mit Fremden war Julius unsicher und schüchtern, außerdem fehlte ihm jeglicher Geschäftssinn, er sagte den Leuten ehrlich, ob sie tatsächlich eine Versicherung benötigten und welche für sie am besten wäre, das gefiel den meisten, weshalb sie lieber ihre Versicherungen bei ihm abschlossen als bei seinen erfahrenen, wortgewandten Kollegen. Manche, vor allem ältere Leute, waren auch neugierig auf den letzten Bergmüllerspross und verlangten in der Versicherung dezidiert nach ihm. Ihm selbst sagten sie dann unverblümt ins Gesicht: »Deine Großeltern waren sehr fleißige und tüchtige Menschen, mal schauen, was ihr Enkel auf dem Kasten hat.«

Er verdiente gut und das entschädigte ihn für die Anspannung, die er jedes Mal empfand, bevor er auf die Klingel neben einer Haustür drückte.

Von den Kollegen in der Versicherung kümmerte sich der vierundvierzigjährige Robert am meisten um ihn. Die beiden verstanden sich von Anfang an sehr gut.

»Du erinnerst mich an mich selbst, als ich jung war«, sagte er zu Julius bei einem Bier, »bei jeder Kundschaft so nervös und so voller Schuldgefühle, weil man ihnen etwas verkaufen will, ja muss, weil man sonst gekündigt wird! Du musst das echt ablegen, sonst wirst du verrückt! Scheiß drauf!«

Dieses »Scheiß drauf« war Roberts Lieblingsspruch und gefiel Julius.

Meistens konnte er zu Mittag nicht nach Hause kommen, weshalb Katharina erst am Abend kochte. Oft kamen Bekannte von Julius oder Arthur aus dem Dorf vorbei, ohne sich anzukündigen, und brachten ihr kleine Geschenke für die Babys. Katharina vermutete, sie waren neugierig auf die große blonde Frau aus der Stadt, so wurde sie von vielen bezeichnet, und wollten sie kennenlernen.

Wenn Julius am späten Nachmittag nach Hause kam, fuhren sie manchmal ins Schwimmbad (das Arthur vor vielen Jahren geplant hatte), oder sie gingen im Wald spazieren oder sie fuhren mit Arthurs Auto in die Stadt und sahen sich einen Film im Kino an. Manchmal luden sie ehemalige Klassenkameraden von Julius ein. Es ging ihnen gut.

Für Katharina änderte sich das schlagartig, als die Zwillinge auf die Welt kamen.

THOMAS' GESCHICHTE

Sechs Wochen nach unserer Abfahrt aus Moskau kommen wir am Ochotskischen Meer an. Es ist das erste Mal, dass ich das Meer sehe. Staunend schauen wir vom Hügel hinunter auf das glänzende, stille Wasser. In einem Holzbarackenlager werden wir untergebracht. Es ist das bisher schlechteste Durchgangslager. Wir vier, Fritz, Karl, Helmut und ich, werden von stärkeren Russen von unseren Pritschen vertrieben. Wir müssen unter den Pritschen auf dem nassen Boden schlafen. Über Nacht frieren die Pfützen zu Eis. Um Mitternacht erhalten wir ein Stück altes Brot und eine halbe Schüssel voll Krautsuppe. Dafür müssen wir uns mehr als eine Stunde lang anstellen. Ansonsten können wir uns in diesem Durchgangslager frei bewegen. Meine Schuhe lösen sich vollständig auf. In einem Müllhaufen finde ich eine alte Schnur und binde sie zusammen.

Ich bin neugierig, wie es Ludovica geht, und halte Ausschau nach ihr. Am dritten Tag sehe ich sie endlich hinter dem Stacheldraht, im Stammlager, wo die Frauen untergebracht sind. Sie trägt einen dickeren Mantel und Pelzstiefel. Teljan versorgte sie damit, erzählt sie. Er achtet auch darauf, dass sie genug zu essen bekommt. Jeden Tag wird sie in seine Baracke gebracht, wo sie ihm auf dem Klavier vorspielt.

»Und mehr will er nicht von dir?«, frage ich verwundert.

Sie schüttelt den Kopf: »Er sitzt nur da und hört zu. Dabei ist er ganz in sich versunken. Ich glaube, einmal hat er feuchte Augen gehabt.«

Ich bitte sie, von sich zu erzählen, und höre neugierig zu. Ihr voller Name lautet Ludovica Juliane Steiner und sie ist erst neunzehn Jahre alt. Ihre Mutter, eine geborene von Reichenfels, stammt aus einer verarmten adligen Familie und ist Pianistin. Ihr Vater arbeitet als höherer Beamter in der Forstwirtschaft. Ihre Schwester Susanna ist fünf Jahre jünger als sie. Lu, wie sie von den meisten genannt wird, lernte von Kindesbeinen an Klavier spielen. Da sie Talent hatte, wurde sie von namhaften Klavierlehrern unterrichtet. Bald durfte sie die Mutter auf ihren Tourneen begleiten. Die gemeinsamen Auftritte von Mutter und Tochter waren heiß begehrt, die Säle stets ausgebucht. Lu trat in zahlreichen Städten auf, unter anderem in London und New York.

Ich staune. Sie ist so jung und hat bereits so viel von der Welt gesehen! Als sie nach meiner Herkunft fragt, stottere ich herum. Es ist mir peinlich zu erzählen, dass ich ein einfacher Müller bin. Ich kenne nichts von der Welt außer unsere Landeshauptstadt. Dort erledigten wir bis 1942 zwei bis drei Mal im Jahr unsere Großeinkäufe. Ein Stück mussten wir zu Fuß gehen, dann fuhren wir mit der Bahn.

»Ich stelle mir deinen Beruf schön vor«, sagt sie nur und lächelt mich an, »er ist so wichtig, wir hätten ohne euch nichts zu essen.«

Die Frage, warum sie zur Mörderin wurde, liegt mir auf der Zunge, doch ich getraue mich nicht. Auch sie fragt nicht, warum ich ein verurteilter Häftling bin.

Wachsoldaten nähern sich uns und wir gehen auseinander. Am Abend treffen wir uns wieder. Dieses Mal fragt sie mich, warum ich hier bin, und ich erzähle es ihr.

»Und du?«, frage ich abschließend und halte den Atem an.

Sie kommt nicht dazu, mir zu antworten. Zwei Soldaten kommen zu uns und nehmen sie mit. Weiter hinten sehen wir Teljan. Wie lange hat er uns schon beobachtet?

Am nächsten Abend kommt sie nicht zu unserem Treffpunkt. Ich mache mir Sorgen. Meine Freunde lachen mich aus. Sie erzählen mir das Gerücht, das sie von anderen gehört haben: Ludovica habe in Wien kaltblütig und ohne mit der Wimper zu zucken einen russischen Offizier erschossen.

Unzählige Tage verbringen wir in diesem Durchgangslager. Die Tage vergehen zäh, sie sind trostlos und grau. Es hört auf zu schneien und wird bitterkalt. Es ist eine Kälte, die ich noch nie erlebt habe. Sie kriecht bis ins Innerste und lässt alles erstarren. Mit unseren dünnen Mänteln und Jacken sind wir auch nicht gut ausgerüstet. Der Hunger tut ein Übriges. Er ist das Schrecklichste. Einmal entdecke ich neben dem Müll einen Heringskopf auf dem Boden. Ich schaue mich um und hebe ihn schnell auf. Hinter einer Baracke schlinge ich ihn hinunter. Wie ein Tier komme ich mir vor. Ich schaue an mir herunter. Seit Wochen habe ich mich nicht mehr gewaschen. Die Kleidung ist steif vor Dreck. Oft ertappe ich mich bei dem Wunsch, einfach einzuschlafen und nie mehr aufzuwachen.

Eines Abends warte ich nicht umsonst, ich sehe sie wieder. Wir erzählen einander aus unserer Kindheit. Lu verbrachte mit ihrer Familie jeden Sommer bei entfernten Verwandten in Tirol. Wochenlang lebten sie abwechselnd auf einem Bergbauernhof und auf einer Alm, in einer Hütte.

Jedes Mal, wenn ich zu meinen Freunden zurückkehre, necken sie mich.

Zwei Tage später sehen wir uns wieder.

Dieses Mal nimmt sie meine Hand in die ihre und sagt eindringlich: »Versuch alles, um zu überleben. Hörst du?«

»Wäre nicht ein schneller Tod besser als dieses Dahinvegetieren so viele Jahre lang?«, frage ich sie.

»Nein!«, sagt sie bestimmt, »am Leben zu bleiben ist das Wichtigste. Eines Tages kommen wir nach Hause. Irgendwie.

Vielleicht ändert sich die politische Situation und wir kommen früher frei. Vielleicht kommt es zu Interventionen. Oder –«

»Du bist ja sehr optimistisch«, sage ich, »Stalin sind Interventionen völlig egal. Und niemand weiß, wo wir sind und ob wir noch leben.«

»Ich werde fliehen«, sagt sie leise.

»Was?«, entfährt es mir laut.

Schnell sehe ich mich um. Doch niemand hat uns gehört. Ich betrachte Ludovica eingehend. Obwohl sie für ein Mädchen ziemlich groß ist, wirkt alles an ihr schmal und zart. Wie soll sie eine Flucht durch die unermesslich weite Taiga schaffen? Es erscheint mir unmöglich.

»Schau mich nicht so an«, lacht sie, »ich bin härter im Nehmen, als du glaubst.«

»Aber wie willst du das schaffen?«, frage ich.

»Irgendwie schaffe ich es«, sagt sie trotzig, »von hier wäre es sogar relativ günstig, weißt du das? Sie werden uns in den Norden bringen und von dort geht es nicht mehr so leicht. Vielleicht schwimme ich bis Japan hinüber. Vielleicht marschiere ich bis nach China hinunter. Ist alles nicht so weit weg von hier. Hast du in Geografie nicht aufgepasst?«

Unwillkürlich muss ich lachen. Wir sehen Wachsoldaten, die sich nähern.

»Versuch einfach alles, um am Leben zu bleiben«, sagt sie eindringlich, »versprich mir das. Irgendwann kommen wir hier weg. Ganz gleich wie. Du wirst sehen, eines Tages spiele ich wieder ein Konzert im Wiener Musikverein und du sitzt in der ersten Reihe. Danach gehen wir mit Freunden feiern. Und wenn wir vierzig sind, es ist egal! Bleib am Leben!«

Dann eilt sie weg. Ich sehe ihr hinterher und bin aufgewühlt. Ich darf mich nicht verlieben, denke ich, ich darf mich einfach nicht verlieben. Das würde alles schlimmer machen. Doch es ist hoffnungslos. Die ganze Zeit denke ich nur an sie. Eines hat sie bei mir erreicht: In mir regt sich immer stärker der Wille zu überleben.

»Worauf warten wir?«, frage ich Fritz, »wozu sind wir hier in diesem Hafennest?«

Da er als Einziger von uns Russisch spricht, ist er unser Verbindungsmann zur Außenwelt. Er ist derjenige, der sich bei den anderen Häftlingen umhört. Der das Wachpersonal belauscht.

»Von hier aus soll es mit dem Schiff weitergehen. Nach Kolyma, sagen sie. Das ist weiter im Norden. Dorthin kommt man nur mit dem Schiff, es gibt keine Straße oder Bahnverbindung. Dort befinden sich eine Menge Arbeitslager. Zum Beispiel werden Gold, Blei und Zinn abgebaut«, erzählt Fritz, »die Winter sollen dort furchtbar sein. Sie dauern neun Monate und die Temperatur geht bis minus sechzig Grad hinunter.«

»Aber wann geht es weiter?«, fragt Helmut.

»Der Propeller des Eisbrechers muss zuerst repariert werden. Ohne den Eisbrecher kann unser Schiff nicht abfahren.«

Insgesamt verbringen wir drei Wochen in diesem Lager. Ludovica sehe ich nicht mehr. Ich mache mir Sorgen. Eines Tages treibt man uns in den Hafen hinunter. Verzweifelt suche ich sie mit meinen Blicken, kann sie aber nirgendwo entdecken. Ich habe Angst, sie nie wiederzusehen. Ein Schiff liegt vor uns, draußen auf dem Meer sehen wir einen riesigen Eisbrecher. Auf dem Meer treiben Eisschollen herum.

»Weißt du, was heute für ein Tag ist?«, fragt Karl.

»Nein«, antworte ich, »sag es mir.«

»Heute ist der 24. Dezember«, flüstert er.

Ich sehe ihn überrascht an. Er hat Tränen in den Augen.

Heute ist also Weihnachten. Heiligabend! Ich kann es kaum glauben. Ich denke an den festlich gedeckten Tisch, an das Festessen, an den geschmückten Christbaum in der

Stube und vor allem an meine Mutter. Wer weiß, ob ich sie jemals wiedersehen werde. Die Sehnsucht, von ihr in die Arme geschlossen zu werden, ist riesengroß. Ich hatte mit meiner Mutter immer eine besonders enge Beziehung, bis mein Vater zurückkam.

Man treibt uns über ein wackliges Brett auf das Schiff. Wir klettern eine steile Holzleiter hinunter in den Schiffsbauch. Eingepfercht in einem Raum unter Deck verbringen wir die nächsten Tage. Ich höre auf zu zählen. Viele sind seekrank, müssen mehrmals erbrechen. Der Gestank ist unerträglich. Einmal am Tag dürfen wir in Gruppen auf das Deck gehen und uns kurz die Beine vertreten. Bevor wir wieder hinunterklettern, darf jeder aus ein und demselben Schöpflöffel ein paar Schlucke Wasser trinken. Es schmeckt grauenhaft. Dazu gibt es ein kleines Stück hartes Brot. Mein Magen rumort und schmerzt vor Hunger. In der Nacht werden am Schiff alle Lichter ausgeschaltet und wir gleiten langsamer dahin. Fritz horcht sich um, warum das so ist.

»Die Japaner und Amerikaner sollen nichts von den Gefangenentransporten wissen«, erklärt er uns.

Dann bricht Typhus aus, nicht nur unter den Häftlingen, sondern auch unter der Besatzung. Die Wachmannschaft gerät in Panik. Sie versuchen, die Kranken von den Gesunden zu trennen. Viele sterben und die Leichen werden einfach ins Meer geworfen. Von uns erwischt es Karl. Er liegt wimmernd mit starken Bauchschmerzen und hohem Fieber neben uns, bis sie ihn in den anderen Raum tragen. Er schreit, weil er nicht von uns getrennt werden will. Es ist das letzte Mal, dass ich ihn sehe.

Wir kommen wegen der Eisschollen nur langsam voran. Erst nach siebzehn Tagen erreichen wir einen Hafen. Normalerweise, so weiß Fritz, dauert die Überfahrt nur fünf Tage.

Vom Hafen in die Stadt hinauf ist es ein sehr steiler Weg. Mühsam plagen wir uns hoch. Neben uns fahren Lastwagen mit den Erkrankten. Viele von uns müssen Lebensmittelsäcke, Möbel oder irgendwelche Maschinen schleppen, auch mir drückt man etwas in die Hand. Doch als ich unter der Last zusammenbreche, nimmt es mir jemand ab.

Wir schleppen uns durch die Straßen einer richtigen Stadt, in der es sogar gemauerte Gebäude gibt. Sie kommt uns wie das Paradies vor.

»Die Stadt heißt Magadan«, sagt Fritz.

Wieder in einem Durchgangslager. Das wievielte ist es? Ich weiß es nicht mehr. Wir werden in einen Baderaum geführt und dürfen duschen. Es gibt sogar warmes Wasser und ein Stück Seife. Wir drei raufen uns spaßeshalber darum, bis ein Ungar sie uns tatsächlich entreißt. Es ist die erste Dusche, seit wir in Moskau waren. In einem anderen Raum werden wir nackt dem Friseur vorgeführt. Entsetzt schaue ich zu, wie er den Männern vor mir zuerst mit einer Haarschneidemaschine die Kopfhaare abrasiert und dann mit einem Messer die Körperbehaarung entfernt. Von oben bis unten. Zuerst die Barthaare, dann Achselhaare, Brusthaare und schließlich die Schamhaare. Zum Schluss muss ich mich bücken, damit er die Haare zwischen den Gesäßbacken rasieren kann. Das Messer wird nur abgewischt, nicht gewaschen.

Später erklärt mir Fritz, dass die Russen panische Angst vor Läusen haben. Wenn sie jemanden mit Läusen erwischen, werden ihm sogar Brauen und Wimpern rasiert. Ihrer Meinung nach übertragen Läuse Krankheiten. Im nächsten Raum erhalten wir neue Kleidung und Schuhe. Unsere alten Kleidungsstücke hat man verbrannt. Ich stöhne auf. Alle meine Sachen waren von meiner Mutter genäht worden! Die letzten Erinnerungsstücke an meine Heimat waren fort, einfach verbrannt!

»Hör auf zu jammern«, schnauzt mich Helmut an, »sieh dir das an. Alles neu!«

Tatsächlich erhalten wir völlig neue Kleidung, sie ist blau und dick mit Watte gefüllt. Auch gute Schuhe und eine Kappe mit Ohrenklappen bekommen wir ausgehändigt. Wir schlüpfen hinein und schauen uns an. Unwillkürlich müssen wir lachen, wie blaue, ausgestopfte Schneemänner sehen wir aus. Wir sind nicht mehr diejenigen, die sich im Durchgangslager in Sopron kennengelernt haben. Völlig anders sehen wir aus. Und jeder gleicht dem anderen.

Dieses Lager ist besser als das letzte. Immerhin bekommen wir in der Ausländerbaracke jeder eine eigene Pritsche und müssen nicht auf dem Boden schlafen. Wegen unserer Wattekleidung frieren wir nicht mehr so sehr. Auch das Essen ist besser, sogar ein Stück Speckschwarte bekommen wir zum Brot. Jeden Tag kann es so weit sein, dass wir in ein Arbeitslager abtransportiert werden. Immer denke ich an Ludovica. Ich will sie unbedingt wiedersehen. Sie beherrscht meine Gedanken. Ob sie auch auf dem Schiff war? Ich bitte Fritz, sich umzuhören, ob die Frauen mit nach Magadan gekommen sind.

»Vergiss sie«, sagt Fritz, »du musst dich aufs Überleben konzentrieren, sonst darfst du an nichts denken.«

»Bitte hör dich um«, sage ich. Mein flehentlicher Blick erweicht ihn.

»Gut«, brummt er, »ich höre mich um.«

Am nächsten Tag sagt er mir, dass Ludovica – sie wird von allen »Pianistka« genannt – an Bord an Typhus erkrankt ist. Sie liegt auf der Krankenstation des Frauenlagers und befindet sich auf dem Weg der Besserung. Ich bin erleichtert.

»Bring mir Russisch bei«, sage ich zu Fritz.

Zunächst wehrt er sich. Er meint, seine Kenntnisse der Sprache seien zu mager.

»Das macht doch nichts«, sage ich, »das, was du kannst, bringst du mir bei.«

Von nun an lernen wir, auch Helmut macht mit. Es lässt die Zeit, die ansonsten nur zäh verrinnt, schneller vergehen. Die anderen Ausländer hören uns belustigt zu, vor allem ein älterer Este, er heißt Kristjan. Da wir nichts zu schreiben haben, geschieht alles mündlich. Fritz sagt etwas mehrmals vor, wir sprechen es nach. Auch was es auf Deutsch bedeutet, erklärt er uns.

»Was heißt ›job tvoju mat‹?«, frage ich.

Diese drei Wörter habe ich bisher sehr oft gehört, von russischen Häftlingen wie von Wachsoldaten. Fritz wird verlegen.

»Das ist ein schlimmes Schimpfwort, das kann ich nicht übersetzen«, sagt er, »kein kultivierter Russe würde es aussprechen.«

Wir drängen ihn.

»Es heißt im übertragenen Sinn: verdammt noch mal«, sagt er schließlich.

»Und deshalb machst du so einen Aufstand?«, fragt Helmut.

Kristjan lacht. Er kann sich gar nicht mehr beruhigen.

»Im wörtlichen Sinn heißt es: ›Fick deine Mutter‹«, erklärt er uns.

Kristjan hilft Fritz beim Unterrichten. Er ist ein gutmütiger Mensch, oft zu Späßen aufgelegt und spricht fließend Russisch und Deutsch. Viele Jahre lang lebte der jetzt Dreiundfünfzigjährige in Berlin und war mit einer deutschen Frau verheiratet. Nach dem Einmarsch der Russen wurden beide wegen Spionage verhaftet. Der wahre Grund war ein anderer: Seine Frau Elisabeth hatte in Hitlers Reichskanzlei als Küchenmädchen gearbeitet. Seit der Verhaftung hat er sie nicht mehr gesehen, er weiß nicht, ob sie noch lebt. Er weiß auch nicht, wie es seinen Kindern geht und ob sie die Flucht mit der Großmutter in die amerikanische Besatzungszone geschafft haben. Kristjans Augen werden feucht, als er uns seine Geschichte erzählt.

Eines Tages werden wir beim Morgenappell gefragt, ob wir »Spezialisten« seien. Alle gelernten Tischler, Schlosser, Elektriker, Maurer, Installateure werden gebeten, sich in einer bestimmten Baracke zu melden. Und besonders Ärzte.

»Ich bin Müller«, sage ich stolz zu der kleinen Kommission, bestehend aus drei Männern.

Fritz übersetzt für mich. Die Männer lachen nur und winken mich weiter.

Schnell stehen Helmut, Fritz und ich wieder draußen. Wir fühlen uns nutzlos. Nichts haben wir gelernt, das uns in dieser trostlosen Einöde das Leben ein bisschen erleichtern würde. Kristjan erzählte uns, dass gelernte Handwerker bessere Bedingungen beim Verbüßen ihrer Haftstrafe haben. Sie würden nicht zu den harten Arbeiten in den Lagern eingesetzt.

Da offenbar nicht so schnell Nachschub an Häftlingen erwartet wird, bleiben wir wochenlang in diesem Lager. Wir sollen uns erholen und kräftig werden, heißt es. Helmut wird immer verschlossener, er wartet auf seinen Bruder Karl. Wir wissen nicht, ob er am Leben ist. Er schenkt seine Tagesration Brot jemandem, der einen Sanitäter im Krankenlager kennt. Doch dieser kann keine befriedigende Auskunft geben. Kristjan unterhält sich mit ihm und übersetzt dann für uns: »Die schwer kranken Patienten sind alle nach Debin ins Zentralkrankenhaus Levyj Bereg gebracht worden. Es ist ungefähr vierhundertfünfzig Kilometer von hier entfernt. Dort kann man sie richtig versorgen. Hier ist man für Infektionsfälle nicht ausgerüstet. Levyj Bereg heißt ›linkes Ufer‹, weil es links vom Fluss Kolyma liegt. Ob ein österreichischer Student mit dem Namen Karl Berger dabei war, weiß er nicht. Es waren so viele.«

Eines Tages Mitte März ist es so weit, wir alle haben uns davor gefürchtet. Wir werden aufgefordert, alles mitzunehmen, was wir besitzen. Es ist nicht viel, wir haben nur unsere Kleidung. An einem Sammelpunkt treffen wir mit den anderen Häftlingen zusammen. Es wird durchgezählt, es sind siebenhunderteinundvierzig Männer. Keine Frauen. Wir wissen nicht, was uns erwartet und wohin wir transportiert werden. Ich spüre die gleiche panische Angst in mir hochkriechen wie damals in Wien. Als man mich vor dem Militärtribunal zu fünfzehn Jahren Arbeitslager verurteilte.

Komme ich lebend zurück, frage ich mich. Werde ich meine Familie wiedersehen? Und Ludovica? Wo ist sie? Wie geht es ihr?

Zu Fuß lassen wir die Häuser hinter uns. Einige Frauen stehen am Straßenrand und wollen uns Salzheringe und Brot verkaufen. Sie sehen uns mitleidig an. Außerhalb der Stadt steht eine lange Kolonne Lastwagen.

In einem Lastwagen, der nur notdürftig mit einer Plane abgedeckt ist, sitzen bis zu vierzig Männer. Versuchen sich gegen die Kälte und den Wind zu schützen, der durch die Ritzen pfeift. Wir fahren stundenlang über holprige Straßen, dann heißt es plötzlich: »Aussteigen!« Die vorderen Fahrzeuge werden entladen. Überrascht sehen wir Schlitten, Hunde und eine Menge großer Kisten und Säcke. Die Lastwagen fahren weg, wir stehen verloren in der weißen Unendlichkeit. Unsere Augen schmerzen und wir ziehen unsere Kappen tief in die Stirn.

Wir marschieren los. Die Hunde sind vor die Schlitten gespannt und ziehen die Lasten. Die Konvoisoldaten treiben Mensch und Tier mit ihren Peitschen an. Die Hunde geben die Geschwindigkeit vor, die Menschen kommen kaum nach. Die Ersten haben es schwerer als die Nachfolgenden, denn sie müssen die Spur im tiefen Schnee treten. Die Hinteren haben dafür die Peitsche im Genick. Es wird täglich abgewechselt. In den Nächten schläft man in notdürftig aufgestellten Zelten, in denen man sich gegenseitig wärmt. Wenn die Zelte fertig aufgestellt sind, bekommt jeder ein Stück Brot, einen Salzhering und Tee. Am Morgen erhält man nur Tee. Es ist ein Todesmarsch.

Wir gehen und gehen. Durch Wälder. Durch die Taiga. Es ist kein Gehen mehr, es ist ein erschöpftes Wanken. Es vergehen Wochen. Viele sterben, sinken zu Boden und stehen nicht mehr auf. Aus dem Schnee wird immer mehr Schmelzwasser. Den Tieren fällt es schwerer, die Schlitten zu ziehen. Unsere Füße sind schwer, weil die Schuhe das Wasser aufsaugen. Der Frühling hat Einzug gehalten. Sosehr wir das Lager gefürchtet haben, so sehr wünschen wir uns jetzt, endlich dort anzukommen.

Ich sitze in der Küche und tippe. Es ist schon dunkel. Ich sollte schlafen gehen.

1973–1987: KATHARINA
EIN VATER NAMENS VINCENT

Katharinas Kindergartenfreundin hieß Barbara und wurde jeden Morgen, wenn ihr Vater sie im Kindergarten ablieferte, von diesem hoch in die Luft gewirbelt. Jedes Mal schaute Katharina neidvoll dem Spektakel zu: Der riesige, bärtige Mann mit dem Bauchansatz – er sah aus wie ein gemütlicher Bär, stellte Katharina fest – packte mit beiden Händen seine Tochter um die Taille, wobei sich seine Finger berührten, so groß waren seine Pranken, bewegte den schmalen Körper ein paar Mal auf und ab, wobei er und sie »Huuuh, huuuh« riefen. Dann plötzlich warf er sie, sie flog mit ausgebreiteten Armen ungefähr einen Meter hoch, um vom Vater wieder aufgefangen zu werden, ihre Haare wippten auf und ab und sie lachte glücklich.

Katharina fragte ihre Mutter zum ersten Mal, warum Barbara einen Vater, sie jedoch keinen habe, als sie drei Jahre alt war. Ohne ein Wort zu sagen, nahm Linda ihre Tochter in die Arme und wiegte sie sanft hin und her. Weil dabei die Augen ihrer Mutter tieftraurig blickten, wagte sie nicht, noch einmal zu fragen. Erst in der Volksschule erfuhr sie ein bisschen etwas: Es war ein Urlaubsflirt in Rom mit einem jüngeren Mann gewesen, der ein paar Tage angedauert hatte, den Mann hatte Linda nachher nie wiedergesehen.

Katharina wurde am 1. März 1973 geboren, ihre Mutter war bei der Geburt achtunddreißig Jahre alt. Linda blieb ein Jahr bei ihrer Tochter zu Hause und begann dann wieder als Sekretärin in der Speditionsfirma ihres Bruders zu arbeiten. Dort saß sie in einem winzigen, finsteren Büro und kümmerte sich um alle geschäftlichen und verwaltungstechnischen Dinge der kleinen Firma, die anfielen, um Termine, Angebote, Rechnungen, Dienstpläne, Lohnabrechnungen, anstehende Reparaturen der Lastwagen. Ihr Bruder Harald verzweifelte in dem einen Jahr, in dem Linda bei dem Baby zu Hause blieb, das Büro versank im Chaos.

Katharina wuchs behütet in einer Dreizimmerwohnung am Rand der Großstadt auf, es fehlte ihr an nichts. Ihre kleine, rundliche Mutter mit den roten Haaren und dem leichten Sprachfehler (sie konnte den Buchstaben S nicht richtig aussprechen) war eine lustige Person, ihr Lachen begann als tiefes Glucksen im Hals, bis es glockenhell aus ihr herausbrach, es war ansteckend und begleitete Katharina während ihrer ganzen Kindheit und Jugend. Ständig hatte Linda Freundinnen bei sich eingeladen, sie tranken Kaffee, kochten gemeinsam, lautstark die Romane von Barbara Cartland und Danielle Steel diskutierend, dabei wanderte Katharina von einem Schoß zum anderen und wurde geherzt und gedrückt, ab und zu ging die Frauenrunde in eine Operette, dann blieb sie bei ihrem Onkel Harald.

Linda versuchte ihrer Tochter fast alles zu ermöglichen, was sie sich wünschte. Die beiden hatten ein enges Verhältnis und sprachen über alles, nur bei einem Thema wich Linda aus, nämlich, wenn Katharina Genaueres über den fehlenden Vater hören wollte. Jedes Mal hatte Linda diesen traurigen, verstörten Ausdruck in den Augen, der so gar nicht zu ihr passte, sodass Katharina eines Tages die Ahnung durchzuckte, ihr Vater könnte im Gefängnis sitzen oder ihre Mutter könnte vergewaltigt worden sein.

Und doch träumte sie von einem Vater, von einem, der sie von der Schule abholte, mit ihr Ausflüge machte, ihr ein Pony schenkte. Sie stellte ihn sich groß vor, blond, mit blitzenden blauen Augen. Da sie selbst ihrer Mutter kein bisschen ähnelte, musste sie ihr Aussehen von ihrem Erzeuger haben.

Eines Abends, als sie vierzehn war, ließ sie jedoch nicht locker, sie nahm das Gesicht ihrer Mutter in die Hände und insistierte: »Ich will alles von meinem Vater wissen. Es ist mir wichtig und ich bestehe darauf. Wenn du mich nicht verlieren willst, sagst du mir jetzt die Wahrheit.«

Sie hatte die Sätze einen Tag zuvor in einem Schnulzendrama im Fernsehen gehört. Angesichts der pathetischen Worte ihrer Tochter hätte Linda am liebsten zu lachen begonnen, obwohl ihr nach weinen zumute war. Eingewickelt in zwei Decken und Tee schlürfend saßen sie auf dem Sofa und Linda begann zu erzählen.

Mit dreiundzwanzig verliebte Linda sich in einen Jurastudenten aus sehr gutem Hause. Sie waren neun Jahre ein Paar, bis der junge Rechtsanwalt sich dem Druck seiner Familie beugte und sich mit der Tochter einer befreundeten, angesehenen Ärztefamilie verlobte. Linda war verletzt, erholte sich aber schnell, dafür war sie ein viel zu fröhlicher Mensch, sie hatte die Trennung kommen sehen, ihr Freund war kein starker Charakter gewesen, der seinen Eltern dauerhaft hätte Paroli bieten können. Sie lebte ihr Leben weiter, traf ihre Freundinnen und ging viel aus. Fünf Jahre später meldete sich der Verflossene tränenreich am Telefon, er sei so unglücklich mit seiner Frau, er wolle sie treffen, in Rom, für ein paar Tage, er lade sie ein. Sie sagte zu, bestand aber darauf, selbst zu zahlen, sie war neugierig auf ihn. Doch schon beim ersten Zusammentreffen, er holte sie vom Bahnhof ab, wusste sie, dass es ein Fehler gewesen war, ihr ehemaliger Freund war nicht nur aufgedunsen und glatzköpfig geworden, sondern auch derb und schmierig, er wollte sich nicht unterhalten, sondern gleich zur Sache kommen. Er machte einen schlüpfrigen Witz nach dem anderen und griff ihr nach ein paar Minuten an die Brust. Sie wehrte ihn ab, daraufhin packte er sie mit der rechten Hand am Hinterkopf und drückte ihr Gesicht an seines. Mit seiner Zunge im Mund würgte sie herum, bis sie sich mit den Fäusten freigeboxt hatte. Sie standen in einer abgelegenen, dunklen Gasse, kein Mensch war weit und breit. Sie fühlte sich gedemütigt und sagte ihm, dass sie das Wochenende alleine zu verbringen gedenke, hob ihre Reisetasche auf und stapfte davon. Er ließ es sich nicht gefallen, eilte ihr nach, packte sie an den Schultern und bedrängte sie, indem er sie fest umarmte, an sich drückte, ihr auf den Hintern griff und sie wieder und wieder küssen wollte. Dann ging alles sehr schnell. Ein Mann kam herbeigelaufen und rief auf Englisch: »Lassen Sie sie in Ruhe!« Als der Anwalt nicht reagierte, wurde er von Linda weggezerrt und in die Magengrube geboxt, woraufhin er in die Knie ging.

Ihr Retter nahm die geschockte Linda sanft an der Hand und führte sie aus der Gasse weg, ihre Reisetasche tragend. (Spätestens bei der Formulierung »Er nahm mich sanft an der Hand« wusste Katharina, dass ihre Mutter log.)

Er war ein Amerikaner, zehn Jahre jünger als sie, er lebte seit Kurzem in Los Angeles und arbeitete bei einer Filmproduktionsfirma als Mädchen für alles, manchmal auch als Statist. Er wollte unbedingt Schauspieler werden. Seit einigen Wochen war er alleine in Europa unterwegs, um sich selbst zu finden, wie er sagte. Kurzerhand brachte er sie in sein Hotel, wo noch Zimmer frei waren. Die nächsten Tage verbrachten sie gemeinsam in Rom, herumschlendernd, schauend, Eis schleckend. Der junge Mann war fasziniert von ihren dicken roten, gewellten Haaren, die bis zur Taille reichten, sie war fasziniert von seiner Größe, er war beinahe dreißig Zentimeter größer als sie, und von seinen Muskeln. Er war sehr attraktiv, blond und blauäugig – wie Katharina.

Am zweiten Abend passierte es, sie tranken zu viel Wein und verbrachten dann die Nacht gemeinsam in seinem Zimmer, auf die noch zwei weitere Nächte folgten. Es waren wunderschöne Liebesnächte, die Linda auf keinen Fall in ihrem Leben missen mochte, der Amerikaner war liebevoll und sinnlich. Dann musste er nach Neapel weiter, und sie selbst musste auch zurückfahren, ihr Urlaub war zu Ende. Bewusst tauschten sie weder Adresse noch Telefonnummer, sie wussten, das Ganze hatte keine Zukunft, vor allem wegen des Altersunterschieds. Keiner wollte der Urlaubsromanze ernüchternde Besuche im Alltag des anderen folgen lassen. Sie küssten sich leidenschaftlich auf dem Bahnsteig, bevor der Amerikaner in den Zug sprang und sie ihm nachwinkte. Drei Wochen später stellte sie in Wien fest, dass sie schwanger war, und freute sich von Anfang an auf das Kind. Es war gut so für sie. Sie war alt genug, sie fühlte sich bereit für ein Kind, auch dafür, es alleine großzuziehen. Manchmal fühlte sie sich aber Katharina gegenüber schuldig, weil diese ihren Vater nicht kennenlernen konnte.

»Wie hat er geheißen?«, fragte Katharina.

»Vincent«, antwortete Linda.

Vincent, ihr Vater sollte also Vincent heißen.

»Und wie noch?«

»Wir haben uns die Familiennamen nicht gesagt.«

»Was weißt du sonst noch von ihm? Wo wurde er geboren? Wie viele Geschwister hatte er? Was machten seine Eltern?«, fragte Katharina weiter.

»Mein Liebling, ich weiß leider wirklich nur seinen Namen. Wir haben über die Vergangenheit nicht geredet, nur über die Zukunft, über unsere Träume und Pläne.«

»Welche Pläne hatte er denn?«

»Er wollte nach seiner Europareise endlich als Schauspieler richtig durchstarten, die Schauspielerei war sein großer Traum.«

Ihr Vater hieß also Vincent und war ein großer blonder Amerikaner, der beim Film arbeitete, zumindest gearbeitet hatte. Fast hätte sie patzig gesagt: »Wenn das stimmt, bin ich die Kaiserin von China«, doch sie hielt sich zurück, sie spürte, dass an der Geschichte ihrer Mutter etwas nicht stimmte, und ahnte, dass ihre Mutter aus Liebe zu ihr log. Ein strahlender Held (noch dazu ein Schauspieler aus Kalifornien!), der sie vor Zudringlichkeiten eines schmierigen, glatzköpfigen Anwalts rettete, sie sanft an der Hand nahm, sie genau drei Mal sinnlich liebte und den sie noch einmal leidenschaftlich küsste, bevor er im Zug verschwand? Linda hatte eindeutig zu viele Liebesromanzen gelesen.

Sie war sich sicher: Ihre Mutter hatte ihr nicht die Wahrheit erzählt. Wenn man mit einem Mann mehrere intensive Tage und Nächte verbringt, erzählt man sich doch den Familiennamen, den Geburtsort, die Geschwisteranzahl oder welchen Beruf die Eltern ausübten, dachte sie. Sie erlebte ihre Mutter täglich als eine sehr offene, ehrliche Frau, die schimpfte, wenn sie ihre Tochter bei einer Lüge ertappte. Warum log sie jetzt? Warum durfte Katharina die Wahrheit nicht wissen? Weil sie schrecklich war? Sie musste schrecklich sein.

Sie erzählte Onkel Harald, dass sie ihrer Mutter die Version mit dem Urlaubsflirt in Rom nicht glauben könne, und bat ihn ernst um die Wahrheit: »Ich bin vierzehn, Onkel Harald, ich hab wirklich ein Recht zu wissen, wer mein Vater ist. War es ein One-Night-Stand und schämt sich Mama deswegen? Oder ist er im Gefängnis?«

Harald beteuerte ihr, dass Linda die Wahrheit gesagt hatte,

aber an seinem Stottern merkte sie, dass auch er log. Ihr Onkel war ein einfacher, gutmütiger Mensch und Eloquenz gehörte nicht zu seinen Eigenschaften.

»Du lügst mich an«, sagte sie ihm unverblümt ins Gesicht, ›wurde Mama vergewaltigt, ist es das?«

Bei diesen Worten zuckte er zusammen und dieses Zucken verriet ihr alles. Es war also eine Vergewaltigung gewesen, ihre fröhliche, lachende Mutter war vergewaltigt worden und sie, Katharina, war nicht ein Kind der Liebe, sondern das Produkt von physischer Gewalt. Sie musste schlucken. Ihr Onkel beobachtete sie und nahm schließlich ihre beiden Hände in seine.

»Katharina«, sagte er bedächtig und sie merkte, dass er nach Worten suchte, »deine Mutter liebt dich über alles und das ist das Wichtigste, oder nicht? Stell keine Fragen mehr. Man muss nicht immer alles genau wissen.«

Sie stellte keine Fragen mehr. Sie wollte die Einzelheiten der grauenhaften Szene nicht wissen, sie sich nicht ausmalen, es war ihr genug zu wissen, dass der Mann groß, blond und blauäugig gewesen war. Ihr Aussehen begann sie zu hassen. Sie färbte sich die Haare schwarz.

Ihre Mutter liebte sie umso mehr. Katharina bewunderte die Entscheidung, nach einem derartig traumatischen Erlebnis die Schwangerschaft zu akzeptieren, und staunte über die bedingungslose Liebe, die ihr täglich entgegengebracht wurde.

Sie wusste, Linda hatte ihr mit diesem blonden amerikanischen Retter in der Not namens Vincent einen Vater schaffen wollen, mit dem sie sich identifizieren konnte, und staunte über diese psychologische Raffinesse, sie hätte sie ihr nicht zugetraut. Linda hatte dem erfundenen Vater Attribute auf den Leib geschneidert, die der Vierzehnjährigen in ihrer Le-

benswelt attraktiv erscheinen mussten: ein starker, gut aussehender Beschützer der schwachen Frauen, der Schauspieler in
Hollywood war. Katharina liebte Hollywoodfilme und wollte
unbedingt einmal nach Kalifornien reisen.

1978: JULIUS
DIE BERGMÜHLE

Kurz vor Julius' sechstem Geburtstag wurde bei seiner Großmutter Esther ein Lungenkarzinom diagnostiziert. Die Ärzte gaben ihr nur noch wenige Wochen zu leben. Umgehend
verfasste sie ein Testament zugunsten einer großen Wohltä-
tigkeitsorganisation für Hinterbliebene von Holocaustopfern.
Anschließend kontaktierte sie Arthur, damit er seinen Sohn zu
sich holen konnte, und als er neben ihrem Krankenbett stand,
schärfte sie ihm eindringlich ein, gut zu dem Kleinen zu sein.
Ihren Enkel, der nicht aufhören konnte, zu schluchzen, zu toben und sich an seiner Großmutter festzuklammern, musste
man schließlich mit Gewalt aus dem Krankenhaus tragen.

In seinem Zimmer fand Julius einen riesigen Koffer vor, den
die Hausangestellten für ihn gepackt hatten. Er versteckte sich
unter dem Bett. Der große Mann mit dem Bart betrat das
Zimmer und ging auf ihn zu. Die Angst kroch in Julius hoch,
lähmte ihn und drückte ihm die Kehle zu. Der Mann zog ihn
unter dem Bett hervor und führte ihn an der Hand aus seinem
Zimmer und aus dem Haus. Er konnte nichts mehr sehen,
nichts mehr hören, spürte seine Beine und Füße nicht, die ihn
auf das gelbe Auto zutrugen. Sein kleiner Hund James, ein
zweijähriger Beagle, lief ihm bellend nach und sprang winselnd
die Autotür hoch, nachdem er eingestiegen war.
    Flüsternd sang Julius das Kinderlied, das ihm seine Groß-
mutter früher oft vorgesungen hatte, und wippte mit dem
Oberkörper vor und zurück, dabei starrte er vor sich hin. Wenn

das Lied fertig war, begann er von vorne, er sang es immer wieder, er konnte nicht anders, sein Kopf war leer, nur dieses Lied war da.

The itsy-bitsy spider climbed up the water spout.
Down came the rain and washed the spider out.
Out came the sun and dried up all the rain.
And the itsy-bitsy spider climbed up the spout again.

Der große Mann, der sein Dad sein sollte, so hatte es ihm Esther erklärt, bat ihn mehrmals damit aufzuhören, bis er ihn schließlich packte und schüttelte. Julius war still. Er hatte Angst vor dem Mann.

Nach zwei Tagen kamen sie spät in der Nacht in einem großen, alten Haus an, die Räume waren eiskalt und er fror die ganze Zeit. Von der langen Reise wusste er nichts mehr. Da die Lichter nicht funktionierten, brachte ihn der Mann mit einer Taschenlampe in ein Zimmer im ersten Stock, zog ihn aus und legte ihn ins Bett, Julius ließ es widerstandslos geschehen. Die schwere Tuchent schien ihn zu erdrücken, die Bettwäsche fühlte sich feucht an. Der Mann schloss die Tür hinter sich und ließ ihn allein.

Er hatte große Angst vor der Dunkelheit und vor dem Alleinsein, zu Hause in Florida hatte er gemeinsam mit seiner Grandma in einem großen Bett geschlafen, und jedes Mal, wenn er zu Bett ging, legte sie sich kurz zu ihm und las ihm eine Geschichte vor. Danach hatte sie die Tür zum hellen Gang weit offen gelassen, damit sie ihn hörte, wenn er rief, und damit es im Zimmer nicht dunkel war. James, ein Geschenk zum vierten Geburtstag, lag in seinem Korb neben dem Bett und schnarchte leise. Julius hatte sich dann in die seidige, duftende Bettwäsche gekuschelt und den Geräuschen, die Esther gemacht hatte, gelauscht und war schließlich eingeschlafen. Am Morgen wurde er mit Küssen geweckt.

Es wurde die längste Nacht seines bisherigen Lebens, Julius glaubte, sterben zu müssen. Die klobigen Möbel im Zimmer warfen gespenstische Schatten, die aussahen, als tanzten Hexen um ihn herum, und es gab Geräusche, von denen er glaubte, ein Monster würde sie verursachen. Er konnte nicht wissen, dass es Mäuse waren, die es sich im unbewohnten Haus gemütlich gemacht hatten. Erstarrt lag er da und konnte nicht einmal weinen, er hatte keine Tränen mehr. Er musste auf die Toilette und wusste nicht, wo sie war, er hatte einen ausgetrockneten Mund, hätte aber die Küche nicht gefunden. Schließlich wagte er sich aus dem Bett und pinkelte in den alten Kasten hinein. Erst im Morgengrauen schlief er ein.

Er wurde von dem Mann geweckt, indem ihn dieser an der Schulter berührte. Julius schreckte hoch. Er war immer nur von Frauen umgeben gewesen und jetzt war er allein mit einem einzigen Mann, der ihm Angst einjagte. Zum Frühstück gab es eine harte Scheibe Brot mit etwas Butter darauf und dazu heißen Tee, Julius verbrühte sich beim ersten Schluck die Zunge. Er dachte an das Frühstück zu Hause, an die warme, sonnige Küche, an den weichen Donut, die frischen Waffeln, an den köstlichen Kakao mit der geschlagenen Sahne obendrauf, und würgte am Brot herum. Die Tränen waren wieder da, er schluckte sie verzweifelt hinunter, der Mann sollte ihn nicht weinen sehen. Er sah so böse und hart aus und – verändert! Julius betrachtete ihn verstohlen von der Seite und brauchte eine Weile, bis er bemerkte, was die Veränderung ausmachte: Etwas fehlte im Gesicht, es war der Bart, er musste ihn abrasiert haben.

Der Mann nahm ihn nicht auf den Schoß, er umarmte, streichelte und küsste ihn nicht, nur manchmal nahm er ihn an der Hand, doch dieses An-der-Hand-Nehmen glich mehr einem

Festhalten als einem Besänftigen-Wollen. Unablässig redete er in einer fremden Sprache mit ihm, er wusste, dass es Deutsch war, seine Großmutter hatte manchmal mit Leuten in dieser Sprache gesprochen. Julius verstand kein Wort, das schien jedoch den Mann nicht zu beunruhigen. Er zeigte ihm das ganze Haus und dem Kind erschien es furchtbar alt, staubig und schmutzig, es ekelte ihn vor dem Boden, den Wänden, jedem Möbelstück, und er sehnte sich nach dem sauberen, hellen Haus seiner Großmutter, in dem er jeden Winkel kannte. Alles erschien ihm düster, kalt und nackt. Wo war die Sonne?

»Das Haus heißt Bergmühle«, erklärte der Mann und dieses Mal übersetzte er alles auf Englisch, »schon seit Jahrhunderten heißt es so. Mühle auf dem Berg, Bergmühle. Mill on the mountain. Mountain mill. Bauern und Händler aus der Umgebung haben das Getreide in Säcken gebracht und hier wurde es zu feinem weißem Mehl gemahlen. Komm mit, ich zeige es dir.«

Der Mann führte ihn in die große Vorhalle des Hauses und weiter durch eine kleine Holztür in den Bereich, in dem früher einmal die Mühle gewesen war. Es war ein großer, hoher Raum, in dessen Mitte das breite Ende eines großen hölzernen Trichters herunterragte. Im hinteren Eck befand sich eine schmale, steile Holzstiege, sie kletterten sie hoch und betraten die obere Etage der Mühle. Hier gab es den Einfülltrichter für die Walzenstühle. Sein Papa erklärte ihm alles genau, es war das erste Mal, dass er mit ihm auf Englisch sprach.

»Dein Großvater war hier der letzte Müller. Er hat seinen Beruf sehr geliebt. Aber seit fast zwanzig Jahren ist die Mühle geschlossen. Es gibt nur mehr ein paar große Mühlen in Österreich und die Leute kaufen sich das fertige Mehl im Geschäft«, sagte er zum Schluss.

Julius betrachtete alles und stellte sich den schwitzenden Müller vor, der die schweren Getreidesäcke auf seinem gebeug-

:en Rücken trug. Er hörte seinen keuchenden Atem, sah seine Schweißperlen auf der Stirn.

Als sie hinausgingen und vor dem Haus standen, kam es Julius vor, als zwinkerte es ihm zu. Etwas an dem alten Haus gefiel ihm, er hätte jedoch nicht sagen können, was es war. Dann stapften sie durch den Schnee bis zur Straße vor, und als er sich umdrehte, wusste er, was es war: Das Haus sah unendlich traurig aus. Es war traurig – so wie er.

Julius fror und fror. Es war das zweite Mal in seinem Leben, dass er Schnee sah, das erste Mal, es war im letzten Winter gewesen, hatte er mit Grandma Esther zwei Wochen am Lake Tahoe verbracht, um Skifahren zu lernen. Lachen im glitzernden Schnee, Schneemannbauen mit anderen Kindern, Grandma, die mit ihm zwischen den Knien die Piste hinunterfuhr, ein Glas sprudelnder Coca-Cola auf der sonnigen Hotelterrasse, Grandma, die ihn auf ihren Schoß zog, ihn wieder und wieder küsste, Grandma, die immer so gut roch, Grandma, bei der er sich jede Minute sicher fühlte …

Am nächsten Morgen brachte ihn der Mann in die Schule, und als er das Klassenzimmer betreten sollte, versuchte er wegzulaufen, doch er wurde vor der Eingangstür wieder eingefangen. Man zerrte ihn in ein Klassenzimmer und stellte ihn an die Tafel, dort starrten ihn fünfundzwanzig Augenpaare neugierig an, der Mann war plötzlich weg, er hatte sich gar nicht verabschiedet, was die Lehrerin sagte, verstand er nicht. Die Lehrerin gab nicht auf, sie sagte ihm immer wieder einen Satz vor, den er schließlich leise wiederholte, woraufhin alle Kinder in lautes Lachen ausbrachen. Julius starrte vor sich auf den Tisch und spürte nur noch Hass, Hass auf den großen Mann, der sein Vater sein sollte und vor dem er so große Angst hatte, Hass auf das verdreckte Haus, Hass auf dieses kalte Land, sogar Hass auf seine über alles geliebte Grandma, die sich einfach so zum Sterben hingelegt hatte. Er begann zu schreien, es war ein hoher, greller Schrei, die Kinder hielten sich die Ohren zu, und weil er auch auf ihr Bitten hin nicht aufhörte, schlug die Lehrerin mit einem langen Holzlineal auf seinen Tisch. Sie machte das so fest, dass es in der Mitte auseinanderbrach, das abgebrochene Stück flog in die Höhe und traf ihn an der linken Braue. Der Schmerz ließ ihn verstummen.

Zu Mittag holte ihn der Mann von der Schule ab. Sie fuhren zu einem Bauernhof, dort durfte er sich ein kleines Kätzchen aussuchen.

»Damit du nicht so viel an deinen Hund denken musst«, sagte der Mann.

Obwohl ihm keines besonders gefiel, sie hatten verklebte Augen und ein stinkendes Fell, entschied er sich für ein rot-weißes.

Die Tage schleppten sich dahin, für Julius war es eine Zeit im Nebel. In den Nächten ließ er die Schreibtischlampe an, um der Dunkelheit ein Schnippchen zu schlagen, und konnte so besser einschlafen, doch kaum weckte ihn der große Mann, wurde alles für ihn zur Qual, vor allem die drei Mahlzeiten. Er saß dem Mann gegenüber, der ihn mit seinen eisblauen Augen fixierte, und weil ihm befohlen worden war, den Teller leer zu essen, würgte er das unbekannte Essen hinunter, immer den Tränen nahe. Der kauende Mund des Mannes kam näher und wurde größer und größer, die ganze Küche bestand aus diesem kauenden Mund, gleich würde er ihn fressen. Julius musste wegschauen, alles drehte sich um ihn.

In der Schule wurde er wegen seiner komischen Aussprache ausgelacht und gehänselt, im Pausenhof stand er alleine. Wenn er mit roten Augen von der Schule nach Hause kam, er ging seit Kurzem zu Fuß, gab ihm der Mann einen Klaps auf die Schulter und befahl ihm, ein Mann zu sein. Die kleine Katze folgte ihm zu Hause überallhin, er mochte sie nicht.

Nur mit dem Haus freundete er sich allmählich an. Er hatte das Gefühl, dass es lebte, dass es verzweifelt war wie er, und er ertappte sich dabei, dass er mit ihm sprach. Wenn er abends im Bett lag, lauschte er auf seine Geräusche, es kam ihm vor, als flüsterte es, die Wände stöhnten, die Böden knirschten, die Deckenlampen klimperten, die Türen quietschten. Julius konnte die Schritte des Mannes hören und wusste immer, wohin er ging, und rechtzeitig darauf reagieren. Das Haus bot ihm viele Verstecke und er konnte sich in ihm unsichtbar machen, der Mann fand ihn nicht, egal wie lange er suchte, es gab viele leer stehende Räume mit alten Kästen und Kommoden. Manchmal saß er einfach nur still in einem Kasten, der verloren in einem verlassenen Raum stand, manchmal schlief er dabei ein und wusste beim Aufwachen nicht, wo er war. Stundenlang verkroch er sich auf dem Dachboden und entdeckte dort viele Schätze, alte Möbel, Kommoden voller Kleidungsstücke, verstaubte Schachteln voller Fotos und Briefe. Die alten Sachen gefielen ihm, er konnte sich nicht sattsehen an ihnen und dachte daran, was sie alles erlebt hatten.

In einem Kasten auf dem Dachboden, voll gehängt mit alten Anzügen, fand er eine Schreibmaschine. Er hob sie heraus, sie war wahnsinnig schwer, und stellte sie auf einen verstaubten Schreibtisch. Er drückte vorsichtig die schwarzen Buchstabentasten. Sie funktionierten teilweise noch. Auch Pfeifen fand er, uralte Zeitschriften auf Englisch, vergilbte Postkarten, und sogar Mokassins. Julius betrachtete sie fasziniert. Wie kamen echte Mokassins in die Bergmühle? Ob ein richtiger Häuptling sie getragen hatte?

Im November hatte Julius Geburtstag und der Mann, den er nun Papa nannte, weil dieser es so wünschte, fuhr mit ihm fort, ohne ihm vorher das Ziel zu nennen.

»Überraschung!«, rief er, als sie eine Schwimmhalle betraten.

Hundert Meter hinter dem Haus seiner Grandma hatte es das Meer gegeben, das unendliche, rauschende Meer, er hatte es geliebt, zu sehr. Im letzten Sommer war er eines Tages zu weit hineingelaufen und hatte plötzlich keinen Boden mehr unter den Füßen gespürt. Er ging unter, voller Panik strampelte er mit Beinen und Armen, doch das Wasser wirbelte ihn immer tiefer hinein und füllte seine Lunge. Seine Grandma zog ihn schließlich heraus. Seither hatte er Angst vor dem Wasser gehabt und sich nur noch an ihrer Hand hineingewagt.

Der Mann sprang ins Schwimmbecken und spritzte nach Julius. Dieser verzog sich nach hinten und kauerte sich auf einen Liegestuhl, doch sofort kam der Mann, hob ihn lachend hoch und sagte: »Ein Sechsjähriger muss schwimmen können.«

Er warf ihn ins Wasser.

Am nächsten Tag war Julius krank. Mehr als eine Woche lang lag er mit hohem Fieber und Lungenentzündung im Bett, der Mann brachte ihm immer wieder heißen Tee, Tabletten und etwas zu essen, Apfelkompott, Hühnersuppe, Gemüsereis. Zwei Mal kam der Arzt vorbei, um nach ihm zu sehen. Julius lag im Bett und wünschte sich, einzuschlafen und nie mehr aufzuwachen, er stellte sich vor, wie er auf einer Wolke auf das Himmelstor zuritt. Petrus öffnete das schwere goldene Tor und ließ ihn eintreten, er sah seine Grandma Esther und flog in ihre Arme. Doch immer wieder wachte er unter der schweren Tuchent in dem alten Bett auf.

Das Fieber ging schließlich zurück und Julius erholte sich langsam. Zwei weitere Wochen sollte er zu Hause bleiben und die Schule nicht besuchen, er war heilfroh deswegen. Er lag im Bett und schaute sich alte, zerschlissene Kinderbücher seines Papas an, eines enthielt merkwürdige, grauenhafte Bilder: von einem jungen Mann mit wilden Haaren und langen Nägeln, von einem Mädchen, das in Flammen stand, von einem dicken

Buben, der immer dünner wurde, und von einem anderen, der mit seinem Stuhl so sehr schaukelte, bis er damit umfiel und dabei die Tischdecke samt Geschirr mitriss.

Die kleine Katze sprang ständig auf sein Bett und verkroch sich unter der Tuchent, wo sie ihn kratzte und biss. Er hasste sie. Er dachte an James' weiche, nasse Schnauze, an die warme Zunge, die ihn abgeleckt hatte. Plötzlich packte ihn wilde Wut, er presste die Tuchent mit beiden Händen fest auf die Katze und drückte sehr lange sehr fest zu, bis sich nichts mehr bewegte. Danach betrachtete er fassungslos das tote Tier in seinem Bett und schluchzte hemmungslos. Warum hatte er das getan? Was war in ihn gefahren? War er böse? Hatte ihn der große Mann angesteckt? Er wusste es nicht. Am ganzen Körper zitternd trug er die tote Katze auf den Dachboden. Er legte sie in den hintersten Winkel und warf alte Leinensäcke über sie.

Als er nach seiner Krankheit zum ersten Mal aufstand und durch das Haus schlich, fiel ihm etwas auf: Er fror nicht mehr und der Nebel, der ihn seit dem Verlassen seiner kranken Grandma umgeben hatte, war verschwunden. Julius konnte wieder klar die Dinge um sich herum sehen und hören, auch begann er die fremde Sprache immer besser zu verstehen. In der Schule wehrte er sich: Nachdem er einen Buben ins Ohr gebissen hatte, wurde er in Ruhe gelassen. Doch sein neues Leben konnte er immer noch nicht leiden und vor dem großen Mann, den er Papa nannte, hatte er immer noch Angst.

Einmal setzte ihn dieser auf den Schlitten und obwohl er nicht alleine rodeln wollte, gab er ihm einfach einen Stoß und Julius sauste den Hang hinunter. Da er weder lenken noch bremsen konnte, fuhr er mitten in Rosensträucher hinein und zerkratzte sich das Gesicht. Ein anderes Mal packte er ihn, setzte ihn auf einen Stuhl in der Küche und rasierte ihm die Haare vom Kopf, sodass er am nächsten Tag mit einer Stoppelglatze in die Schule gehen musste. Wieder ein anderes Mal ließ er ihn zwei Stunden lang nicht vom Küchentisch aufstehen, weil er die Gemüsesuppe nicht essen wollte.

Kurz vor den Sommerferien wurde die Lehrerin krank und er bekam eine neue. Sie hieß Renate und interessierte sich für ihn, so dachte er zumindest eine Weile, bis er bemerkte, dass ihr Interesse mehr seinem Vater galt. Er überraschte sie beim Küssen, war vollkommen vor den Kopf gestoßen und tagelang wahnsinnig eifersüchtig. Da er merkte, dass eine Beziehung der beiden nur von Vorteil für ihn sein konnte, unterdrückte er diese Gefühle und bald waren sie auch gänzlich verschwunden, Julius freute sich wirklich, dass die beiden ein Paar waren. Sein Papa war plötzlich ein ganz anderer Mensch, er war lustig.

Renate kam oft zu Besuch und übernachtete manchmal im Haus. Durch sie wurden viele Dinge einfacher, auch schöner und weicher. Am Abend lag sie neben Julius im Bett und las ihm vor, küsste ihn auf die Stirn, bevor sie aus dem Zimmer ging. Jedes Mal fragte sie, ob sie die Tür offen stehen lassen solle, sie fragte ihn, was er gerne esse, und kochte es, auf dem Tisch lag eine Tischdecke und eine Vase mit Blumen stand darauf. Seine Zeichnungen rahmte sie und hängte sie auf, gemeinsam machten sie die Hausübung oder bauten im Wald ein Häuschen für Kobolde und Elfen.

Das Ganze dauerte zwei Jahre. Eines Tages, es war im Sommer, war sie nicht mehr da, im Herbst bekamen sie wieder eine neue Lehrerin. Sein Papa sagte ihm, dass Renate zurück in die Stadt gezogen war, warum, sagte er nicht. Julius wusste, dass es mit seinem Papa zu tun haben musste, er hatte die beiden zum Schluss oft streiten gehört, und sein Hass flackerte erneut auf.

1995–2001: KATHARINA
FAMILIENLEBEN

Eines heißen Sonntagnachmittags Ende August brachte Katharina die Zwillinge zur Welt. Es war eine unkomplizierte Geburt und sie hatte in den ersten Tagen im Krankenhaus, mit den Babys neben sich im Bett, starke Glücksgefühle.

Linda und ihr Freund kamen zu Besuch und blieben zwei Wochen bei ihr. Katharina genoss es, ihre Mutter bei sich zu haben, die ihr vieles abnahm, und es war hart für sie, als die beiden wieder abreisten, um nach Südafrika zurückzukehren, wo sie sich in Kapstadt eine Wohnung gekauft hatten und jetzt lebten. Linda weinte beim Abschied: »Ich fühle mich hin- und hergerissen. Einerseits würde ich gerne in deiner Nähe sein, um dir zu helfen und die Enkel aufwachsen zu sehen, andererseits kann ich mir ein Leben ohne Karl nicht mehr vorstellen.«

Jeden Tag auf sich alleine gestellt, spürte Katharina den Wahnsinn in sich hochkriechen. Herbst und Winter fühlten sich bedrohlich an, sie fühlte sich eingesperrt. Die Mutter fehlte ihr, und immer mehr auch das Leben in der Großstadt und der Freundeskreis, mit den Kindern war sie überfordert. Der Junge war ein Schreikind und oft krank, das Mädchen anfangs ein Schreikind, dann viel zu ruhig und es wollte nicht essen, Katharina machte sich Sorgen.

Die Sorgen waren allgegenwärtig und ließen sie kaum atmen: Hat er wieder Fieber? Warum isst sie keinen Löffel Brei? Sie nimmt zu wenig zu, sagt der Kinderarzt. Was sind das für rote Flecken? Mein Gott, er hat kalte Hände und Füße! Warum weint er so viel, was mache ich falsch? Und sie getraute sich nicht zuzugeben, dass ihr die Kinder wie fremde Wesen erschienen, sie schämte sich.

In dieser Zeit begannen die Albträume und sie glichen einander alle: Es war Krieg und sie konnte ihre Kinder nicht beschützen. Eine kalte Winternacht, zerbombte Straßen, vorbeihuschende gebückte Gestalten. Die schlecht gekleideten Kinder stehen schreiend vor Hunger und Kälte neben ihr und sie weiß, es gibt nirgendwo ein warmes Heim oder eine warme Decke, sie werden noch in dieser Nacht erfrieren und sie kann nichts dagegen tun. Oder: Soldaten reißen ihr die Kinder weg, ziehen sie aus und lassen sie splitterfasernackt im Schnee draußen liegen; während sie in einem Schuppen vergewaltigt wird, sieht sie durch das Fenster die dünnen, zitternden, blau gefrorenen Körper ihrer Kinder und hört sie weinen und weinen. (Eigenartigerweise ging es immer um Kälte und Katharina fiel auf, dass dies ständig ihre größte Sorge war, ob sie es denn warm genug hätten, sie wachte in der Nacht mehrmals auf, obwohl die Kinder fest schliefen, nur um sie wieder und wieder zuzudecken.) Die Albträume kamen dann auch tagsüber und sie konnte sie nicht abwehren, sie überfielen sie einfach.

Manchmal wachte sie auf und wusste nicht, ob Tag oder Nacht war oder wo sie sich befand. Manchmal erschrak sie im Auto, weil sie plötzlich nicht mehr wusste, ob sie auf der richtigen Straßenseite fuhr. Einmal fiel ihr der Name der Tochter nicht sofort ein und sie wurde panisch. Tagelang sprach sie mit sich selbst und vertauschte dabei Wörter, sagte zum Stuhl Tisch und umgekehrt, zu essen sagte sie trinken, zu singen sagte sie tanzen, zu sitzen sagte sie liegen. Ich liege am Tisch und trinke Gemüsereis, dabei tanze ich mit vollem Mund. Dann fing sie hysterisch an zu lachen, es klang wie ein Weinen. Sie fragte sich, warum die Fortpflanzung bei Menschen so langwierig und kompliziert war. Warum konnte es nicht einfach ein Ableger am kleinen Zeh sein, den man nach zwei Monaten abpflückte und dann in einem Blumentopf am Fensterbrett heranwachsen sah, bis er ungefähr im Schulalter war? Und immer fragte sie sich, wenn sie im Wartezimmer des Kinderarztes in andere Gesichter sah: Wieso gelang es ihnen und ihr nicht, die Mutterschaft, das Leben, das Glück?

Ein Lichtpunkt in dieser Zeit waren die Bücher, Arthur hatte ein Wohnzimmer voller Bücher und sie lieh sich eines nach dem anderen aus, sie begann im obersten Regal ganz links und fraß sich jahrelang beharrlich durch die Regale wie eine Raupe, so drückte es Arthur aus. Wenn die Kinder schliefen, las sie, versank in eine andere Welt und litt mit den Helden. Julius hatte kaum Verständnis dafür und mochte es auch nicht, er hätte lieber gehabt, dass sie sich mehr ihm widmete.

»Das ist ja wie eine Sucht!«, sagte er zu ihr.

Der zweite Lichtpunkt war Arthur selbst, der mithalf, so gut er konnte (er hatte keine Erfahrung mit Babys und stellte sich in den ersten Monaten etwas unbeholfen an). Am Wochenende bekochte er sie und ging mit den Kindern spazieren, am Abend übernahm er die Überwachung der schlafenden Kinder, sodass sie ausgehen konnten, außerdem bezahlte er eine Haushaltshilfe, die ein Mal in der Woche kam. Katharina war ihm dankbar. Ohne ihn hätte sie ihr neues Leben auf dem Land, mit zwei kleinen Kindern, nicht ertragen und wäre in die Großstadt zurückgeflüchtet, dessen war sie sich sicher.

Denn die Beziehung mit Julius lief alles andere als gut. Spätabends kam er nach Hause und war müde und gereizt von seiner Arbeit mit den Kunden. Er, der nicht gerne sprach, sollte Leute wortgewaltig davon überzeugen, etwas zu kaufen. Er hatte keine Kraft, ihr die Kinder abzunehmen, Katharina hatte keine Kraft, ihn zu trösten, sie erwartete sich selbst Trost und war unglücklich und ständig todmüde. Sie jammerte viel in dieser Zeit, Julius stieß es ab. Sie steckten fest.

Als sie zum ersten Mal stritten, war Katharina wie vor den Kopf gestoßen. Ihr wurde bewusst, dass sie behütet aufgewachsen und nie richtigen Streitereien ausgesetzt gewesen war. Sie war Konflikte nicht gewohnt und sie war es vor allem nicht gewohnt, um eine Sache zu kämpfen. Die Heftigkeit, mit der Julius die Auseinandersetzungen führte, erschütterte sie und ließ sie schnell nachgeben. Sie spürte bald, sie war ihm nicht gewachsen, es war, als rennte sie gegen eine Wand, die sie anschließend höhnisch auslachte, und das machte sie wiederum trotzig, sie tobte und schrie, das ließ ihn noch kälter werden. Ihr wurde bewusst, dass sie schwach war, und das Gefühl war ihr neu.

Julius sprach leise, mit eiskalter, berechnender Miene, und wurde sofort persönlich, es ging ihm immer um ihren Charakter und nie um die Sache an sich. Der Streitpunkt wurde auf ihre schlechten Eigenschaften reduziert, die Quintessenz lautete: Wir würden uns darum ja gar nicht streiten, wenn du nicht *so* wärst. Er kannte sie mittlerweile gut und wusste sehr genau, wie er sie verletzen konnte. Ein so furchtbares und abwertendes Bild zeichnete er von Katharina, dass sie in diesen Augenblicken das Gefühl hatte, nicht mehr weiterleben zu wollen, zu können, ein so schrecklicher Mensch wie sie habe kein Recht darauf. Bis ihr bewusst wurde, dass es Berechnung sein musste, um sie kleinzukriegen. Tagelang war sie nach solch einem Streit verletzt, betäubt und gelähmt und konnte sich nicht vorstellen, dass andere Paare auch derart stritten und dann einfach damit weiterlebten. Es musste so sein, aber wie sollte das funktionieren?

Es war gut, wenn sie sofort nachgab, tapfer die Verliererin spielte, dann wurde sie von Julius belohnt, mit Umarmungen,

Zärtlichkeiten, wenn sie es nicht tat, sprach er tagelang kein Wort mit ihr und beobachtete sie, mit Verachtung im Blick, was sie nicht lange ertrug. Sie gab immer nach, früher oder später, bis es ihr nicht mehr auffiel. Sie begann Konflikte zu vermeiden und gegenüber Julius zu verstummen. Im Spiegel probte sie die Maske, das immerwährende freundliche Lächeln.

Ihr Verständnis von Liebe war sehr unterschiedlich, für Katharina waren Unterstützung und eine gewisse Antizipation in der Beziehung wichtig, sie dachte, ein Partner müsse doch gewisse Dinge von selbst erkennen, zum Beispiel wenn die Partnerin müde ist, musste sie das wirklich ausdrücklich sagen? Bitte, Julius, nimm mir einmal für eine Stunde die Kinder ab, geh mit ihnen spazieren, ich kann nicht mehr! Musste man das wirklich sagen, wenn es offensichtlich war? Es kam ihr lächerlich vor.

»Soll ich riechen, was du willst?«, fragte er einmal ungehalten, als sie ihn darauf aufmerksam machte, »sag es bitte genau, wenn du von mir etwas erwartest.«

Sie reagierte darauf und sagte es ihm ins Gesicht, es war an einem Samstagmorgen: »Ich will nicht mit dir schlafen, Julius, ich habe die ganze Nacht kein Auge zugetan, ich bin müde. Könntest du sie bitte mit ins Wohnzimmer nehmen und mich noch eine Runde schlafen lassen? Oder du könntest mit ihnen einkaufen gehen, wir haben nichts mehr im Kühlschrank.«

Daraufhin schnauzte er sie an, dass diese ewige schlechte Laune, dieses ständige Gejammere ihm dermaßen auf die Nerven gehe, dass er sich nicht herumkommandieren lasse. Katharina traute ihren Ohren nicht. Dann zog er sich an und ging in den Keller, wo er sich eine kleine Werkstätte eingerichtet hatte, verstört blieb sie zurück.

Für Katharina war es ein zermürbender Kreislauf.

Sie war oft nahe daran, ihre Koffer zu packen, die Kinder

zu nehmen und nach Wien zurückzugehen. Nur die Angst, es alleine in der Großstadt nicht zu schaffen, hielt sie zurück. Und vor allem der Gedanke, ihre Kinder sollten nicht wie sie ohne Vater aufwachsen.

Dann veränderte sich plötzlich alles, von einem Tag zum anderen.

An einem heißen Nachmittag im August saß Katharina auf einer Decke im Garten und beobachtete die zweijährigen Zwillinge, die in der Sandkiste saßen, als sich plötzlich ein Auto dem Haus näherte. Eine junge Frau stieg aus und ging auf sie zu, Katharina schätzte sie auf Mitte zwanzig.

»Du musst Katharina sein, Julius' Frau«, sagte sie lächelnd und streckte ihr die Hand hin, »ich bin Doris. Julius und ich sind gemeinsam in die Schule gegangen. Er war viel bei uns. Er hat mir Nachhilfeunterricht in Englisch gegeben.«

Von Doris hatte Katharina schon ein paar Mal gehört, sie war nicht nur in der Volksschule, sondern auch im Gymnasium mit Julius in einer Klasse gewesen. Während die anderen Kinder die Hauptschule im Ort besuchten, gehörten Julius und Doris zu den wenigen des Jahrgangs, die in das Gymnasium in der Kleinstadt gegangen und acht Jahre lang täglich mit dem Bus die zehn Kilometer hin- und zurückgefahren waren. Einmal hatte Julius erzählt, dass sie das originellste Mädchen in der Klasse gewesen sei, er hatte sie immer um ihre Spontaneität und Frechheit beneidet, er war für vieles zu schüchtern gewesen.

»Wie geht es dir? Fühlst du dich wohl hier bei uns? Hast du schon Freundinnen?«, fragte Doris und setzte sich einfach neben sie auf die Decke.

»Na ja, ich – eigentlich noch keine«, stotterte Katharina überrumpelt und war plötzlich den Tränen nah.

Doris betrachtete sie eine Weile und Katharina musste den Blick abwenden, sie wollte nicht, dass eine fremde Frau sie weinen sah.

»Ich versteh schon«, sagte Doris und fügte hinzu: »Das sollten wir ändern, nicht wahr?«

Katharina sah sie überrascht an.

»Warum kommst du nicht mit ins Schwimmbad?«, fragte Doris, »es ist ja heiß genug dafür.«

»Ja, das stimmt. Aber ich traue mich mit den beiden nicht alleine ins Schwimmbad, da muss noch jemand dabei sein«, antwortete Katharina.

»Ich bin dabei«, sagte Doris, »komm, pack die Badesachen ein und fahr mir hinterher. Meine Mutter ist auch schon dort, sie würde sich bestimmt freuen, auf deine zwei Kleinen aufzupassen, dann können wir quatschen.«

Katharina staunte. Sie packte die Badehandtücher zusammen, während Doris bei den Kindern blieb. Im Schwimmbad breiteten sie ihre Decken neben Claudia, Doris' Mutter, aus. Claudia streckte ihr die Hand entgegen und sagte: »Na endlich lern ich Julius' Freundin kennen.«

Den ganzen Nachmittag passte sie auf die Zwillinge auf, während sich die jungen Frauen unterhielten.

Doris war kleiner als Katharina und drahtiger, ihre Haut war braun gebrannt, die schwarzen kurzen Haare standen in alle Richtungen ab. Die junge Frau erschien ihr sympathisch, was ihr aber am meisten gefiel, war der offene Blick. Doris erzählte, dass sie seit zwei Tagen aus Indien zurück war, wo sie das letzte halbe Jahr in verschiedenen Aschrams verbracht hatte, um Yogausbildungen zu machen, vorher hatte sie in Wien Veterinärmedizin studiert. Jetzt wollte sie hierbleiben und eine Tierarztpraxis eröffnen. Ihr Freund Andreas besaß eine Mechanikerwerkstätte im Ort und war froh, dass sie endlich wieder nach P. zurückkehrte. Doris schien vor Energie zu sprühen und Katharina lauschte fasziniert ihren Erzählungen von Indien. Dabei hatte sie das Gefühl, als hätte sie Doris schon immer gekannt.

Als sie am Abend Julius aufgeräumt von der neuen Freundin erzählte, bemerkte sie, dass er zusammenzuckte, als er den Namen hörte.

»Was ist los?«, fragte sie und umarmte ihn von hinten, »ist sie eine alte Liebe von dir?«

Julius sagte: »Frag sie doch, ich bin gespannt, was sie dazu sagt.«

»Ich will es aber von dir wissen«, sagte Katharina.

Sie erfuhr von ihm, dass Doris jahrelang sein heimlicher Schwarm gewesen war, er hatte sie als pickliger Jüngling heiß geliebt und war lange zu feig gewesen, es ihr zu gestehen. In der sechsten Klasse wurden sie endlich ein Paar, die Beziehung dauerte allerdings nur ein paar Wochen.

»Schon beim ersten Küssen haben wir gespürt, dass es nicht passt. Und als wir das erste Mal miteinander schlafen wollten, war das überhaupt ein Desaster, es ging einfach nicht.«

Doris musste lachen, als Katharina sie danach fragte.

»Wir sind nebeneinander im Bett gelegen und haben uns gegenseitig ausgezogen«, sagte sie, »dabei haben wir schon gespürt, dass da nichts ist, nichts. Schon beim Küssen die Tage vorher ist das irritierend gewesen. Wie soll ich sagen? Da war keine Anziehungskraft, es war so, als wären wir Geschwister, so hat es sich angefühlt. Außerdem waren wir völlig unerfahren, na ja, auf alle Fälle hat er sein Ding nicht in mich reingebracht und wir haben schließlich einen Lachkrampf bekommen. Wir haben in der Nacht dann nicht miteinander geschlafen, sondern uns total betrunken und Blutsbrüderschaft geschlossen. Das Leintuch war voller Blut, obwohl ich noch Jungfrau war, und meine Mutter war am nächsten Tag ganz entsetzt! Danach waren wir einfach nur Freunde, wir haben uns immer gut verstanden.«

Von da an sahen sich Katharina und Doris regelmäßig und für Katharina veränderte sich durch die Freundin vieles, sie fühlte sich in P. endlich zu Hause. Doris' Lebenslust und Fröhlichkeit waren ansteckend. Auch Julius schien die Freundschaft der Frauen gutzutun, er verstand sich gut mit Doris' Freund Andreas und man unternahm viel zu viert.

Doris eröffnete ihre Tierarztpraxis, und nach ein paar Wochen, Andreas und sie waren zu Besuch bei Katharina und Julius, auch Arthur war anwesend, fragte sie: »Wollt ihr keine kleine Katze haben? Ein Bauer hat fünf Junge und mich gebeten, herumzufragen, ob jemand eine will.«

Katharina wandte sich an Julius: »Was meinst du, das wär doch nett für Vince und Vic.«

Arthur sah abrupt vom Essen hoch und schaute zu Julius hinüber, sein Blick wirkte interessiert, kam es Katharina vor. Julius zuckte kurz zusammen und antwortete: »Mir wär ein Hund lieber.«

»Ich kenne auch jemanden, der gerade Welpen hat«, sagte Doris.

Ein paar Tage später brachte sie einen kleinen Schäferhund vorbei und legte ihn der kleinen Vic in die Arme, doch der Hund entschlüpfte ihr und lief schwanzwedelnd zu Julius. Dieser bückte sich und hob ihn hoch, daraufhin schleckte der Hund sein Ohr ab. Julius lachte und drückte den Welpen an sich.

Es war von Anfang an sein Hund, daran bestand kein Zweifel. Solange Julius nicht anwesend war, ließ der Hund die Kinder gewähren und machte ihre Spiele mit, doch kaum betrat Julius das Haus, war es damit vorbei. Er lief auf ihn zu und wich ihm nicht von der Seite. Julius nannte ihn James.

Julius wurde ruhiger, einfühlsamer und gegenüber Katharina aufmerksamer, vor allem blieb er mehr zu Hause und nahm ihr die Kinder ab. Katharina spürte ihre Liebe wieder mehr. Er kündigte bei der Versicherung und begann bei dem alten Restaurator zu arbeiten, bei dem er schon als Gymnasiast gejobbt hatte.

Obwohl Julius beim Restaurator weniger verdiente, ging es ihm wesentlich besser. Er blühte auf. Die Zwillinge kamen in den Kindergarten. Auch Katharina blühte auf. Da sie keine Teilzeitarbeit fand, die ihr gefallen hätte, half sie Arthur ein paar Stunden in der Woche in seinem Büro, nebenbei machte sie Computerkurse.

Doris und Andreas wünschten sich ein Kind, Katharina und Julius ließen sich mitreißen. Im Sommer 1999 wurden die beiden Frauen schwanger, die vier hatten es immer wieder besprochen und schließlich in der feuchtfröhlichen Stimmung der Silvesternacht feierlich beschlossen und mit Champagner begossen.

Im Frühling kamen die zwei Mädchen Leonora und Mara zur Welt.

In der Zeit nach dieser zweiten Geburt veränderte sich Katharinas Körper, erstaunt sah sie, dass ihr Haar glänzte, ihre Haut rein und schimmernd war, ihre Augen strahlten. Zum ersten Mal in ihrem Leben fand sie sich schön, außerdem war sie durch die Hetzerei mit den drei Kindern, die Arbeit im Haushalt und in Arthurs Büro, so schlank wie nie zuvor. Sie begann sich anders zu kleiden. Das Schönste aber für sie war: Durch ihre zweite Tochter fühlte sie sich mit der Mutterschaft versöhnt, Leonora brachte sie zum Lachen.

Das Glück fühlte sich gut an.

Eines Abends brachte Julius ihr einen Strauß Rosen mit und machte ihr auf Knien einen Heiratsantrag, er wollte heiraten, und das auch noch kirchlich. Dieses Mal ließen sich die Freunde mitreißen, obwohl Doris eine kirchliche Trauung äußerst konventionell fand.

»Na komm schon«, sagte Katharina zu ihr, »ich habe mich zu einer Schwangerschaft überreden lassen und du lässt dich jetzt zu einer Hochzeit in der Kirche überreden. Du wirst sehen, es wird eine wunderbare Party und du wirst es nicht bereuen.«

Die rauschende Doppelhochzeit fand im Juni 2001 statt, Doris trug ein sehr kurzes knallrotes Kleid, Katharina ein langes cremeweißes.

Sie war achtundzwanzig Jahre alt, Arthur führte sie zum Altar.

THOMAS' GESCHICHTE

Meine Mutter sitzt da und schaut mich gequält an. Mein Vater macht mir ein Frühstück. Er redet die ganze Zeit mit mir, mit sanfter Stimme. Er erzählt, dass nach dem Zweiten Weltkrieg das Sterben der kleinen Mühlen begann, nur einige große konnten sich in der Gegend halten. Das ist nicht dasselbe, sagt er. Eine Fabrik produziert das Mehl mit einer Menge Maschinen. Eine Fabrik hat keinen Müller, der mit dem Bauern spricht, per Handschlag etwas vereinbart. Keinen, der die schweren Säcke schleppt. Keinen, der den Geruch des Getreides einatmet, wenn er den Sack öffnet. Keinen, der das Geräusch der Walzenstühle hört. Keinen, der ständig mit weißem Mehlstaub bedeckt ist. Staub, der sich in jede Hautfalte einnistet.

Er sieht traurig aus. Mir tut es auch leid. Ich habe mich auf die Mühle gefreut. Was sonst könnte ich arbeiten? Jetzt gibt es für mich hier nichts mehr zu tun. Nichts.

Ich habe nur ein paar Stunden geschlafen. Lu hat mich besucht und ich habe geweint. Weiterschreiben muss ich. Es treibt mich zur Schreibmaschine. Es muss raus.

Wir waren wochenlang unterwegs.

Bei zwei kleinen Baracken kommen wir an. Aus einer treten drei Offiziere und ein paar Soldaten. Ich erkenne Teljan. Wir werden auf einer Liste abgehakt, so mancher wird durchgestrichen.

»Scheint so, als wären wir am Ziel«, sagt Fritz.

Von siebenhunderteinundvierzig Mann kommen sechshundertzwölf an. Erstaunt sehen wir uns um. Wo ist das Lager? Es gibt keines. Nur das grüne Moos unter den Füßen und hinter uns die Waldtundra, vor uns die Tundra. Ungefähr hundert Meter weiter nördlich erhebt sich ein einsamer Berg, er ist nicht besonders hoch und kuppelförmig. Ein Fluss fließt nicht weit von uns, an diesem dürfen wir uns waschen. Anschließend schabt uns der Friseur die Körperbehaarung ab. Wir wollen unsere Sachen waschen, doch dafür ist es noch zu kalt. Wir werden vertröstet. Mit einem stinkenden Pulver wird die Kleidung entlaust.

Wieder stellen wir unsere Zelte auf, dieses Mal scheint es für länger zu sein. Um das provisorische Lager herum gibt es weder Wachtürme noch Stacheldraht. Im Umkreis von fünfzig Metern dürfen wir uns frei bewegen.

Drei Tage lang dürfen wir uns ausruhen, dann teilt man uns in zwei große Gruppen. Die eine Gruppe bleibt im Zeltlager, die andere wird von Soldaten weggeführt. Wir sehen uns alle ratlos an. Niemand sagt, wohin es geht. Auch Helmut ist dabei, er wirft einen verzweifelten Blick auf uns zurück. Fritz, Kristjan und ich haben Glück, wir bleiben zusammen. Die beiden bringen mir weiterhin Russisch bei und ich lerne rasch.

Ich fühle mich von Teljan beobachtet.

Wir müssen uns über den Sommer das Lager selbst bauen. Die Zeit ist knapp, Ende September beginnt der nächste Winter. Das Wetter ist mild, die Arbeit erträglich, nur die Mückenschwärme sind eine Plage. Sie beißen uns regelrecht blutig, schließlich gibt man uns Netze, die wir über den Kopf stülpen können. Alle zwei Wochen kommt Nachschub mit Proviant und Ausrüstung für das Lazarett. Große, schwere Kisten und Säcke stehen da, wenn wir aus dem Wald zurückkommen. Einmal ist ein Jeep dabei, ein anderes Mal sind Möbel darunter.

Wir fragen uns, wer das alles bringt. Und vor allem wie? Nie sehen wir andere Häftlinge ankommen. Nur ab und zu fällt uns auf, dass die Wachsoldaten mehr werden, dass fremde Gesichter dabei sind. Für uns ist es ein Rätsel.

Einmal erzählt einer aufgeregt, dass er die anderen Häftlinge gesehen hat, in der Nähe dieses seltsamen Berges. Wir rätseln herum, ob dort noch ein zweites Lager errichtet wird.

Ich bin einer Holzfällerbrigade zugeteilt. Jede Brigade bekommt einen Brigadier zugeteilt. Der Brigadier ist für alles verantwortlich, besonders für die Normerfüllung, dafür erhält er eine größere Tagesration. Unser Brigadier heißt Stepan und ist ein besonnener Mann Mitte vierzig. Wir sind den ganzen Tag im Wald und fällen Bäume.

Die Soldaten, die uns begleiten, sind freundlich zu uns. Sie wissen, dass von allen Häftlingen, die es in Sibirien gibt, wir es am schlechtesten getroffen haben.

Dass es noch schlechter werden wird, wissen wir nicht. Wir haben keine Ahnung und keine Zeit, etwas zu hinterfragen. Am Abend fallen wir todmüde in unsere Zelte. Einmal hat Kristjan den Mut, einen Soldaten nach der anderen Gruppe zu fragen, wo sie sind. Der Mann lacht nur auf und wir sehen seine Goldzähne.

»Berg!«, sagt er nur und deutet Richtung Norden.

Manchmal sitze ich einfach für ein paar Minuten in der Sonne. Man lässt mich. Ich bin der Jüngste in der Brigade. Die Landschaft ist schön, in der weiten Ferne glitzern weiße Berge. Ich überlege eine Flucht. Und weiß gleichzeitig, dass ich keine Chance hätte zu überleben.

Manchmal werden meine Augen nass, wenn ich zu sehr an meine Mutter denke.

Manchmal muss ich in der Nacht meine Tränen zurückhalten, um nicht laut aufzuschluchzen.

Manchmal weiß ich vor lauter Verzweiflung weder ein noch aus.

Manchmal träume ich von Ludovica. Ich weiß, ich muss sie vergessen.

Die Baumstämme sollen einen bestimmten Durchmesser haben, damit sie für den Barackenbau geeignet sind. Alles machen wir mit der Hand, es gibt keine Maschinen. Nachdem der Baum gefällt ist, werden die Äste abgehackt und klein geschnitten. Sie sind das wertvolle Brennholz. Die Rinde wird von den Baumstämmen geschält und diese dann ins Lager gezogen. Dort bauen weitere Brigaden Baracken und Blockhütten. Zuerst werden eine Küchenbaracke und ein großes Lazarett errichtet, es hat mehrere Räume und einen kleinen Operationssaal. Auch ein Klubhaus wird erbaut, ein Badehaus, ein großer Lagerraum. Es entsteht ein kleiner Ort mitten im Nirgendwo. Die meisten der Häftlinge sind ehrgeizig und legen all ihre Sorgfalt in den Bau dieser Wohnräume.

»Reißt euch zusammen!«, sagen sie immer wieder, »es soll behaglich sein. Wahrscheinlich werden wir hier Jahre verbringen. Vielleicht kommen später Frauen nach. Sollen sie es nicht ein bisschen gemütlich haben?«

»Aber wozu sind wir hier?«, fragen einige Skeptiker, »gibt es hier in der Nähe eine Goldmine? Oder eine Kolchose, auf der wir arbeiten sollen? Oder irgendein Kohlebergwerk? Warum um Gottes willen sind wir hierher ans Ende der Welt gebracht worden?«

»Das ist doch klar, wir sollen hier Holz fällen«, meint jemand, »es ist ein Holzfällerwerk. Die Baumstämme werden dann im Sommer mit dem Schiff nach Magadan gebracht. Von dort werden sie überallhin geliefert.«

»Du Blödmann!«, lacht einer, »um Magadan herum gibt es Bäume, so weit das Auge sehen kann!«

Mittlerweile kann ich einfachen Gesprächen folgen.

Ich lerne viel in diesem Sommer. Ich bin still und höre zu. Ich höre von der Geschichte der Sowjetunion, von den Bolschewiken, von Lenin, von Stalin. Man erzählt mir von den Blatnye, Verbrechern, die einer klar strukturierten und solidarisierten Organisation, der Mafia ähnlich, angehören, einer Art Geheimbund mit strengen Gesetzen und Prinzipien und einem eigenen Jargon. Es sind die Aristokraten der Verbrecherwelt, die einander sofort an bestimmten Gesten erkennen. Gegen sie führt die Regierung einen gnadenlosen Kampf. Kristjan sagt mir, dass sehr viele Blatnye bei uns sind und ich mich vor ihnen in Acht nehmen soll.

Als es Ende September zu schneien beginnt, hoffen wir auf die Übersiedelung in die Baracken. Man fordert uns auf, die Zelte abzubauen und sie ordentlich in der Lagerhütte zu verstauen.

»Na endlich bekommen wir ein Dach über den Kopf!«, freuen sich viele.

Doch wir werden bitter getäuscht. Man fordert uns auf, unsere Habseligkeiten zu packen, und führt uns weg, sogar die drei Offiziere gehen mit. Die Soldaten, die uns begleiten, sind bewaffnet, das ist uns neu. Wir gehen Richtung Berg. Viele von uns drehen sich wütend um und beginnen mit den Soldaten zu streiten, und diese versetzen ihnen Tritte gegen das Schienbein. Als einer nicht aufhören will, wird die Pistole auf ihn gerichtet. Daraufhin gehen alle ohne zu murren weiter, jedoch mit verbissenem Gesichtsausdruck. Wir gehen nicht weit, es sind an die hundert Meter, schätze ich. Wir kämpfen uns durch dichtes Sträuchergestrüpp.

Plötzlich bleiben wir stehen, man teilt uns in drei gleich große Gruppen auf. Fritz, Kristjan und ich haben wieder das Glück, dass wir gemeinsam in der ersten Gruppe sind. Die Gruppen gehen auseinander, unsere wird von Teljan begleitet. Das Gestrüpp hört auf, wir stolpern über Gestein leicht bergauf.

Man führt uns in den Berg hinein. Es ist der Eingang in einen Bergwerksschacht, am Anfang noch breit und hoch, dann immer schmäler und niedriger. Es wird Nacht um uns. Niemand zündet eine Laterne an. Ich halte mich an der Jacke des Vordermanns fest, der hintere hält sich an mir fest. In einer langen Schlange wanken wir immer tiefer in den Berg hinein. Es ist so dunkel, dass wir nicht wissen, was der nächste Tritt bringt.

Mit einem Ruck bleiben die vorderen stehen. Ein Licht wird angezündet, dann noch ein weiteres. Wir sehen uns verdattert um. Wir stehen in einer Kaverne, der Höhlenraum ist nicht ganz zwei Meter hoch. Die Größeren von uns können nur gebückt stehen. Ich erblicke einen zweiten Stollengang. Vor dem Stollen, der ins Freie führt, steht ein kleiner Tisch, darauf das flackernde Licht, daneben zwei wacklige Schemel. Das andere steht auf dem Boden neben dem zweiten Stolleneingang gegenüber.

Teljan beginnt umständlich zu erklären. Dass wir hier in Zukunft wohnen werden. Hier drinnen ist es wenigstens warm, denn der Winter hier oben im Norden ist unbarmherzig.

»Heute habt ihr frei«, fügt er abschließend hinzu.

Außer den beiden Tischen gibt es kein Mobiliar, es gibt weder Pritschen noch Stroh auf dem Boden. Alles ist nackter Fels. Ungläubigkeit macht sich in unseren Gesichtern breit. Kristjan jault auf und schreit: »Das könnt ihr nicht machen, ihr Schweine!«

Die Wachsoldaten selbst sind verlegen und sagen nichts mehr. Alle, außer zwei, verlassen die Kaverne. Mit Maschinenpistolen in der Hand setzen sie sich an den Stolleneingang, der ins Freie führt. Ich kauere mich bald auf den Boden und lehne mich an die Felswand. Ich habe das Gefühl zu ersticken. Andere stehen stundenlang unschlüssig herum und ereifern sich. Bei so manchem kommen Tränen der Wut. Einer, er heißt Iwan und ist ein Hitzkopf, stellt sich vor den Soldaten auf und verlangt, ins Freie gelassen zu werden.

»Wir bauen monatelang Hütten, um dann hier zu verrecken, das darf doch nicht wahr sein!«, schreit er.

Dann geht er auf einen los und will ihn am Kragen packen. Ein ohrenbetäubender Knall zerreißt mir fast das Trommelfell, Iwan liegt röchelnd am Boden und stirbt. Plötzlich ist es totenstill. Alle drängen sich zurück an die Felswand. Der Soldat fuchtelt mit der Pistole herum.

»So ergeht es jedem, der keine Ruhe gibt! Findet euch damit ab!«, sagt er.

Er schwitzt am ganzen Körper. Soldaten kommen durch den Stollen herbeigelaufen und tragen den Leichnam weg. Wir sitzen da und starren vor uns hin. Später wird das Essen in Bottichen hereingetragen und verteilt, dann sollen wir schlafen. Jeder versucht eine halbwegs bequeme Position auf dem harten Boden zu finden. In der Nacht fahren viele schreiend hoch, weil sie Angst haben zu ersticken. Ich habe das Gefühl, die Decke kommt näher und näher und erdrückt mich.

In den nächsten Monaten wird gearbeitet. Nur gearbeitet. Es ist schrecklich. Ich will nicht daran zurückdenken. Die Verzweiflung – es schnürt mir die Kehle zu.

Ich muss eine Pause machen.

Wir werden in das Stollenlabyrinth hineingetrieben. Zum Schluss geht die Hälfte nach links, die anderen nach rechts. Alleine hätte ich nie wieder zu unserer Kaverne zurückgefunden. Der Stollen ist zu Ende, Spitzhacken und Körbe stehen herum. Mir drückt man eine Spitzhacke in die Hand. Wir hacken mit voller Wucht in den Fels hinein, hacken und hacken. Nach ein paar Stunden spüre ich meine Arme nicht mehr, die Hände sind voller Blasen. Den anderen geht es ähnlich. Die Arbeit geht nur mühsam voran. Es dauert lange, bis sich Gesteinsbrocken von der Wand lösen. Die größeren müssen andere am Boden klein hacken, wieder andere legen die Brocken in die Körbe. Und die Träger tragen diese dann nach draußen. Jeder rauft sich darum, Träger zu sein, denn jeder will hinaus. In das Licht. An die Luft. Die Soldaten teilen uns am Morgen ein. Am Morgen? Für uns ist es immer Nacht.

»Was passiert mit diesen Brocken?«, fragt Kristjan leise einen Träger.

»Wir schütten sie eine hölzerne Rutsche hinunter. Unten stehen eine Menge Maschinen, was für welche, habe ich nicht erkennen können. Auch Männer sind unten. Irgendwie sehen sie nicht wie Häftlinge aus«, erzählt einer, »es ist alles so dunstig und nebelig, Genaueres kann man nicht sehen.«

Wir werden auseinandergetrieben.

Nie sind wir unter uns. Ständig ist ein Wachsoldat dabei. Ungestört können wir uns nicht unterhalten. Wenn ein paar Männer beieinanderstehen und miteinander flüstern, zückt einer die Maschinenpistole und treibt uns auseinander. Die dringlichste Frage unter uns ist, was wir hier überhaupt abbauen. Es ist nicht Gold, nicht Silber, nicht Blei, nicht Zinn, keine Kohle. Niemand von uns kennt das Erz, das in diesen Gesteinsbrocken enthalten sein soll.

»Vielleicht ist ja gar nichts da und wir bauen einfach nur ein unterirdisches System«, meint einer, »für einen späteren Krieg.«

Er wird ausgelacht.

Ich verliere das Zeitgefühl. Auf einmal heißt es nach dem Wecken: »Heute müsst ihr nicht arbeiten.« Wir sehen uns erstaunt an. Wir wissen nicht, wie lange wir schon im Berg sind. Kristjan fragt den Wachsoldaten.

»Ihr habt jeden vierzehnten Tag einen Ruhetag«, antwortet er.

An jedem Ruhetag dürfen wir für kurze Zeit aus dem Berg hinaus ins Freie gehen und uns die Beine vertreten. Es ist so bitterkalt, dass sich die meisten nach kurzer Zeit in die Höhlenwohnung zurücksehnen. Ich nicht. Mit Schnee rubble ich meine Hände und das Gesicht ab, andere machen es mir nach. Ich versuche mich so viel wie möglich zu bewegen. Obwohl ich am ganzen Körper eine Erschöpfung spüre, die ich gar nicht beschreiben kann. Wenn ich mich zu weit entferne, schreit mir sofort ein Wachsoldat hinterher und bedeutet mir mit der Maschinenpistole zurückzukommen. Doch als es mir, einmal gelingt, ein Stück weiter weg zu gehen, entdecke ich Unglaubliches: Ich sehe am Horizont weiße Bären! Ich brauche eine Weile, bis mir das Wort »Eisbären« einfällt. Ich kann es kaum glauben. Wenn hier Eisbären sind, kann das Meer nicht weit weg sein. Ich erzähle es den anderen in der Höhle, sie lachen mich aus.

In dieser Stunde im Freien sehen wir uns alle wieder. Alle, mit denen wir vor vielen Monaten aus Magadan aufbrachen. Oder fast alle. So mancher hat nicht überlebt. Sechs Gruppen in sechs Kavernen. An die sechshundert Männer. Eine genauere Zahl kennen wir nicht mehr.

Helmut sieht schrecklich aus. Aber vermutlich tun wir das alle. Es gibt keinen Spiegel, in dem wir es hätten nachprüfen können. Der lustige Student aus Wien ist ein gebrochener Mann, er spricht kaum mehr.

»Ich überleb das nicht lang«, murmelt er jedes Mal, wenn Fritz, Kristjan und ich auf ihn treffen.

Er wurde gleich nach der Ankunft mit den anderen in den Berg geführt. Wir hatten immerhin das Glück, vier Monate in der Natur zu arbeiten und zu leben. Bevor es auch für uns

Nacht wurde. Jeder fragt vorsichtig herum. Wisst ihr, was wir hier abbauen? Niemand weiß es. Einmal fragt ein vorlauter Russe einen Wachsoldaten im Scherz: »Was ist denn das so Wichtiges, was wir hier rausbringen? Kocht und esst ihr das?«

»Hör auf Fragen zu stellen!«, wird er angeschnauzt.

»Hier sparen sie sich sehr viel«, sinnieren andere, »Unterkünfte, Brennholz, Stacheldrähte, Wachtürme, Scheinwerfer, Wachpersonal. Ein billiges Lager.«

Auch von Flucht spricht so mancher: »Beim nächsten Freigang türme ich!« Aber es ist immer nur der nächste Freigang, von dem man spricht. Jeder weiß, dass es unmöglich ist, ohne Karte, ohne Kompass, ohne genügend Proviant in dieser unbezwingbaren Wildnis zu überleben. Wie weit von hier leben Menschen? Wären sie einem wohlgesinnt? Wie viele Tausende Kilometer wären es, um bis nach Finnland zu gelangen?

Bei jedem vierten Ausflug ins Freie wird zuerst die eine Hälfte, danach die andere Hälfte der Gefangenen in das Lager geführt, das Lager, das wir mit eigenen Händen bauten. Wehmütig sehen wir uns um. Es scheinen Leute hier zu wohnen, an einigen Fenstern erblicken wir Vorhänge. Doch außer den Wachsoldaten, die neben uns hergehen, sehen wir niemanden.

Im Badehaus dürfen wir uns waschen. Die schwarzen Gesichter werden wieder weiß. Fahl. So lange wie möglich versuchen wir die Zeit hinauszuzögern. Anschließend verrichtet der Friseur seine Arbeit mit der Klinge. Die Kleidung wird uns zum Entlausen abgenommen. Wir erhalten andere Sachen. Beim nächsten Mal wird wieder gewechselt. Der Marsch zurück zum Berg ist dann wie der Gang zum Schafott.

Es ist kein Leben. Es ist langsames Sterben.

Nach einiger Zeit merke ich, dass sich meine Zähne locker anfühlen. Außerdem habe ich dauernd Kopfschmerzen.

Sie sind oft so stark, dass ich schreien könnte. Dazu kommt Schwindel und Übelkeit. Meine Glieder fühlen sich schwer und bleiern an. Bei der Arbeit werde ich manchmal ohnmächtig. Andere müssen mir dann helfen. Ich schäme mich.

Als wir das vierte Mal zum Badehaus geführt werden, merken wir, dass der Frühling Einzug hält. Das Schmelzwasser ist überall.

Als unsere traurige Kolonne durch die Blockhütten und Baracken wankt, hören wir Klaviermusik.

Jemand spielt in diesem gottvergessenen Nest Klavier.

Jemand spielt Klavier!

Alle sehen sich erstaunt an. Wir bleiben stehen und werden barsch weitergetrieben.

Ich weiß sofort, dass es Ludovica sein muss. Es ist das gleiche Lied, das sie damals in der Nähe von Omsk spielte. Auch Fritz erkennt es.

»Deine Pianistin ist hier«, grinst er.

Noch nie in meinem Leben empfand ich eine so große Freude! Sie durchströmt meinen ganzen Körper. Ich beginne zu weinen.

»Reiß dich zusammen!«, schnauzt mich Fritz an.

Plötzlich stürmt ein Offizier in das Klubhaus. Ich kann nicht erkennen, welcher es ist. Das Klavierspiel wird abrupt beendet. Wir betreten das Badehaus.

Ludovica ist also hier.

Ludovica!

Ich hoffe sehr, dass es ihr einigermaßen gut geht. Wahrscheinlich arbeitet sie in der Küche oder im Lazarett. Oder doch im Berg? Nein, so grausam werden die Russen doch nicht sein, dass sie Frauen dort einsetzen! Wie ist sie hierhergekommen? Wie wir zu Fuß? Meine Gedanken gehen fieberhaft. Wie gern würde ich sie wiedersehen!

Dieses Mal gibt sich der Friseur freundlicher als sonst. Er plaudert mit uns und fragt jeden nach seinem Namen. Als ich mich von ihm weg zum Kleiderhaufen drehe, schiebt er mir einen kleinen, gefalteten Zettel in die Hand. Niemand merkt es, er scheint in so etwas geübt zu sein. Mein Herz macht einen Sprung vor Aufregung. Ich schlüpfe schnell in die Kleidung und nütze das Durcheinander. Den Zettel verstecke ich in der Jackentasche.

Verstohlen blicke ich um mich, als wir durch die Häuser gehen. Kein Klavierspiel, keine Spur von Menschen, keine Lu am Fenster.

Den Zettel kann ich erst in der Kaverne lesen. Ich kauere mich in der Nähe der Öllampe auf den Boden. Achte darauf, dass niemand um mich ist.

»Lass dich ins Lazarett einliefern! So schnell wie möglich. Lu.«

Immer wieder lese ich die Worte. Bis ich den Zettel schnell wegstecken muss, weil sich andere nähern.

Ich brauche einen triftigen Grund, ins Lazarett zu kommen. Vor Monaten ist in anderen Kavernen die Ruhr ausgebrochen, viele mussten ins Lazarett und starben. Aus unserer Gruppe ist bisher nur einer eingeliefert worden, wegen eines furchtbaren Unfalls.

Dem Mann war im Stollen ein Felsbrocken auf die Beine gefallen. Das linke Bein bekamen wir frei. Das rechte musste ein herbeigerufener Arzt an Ort und Stelle amputieren. Es war ein blutiges Schauspiel bei sehr schlechtem Licht. Ich musste weggehen und erbrechen. Der Mann starb einen Tag später im Lazarett, wurde uns erzählt.

Mir bleibt keine andere Wahl, als tagelang die Ruhr zu simulieren. Nicht einmal Kristjan und Fritz weihe ich ein, es ist mir zu gefährlich. Ich verweigere das Essen und renne immer wieder auf die Latrine, ich schreie und stöhne. Zum Wachsoldaten sage ich: »Nur blutige Tropfen!« Ich bleibe auf dem Boden liegen, selbst seine Tritte bringen mich nicht hoch. Er beratschlagt mit einem anderen. Schließlich kommen zwei Sanitäter und holen mich mit einer Trage ab, offensichtlich will man keine Epidemie mehr riskieren.

Im Lazarett bringt man mich in einen Raum mit zehn Betten. Außer mir sind noch drei weitere Patienten da, ich liege alleine am Fenster. Das Bett ist mit weißen, frischen Laken bezogen und ich schwebe im siebten Himmel. Ein Sanitäter zieht mich aus und wäscht mich. Ein Arzt kommt und fragt mich nach den Symptomen. Er schreibt alles nieder.

In der Nacht werde ich sanft geweckt. Es ist Ludovica.

Sie sitzt an meinem Bett und schaut auf mich herunter. Am Anfang halte ich sie für einen Traum, dann bin ich der glücklichste Mensch auf Erden, wir umarmen uns. Es ist das erste Mal, dass ich ihren Körper so nahe spüre.

Während die anderen Patienten schnarchen, flüstern wir freudig erregt. Seit vier Wochen ist sie hier, sie ist mit dem Schiff gekommen, mit ihr das Klavier. Im Hafen wurde sie von Teljan empfangen, der sich sichtlich freute, sie zu sehen. Sie arbeitet als Krankenschwester im Lazarett. Doch sie darf auch jeden Tag Klavier üben, es sind jede Menge Noten vorhanden, die Teljan sich schicken ließ. Außerdem spielt sie ihm manchmal vor, einmal musste sie es nackt tun. Ich bin entsetzt.

»Hat er dir etwas getan?«, frage ich sie.

»Nein, er ist nur in seinem Sessel gesessen und hat mich angeschaut. Er ist meistens nett zu mir, aber ich weiß von anderen Häftlingen, dass er unberechenbar und sehr jähzornig sein kann. Vermutlich weil er seine Frau verloren hat.«

Sie erzählt mir, was sie von einem Wachsoldaten erfuhr. Teljans junge, hübsche Frau, sie hatte Ludmilla geheißen, war eine begnadete Pianistin gewesen, die vor dem Krieg weltweit Konzerte gespielt hatte. 1944 hielt sie sich in Riga bei ihren Eltern auf. Sie verliebte sich in einen deutschen Leutnant und wollte mit ihm gemeinsam nach Berlin gehen. Doch Teljan, der irgendwie Wind davon bekommen hatte, überraschte die beiden, als sie das Haus verlassen wollten. Er erfuhr, dass sie sich schon vor Jahren bei einem Konzert in Warschau kennengelernt und sich seither Briefe geschrieben hatten. Teljan rastete völlig aus und erschoss die beiden, vorher musste er ihnen etwas Schreckliches angetan haben, der Wachsoldat wusste aber nichts Genaues darüber. Vor Gericht wurde er freigesprochen, es waren nur ein Feind und eine Verräterin gewesen. Nach Ende des Krieges meldete sich Teljan freiwillig nach Sibirien, um hier ein Lager zu leiten. Viele taten das wegen der höheren Bezahlung, die geboten wurde, wenn man freiwillig ins Land der Vergessenen ging.

Aus den Gefangenenlisten wusste Ludovica, dass ich hier sein musste. Deshalb spielte sie Schumanns »Kinderszenen« am Badetag, um mir ein Zeichen zu geben. Teljan unterbrach sie heftig dabei, es war das erste Mal, dass er sie geschlagen hatte.

»Ganz in der Nähe ist eine kleine Bucht mit einem Hafen! Sie heißt Lawrentija. Früher war es nur ein kleiner Fischerhafen der Tschuktschen, jetzt verkehren auch kleinere Frachtschiffe bis nach Magadan und zurück. Sie können nur von Anfang Juni bis Ende September fahren, dann wird alles wieder zu Eis. Sie bringen das Uran weg und kommen mit Proviant und Verpflegung wieder.«

»Uran?«, frage ich.

Es ist Uranerz, das wir abbauen. Ich habe noch nie davon gehört. Aus diesem Erz wird Uran produziert, ein Metall, das radioaktiv ist. Alles unterliegt strengster Geheimhaltung. Früher oder später würden wir alle schwer krank werden und sterben. Das Lager wurde gebaut, um vor allem Ingenieure zu beherbergen, die die Urangewinnung überwachen sollten, und auch für das Wachpersonal.

»Verstehst du, Thomas? Hier ist ein Hafen. Wir sind am Ostkap Sibiriens! Die Beringstraße ist nicht weit von hier!«

»Was willst du damit sagen?«, frage ich.

Wir hören Schritte und sind eine Weile ganz still. Die Schritte entfernen sich wieder.

»Wir können fliehen«, antwortet sie.

Sie unterbreitet mir ihren Fluchtplan: In der Nacht würden wir uns in den Hafen schleichen und ein kleines Boot stehlen. Mit dem würden wir auf das offene Meer hinausfahren, bis nach Alaska. Bis dahin sind es ungefähr neunzig Kilometer. Ich traue meinen Ohren nicht.

»Stell dir vor, nur neunzig Kilometer, Thomas! Das schaffen wir! Ich bin als Kind mit meinem Vater oft auf einem Segelboot gewesen. Ich kann das. Ich habe schon zwei Rucksäcke mit Proviant gepackt. Damit kommen wir drei Wochen aus. Bevor sie dich gesundschreiben, müssen wir weg.«

»Und wie sollen wir in den Hafen kommen und ein Boot stehlen?«, frage ich sie.

Sie schildert es mir genau.

2001–2005: KATHARINA
NOCH EIN KIND

Nach der Hochzeit wurde gänzlich umgebaut, da die Familie im Erdgeschoß nicht mehr genug Platz hatte. Die leer stehende Mühle baute Arthur um und errichtete darin eine zweistöckige Wohnung mit eigenem Eingang für sich, sodass Julius, Katharina und die drei Kinder den ersten Stock des Hauses dazubekamen. Aus den zwei bisher getrennten Wohnungen wurde eine große gemacht.

Arthur finanzierte den Umbau alleine, Katharina merkte, dass Julius darunter litt, er war gereizt und angespannt. Als Leonora mit vier Jahren in den Kindergarten kam, suchte sie sofort nach einer Arbeit, sie wollte Geld verdienen, um das Familienbudget aufzubessern.

»Ich muss mir eine Ganztagesstelle suchen«, sagte sie zu Arthur, »wir brauchen einfach das Geld.«

»Tu das«, sagte Arthur, »das wird dir bestimmt guttun. Ich brauche bald niemanden mehr im Büro.«

»Aber warum denn? Ich kann dir am Wochenende oder am Abend die Rechnungen tippen«, meinte Katharina.

»Ich werde nächstes Jahr fünfundsechzig und will in Pension gehen«, sagte Arthur und Katharina betrachtete ihn überrascht, sie konnte sich ihren Schwiegervater ohne seine Arbeit kaum vorstellen. Seit sie in der Bergmühle wohnte, kannte sie Arthur nicht anders als in seinem Büro über seinen Plänen sitzend oder mit seinen Kunden vor dem Haus Kaffee trinkend und Ideen diskutierend oder zu seinem Auto eilend, weil er dringend auf eine Baustelle musste und schon zu spät dran war. Er wirkte immer noch jung und voller Energie auf sie.

»Dann machen wir einen Tausch«, lachte er, »du beginnst zu arbeiten und ich höre auf. Na ja, ganz werde ich nicht aufhören, ein paar kleinere Sachen möchte ich weiterhin machen. Die Kinder müssten dann nicht jeden Nachmittag im Hort und Kindergarten bleiben, weil ich ja Zeit habe. Wär das ein Deal?«

Katharina schossen Tränen in die Augen und sie umarmte Arthur.

»Vielen, vielen Dank, Arthur, das würde mir sehr helfen«, flüsterte sie.

»Ich glaube nicht, dass es nur wegen des Geldes ist. Scheint so, als wärst du endlich bereit, das sichere Nest zu verlassen«, formulierte es Doris.

Sie hatte zwei Jahre nach ihrer Tochter noch einen Sohn bekommen, doch nebenbei die Tierarztpraxis vormittags immer offen gehabt, da ihre Mutter in der Zeit auf die Kinder aufpasste.

Die Freundin hatte recht, jahrelang hatte sich Katharina gerne zu Hause verkrochen, hatte sich zu schwach, zu verletzlich gefühlt, um sich in der Arbeitswelt zu behaupten. Mit drei kleinen Kindern zu Hause, die oft krank waren, hätte sie die Kraft nicht aufgebracht, jetzt war sie bereit, mehr als bereit, die Kinder waren groß genug.

Am liebsten hätte sie in einer Werbeagentur gearbeitet, sie wollte eine kreative Arbeit machen und wusste, dass sie Talent hatte, um Werbungen jeglicher Art zu kreieren. Für einen Notar oder Rechtsanwalt Briefe und Bescheide abtippen, das wollte sie nicht.

Sie marschierte mit ihrer Bewerbungsmappe in alle Agenturen in der näheren Umgebung und stellte sich vor. Sie hatte Glück, eine davon rief sie tatsächlich nach ein paar Tagen an, sie würden eine neue Projektleiterin brauchen, Katharina konnte es kaum glauben.

Harald Hoch, der Chef, erklärte ihr, als sie den Arbeitsvertrag unterschrieben: »Ich will kein junges Ding, das dann gleich wieder in Babypause geht. Bei Ihnen scheint das Kinderkriegen abgeschlossen zu sein. Willkommen in unserem Team.«

Für Katharina begann eine anstrengende Zeit, doch sie liebte es, am Morgen schön gekleidet aus dem Haus zu gehen, ihre kleine Welt zu verlassen und in einer neuen – aufregenden – anzukommen. Der Chef persönlich schulte sie ein und er merkte von Anfang an, dass sie ein gutes Gespür nicht nur für Texte, sondern für das Gesamtkonzept einer Werbekampagne hatte. Katharina avancierte schnell zu Hochs Liebling, er nahm sie mit zu den Kunden, um die Konzepte vorzustellen, und ging mit ihr oft essen. Katharina stellte erstaunt fest, dass sie dieses Prickeln zwischen sich und ihrem Chef als angenehm empfand. Zu Hause erschien ihr alles eng und lästig und oft spürte sie Julius' prüfenden Blick auf sich.

Und dann plötzlich verabschiedete sich das Glück wieder über Nacht: Katharina wurde ungewollt schwanger.

Als sie den positiven Schwangerschaftstest in den Händen hielt, drehte sich alles um sie, sie musste sich auf den Badewannenrand setzen, so schwindlig war ihr. Tagelang war sie am Boden zerstört. Sie wusste, dieses Mal würde sie das Kind nicht austragen, sie konnte einfach nicht mehr, sie hatte drei Kinder, die ihr neben der Arbeit alles abverlangten. Die Zwillinge waren zehn, Leonora war fünf Jahre alt, sie liebte ihren Mann, sie liebte ihre Arbeit, ihre Yogaabende, die Urlaube mit Doris und Andreas. Es war perfekt, so wie es war, sie würde keine Änderung zulassen, sie bestimmte über ihr Leben, auch wenn ihr der Entschluss nicht leicht fiel, sie kam sich moralisch verkommen vor, war zittrig und fahrig. In der Nacht betrachtete sie ihre schlafenden Kinder. Hatte sie ein Recht, ihnen den Bruder, die Schwester vorzuenthalten? Sie durften es nie erfahren, auch Julius nicht, sie wusste nicht, wie er reagieren würde. Nach einigen Monaten würde sie nicht mehr daran denken, hoffte sie.

Der Termin beim Arzt stand bereits fest, als Julius sie am Abend, die Kinder schliefen, in der Küche umarmte und sagte: »Du bist schwanger, nicht wahr?«

Sie zuckte dermaßen zusammen, dass an Leugnen nicht mehr zu denken war. Stammelnd gab sie es zu und Julius freute sich überschwänglich: »Das ist doch großartig, Katharina! Ein Nachzügler! Er oder sie wird der krönende Abschluss. Lass es uns gleich den Kindern und Arthur sagen.«

Katharina konnte ihn nur mit Mühe davon abhalten und schilderte ihm ihre Bedenken, die vor allem finanzieller Natur waren, sie würde wieder jahrelang keinen Gehalt nach Hause bringen. Warum reduzierte sie es auf das Geld? Das war es doch nicht, alles in ihr schrie: Ich will das nicht mehr! Jetzt bin ich an der Reihe!

»Ist das so wichtig?«, strahlte Julius, »so schlecht verdiene ich auch nicht. Du bekommst ja Kindergeld und kannst wieder ein paar Wochenstunden bei Arthur arbeiten.«

»Julius«, sagte sie eindringlich, »hör zu, ich möchte es einfach nicht mehr. Wir haben ja schon drei Kinder! Ich will nicht mehr schwanger sein und kein viertes Kind haben! Ich will keine Windeln mehr sehen, ich will –«

Er unterbrach sie, indem er ihr seinen Zeigefinger auf den Mund legte und sie dann sanft küsste. Er bat sie, mit der Entscheidung einfach ein paar Wochen abzuwarten, und sie wusste, dass ein Warten in diesem Falle das Schlechteste war.

Es würde wachsen, bald alle Glieder ausgebildet haben, ein richtiges Kind für sie sein.

Julius blieb weiterhin sanft und fürsorglich, verwöhnte sie, wo es nur ging, sie selbst fühlte sich zerrissen und elend, wenn sie mit ihm und den Kindern zusammen war. Im Büro wusste sie eindeutig, was sie zu tun hatte, zu Hause schämte sie sich dann dafür. Einmal besuchte er sie mit den Kindern im Büro, sie waren adrett angezogen, und offensichtlich hatte er sie vorher angewiesen, sich besonders nett und freundlich zu benehmen, sie schmolz tatsächlich dahin. Und sie erkannte seine Absicht. Kann es dir wirklich das ersetzen?, wollte er damit sagen.

Einige Tage später grinsten die Kinder beim Frühstückstisch und fragten ihre Mutter: »Was glaubst du? Wird es ein Bub oder ein Mädchen?«

Katharina tobte. Julius redete wieder beruhigend auf sie ein: »Wir sind verheiratet und haben drei Kinder, Katharina. Wir sind eine Familie! Du kannst es nicht wegmachen lassen, du würdest es für immer bereuen! Ob drei oder vier ist jetzt auch schon egal, es geht ja dann so schnell. Du wirst sehen, wupp, geht es in den Kindergarten und du kannst wieder arbeiten gehen.«

Obwohl sich in ihrem Inneren alles dagegen sträubte, ließ sich Katharina von Julius überzeugen, das Kind zu behalten. Da die ganze Familie schon von der Schwangerschaft wusste, sah sie keine andere Möglichkeit mehr, sie fühlte sich in die Enge getrieben. Schließlich musste sie es Hoch mitteilen, es war für sie wie ein Gang zum Schafott, noch nie war ihr etwas so unangenehm gewesen. Hoch schaute sie nur verwundert an und sagte kein Wort, aber Katharina kam es vor, als drückte sein Blick nicht nur maßlose Enttäuschung, sondern auch Verachtung aus. Die nächsten Monate waren qualvoll, Hochs

Blicke unerträglich. Schnell wurde sie ersetzt, die Neue war wie sie groß und blond. Sie erinnerte sich daran, wie sie vor elf Jahren in Wien das Gleiche erlebt hatte, und sie hatte das Gefühl, als würde sich bei ihr immer wieder alles wiederholen.

Mein Gott, ich stecke in einer Endlosschleife.

Die Leichtigkeit, die Katharina in den letzten Jahren empfunden hatte, war wie weggeblasen. Die Schwangerschaft verlief schwierig, ebenso die Geburt. Das Kind kam an einem warmen Nachmittag im Juni 2006 zur Welt, es war ein Mädchen und bekam den Namen Luisa. Nach der Geburt bekam Katharina schwere Depressionen, sie zog sich zurück, auch von Doris.

Um halb drei Uhr früh stillte sie das Baby. Um halb sechs Uhr morgens stillte sie das Baby. Um sechs Uhr stand sie auf und bereitete das Frühstück und die Jausenbrote für die anderen drei Kinder zu. Um halb sieben weckte sie die Zwillinge, um sieben weckte sie die Mittlere. Am Vormittag räumte sie jedes Zimmer auf, saugte, wischte den Boden, wurde aggressiv dabei, schmiss eine Tasse an die Wand und schrie, schrie, schrie, wusch Wäsche, bügelte, fuhr einkaufen, dazwischen stillte sie die Kleine. Zu Mittag kochte sie, aß gemeinsam mit Leonora, machte mit ihr die Hausübung, während sie stillte. Um zwei wärmte sie das Essen für die Zwillinge auf und hörte sich ihre überdrehten Erzählungen von Lehrern (»Die checken echt gar nichts!«) und von Mitschülern (»Der ist so was von bescheuert!«) an. Sie spielte mit Leonora an die hundert Mal UNO, während die Zwillinge die Hausaufgaben machten. Dabei war sie hundemüde und hätte am liebsten eine Stunde geschlafen. Sie kontrollierte die Hausaufgaben, während sie stillte. Sie hörte sich ein Referat über Marienkäfer (Victoria) und eines über Eichhörnchen (Vincent) an. Sie spielte Stadt, Land, Fluss mit den Älteren. Sie verlor den Kampf gegen den

Computer und hatte ein schlechtes Gewissen. Sie ging mit dem Kinderwagen eine Runde spazieren und schleifte Leonora gegen ihren Willen mit. Sie kochte das Abendessen und aß mit ihrer Familie zu Abend. Sie räumte die Küche auf, weil Julius dazu zu müde war und lieber auf dem Sofa die Zeitung las.

Was, um Himmels willen, hatte dieses Leben für einen Sinn und Zweck? Wozu war es gut? Für vier Leben zu sorgen, wenn man kein eigenes hat?, dachte sie jeden Abend und musste ihre Tränen zurückhalten.

Dann erfuhr sie es.

Wann sagt man nicht mehr Zufall, sondern Schicksal?

Hätte Vincent beim Frühstück nicht lautstark verkündet, er wolle endlich zu Mittag wieder einmal ein Schnitzel essen, wäre Katharina an diesem Tag überhaupt nicht zum Supermarkt gefahren, oder wäre Luisas Windel beim Einsteigen ins Auto nicht voll gewesen, wäre Katharina einige Minuten früher dort gewesen und hätte es nie erfahren. Das Ganze wäre nie passiert. Sie hätten nicht monatelang heftig gestritten und Julius wäre nie nach Tirol gegangen, um dort als Pharmareferent zu arbeiten. Alles wäre anders gekommen.

Diese Gedanken hatte Katharina nach Julius' Tod sehr oft.

Im Supermarkt in der Kleinstadt traf Katharina auf Robert, Julius' ehemaligen Arbeitskollegen in der Versicherungsgesellschaft. Robert hatte vor zwei Jahren einen schweren Skiunfall gehabt und saß seither im Rollstuhl, die junge Freundin hatte ihn daraufhin sofort verlassen und die Exfrau hatte ihm, als er sie bat, wieder im ehemals gemeinsamen Haus wohnen zu dürfen, nur ins Gesicht gelacht: »Sicher nicht! Dir geschieht das Ganze recht!« Seither wohnte Robert alleine in einer verdreckten Einzimmerwohnung und betrank sich jeden Tag bereits am Morgen. Julius war der Einzige, der ihn ab und zu besuchte.

Im Supermarkt kam Robert in seinem Rollstuhl um die Ecke und rammte beinahe Katharinas Einkaufswagen. Er entschuldigte sich bei ihr und sie brauchte eine Weile, bis sie ihn erkannte, so ungepflegt sah er aus. Sie merkte, dass er betrunken war, und verabschiedete sich schnell. Da sah er Luisa im Einkaufswagen sitzen, die Kleine starrte ihn mit ihren großen blauen Augen an, und er begann zu lachen. Katharina wandte sich angewidert ab und er lallte: »Brauchst gar nicht so dreinschauen, feine Dame.«

Sie ging weiter und er rief ihr nach: »Süß, die Kleine, die dir hast anhängen lassen von deinem Mann. Hast es nicht geschnallt, hm? Dein Flirten mit dem Chef hat ihm gar nicht gepasst! Ein Hausmütterchen wollte er wieder haben! Voll und ganz zu seiner Verfügung.«

Katharinas Herz schlug schneller, als sie mit dem Einkaufswagen zur Kasse eilte. Robert schien in Fahrt zu sein, er schrie ihr nach: »Und recht hat er gehabt! Ihr Frauen seid einfach das Letzte! Das Letzte!«

Einige Leute drehten sich bereits zu ihm um und Katharina wäre am liebsten im Erdboden versunken.

Im Auto merkte sie, dass ihre Hände und ihre Knie zitterten, und zu Hause angekommen, begann sie zu weinen. Sie wusste, dass Robert die Wahrheit gesagt hatte, es bestand kein Zweifel daran, sie spürte einfach, dass es so gewesen sein musste. Wie hatte sie so blind in die Falle tappen können? Wie Schuppen fiel es ihr vor den Augen und so vieles wurde ihr im Nachhinein bewusst. Ihre Gedanken überschlugen sich, ihr Kopf schmerzte.

Julius' eigenartige Fragerei zu ihrer Periode (nie hatte ihn das Thema vorher interessiert!), zu ihrem Eisprung, sein Überreden zur Pillenpause, zu der die Frauenärztin schon länger gedrängt hatte, sein Versprechen, währenddessen gewissenhaft ein Kondom zu verwenden. Was er auch immer getan hatte. Außer –

Der Abend fiel ihr ein, der Abend, an dem sie mit Doris und Andreas zusammen Julius' Geburtstag gefeiert hatten, sie hatte viel getrunken, und als sie ins Bett gegangen waren, hatten sie begonnen, sich zu küssen.

An mehr hatte sie sich nicht erinnert, das war ihr vorher noch nie passiert. Sie hatte den ganzen Tag im Bett bleiben müssen, so übel war ihr gewesen, und übel wurde ihr jetzt wieder, wenn sie daran dachte, was vermutlich passiert war. Julius hatte an diesem Abend die Cocktails gemixt. Und danach – warum hatte er gewusst, dass sie schwanger war, obwohl sie sich nichts hatte anmerken lassen?

Da war Leere in ihr, dann maßloser Zorn. Als Julius nach Hause kam, konfrontierte sie ihn sofort mit ihrem Vorwurf und merkte an seinem Gesichtsausdruck, dass es stimmte, was sie ihm auf den Kopf zusagte. Er stritt es ab. Stundenlang schrien sich die beiden an, während sich die Kinder ängstlich in ihre Zimmer verdrückten.

»Robert ist ein Säufer, der Blödsinn redet«, sagte er mehrmals, doch sie ließ sich nicht beruhigen.

Sie konnte nicht fassen, was ihr Julius angetan hatte. Sie stritten wochenlang weiter und feindeten sich an, und eines Tages schrie Katharina den Satz, der ausschlaggebend dafür war, dass Julius seine Arbeit in der Werkstätte kündigte und sich einen Job weit weg von zu Hause suchte.

»Ich hasse dich!«, schrie sie, »ich hasse dich, ich hasse dich! Hätte ich dich doch nie kennengelernt, du verlogenes Arschloch!«

Die Wochen vergingen, wurden zu Monaten. Katharina war von Montagmorgen bis Freitagabend allein und sie beruhigte sich tatsächlich. Dass das Sprichwort »Die Zeit heilt alle Wunden« seine Berechtigung hatte, erfuhr sie nun am eigenen

Leib. Luisa wuchs heran und es war bald unvorstellbar, dass es sie nicht geben könnte, die Gründe und Umstände ihrer Zeugung wurden unwichtig. Einmal sah sie Hoch mit der großen blonden Frau in einem Café sitzen und musste über das Scharwenzeln ihrer Nachfolgerin um den Chef innerlich lachen. Ihre eigene Eitelkeit und ihr Wunsch, ihn unbedingt beeindrucken zu wollen, erschienen ihr im Nachhinein kindisch.

Als Arthur sie fragte, ob sie sich denn nicht wieder in einer Werbeagentur bewerben wolle, jetzt, da Luisa zwei Jahre alt war und er sie beaufsichtigen könne, wehrte Katharina lachend ab: »Nein, Arthur, ich möchte keine Werbungen mehr machen, irgendwie kommt mir das jetzt alles so oberflächlich vor. Ich werde etwas anderes machen, etwas, das ich zu Hause machen kann. Vier Kinder sind eine Menge Arbeit, das geht nicht mehr so nebenbei. Ich weiß, du würdest es schaffen, aber ich hätte ein schlechtes Gewissen. Es ist nämlich ganz schön viel los hier an den Nachmittagen.«

Die Zwillinge waren dreizehn Jahre alt und besuchten das Gymnasium, das schon Julius besucht hatte. Mit Vincent musste Katharina am Nachmittag oft lernen und üben, Leonora besuchte die zweite Klasse Volksschule und brauchte ihre Mutter zum Hausaufgabenmachen, Luisa lief überallhin und musste mit Argusaugen überwacht werden.

Dennoch war Ruhe eingekehrt. Katharina fühlte eine Nähe zu ihren Kindern wie nie zuvor. Sie musste zugeben, es war angenehm, dass Julius nicht da war, sie musste nicht mehr streiten, die Anspannung war von ihr abgefallen. Entscheidungen traf sie alleine, das ersparte ihr zermürbende Diskussionen. Endlich hatte sie Zeit für sich und sie genoss es. Arthur unterstützte sie, wenn sie Hilfe brauchte, mit Doris unternahm sie viel. Einsam fühlte sie sich kein bisschen.

Ein Jahr später begann sie als Biografin zu arbeiten. Es war Claudia, die ihr den Tipp gegeben hatte.

»Vor Kurzem hat eine Patientin zu mir gesagt: Ich würde so gerne mein Leben aufschreiben lassen, für meine Kinder und Enkelkinder! Das ist doch so wichtig, dass das alles erhalten bleibt, was wir erlebt haben! Aber ich kann es nicht, ich kann nicht gut schreiben und kann nicht einmal tippen wegen der Arthritis«, erzählte Claudia eines Abends, als Katharina Doris besuchte und sie zu dritt ein Glas Wein tranken, »da habe ich an dich gedacht, Katharina. Wie wäre es mit Biografin? Das könnte ich mir bei dir sehr gut vorstellen. Du kannst gut schreiben und das machst du auch gern, nicht wahr, warum sollte das nicht dein neuer Beruf werden? Es gibt so viele alte Menschen, die gern ihr Leben aufschreiben lassen würden, damit es die Enkel lesen können. Dazu brauchst du nur einen Computer und eine Website.«

1978–1981: ARTHUR
DER EINSAME WOLF

In der Nacht des 12. November 1978 kam Arthur mit seinem Sohn in der Bergmühle, seinem Elternhaus, an. Er war achtunddreißig Jahre alt. Nachdem er das Kind ins Bett gebracht hatte, wanderte er mit einer Taschenlampe von Raum zu Raum – es gab keinen Strom – und war entsetzt über den desolaten Zustand des Hauses. Anschließend saß er bei Kerzenschein in der verstaubten Küche und trank eine Flasche Rotwein leer, neben ihm rumorten die Ratten in den Schränken, unter den Dielen. Die ganze Nacht konnte er nicht schlafen, das anklagende Gesicht seiner Mutter verfolgte ihn. Er wusste, alles hätte anders kommen können.

Das letzte Mal war er wegen des Begräbnisses seiner Mutter hier gewesen, vor nicht ganz einem Jahr. Sie hatte nach dem Tod seines Vaters, er war eines Morgens nicht mehr aufgewacht, zwei Jahre alleine in dem großen Haus gelebt, bis sie im letzten Jänner an einer schweren Grippe erkrankt war. Sie starb eine Woche später im Krankenhaus an Herzversagen, Arthur, der zu der Zeit in Australien arbeitete, schaffte es gerade rechtzeitig zum Begräbnis und musste wegen eines wichtigen Bauprojekts sofort wieder zurück. Die Briefe der Nachbarin, des Notars und der Bank ignorierte er.

Am nächsten Tag ging er zu Fuß in den Ort hinunter, das stille Kind an der Hand. Er besuchte eine Freundin seiner Mutter und lieh sich von ihr das Auto, da er an diesem Tag einige Behördengänge vor sich hatte. Unter anderem wollte er sein eigenes Architekturbüro anmelden und sich im Nachbarort bei einem kleinen Autohändler ein Auto kaufen.

Vom Filialleiter der Bank, er hieß Leitner, erfuhr er, dass seine Eltern eine Menge Schulden hinterlassen hatten, und fiel aus allen Wolken. Vermutlich hatten sie ihm die Geschichte aus Scham vorenthalten: Ein junger Mann hatte sie immer wieder besucht und ihre Freundschaft und ihr Vertrauen gewonnen. Er wollte eine große, moderne Mühle neben der stillgelegten Bergmühle aufbauen, Arthurs alter Vater, früher ein leidenschaftlicher Müller, war von dem Projekt begeistert gewesen und übernahm die Bürgschaft für den hohen Kredit, den der junge Mann aufnahm.

»Wir haben ihn alle gewarnt«, sagte Leitner, »doch er wollte nicht auf uns hören, er hat gesagt: Martin – so hat der Mann geheißen – ist mir wie ein Sohn, ich vertraue ihm.«

Eine Woche später war dieser Martin mitsamt dem Geld verschwunden, man vermutete, dass er sich nach Südamerika abgesetzt hatte, auch mithilfe eines Detektivs fand man ihn nicht. Das Ganze war Mitte der sechziger Jahre gewesen, und seither hatten die Eltern versucht, mit ihrer Pension und ihren kleinen Ersparnissen den Kredit abzustottern, waren jedoch nicht weit gekommen. Seine Eltern waren also einem Betrüger aufgesessen und hatten nie den Mut gefunden, es ihm zu sagen, Arthur musste schlucken, seine Schuldgefühle wurden noch größer. Wenn er sich um seine Eltern wenigstens ein bisschen gekümmert hätte, wäre es nie passiert. Warum hatte er sie so im Stich gelassen? Er stellte sich seinen stolzen Vater vor, als er die Nachricht erhalten hatte, er als Bürge müsse den gesamten Betrag der Bank, die ihn gewarnt hatte, zurückzahlen, mit Zinsen, Monat für Monat. Wie hart musste die Demütigung für ihn gewesen sein.

»Wir haben ihm, so gut es ging, geholfen«, sagte Leitner,

»mit einem sehr niedrigen Zinssatz. Wir haben ihm auch empfohlen, seinen Wald und die Wiesen zu verkaufen, aber du weißt ja, wie stur dein Vater war, er hat den Grund nicht hergeben wollen. Ich nehme an, du brauchst jetzt einen Schnaps.«

Arthur brauchte tatsächlich einen Schnaps, und während er ihn hinunterkippte, sah er zu dem Jungen hinüber, der an einem kleinen Tisch saß und in einem dicken Malbuch einen vorgezeichneten Traktor anmalte. Im Profil erkannte er die Ähnlichkeit mit Eve.

Da war er nun: in einem heruntergekommenen Haus mit einem kleinen Kind, das ihm fremd erschien, und einer Menge Schulden. Außerdem war es ungewiss, ob ein Architekturbüro hier in der Provinz gut gehen würde, aber er hatte keine andere Wahl, wegen des Kindes konnte er nicht täglich in die Stadt pendeln, es wäre viel zu weit.

Für Arthur begann eine anstrengende Zeit. Mit seinen Ersparnissen der letzten fünfzehn Jahre (er hatte als Architekt gut verdient und keine Familie ernähren müssen) zahlte er den Großteil des Kredites zurück, doch musste er einen zusätzlichen aufnehmen, um die Sanierung des Hauses finanzieren zu können, mit der er unverzüglich begann. Auf der Behörde legte man ihm bei der Anmeldung seines Büros Steine in den Weg, da er sein Gewerbe bisher nur im Ausland ausgeübt hatte. Der Bürgermeister half Arthur, indem er ihm im Namen der Gemeinde zwei große Aufträge zukommen ließ – er sollte Kindergarten und Sportanlage mit Schwimmbad, Fußballplatz und Tennisplatz planen – und außerdem bei der Behörde vorsprach, wie dringend ein Architekt in der Gegend benötigt werde. Zwei Tage später erhielt Arthur die Genehmigung und stürzte sich in die Arbeit.

Er staunte über die Leute in P. Sie nahmen ihn ohne Vorurteile auf und boten ihm immer wieder Hilfe an, ohne viel zu fragen, warum er so lange weg gewesen sei und was er gemacht habe. Wenn er mit dem Kind einkaufen war oder im Gasthaus bei einer Mahlzeit saß, kam es oft vor, dass Leute zu ihm kamen, ihm lächelnd die Hand schüttelten und sagten: »Schön, dass du wieder da bist.«

Besonders die sechzigjährige resolute Philomena, eine Freundin seiner Mutter, die sich zum Schluss um seine Eltern gekümmert hatte, unterstützte ihn am Anfang: Sie half ihm in der ersten Woche bei der Reinigung des Hauses und passte manchmal auf Julius auf. Oft brachte sie spontan ein Mittagessen vorbei und nahm dabei die Schmutzwäsche mit, um sie gewaschen und gebügelt wiederzubringen.

Wenn er an seine alten, einsamen Eltern dachte, hatte er das Gefühl, er habe diese herzliche Aufnahme gar nicht verdient, und schämte sich. Und er dachte auch an sich selbst, wie er mit achtzehn Jahren aus diesem Ort geflüchtet war, da er damals das Leben in einem Dorf für kleinkariert, konservativ und kulturlos gehalten hatte. Jetzt, zwanzig Jahre später, kamen ihm diese Gedanken klischeehaft vor.

Neben der Sanierung des Hauses und seiner Arbeit hatte Arthur auch seinen Sohn zu betreuen, und von allen Herausforderungen war das die größte.

Am Anfang konnte er die Art des Kindes schwer ertragen, er musste sich Tag für Tag neu bemühen, freundlich zu bleiben. Es war offensichtlich, dass ihn der Junge nicht mochte, er ließ sich auch nicht von ihm berühren, zuckte mit einem Quieken zusammen, wenn er es einmal tat. Nie sah ihm der Junge offen in die Augen, stets hatte er sie niedergeschlagen, meistens voller Tränen.

Wenn ihm Arthur eine kleine Arbeit auftrug, sah er sich zuerst um, ob ihn sein Vater beobachtete, und fing dann erst an, sie auszuführen. Er schien ständig zu berechnen, wie er sich verhalten solle, sein Benehmen wirkte gekünstelt, nicht authentisch, sondern so, als wäre er ein Schauspieler auf einer Bühne.

Arthur schenkte ihm eine kleine Katze, um ihm das Eingewöhnen in die neue Umgebung zu erleichtern, es war ein quirliges Tier, das Aufmerksamkeit benötigte und mit Julius spielen wollte, Arthur war ihm dankbar dafür. Eines Tages war es verschwunden, Arthur fand es schließlich tot in einer Ecke des Dachbodens, der Kadaver stank unerträglich. Als er den Jungen zur Rede stellte, sagte ihm dieser, seinem Blick eisern ausweichend, dass er die Katze schon lange nicht gesehen hatte und nicht wusste, warum sie tot war, vielleicht ist sie unter diese Säcke gekrochen und dann erstickt, fügte er hinzu.

Einmal rief die Lehrerin an und bestellte ihn in die Schule. Sein Sohn habe einem anderen Kind beinahe das Ohrläppchen abgebissen, es musste sogar angenäht werden, sie könne kaum glauben, dass der stille, introvertierte Julius zu so etwas fähig sei. Arthur glaubte es sofort. Dieses Mal stritt Julius es nicht ab, doch er konnte auch nicht erklären, warum er es getan hatte, in seinen Augen glitzerte so viel Hass, dass Arthur erschrak.

Wochenlang redete Julius kein einziges Wort mit ihm, wenn Arthur auf einer Antwort bestand, flüsterte er etwas auf Englisch. Phlegmatisch saß er herum und war für nichts zu begeistern. Arthur wünschte sich einen energievollen Jungen, der ihm offen in die Augen schaute, der auf seinen Schoß kletterte, ihm bewundernd bei der Arbeit zusah, mit Werkzeug geschickt herumhantierte, einen Sohn, der ihm zurief: »He Papa, spielen wir jetzt Fußball oder Fangen?«

Es war etwas Verschlagenes an ihm und Arthur durchzuckte manchmal der Gedanke: Das ist doch nicht Eves und mein Sohn. Er ermahnte sich immer wieder, geduldiger mit ihm zu sein, aber im Grunde verstörte ihn die Anwesenheit des kleinen Wesens mit dem dünnen schwarzen Haar und den gehetzten Augen.

Nur eines gefiel Arthur an seinem Sohn: Julius liebte die Bergmühle vom ersten Augenblick an. Einmal machte Arthur spaßeshalber zu einem Maurer die Bemerkung, er wolle das Haus niederreißen lassen und ein neues aufbauen, es wäre billiger. Daraufhin schrie Julius seine ersten deutschen Worte: ›Nein, nein, nein!«

Arthur musste lachen, er wusste nun, dass sein Sohn das meiste verstand, was er sagte. Es war der erste Augenblick im Zusammenleben mit seinem Sohn, in dem ihn eine Welle der Zärtlichkeit überschwemmte. Er hob ihn hoch und sagte: »Natürlich wird es nicht niedergerissen. Wir werden es schön herrichten.«

Als sie sich im Frühling langsam annäherten, kam es wieder zu einem Zwischenfall: In der Klasse traten Läuse auf, beinahe jedes Kind war betroffen, auch Julius. Arthur wusste nicht, was er tun sollte, und ging schnurstracks zur Friseurin, die ihn mit den bedauernden Worten, sie dürfe niemanden mit Lausbefall bedienen, nach Hause schickte. Sie gab ihm noch den Tipp, in der Apotheke ein Lausshampoo zu besorgen, und dort wiederum bekam er den Tipp, Julius' Haar mit einer Haarschneidemaschine sehr kurz zu schneiden und dann erst mit dem Shampoo zu waschen. Im Elektrogeschäft kaufte er das Gerät und rasierte damit Julius' Kopf, der wie paralysiert auf dem Stuhl saß. Um den Jungen aufzumuntern, rasierte er sich anschließend selber die Haare ab, doch es schien nicht zu helfen, ebenso wenig wie die Tatsache, dass am nächsten Tag fast alle Buben in der Klasse kurz geschoren waren. Julius sprach wieder tagelang kein Wort.

Einen Monat später kam Renate in ihr Leben und alles wurde besser. Sie war Volksschullehrerin und übernahm Julius'

Klasse, als deren Lehrerin schwer erkrankt war. Arthur verliebte sich in die fröhliche und humorvolle Renate mit den kurzen braunen Haaren und eine schöne Zeit brach an, nicht nur für ihn, er spürte, dass auch Julius Renates häufige Anwesenheit guttat.

Nach zwei Jahren machte ihm Renate klar, dass sie mehr wollte, sie wollte mit Arthur zusammenleben, nicht nur der Gast im Haus sein, und eigene Kinder haben, außerdem wünschte sich ihre Familie klare Verhältnisse, sprich eine Heirat. Arthur zögerte und zauderte, ihm passte der Status quo perfekt, zu mehr konnte er sich nicht entschließen. Dass Renate ganz im Haus wohnte, konnte er sich vorstellen, doch er wollte kein zweites Mal heiraten, und vor allem wollte er keine Kinder mehr bekommen. Er konnte es einfach nicht, sosehr er sich wünschte, dass sie blieb, alles in ihm sträubte sich dagegen.

Da tauchte ein Konkurrent auf, ein junger Arzt aus der Stadt machte Renate beharrlich den Hof und sie stellte Arthur ein Ultimatum. An diesem Abend tranken sie zu viel und Arthur, stark betrunken, sank vor Renate sogar auf die Knie.

»Bitte, bitte bleib bei mir, ohne dich ist mein Leben trostlos«, sagte er.

»Lass mich bei dir einziehen und mach mir ein Kind«, sagte sie und ging neben ihm auf die Knie.

»Ich lass dich bei mir einziehen und ich werde dich dein ganzes Leben lang verwöhnen, aber ich mach dir kein Kind und ich heirate dich auch nicht, falls das die nächste Forderung ist«, sagte er, »ich kann einfach nicht, Renate, ich kann, kann, kann nicht, das heißt aber nicht, dass ich dich weniger glücklich mache als dieser – dieser Weißkittel.«

»Und ich kann, kann, kann nicht auf eine eigene Familie verzichten«, sagte sie leise.

»Julius und ich sind deine Familie«, antwortete Arthur.

»Du weißt, dass das nicht dasselbe ist!«, erwiderte Renate.

Arthur schwieg.

»Du bist feig«, sagte Renate, »und du wirst es eines Tages bereuen.«

Eine Woche später verlobte sie sich mit dem Arzt und zog in die Stadt. Während sie ihre Wohnung in P. räumte, erwartete sie die ganze Zeit, dass Arthur mit Rosen in der Hand auftauchen und ihr einen Heiratsantrag machen würde. Er kam nicht.

Sie sollte nicht Recht bekommen. Zwar vermisste er Renate wahnsinnig, besonders in den ersten Monaten, aber nie bereute er seine Entscheidung, keine zweite Familie mehr gegründet zu haben. Dafür fühlte er sich zu müde.

THOMAS' GESCHICHTE

Sooft es möglich ist, treffe ich mich in der Nacht mit Ludovica im Sanitätszimmer. Dort sind wir ungestört und müssen keine Angst haben, dass die anderen Patienten aufwachen. Teljan hat bestimmt, dass sie immer zum Nachtdienst eingeteilt wird, er will nicht, dass sie mit Patienten spricht oder sich gar anfreundet. Sie arbeitet von elf Uhr abends bis sieben am Morgen, dann wird sie abgelöst. Bis zur Mittagszeit darf sie schlafen, am Nachmittag spielt sie stundenlang Klavier oder hilft in der Küche aus. Keine einzige Nacht hat sie frei.

Wir flüstern miteinander, erzählen uns vieles aus unserer Kindheit. Sie erzählt von den Reisen, von den Konzerten, vom Publikum, vom Applaus und wie sehr sie diese Welt vermisst. Doch am meisten vermisst sie ihre Familie. Sie erzählt so eindringlich von ihren Eltern, ihrer Schwester, dass ich glaube, sie vor mir zu sehen.

Endlich habe ich den Mut, sie zu fragen, warum sie den russischen Offizier erschossen hat. Ich merke, dass sie nicht gerne darüber spricht.

»Ein russischer Soldat wollte meine Schwester vergewaltigen. Sie war erst vierzehn! Ich habe die Pistole meines Vaters genommen und ihn erschossen. Es war so schrecklich! Da war überall Blut und der tote Mann ist auf meiner Schwester gelegen!«

Verzweifelt weint sie und ich halte sie fest. Ich liebe ihren Geruch. Ich liebe alles an ihr. Wie sie aussieht, wie sie spricht, wie sie sich bewegt, wie ihre Augenbrauen zucken, wenn ihr etwas nicht passt, wie sie ihre Nase kräuselt, kurz bevor sie lacht.

Eines Nachts kommt sie und flüstert aufgeregt: »Die Wetter- und Windbedingungen sind heute Nacht perfekt, wir müssen jetzt los. Komm in einer Stunde zur Toilette.«

Ich bin entsetzt und verzweifelt. Die ganze Sache, unser Plan, wird ernst. Soll ich ihr sagen, dass ich ihren Plan für unrealistisch halte, dass ich nicht mitkomme? Ich habe so große Angst, dass wir geschnappt werden, dass danach alles noch schrecklicher wird. Doch plötzlich weiß ich, es kann nicht schrecklicher werden. Ich habe zwar Angst, aber ich vertraue ihr. Ich glaube, ich hätte alles getan, um nicht wieder in das Bergwerk zurückzumüssen! Alles erschien mir besser als das. Und wenn wir gemeinsam im Meer ertrinken werden, denke ich, es ist mir egal. Nur nicht wieder zurück, dorthin, wo es immer Nacht ist, wo man nur schuftet wie ein Tier und es keine Freude gibt, keine Hoffnung, dass man die Heimat noch einmal sieht.

Als alle Patienten im Raum schnarchen, schleiche ich zur Toilette. Vorher richte ich mein Bett so her, dass es aussieht, als würde jemand darin liegen, denn bis zum Morgengrauen darf es niemandem auffallen. Ludovica erwartet mich in der Toilette und reicht mir Kleidung und Rucksack, außerdem einen Tiegel voll mit stinkendem Tran. Wir ziehen uns aus und schmieren uns mit dem Tran ein. Falls wir ins Wasser fallen, kann das lebensrettend sein. Es ist das erste Mal, dass ich eine nackte Frau sehe. In welch einer seltsamen Situation!

»Wozu die dicken Wattesachen?«, frage ich sie, »es ist Sommer und warm draußen.«

»Auf dem Meer ist es eiskalt, du wirst sehen«, antwortet sie.

Ich ziehe mich an, dabei zittere ich die ganze Zeit vor Nervosität. Wir steigen aus dem kleinen Fenster und schließen es von außen. Geduckt laufen wir, so schnell wir können, aus dem kleinen Lager, das ich vor einem Jahr mithalf zu bauen. Dass keine Häftlinge hier wohnen, ist jetzt von Vorteil für uns, es gibt kaum Sicherheitsmaßnahmen, um eine Flucht zu verhindern. Es ist nicht besonders dunkel, sondern milchig weiß, die Nächte hier oben am Ostkap sind im Sommer keine richtigen Nächte, erst im Winter sind sie wieder stockdunkel. Das hat einerseits den Vorteil, dass wir keine Taschenlampe brauchen, andererseits können wir leichter gesehen werden.

Ludovica führt uns durch das Sträuchergestrüpp zielstrebig zum Hafen. Sie kennt den Weg, da sie nach langem Betteln bereits zwei Mal Teljan und Wachsoldaten begleiten durfte, um Versorgungskisten abzuholen. Nach einer knappen Stunde sehen wir den Hafen von oben, vor uns ein sehr steiler Abhang.

»Da kommen wir nie runter, wir brechen uns das Genick!«, sage ich.

»Auf der Straße dauert es zu lange, es wäre ein Umweg, komm schon«, flüstert sie, »und merk dir, ganz gleich, was passiert, schrei auf keinen Fall. Und im Hafen dürfen wir kein Wort reden, auch nicht leise.«

Sie klettert vor und ich klettere ihr nach. Es ist Wahnsinn, was wir da machen, man könnte uns ja vom Hafen aus sehen, denke ich noch, bevor ich ausrutsche und abstürze. Fast hätte ich vor Schreck aufgeschrien, ich muss es mit Gewalt unterdrücken, nur ein Stöhnen entfährt mir. Ich pralle unten auf und Schmerz durchzuckt meine rechte Schulter. Ludovica rutscht die letzten Meter hinunter und kommt zu mir. Sie hilft mir hoch und gemeinsam laufen wir weiter. Sie dirigiert mich zu einem kleinen Boot, das abgelegen daliegt. Es ist umgeben von losen Eisschollen.

Während ich in das wacklige Boot steige und nach den Rudern taste, löst sie das Tau. Anschließend schieben wir beide mit den Rudern die kleinen Eisschollen zur Seite und rudern aus Leibeskräften. Das Boot ist ungefähr vier Meter lang und aus Holz. Ludovica wusste von dem Boot, eine junge Tschuktschenfrau, die in der Küche arbeitet und mit der sie sich angefreundet hat, hat ihr davon erzählt. Ludovica hat im letzten Jahr so wie ich Russisch gelernt. Der Dialekt der Frau allerdings bereitete ihr manchmal Schwierigkeiten.

Die kleine Frau hieß Unna und erzählte Ludovica immer, wenn sie alleine waren, von der Kultur und den Traditionen ihres Volkes, das von Stalin belächelt wurde.

Die Tschuktschen sind ein eskimoähnliches Volk, das in Jarangas, Zelten aus Rentierfellen, wohnt. Die Tschuktschen, die an der Küste leben, leben von der Jagd auf Walrosse und Wale, diejenigen, die in der Tundra leben, von der Rentierzucht. Die Boote der Küstentschuktschen nennt man Bairadas, sie sind aus hölzernem Rahmen und mit Walrosshaut bespannt. Außerdem gibt es größere Boote aus Holz und Aluminium für den Walfang und die Walrossjagd. In den drei Sommermonaten müssen die Jäger so viele Tiere erlegen, dass die Familien damit über den Winter kommen.

Unna liebte ihre Heimat Tschukotka, hasste aber die Sowjetunion, und sie weinte viel. Man hatte ihr die Kinder weggenommen, um sie in einem Heim zu richtigen Sowjets zu erziehen. Ihr Mann war vor zwei Jahren bei der Walrossjagd ums Leben gekommen. Er war mit anderen kilometerweit auf dem Packeis hinausgegangen, um ans offene Meer zu gelangen, dorthin, wo die Walrösser lagen. Dort aber ist das Eis heimtückisch, Risse können sich auftun, das Eis kann bersten. Eine Eisscholle brach los und trieb mit dem Mann aufs Meer hinaus, die anderen Jäger konnten nichts tun, als zuzusehen. Sie alle wussten, dass die Überlebenschance gleich null war und solch ein Tod grausam.

»Einer, der auf einer Eisscholle aufs Meer hinaustreibt, wird zu einem Teryky«, erzählte Unna, »das ist ein riesiges Ungeheuer mit Fell. So erzählen es unsere Legenden. Wenn so ein Teryky zurückkommt, muss die Familie ihn töten, dann ist er von seinem Schicksal erlöst.«

Ich rudere, so schnell ich kann, ich habe das Gefühl, meine Arme fallen mir ab. Überall schwimmen Eisschollen herum und das macht alles schwieriger, Gott sei Dank sind es nur kleinere und wir können sie mit den Rudern wegschieben. Sie werden immer weniger, je weiter wir uns vom Hafen entfernen.

»Wir müssen in der Nacht so weit wie möglich kommen«, erklärte mir Ludovica vor ein paar Tagen, »wenn sie am Morgen unser Verschwinden entdecken, sollten wir am besten schon drüben sein. Sie werden als Erstes den Hafen absuchen, ob ein Boot fehlt.«

Als wir weit draußen sind, will Ludovica den Motor anwerfen. Es funktioniert nicht. Wir versuchen es wieder und wieder.

»Vielleicht ist kein Benzin drin«, sage ich verzweifelt.

Mir machten das wacklige Boot und das unendliche Wasser um uns herum große Angst. Es ist etwas völlig Unbekanntes für mich, ich war zwar schon öfter in einem Boot, allerdings nur auf einem See, nie auf dem offenen Meer. Ich war überhaupt noch nie am Meer. Meine Schwimmkünste sind äußerst begrenzt.

Endlich startet der Motor langsam und tuckernd. Wir atmen auf.

Ludovica sitzt an der Pinne und versucht, den letzten Eisschollen vorsichtig auszuweichen.

Das Boot tuckert dahin und ich halte mich fest. Wind und Wasser peitschen in mein Gesicht. Es ist eiskalt und nass und ich bin froh, dass ich Wattejacke und Mütze angezogen habe.

Als es dämmert, sehen wir links von uns Land. Ich weiß von Ludovica, dass es die Diomedes-Inseln sein müssen. Obwohl nur durch eine schmale Meerenge getrennt, verschmelzen sie sogar aus geringer Entfernung zu einer einzigen Insel. An ihren Ufern sitzen neben Walrossen Hunderte Vögel und ihre Schwärme breiten sich plötzlich flach über das Wasser aus. Auch Walfontänen steigen in die Luft empor und durch den Lärm des Motors hindurch dringt das Grunzen der Walrosse. Aus der milchig weißen Nacht wird wieder Tag, rot geht die Sonne auf.

Lu steuert konzentriert, ich sitze vor ihr. Wir lassen die Inseln hinter uns. Wir fahren und fahren, mir kommt es wie eine Ewigkeit vor. Obwohl jetzt die Sonne scheint, ist es eisig kalt, feucht und nass. Meine Angst wächst immer mehr. Mittlerweile haben die Wachsoldaten längst unser Verschwinden entdeckt und suchen uns. Jeden Moment kann ein schnelleres Boot hinter uns auftauchen.

Und dann, als es Abend wird, sehen wir eine Küste in der Ferne auftauchen. Aus einem unebenen blauen Streifen am Horizont wird allmählich ein Festland mit graubraunen Felsen, steinigen Kaps und grünen Tälern.

»Das muss Alaska sein!«, schreie ich auf.

»Wir schaffen es, Thomas, wir schaffen es«, sagt sie glücklich, »es ist unglaublich.«

Wir sind schnell unterwegs und ich schaue über das dunkle, bedrohlich wirkende Wasser. Stolz schaue ich zu Ludovica zurück, ohne sie hätte ich nie eine Flucht gewagt, hätte keine Ahnung gehabt von Meer oder Booten. In dem Moment, es dauert nur einen Bruchteil einer Sekunde, kommt mir das Ganze wie ein Abenteuer vor. Ein Abenteuer mit dem mutigsten Mädchen der Welt an meiner Seite. Dem Mädchen, das ich liebe.

Dann sehe ich ihn. Ich kann es nicht fassen. Ein Monstrum springt ungefähr dreißig Meter neben uns aus dem Wasser und taucht elegant wieder hinein. Riesengroß ist es und furchteinflößend. Die Wellen sind stark und das Boot wird hin- und hergeworfen. Ich muss mich festhalten, um nicht über Bord zu gehen. Mir ist speiübel.

»Oh mein Gott, war das ein Wal?«, schreie ich.

Ludovica nickt ängstlich und sucht die Umgebung mit ihren Augen ab.

Dann kommt es zum Zusammenstoß mit dem riesigen grauen Tier. Wie aus dem Nichts schießt es aus der Tiefe hoch und rammt unser Boot. Alles geht so schnell! Ich sehe etwas Glitschiges vor mir auftauchen, wie eine graue Wand, zum Anfassen nahe und sofort wieder weg, im Wasser verschwunden. Das Boot wird angehoben und kentert dann. Während ich stürze, denke ich noch, ob das vielleicht doch kein Wal, sondern ein Teryky war.

Ich falle ins eiskalte Wasser. Es lähmt den ganzen Körper, so kalt ist es. Das Grauen ist da, die Panik kommt. Die dicke Wattejacke saugt sich voll und zieht mich hinunter. Mit ganzer Kraft bewege ich Arme und Beine und gelange an die Wasseroberfläche. Ich sehe mich um und kann Ludovica nicht entdecken.

Ich schreie entsetzt ihren Namen.

1997–2001: JULIUS
MRS. ROBINSON

Julius und Katharina spazierten in der lauen Abendluft zu Claudias Haus. Die Frauen hatten sich vor einer Woche kennengelernt und jetzt hatte man die beiden zu einem gemeinsamen Essen eingeladen, bei dem auch Doris' Freund Andreas dabei sein würde. Katharina war angesichts des bevorstehenden Abends ein bisschen überdreht, sie hatte sich bei Julius eingehängt und plauderte die ganze Zeit von Vincents drolligen Sprechversuchen.

»Stell dir vor, der kleine Zwerg fragt mich heute: ›Mama, willst du mit mir ein Abenteuer erleben?‹«, erzählte sie, »das war so unglaublich süß!«

Julius hörte nur halb hin, er war angespannt und wollte es sich nicht anmerken lassen. Sie sahen das Haus vor sich, im ersten Stock brannte Licht, Doris winkte aus einem offenen Fenster zu ihnen heraus.

Als sie eintraten und er vor der Frau stand, die jahrelang sein Leben versüßt hatte, traf es ihn völlig unvorbereitet. Seltsamerweise war er ihr in den zwei Jahren, in denen er wieder in seinem Heimatort lebte, nie über den Weg gelaufen, vermutlich weil Katharina die Einkäufe erledigte und er im Ort nie etwas zu tun hatte. Nur zwei Mal hatte er sie im Auto vorbeifahren gesehen.

Jetzt stand er ihr unmittelbar gegenüber und eine Welle des Verlangens überrollte ihn, er wollte sich dagegen wehren, konnte es aber nicht. Er hatte Angst, die Kontrolle über sich zu verlieren, und das nach all den Jahren! Es kam auch daher, dass sie ihn so ansah, so liebevoll und prüfend gleichzeitig, er spürte Krämpfe in seinem Bauch und musste während des Essens zwei Mal auf die Toilette. Zu seinem Spiegelbild sagte er: Du bist jetzt ein erwachsener Mann, hast eine feste Beziehung und bist obendrein Vater von zwei Kindern! Du bist kein Halbwüchsiger mehr wie damals, also reiß dich zusammen!

»Du siehst gut aus«, sagte Claudia zu Julius und zündete ihm die Zigarette an.

Sie rauchten schweigend. Die beiden standen auf dem Balkon ihres Hauses, drinnen in der Küche saßen Doris, Andreas und Katharina.

»Deine Freundin ist sehr hübsch und lieb«, sagte sie und blies ihm Rauch ins Gesicht.

»Ja, aber das ist auch schon alles«, entgegnete er.

»Ach, Julius«, sagte Claudia und griff ihm sanft auf die Schulter, »was ist los?«

»Sie ist langweilig«, antwortete Julius und nahm einen tiefen Zug.

»Soll sie jeden Tag einen Striptease für dich hinlegen?«, lachte Claudia. »Mein Gott, ihr habt zwei kleine Kinder, das ist anstrengend für eine Frau.«

»Ich weiß auch nicht«, sagte Julius, »sie soll mich fesseln, mein Interesse immer wieder aufs Neue wecken, aufregend sein, sie soll mich ansehen, als wäre ich ein Held für sie. Aber sie ist immer müde und zu Sex hat sie selten Lust.«

»Das ist doch normal«, sagte Claudia.

»Nein, ist es nicht«, sagte Julius und drückte seine Zigarette aus, »mich sieht sie leidend und vorwurfsvoll an, kaum kommt Arthur bei der Tür herein, strahlt sie und plappert drauflos. Keine Spur von Müdigkeit.«

»Da drückt also der Schuh«, sagte Claudia, sie neigte ihren Kopf leicht zur Seite und betrachtete ihn eine Weile.

»Du erinnerst mich jetzt stark an den Fünfzehnjährigen, der sich ständig über seinen Vater beschwert hat«, sagte sie.

Julius musste grinsen.

»Und du erinnerst mich an die Fünfunddreißigjährige, die im Negligé auf ihrem Bett liegt und den Fünfzehnjährigen zu sich winkt«, sagte er.

Leise lachte sie und ihr Lachen erschien ihm unglaublich sinnlich. Sie öffnete die Balkontür und wollte schon die Küche betreten, da hielt er sie zurück und sagte: »Du siehst immer noch fantastisch aus, weißt du das?«

Daraufhin nahm sie seinen Kopf in ihre Hände und küsste ihn leicht auf die Stirn, Julius meinte, in ihren Augen Tränen zu sehen.

Am Tisch im Wohnzimmer wurde gerade beratschlagt, in welcher Farbe Doris das Wartezimmer und die Ordination ihrer Tierarztpraxis ausmalen lassen solle. Welche Farbe würde Tiere beruhigen, welche würde sie ängstigen? Katharina tendierte zu einem warmen Orange, Andreas schlug vor, an die Wand schwarze Spiralen zu malen, damit das Tier hypnotisiert würde. Alle waren einstimmig der Meinung, dass Andreas keine Ahnung von Tieren hatte, und bewarfen ihn lachend mit Servietten.

Claudia servierte den Nachtisch, ein Tiramisu. Eine weitere Weinflasche wurde entkorkt.

»Mamas Tiramisu ist das beste, das es auf dieser Welt gibt, es zergeht einem förmlich auf der Zunge«, sagte Doris und warf Claudia eine Kusshand zu. Eine Weile unterhielt man sich über Tiramisu-Rezepte, dann wieder über die Einrichtung der Tierarztpraxis im Erdgeschoß. Früher hatte sich dort die Metzgerei von Doris' Großvater befunden, seit fünfzehn Jahren standen die Räumlichkeiten leer. Claudia bot Doris an, sich Urlaub zu nehmen, um ihr beim Ausmalen zu helfen.

Julius nahm die Stimmen wie ein angenehmes Geplätscher um sich herum wahr, er fühlte sich wohl. Das war eine normale Mutter-Tochter-Beziehung, eine funktionierende Familie, wenn auch eine kleine, aber auch Andreas gehörte mittlerweile dazu. Eine Familie, die einander wertschätzt, die sich gegenseitig ihre Zuneigung offen zeigt, da gab es keine falsche Höflichkeit, keine angestrengte Bemühung, keine Angst vor Blöße. Das hatte ihm auch damals, vor zehn Jahren, schon so gut in diesem Haus gefallen. So eine Familie hatte er sich immer gewünscht, er beneidete Doris, Claudia und Andreas darum.

Zwischen Arthur und sich spürte er eine dicke Mauer, die er nicht überwinden konnte, diese Mauer bestand aus Scheu, Verlegenheit, Angst, dem Vater ohnehin nicht gefallen zu können, egal was er tat, und mitunter immer noch aus aufflackerndem Hass, oft ertappte er sich bei dem Gedanken, dass er Arthurs Tod herbeisehnte. Dann würde ihm die Bergmühle endlich alleine gehören und auch Katharina, sie gehörte doch zu ihm, Julius, sie war doch seine Freundin! Was lief da schief? Warum baute sich eine ähnliche Mauer auch zwischen ihm und ihr auf?

Julius aß genüsslich das Tiramisu und dachte an das erste Zusammentreffen in Wien, als Arthur und er Blumen gekauft und dann Katharina abgeholt hatten, um zu dritt essen zu gehen und die Schwangerschaft zu feiern.

»Wir werden das schön zelebrieren«, hatte Arthur gesagt und sie an diesem Abend aus ihrer Verzweiflung gerissen.

Julius überreichte Katharina seinen großen Rosenstrauß, Arthur hatte es sich nicht nehmen lassen, ihn zu bezahlen, sie machte spaßeshalber einen linkischen Knicks und bedankte sich. Als sein Vater ihr anschließend den wesentlich kleineren Blumenstrauß überreichte – es waren Nelken, Arthur liebte Nelken, er fand sie in der Welt der Blumen heillos unterschätzt –, errötete Katharina und es war dieses Erröten, das Julius zutiefst irritierte. Es war offensichtlich, dass sie von Arthur beeindruckt war.

Im Restaurant wünschte sich Julius, er könnte sich ebenso ungezwungen mit seinem Vater unterhalten, wie es seine schwangere Freundin tat, sie erzählte ihm so vieles aus ihrem Leben. Wenn er mit seinem Vater redete, bestand das Gespräch lediglich aus leeren Floskeln, er schaffte es oft nicht einmal, ihm in die Augen zu sehen.

Einmal hatte er Katharina am Telefon belauscht, sie schilderte ihrer Mutter ganz genau den Umzug auf das Land, in die Bergmühle. Dabei sprach sie viel von Arthur, was er sagte und was er machte, Arthur hin, Arthur her, ging es. Sie sagte zum Beispiel Sätze wie »Der Typ ist für mich ein Phänomen, er spuckt nicht viele Worte, sondern macht einfach, und das Beste daran ist, dass er immer das Richtige macht!«. Zum Schluss fiel der Satz: »Das ist einfach ein richtiger Mann.«

Im Vorzimmer überlief es Julius heiß und kalt. Arthur war also ein richtiger Mann. Und was war er? Offensichtlich war er in den Augen seiner Freundin kein richtiger Mann. In diesem Moment hatte es ihn zum ersten Mal durchzuckt: der Wunsch, ein Blitz möge seinen Vater treffen. Denn, dieser Gedanke durchfuhr ihn auch, neben seinem Vater würde er nie ein Mann sein können.

Andreas erhielt einen Anruf, seine Mutter brauchte ihn dringend zu Hause, um seinen Vater ins Bett zu bringen. Julius kannte die Geschichte der Familie gut. Der alte Mann hatte multiple Sklerose und saß seit vielen Jahren wie ein riesiger, unförmiger Fleischklumpen im Rollstuhl, unfähig, irgendetwas an seinem Körper zu bewegen. Nur an seinen Augen merkte man, dass noch Leben in diesem Körper war, und sprechen konnte er noch, wenn auch sehr undeutlich.

Andreas, der die HTL besucht und in den Fächern Physik, Chemie und Mathematik geglänzt hatte, hatte ursprünglich mit Doris nach Wien gehen und dort Physik studieren wollen. Die Krankheit seines Vaters zwang ihn, im Ort zu bleiben, die Mechanikerwerkstätte zu übernehmen (der Maturant mit Auszeichnung musste deshalb die Mechanikerlehre machen) und seiner Mutter bei der Pflege des Vaters zu helfen. Andreas war der Nachzügler von insgesamt fünf Kindern und das Leiden seines Vaters hatte ihn von allen seinen Geschwistern am meisten betroffen gemacht, er hatte enormes Mitleid und das im wahrsten Sinne des Wortes, er litt mit seinem Vater tagtäglich mit. Einmal setzte er sich einen ganzen Tag in einen Rollstuhl und versuchte darin sitzend sich so wenig wie möglich zu bewegen. Es gelang ihm nicht einmal zwei Stunden, er hatte das Gefühl, verrückt zu werden, und lief schluchzend in sein Zimmer. Obwohl ihm das Verfassen von Aufsätzen nicht so leicht von der Hand ging, gelang ihm bei der schriftlichen Matura in Deutsch als Einzigem ein »sehr gut«. Die Klasse musste Rilkes Gedicht »Der Panther« interpretieren und Andreas begann seinen Aufsatz mit den Worten: »Der Panther in Rilkes Gedicht erinnert mich an meinen Vater. Was für das schwarze Tier der Käfig ist, ist für meinen Vater sein kranker Körper. ›Sein Blick ist vom Vorübergehn der Stäbe so müd geworden.‹ Die Augen meines Vaters sehen mich jeden Morgen, wenn ich ihm aus dem Bett helfe, ebenso müde an …« Der Aufsatz wurde in der Maturazeitung abgedruckt.

Bevor er die Stiege hinunterpolterte, schüttelte Andreas Julius kräftig die Hand und klopfte ihm herzlich auf die Schulter: »Na, wir zwei werden uns ja jetzt sicherlich öfter sehen.«

Doris machte sich mit Katharina auf den Weg hinunter ins Erdgeschoss, sie wollte der neuen Freundin die Räume der zukünftigen Praxis zeigen. Claudia begann den Tisch abzuräumen und ging in die Küche.

»Ich helfe beim Aufräumen, okay? Ich kenn die Räume ja«, sagte Julius, und die beiden jungen Frauen verließen die Küche, er sah noch, dass Katharina sich kichernd bei Doris einhängte. Sie hängte sich zurzeit gern bei den Menschen ein.

Julius trug die schmutzigen Teller vom Wohnzimmer in die Küche, wo ihn Claudia schon erwartete. Sie stand an der Abwasch und streckte ihm die Hände entgegen, um ihm den Stapel Teller abzunehmen, dabei berührten sie sich.

Die Wucht, mit der Claudia ihn umfing und küsste, haute ihn beinahe um, ein paar Sekunden später saß sie auf dem Küchentisch und sie liebten sich leidenschaftlich. Sie nahm ihn, nicht er sie. Er fühlte die feuchte Wärme ihres Inneren, ließ die Hände über ihre Schenkel gleiten und stellte glücklich fest, dass sie immer noch schlank und straff wie früher waren. Gierig saugte er ihren Geruch in sich auf. Wie hatte er sie vermisst, sie und ihren wunderbaren Körper!

»Darf ich wiederkommen?«, fragte er leise, als sie sich anzogen.

»Wenn du deine Hausaufgaben machst«, sagte sie lächelnd.

»Und die wären?«, fragte er.

»Sei nett zu deiner Freundin«, antwortete sie und knöpfte ihm die Hose zu, »hilf ihr im Haushalt, kümmere dich um die Kinder.«

Gegen Mitternacht verließen Julius und Katharina das Haus und gingen heim. Sie waren beide betrunken und glücklich.

Ein paar Tage später begleitete Julius Katharina zur ersten Yogastunde, die Doris im Turnsaal des Kindergartens abhielt. Obwohl sie zehn Minuten zu früh dran waren, war der Raum bereits überfüllt mit geschäftigen Frauen. Julius legte seine Matte in eine Ecke, setzte sich darauf und beobachtete, lauschte. Die meisten waren jung und er kannte einige aus der Schule. Sie winkten ihm kurz zu, setzten sich dann auf eine freie Matte und begannen sofort mit anderen Frauen zu reden.

»Ich jogge jeden Tag eine Stunde, und stell dir vor, es tut mir so gut!« Die perfekte Sportlerin.

»Seitdem ich ihnen das Obst und Gemüse klein aufschneide, essen sie es! Sie essen jeden Tag drei Teller davon! Seitdem sind sie auch nicht mehr so oft krank. Kann ich dir nur empfehlen.« Die perfekte Mutter.

»Ich würde so was nie machen, wenn ich weiß, er mag so was nicht! Würdest du das machen, wenn du weißt, dein Mann kann das nicht leiden? Also ich kann das einfach nicht. Wenn man genau weiß, dass er das nicht mag, macht man das doch nicht!« Die perfekte Partnerin.

»Erst wenn die Masse um das Doppelte aufgegangen ist, geb ich die anderen Zutaten dazu, die müssen aber lauwarm sein, und dann schlag ich ihn so lange, bis er seidig glatt ist und Blasen aufwirft.« Die perfekte Hausfrau.

Julius lauschte amüsiert dem Redeschwall der Frauen. Waren sie wirklich gekommen, um Yoga zu machen? Oder waren sie vielmehr gekommen, um anderen lautstark kundzutun, was sie den ganzen Tag so taten, dachten und fühlten, was ihr ICH ausmachte? Und stimmte es dann überhaupt, was sie kundtaten, oder musste man von vornherein annehmen, dass es übertrieben war oder gar aus der Luft gegriffen? Julius hatte da seine Zweifel und kam zu dem Schluss, dass es für eine Frau wohl wichtig war, bei Zusammenkünften das Bild von sich zu präsentieren, von dem sie sich wünschte, dass die anderen Frauen es von ihr hatten.

Julius sah zu Katharina hinüber, sie saß im Schneidersitz neben Doris und lachte. Er versuchte durch das Stimmengewirr zu hören, was Katharina redete, doch sosehr er sich auch vornüberbeugte und anstrengte, er konnte es beim besten Willen nicht verstehen. Es hätte ihn wirklich interessiert, welches Bild sie von sich vermitteln wollte. Katharina lehnte sich mehrmals nah zu Doris hinüber, zupfte einmal ein Haar von deren Schulter und lachte demonstrativ laut. Julius nahm an, dass Katharina allen zeigen wollte, wer hier die beste Freundin der Yogalehrerin war. Die beiden schauten zu ihm herüber und winkten ihm lächelnd zu. Er winkte zurück. Heilfroh, dass sich die beiden gefunden hatten.

Zur nächsten Yogastunde ging er nicht mehr mit. Stattdessen passte er auf die schlafenden Kinder auf und lud Robert, einen Arbeitskollegen bei der Versicherung, auf ein Bier zu sich nach Hause ein. Aus dem Bier wurden sieben, Robert war sehr trinkfest.

Seit zwei Jahren arbeitete Julius bei einer großen Versicherungsanstalt und verkaufte den Menschen in seinem Bezirk Kfz-Versicherungen, Haushaltsversicherungen und Lebensversicherungen. Von Anfang an hatte ihn der vierundvierzigjährige Robert, ein alter Hase im Geschäft, unter seine Fittiche genommen. Julius war schüchtern und nervös vor den Kunden gestanden und hatte ihnen auch noch ehrlich gesagt, wenn sie eine Versicherung nicht brauchten oder die billigere Variante ausreichend war. Deshalb war er bei den Kunden beliebt und er schloss mehr Verträge ab als andere Anfänger.

»Das ist doch eine Masche«, sagte Robert zu ihm bei einem abendlichen Bier, »mich täuschst du nicht.«

Julius sah ihn zuerst verdattert an und begann dann zu lachen, Robert hatte ihn also durchschaut. Sie spielten das Spiel gemeinsam bis zur Perfektion: Zu zweit besuchten sie Kunden, bevorzugt ältere Leute, denen Robert wortgewaltig ein Produkt verkaufen wollte, bis Julius mit ihm – alles vor dem Kunden – zu streiten begann, er solle die Leute doch nicht bescheißen, eigentlich seien die Versicherungen ja die größten Betrüger, er überlege schon lange die Kündigung, weil er es nicht länger ertrug, das einzige Produkt, das etwas tauge und Sinn mache, sei die und so weiter. Bad guy, good guy.

Bis sie einmal vor einem Kunden versehentlich dasselbe ein zweites Mal ablaufen ließen. Der Mann lehnte sich mit verschränkten Armen zurück, wurde immer stiller und stiller, was den beiden zunächst gar nicht auffiel, weil sie sich so in Rage redeten, und lauschte den Vertretern mit zusammengekniffenen Augen. Dann stand er plötzlich auf, streckte seinen Arm zur Tür und sagte: »Hinaus!« Julius und Robert waren sich beim Feierabendbier einig, dass die Szene Filmreife gehabt hätte, sie lachten sich kaputt. Kunden durften sie nicht mehr gemeinsam besuchen, der Mann hatte sie beim Chef verpetzt.

An diesem Abend sagte Julius zu Robert, dass er ernsthaft überlege, sich eine neue Arbeit zu suchen, er sei, trotz des Spaßes, den er mit ihm beim Feierabendbier hatte, als Versicherungsvertreter definitiv nicht glücklich.

»Ja ja, ich weiß schon, du willst ein Handwerk ausüben«, sagte Robert seufzend, denn Julius hatte schon ein paar Mal mit ihm darüber gesprochen, »mit deinen Händen etwas schaffen und nicht etwas verkaufen, das nur auf dem Papier existiert.«

»Du solltest das auch versuchen«, sagte Julius, »ist sehr viel befriedigender.«

»Ich bin für einen Berufswechsel zu alt«, sagte Robert, »mit meinen Händen bearbeite ich nur meine Frau und mit etwas anderem natürlich. Was rede ich da? Ich bin auch zu alt für solche derben Späße.«

Julius musste lachen. Er konnte sich Robert ohne seine derben Späße nicht vorstellen, das machte für ihn den Freund aus. Er wusste, Katharina mochte ihn nicht, doch es war ihm gleichgültig, so hatte er jemanden, den er ab und zu alleine treffen konnte. Andreas zum Beispiel traf er nie alleine, er hatte einfach nicht das Bedürfnis dazu, obwohl er ihn wirklich schätzte. Wenn er ihn traf, waren sie immer zu viert, sozusagen im Doppelpack.

Andreas war brav, Robert war genau das Gegenteil, nämlich anarchistisch.

Eines Abends holten Katharina und er Andreas in seinem Elternhaus ab. Andreas' Mutter kam ihnen entgegen und bat Julius aufgewühlt, dem Andi und ihr im Badezimmer zu helfen, beim Heben aus der Wanne in den Rollstuhl war ihnen ein Missgeschick passiert. Er folgte ihr ins Bad. Andreas' Vater Rudi lag nackt auf dem nassen Boden, während sein Sohn sich abmühte, ihn hochzubekommen. Julius traute seinen Augen nicht: Das war für ihn kein Mensch mehr, sondern nur noch ein riesiger Fleischklumpen. Sofort schämte er sich für seinen Gedanken und gehorchte umso eifriger Andreas' Anweisungen, er ging in die Hocke und fasste unter die rechte Achsel. Er ekelte sich vor dem schwammigen, bleichen, nassen Fleisch und bemühte sich, sich das nicht anmerken zu lassen. Die Mutter hob die Beine hoch und schließlich schafften sie es zu dritt, den Mann in seinen Rollstuhl zu setzen. Dabei redete Andreas die ganze Zeit liebevoll mit seinem Vater und streichelte dann mit seiner freien Hand über Arme oder Wange, während er ihn abtrocknete. Julius konnte so viel Liebe kaum ertragen, er musste sich abwenden.

Mein Gott, ist das schrecklich. Was würde ich tun, wenn Arthur diese Krankheit hätte?, dachte Julius, er wäre mir wehrlos ausgeliefert.

Ein paar Tage später lag Julius entspannt auf dem Doppelbett in einem Zimmer der Pension Monika und wartete auf Claudia. Die Pension befand sich fünfzehn Kilometer von P.

entfernt und eignete sich daher hervorragend für ihre geheimen Treffen, die ein bis zwei Mal in der Woche stattfanden. Claudia verließ um ein Uhr die Praxis des Arztes, bei dem sie als Ordinationsgehilfin arbeitete, und fuhr sofort weiter zur Pension, Julius nützte seine Mittagspause dafür. Die Zimmer der Pension dienten weitgehend zur Vermietung an Arbeiter, Tourismus gab es kaum in der Gegend. Monika, die Besitzerin, war eine ältere alleinstehende Dame, untersetzt und hässlich, aber offensichtlich kein bisschen neugierig. Sie grinste die beiden von unten herauf an, als sie beim ersten Mal verlegen fragten, ob sie für zwei Stunden ein Zimmer mieten könnten, und bejahte dann sofort. Weder verlangte sie einen Ausweis, noch mussten die beiden ein Formular ausfüllen, und auch der Preis war lächerlich gering. Der Mansardenraum war mit einem roten Plüschteppich ausgestattet, von dem man aber nicht viel sah, da das Zimmer nur aus Bett zu bestehen schien. Julius und Claudia war es völlig egal. Sie liebten sich, redeten und lachten.

Beim ersten Mal brachte er einen Rekorder mit und eine Kassette: »The Best of Simon and Garfunkel«.

Vor zehn Jahren hatte Doris Julius zum ersten Mal mit zu sich nach Hause genommen, er sollte ihr Englischnachhilfe geben. Claudia hatte ihnen belegte Brote auf den Schreibtisch gestellt und dabei wie unabsichtlich über seine Wange gestreift.

Eine Stunde später musste Doris weg, um rechtzeitig zu ihrer Reitstunde zu kommen und Julius räumte in ihrem Zimmer seine Sachen auf. Als er mit seinem Rucksack an Claudias Schlafzimmertür vorbeikam, bemerkte er, dass sie offen stand, und als er beim Vorbeigehen einen verstohlenen Blick hineinwarf, sah er Claudia nur mit ihrer Unterwäsche bekleidet seitlich auf ihrem Bett liegen. Schnell ging er vorbei, doch Claudia rief seinen Namen. Er blieb stehen, heftig atmend. Er hatte keine Ahnung, was er machen sollte. Sich einfach aus dem Haus schleichen? Oder rennen, was das Zeug hielt? Oder doch zurückgehen? Seine Neugier siegte, er entschied sich für das Letztere, drehte sich wie in Zeitlupe um und betrat das Schlafzimmer. Auf dem Nachtkästchen lief der Kassettenrekorder, die Beatles sangen gerade »Here Comes the Sun«.

»Mach die Tür zu«, sagte sie und er tat es.

»Und jetzt setz dich zu mir«, sagte sie und klopfte mit ihrer linken Hand leicht auf das Bett. Julius tat es, dabei sah er nur auf den Boden, er wagte nicht, sie anzusehen.

»Sieh mich an«, sagte sie und er hob langsam seinen Blick. Er war knallrot im Gesicht.

»Gefalle ich dir?«, fragte sie.

»Ja, sehr«, flüsterte er.

Sie begann ihn langsam auszuziehen, und als er nackt neben ihr lag und sie sein Geschlecht umfasste, kam er. Seine Ohren brannten vor Scham.

»Es tut mir leid«, stammelte er.

»Das macht nichts«, beruhigte sie ihn, »entspann dich einfach.«

Sie zog ihre Unterwäsche aus, nahm seine Hand und führte sie. Dann liebten sie sich. Julius war die ganze Zeit rot im Gesicht und stellte sich ungeschickt an. Das alles sollte sich sehr schnell ändern.

Von da an kam er fast jede Woche am Samstagnachmittag. An diesem Tag hatte Doris Reitstunde. Julius lernte also mit Doris Englischvokabel und anschließend, wenn sie weggeeilt war, um in den Reitstall zu radeln (»Meine Tochter darf es auf keinen Fall erfahren«, schärfte Claudia ihm ein), bekam er von ihrer Mutter Sexualkunde und nicht nur das. Er nannte sie insgeheim seine gute Fee. Sein Leben veränderte sich völlig durch sie.

Claudia liebte Musik aus den sechziger und siebziger Jahren. Jedes Mal lief in dem alten Rekorder eine Kassette von den Beatles, von Elvis Presley, von Janis Joplin, von den Bee Gees, von Jimi Hendrix. Und einmal lief »The Best of Simon and Garfunkel« und bei einem Song, Julius kannte ihn nicht, fing sie zu lachen an. Es war »Mrs. Robinson« und Claudia erklärte Julius, was es mit dem Lied auf sich hatte. Sie erzählte ihm vom Film »Die Reifeprüfung«, in dem Dustin Hoffman einen Abiturienten verkörpert hatte, der mit der Mutter seiner Freundin eine Affäre hat. Sie hörten sich das Lied wieder und wieder an und sangen mit:

And here's to you, Mrs. Robinson
Jesus loves you more than you will know oh oh oh
God bless you, please, Mrs. Robinson
Heaven holds a place for those who pray hey hey hey

Sie gab ihm Hausaufgaben, die er erfüllen musste. Bei seinem zweiten Besuch schrieb sie auf einem Zettel den Namen von Kosmetika auf, die er sich in der Apotheke holen sollte, um damit seine picklige Haut zu behandeln. Einmal trug sie ihm auf, sich ein paar Jeans und lässige T-Shirts zu kaufen, seine Cordhosen und Hemden seien viel zu altmodisch, meinte sie.

»Du gehst zu einer jungen, netten Verkäuferin und lässt dich von ihr beraten, hörst du? Du machst das nicht im Alleingang! Du sagst zu ihr, du möchtest nur Sachen kaufen, in denen du ihr gefallen würdest«, sagte Claudia.

Einmal nannte sie ihm den Namen einer Friseurin im Nachbarort, von der er sich eine neue Frisur verpassen lassen sollte.

Sein Aussehen veränderte sich derart, dass ihn nicht nur seine Klassenkameraden anders wahrnahmen, sondern auch sein Vater.

»Hast du eine Freundin?«, fragte ihn Arthur grinsend, er

tippte auf das freche Mädchen mit dem pfiffigen Kurzhaarschnitt, dem sein Sohn seit einiger Zeit Nachhilfe in Englisch gab, doch Julius schüttelte errötend den Kopf.

Auch was Arthur betraf, versuchte seine Geliebte ihm manchmal Hausaufgaben zu geben. Sie tat es mit großer Vorsicht, das wurde Julius ein paar Jahre später bewusst. Sie wusste von dem schwierigen Verhältnis der beiden, er hatte ihr nach einigem Bohren davon erzählt, und Claudia merkte, dass es ihm nicht guttat, es sich von der Seele zu reden, er steigerte sich hinein, und je mehr er erzählte, umso erregter und hasserfüllter schien er zu werden.

Er erzählte, dass sein Vater ihn direkt aus dem Krankenhaus, in dem seine Großmutter im Sterben gelegen war, mit nach Europa genommen hatte. Er hatte weder Tod und Begräbnis abgewartet, noch hatte er mit dem Kind je darüber gesprochen. Die Themen »Grandma« und »Tod« existierten für Arthur nicht; er, der Sechsjährige, hätte es jedoch dringend gebraucht, dass ihm jemand wieder und wieder erklärte, was da um ihn herum vorging. Er war in dieser Zeit extrem traurig und verstört gewesen, doch Arthur hatte ihn nie umarmt, geküsst oder gestreichelt. Nie waren sie nach Florida geflogen, um das Grab seiner Grandma zu besuchen.

»Das ist eigenartig«, sagte Claudia, »ich kenne Arthur nicht gut, aber ich habe von so vielen gehört, wie aufopfernd er sich um dich gekümmert hat.«

»Von außen hat das vielleicht so ausgesehen!«, erwiderte Julius aufgebracht, »aber die haben nicht durch die Wände der Bergmühle gesehen. Die wissen gar nichts.«

Claudia lenkte ihn ab, indem sie ihn verführte.

Beim nächsten Treffen sagte sie zu ihm: »Sieh ihm in die Augen, Julius. Immer wenn du mit ihm zusammen bist, vor allem, wenn ihr miteinander sprecht, siehst du ihm in die Augen, ist das klar? Du hast diese eigenartige Gewohnheit, den Leuten nicht in die Augen zu schauen, das macht den Eindruck, du hättest etwas zu verbergen, und das hast du nicht! Du bist ein ehrlicher, offener junger Mann. Sag mir das nach«, sagte Claudia, während er an ihrer Brust knabberte.

»Ich bin ein ehrlicher, offener junger Mann und sehr geil auf deine Brüste«, sagte Julius.

»Du hast schon viel gelernt«, lachte Claudia und nach einer Weile fügte sie hinzu: »Gut, dann stell dir eben in Arthurs Gesicht meine Brüste vor! Seine Augen sind meine Brüste. Spaß beiseite. Du straffst deine Schultern, streckst deinen Hals und richtest deinen Blick in das Gesicht deines Vaters, verstanden? Du wirst sehen, das wirkt Wunder.«

Es wirkte tatsächlich Wunder. Obwohl es für ihn anfangs eine große Überwindung darstellte, begann er seinem Vater in die Augen zu sehen. Beim ersten Mal ging seine Vorstellungskraft mit ihm durch und er sah wirklich Claudias kleine, feste Brüste oberhalb Arthurs Nase und er musste lachen. Arthur sah ihn erstaunt an und lachte dann mit. An diesem Abend gingen sie gemeinsam Billard spielen.

Claudia gab ihm auch Hausaufgaben, was seine Mitschüler und Lehrer betraf, oft war es nur eine Kleinigkeit: »Grüß ihn einfach mal freundlich.«

Oder was sein Phlegma betraf: »Du musst rausfinden, was dir Spaß macht!«

In der Zeit entdeckte Julius seine Liebe zu Holz und zu alten Möbeln.

»Eigentlich würde ich am liebsten eine Tischlerlehre machen, aber Arthur besteht darauf, dass ich das Gymnasium abschließe.«

»Du kannst ja in den Ferien bei einem Tischler oder Restaurator jobben«, schlug Claudia vor.

So kam es, dass Julius eines Nachmittags nach der Schule die Werkstätte von Ferdinand Hauer betrat und sagte: »Ich würde gerne in den Ferien bei Ihnen arbeiten.«

Er konnte nicht verhindern, dass er dabei ein bisschen rot wurde, und verfluchte insgeheim seine Neigung zum Erröten.

Der neunundvierzigjährige Hauer war Restaurator mit Leib und Seele, er hatte seine Werkstätte als junger Mann eröffnet und sein Leben lang hart, aber mit Freude gearbeitet. Er restaurierte alte Möbel aus Holz, ebenso Holzböden und Wandverkleidungen, und nicht selten bekam er einen öffentlichen Auftrag, dann restaurierte er zusammen mit anderen ein denkmalgeschütztes Gebäude. Manchmal kaufte er einem Kunden eine Antiquität ab, restaurierte sie liebevoll und verkaufte sie weiter. Seine absoluten Steckenpferde waren Spiegelkommoden und Sekretäre.

Hauer lachte: »Ehrlich gesagt ist mir das noch nie passiert, dass ein Gymnasiast zur Tür reinspaziert und sagt, er will im Sommer bei mir arbeiten. Sag mir, warum ich dich einstellen soll.«

Julius wurde verlegen.

»Nur keine Panik, erzähl mir ein bisschen was von dir«, forderte Hauer ihn freundlich auf.

Julius dachte an Claudia und zwang sich, dem Mann offen in die Augen zu schauen. Es gelang ihm. Nicht rot werden, nicht rot werden, dachte er, ruhig bleiben und reden.

»Ich bin als Einzelkind in einem alten Haus aufgewachsen und die Möbel darin waren auch alle alt. Es klingt vielleicht blöd, aber sie waren meine Freunde, ich habe mit ihnen geredet. Ich habe sie gefragt, was sie alles schon erlebt und gesehen haben. Natürlich haben sie mir nicht geantwortet, deshalb habe ich es mir eben vorgestellt. Ich habe mir ihre Geschichte vorgestellt.«

Hauer stellte Julius in den Sommerferien für sechs Wochen ein und bereute es nicht. Der Junge war im Umgang mit Holz sehr geschickt und die beiden kamen gut miteinander aus. Er stellte ihn in den folgenden Sommerferien wieder ein.

Julius gewann Selbstvertrauen.

Er wusste, er hatte es nur Claudia zu verdanken.

Einmal fragte er sie: »Warum tust du das?«

»Einfach so. Du sollst mein gutes Werk sein«, lachte sie.

Und jetzt sahen sie sich wieder in einer kleinen heruntergekommenen Pension mit dem Namen »Monika« und die gleichnamige Besitzerin lächelte ihnen jedes Mal verschwörerisch zu, wenn sie ihnen ohne Worte den Schlüssel überreichte. Hand in Hand liefen sie die mit einem roten Teppich ausgelegte Treppe hoch in den zweiten Stock. Manchmal fragte Julius beim Abschied: »Meine Hausaufgaben?«, und sie lachten. Nur einmal sagte sie: »Du jammerst zu viel über deine Arbeit, such dir endlich einen neuen Job!«

Zwei Wochen später betrat Julius die Werkstätte des alten Hauer und führte mit ihm ein längeres Gespräch. Sie verabschiedeten sich mit einem Handschlag und pfeifend verließ er die Werkstätte. In einem Monat sollte er beginnen. Seinen Chef in der Versicherung suchte er sofort auf und teilte ihm seine Kündigung mit.

THOMAS' GESCHICHTE

Ich treibe im eiskalten Wasser und schreie verzweifelt Ludovicas Namen. Bis sie schließlich einige Meter neben mir auftaucht, habe ich das Gefühl, dass eine Ewigkeit vergangen ist. Sie schwimmt zu mir. Ich bin in Panik und schreie nur noch herum, dass wir sterben werden.

»Sei still, zieh deine Jacke aus, wenn sie zu schwer ist, und schwimm!«, schreit sie mich an, »dort ist das Boot, da müssen wir hin!«

Ich entdecke weiter vorne das umgekippte Boot und mühe mich mit zittrigen Fingern ab, die Knöpfe der Jacke aufzumachen, doch es gelingt mir nicht. Ich gebe es schnell auf und schwimme Ludovica hinterher. Sie ist viel schneller als ich. Die ganze Zeit muss ich dem Drang widerstehen, mich von der Kälte einfach in die Tiefe ziehen zu lassen. Das Wasser fühlt sich wie Nadelstiche an.

»Beweg dich, immer bewegen!«, schreit sie mir zu, als sie beim Boot angelangt ist.

Mit Mühe gelingt es uns, das Boot endlich umzudrehen. Die Kräfte verlassen uns. Unsere vollgesaugte Wattekleidung macht jede Bewegung schwierig. Sie steigt zuerst ein, während ich es auf der anderen Seite festhalte, dann ziehe ich mich über die Bordwand. Vor lauter Schwäche schaffe ich es fast nicht. Im Boot ziehen wir sofort unsere Jacken aus. Durch den Zusammenstoß ist das Boot leck geworden, Wasser tritt ein, ich versuche es mit den Händen hinauszuschöpfen. Es ist zwecklos, das Wasser steigt und steigt.

Wir sitzen zitternd und bebend vor Kälte nebeneinander, die Ruder sind fort, auch unsere Rucksäcke mit dem Proviant. Der Motor lässt sich nicht mehr starten. Die nassen Kleider werden steif vor Kälte. Wir sehen Alaskas Küste vor uns.

»Ich gebe nicht auf«, schluchzt Ludovica mit blauen Lippen, »ich schwimme hinüber!«

»Warte! Wir versuchen es mit den Händen«, sage ich, »du paddelst auf der einen Seite und ich auf der anderen.«

Wir lehnen uns an beiden Seiten hinaus und paddeln wie verrückt. Nach einer Weile merken wir, dass es nichts bringt, wir bewegen uns kaum auf die Küste zu. Der Landstrich in der Ferne macht uns wahnsinnig, er erscheint uns so nah und gleichzeitig unerreichbar.

»Wir müssen schwimmen, sonst erfrieren wir hier«, weint Ludovica. Sie kriecht neben mich und küsst mich.

»Nein, nein«, wehre ich mich, »ich kann nicht so gut schwimmen wie du. Ich schaffe das nicht!«

»Du schaffst es, Thomas, dort vorne ist die Küste, du siehst sie ja, es ist wahrscheinlich nur ein Kilometer, das schaffen wir!«, sagt sie beschwörend.

»Wir warten hier, es müssen ja irgendwann Fischer kommen«, sage ich, »da leben doch Eskimos, die im Sommer fischen oder nicht?«

»Ich weiß nicht, ob genau hier jemand wohnt und fischt, Alaska ist ja riesengroß. Und außerdem sind wir bis dahin untergegangen.« Sie deutet auf das eintretende Wasser und beginnt wieder zu weinen. Plötzlich schnürt sie ihre Wattestiefel fest zu und steigt ins Wasser. Als ich sie mit Gewalt festhalten will, schlägt sie nach mir.

»Komm mit, Thomas, schwimm mir nach, bitte«, ruft sie noch, dann schwimmt sie los. Mit kräftigen Tempi entfernt sie sich und wird immer kleiner. Ich sitze fassungslos da und sehe ihr nach. Die Minuten verrinnen qualvoll. Als ich ins eiskalte Wasser steige, muss ich einen Aufschrei unterdrücken. Ich schwimme ihr nach, denn eine andere Wahl habe ich nicht. Es ist Sommer, sage ich mir, auch wenn das Wasser kalt ist, du wirst nicht erfrieren, solange du dich bewegst. Krampfhaft versuche ich, ruhig zu bleiben und nicht in Panik zu geraten und den Schmerz, den die Kälte verursacht, wegzuatmen. Meine Mutter erzählte mir einmal davon, von Geburt, Wehenschmerz und Atmen. Ich schwimme und schwimme. Bis ich meine Arme und Beine nicht mehr spüre, bis meine Lunge zerbirst. Bis ich nicht mehr kann und es dunkel wird. Wasser ist überall. Ich sinke.

Hustend und spuckend wache ich auf. Ich bewege mich stöhnend und werde festgehalten, über mir zwei grinsende braune Gesichter, mit Falten überzogen, Zahnlücken. Sie schauen auf mich herab und lachen.

»Thomas, Thomas!«, ich höre Ludovicas Stimme weit weg und drehe den Kopf, doch ich kann sie nicht sehen. Dann ist wieder alles schwarz.

Erst Stunden später wache ich richtig auf. Ich brauche eine Weile, um meine Augen an die Dunkelheit und an den Rauch zu gewöhnen. Ich liege auf Fellen und bin mit einem zugedeckt. Um eine Feuerstelle herum sitzen Männer und Frauen, sie sind eigenartig gekleidet. Ludovica tritt aus dem Rauch hervor. Mit einer Schüssel kommt sie lächelnd auf mich zu, vorsichtig richte ich mich auf. Wir umarmen uns weinend.

Während ich die Fischsuppe schlürfe, erzählt sie mir, was passiert ist. Vom Ufer aus beobachteten uns die ganze Zeit Eskimojäger. Sie sahen, wie der Wal, übrigens ein Grauwal, unser Boot zum Kentern brachte, wie wir schrien und strampelten, das Boot umdrehten und hineinkletterten. Zusammenstöße mit Walen sind hier keine Seltenheit, vor allem wenn die Tiere in Rudeln unterwegs sind.

Sie amüsierten sich, es war für sie wie ein Schauspiel. In der Einöde gibt es nicht viel Abwechslung, wir sorgten für eine. Sie schlossen Wetten ab, wer zuerst losschwimmen würde. Erst als sie bemerkten, dass ich Schwierigkeiten hatte, stiegen sie in ihre Kanus und paddelten uns entgegen. Sie zogen Ludovica aus dem Wasser, dann mich. Bei mir wären sie fast zu spät gekommen, ein Mann musste ins Wasser springen und mich rausziehen.

»Wir haben es geschafft, Thomas«, flüstert sie, »wir sind in Alaska, wir sind gerettet!«

Wir weinen vor Freude und küssen uns. Die Leute am Feuer sehen uns zu und lachen. Später setzt sich ein junger Mann zu uns. Ludovica sagt, es sei der Mann, der ins Wasser sprang, um mich rauszuziehen. Der Mann heißt Nootaikok und spricht Englisch, über seine rechte Schläfe zieht sich eine breite Narbe.

»Seit mehr als zehn Jahren kommen jeden Sommer ein paar von drüben, nicht viele, aber so zwei bis drei sind es fast immer, die die Flucht schaffen«, sagt er, »in diesem Sommer seid ihr die Ersten. Wie viele es nicht schaffen, wissen wir nicht. Wir haben schon mehr als einmal ein leeres Boot da draußen gefunden oder Reste eines Bootes.«

Die Männer verlassen das Zelt, Kinder drängen sich herein und begaffen uns. Vorsichtig kommen sie näher und setzen sich neben mich und Ludovica, deren rotblondes Haar sie immer wieder angreifen. Ein Junge zieht blitzschnell das Fell weg, das mich zudeckt. Alle lachen hell auf. Erst jetzt sehe ich, dass ich nackt bin. Die Kinder laufen wieder aus dem Zelt, kreischend und lachend. Eine junge Frau betritt das Zelt und bringt uns Kleidungsstücke. Sie kniet sich neben uns hin und beginnt zu flüstern, dabei sieht sie ängstlich zu den anderen am Feuer hinüber. Wir verstehen nicht, was sie sagt. Sie spricht kaum Englisch, sagt zum Schluss: »Go, quick, go!« Ein älterer

Mann verscheucht sie und reicht uns eine Schale mit einem dampfenden Getränk. Wir trinken ausgiebig und werden angenehm eingelullt. Dann lässt man uns allein, nur eine alte Frau bleibt am Feuer, sie nickt ein. Wir küssen uns, zuerst sanft, dann immer gieriger. Ludovica kriecht zu mir unter das Fell und wir lieben uns. Es ist für uns beide das erste Mal.

Wozu so viel darüber schreiben? Über diese glücklichen Stunden im warmen, verrauchten Zelt der Eskimos, die uns retteten, aber dann verkauften? Sie waren so schnell vorbei.

Im nächsten Morgengrauen fordert man uns ziemlich barsch auf, das Zelt zu verlassen. Wir sehen uns erstaunt an und schlüpfen in unsere neue Kleidung. Ich fühle mich verkatert. Draußen stehen alle, sie bilden ein enges Spalier für uns, durch das wir uns durchkämpfen, die Kinder greifen noch einmal nach Ludovicas Haaren. Am Ende des Spaliers stehen zwei amerikanische Soldaten vor einem Jeep. Wir freuen uns, sie zu sehen, begrüßen sie überschwänglich, doch sie bleiben ernst.

Wir steigen ein und fahren los. Als ich mich umdrehe, sehe ich etwas abseits die Männer vor einer Kiste stehen. Einer nimmt gerade ein Gewehr hoch.

Mit dem Jeep fahren wir zwei Stunden lang. Ich habe Hunger und Durst, getraue mich aber nicht, das zu sagen. Ludovica versucht ein Gespräch mit den Soldaten anzufangen, sie spricht sehr gut Englisch. Sie erzählt von den furchtbaren Haftbedingen im Uranbergwerk. Die beiden jungen Soldaten sehen sich manchmal verstohlen an, bleiben aber schweigsam. Endlich kommen wir bei drei Blockhütten an, ringsum nur Einöde, unter uns das Meer. Es muss ein militärischer Stützpunkt sein, da einige Soldaten herumstehen und auch zwei weitere Jeeps.

In einer Hütte bekommen wir ein Frühstück serviert, gebratenen Speck, Spiegeleier und dazu eine Tasse Kaffee. Wir essen gierig und werden aufmerksam betrachtet. Ludovica erzählt, dass sie in New York Verwandte hat, und bittet, man möge sie doch verständigen. Drei Männer sitzen uns gegenüber, einer davon scheint höherrangig zu sein, er beginnt eine Menge Fragen zu stellen. Ludovica erzählt von unserer abenteuerlichen Flucht. Ein anderer tippt ihre Antworten auf der Schreibmaschine mit, er tippt schnell und ich schaue seinen flinken Fingern zu. Meine eigene Schreibmaschine in meinem Elternhaus fällt mir ein. Die mein Vater vom Tisch fegte und auf der ich einen Zettel für meine Mutter hinterließ, bevor ich ging. Es ist schon so lange her! Ich vermisse sie. Ich vermisse meine Mutter, mein Elternhaus, den Geruch in der Mühle, das Baumhaus, das mein Onkel für Rudi und mich baute, meine Bücher über dem Bett, den Gugelhupf, den es am Sonntag gab.

Alles verschwimmt plötzlich vor meinen Augen, das viele Essen macht mich träge und benebelt. Bin ich wirklich an der Küste Alaskas? Sitze ich hier neben einem wunderschönen Mädchen, das ich liebe? Ich bin es plötzlich selbst, der vor der Schreibmaschine sitzt und tippt. Ein Müller, der einen Roman schreiben will. Meine Mutter ruft mich zum Essen.

Nein, es ist ein Soldat, der in der Tür steht und etwas ruft. Nach dem Frühstück werden wir von vier Soldaten und dem Höherrangigen hinausbegleitet. Auf Ludovicas Frage, wohin es gehe, antwortet niemand. Wir gehen schweigend nebeneinander, zwischen uns geht ein Soldat. Auf einem schmalen, ausgetretenen Pfad geht es den Hang hinunter ans Meer, wir erkennen einen Pier und ein paar kleinere Schiffe.

»Du wirst sehen, sie bringen uns mit dem Schiff runter bis zum Bundesstaat Washington oder Oregon, weil es mit einem Jeep viel zu weit wäre«, sagt Ludovica.

»Shut up«, sagt der junge Soldat zwischen uns. Er wirkt nervös.

Wir betreten den Pier und bleiben stehen. Aus einem Schiff

klettern vier Männer und kommen auf uns zu. Wir brauchen lange, bis wir verstehen. Und dann schreit Ludovica auf, laut und gellend.

Die Männer tragen Sowjetuniformen, einer davon ist Teljan, er hat ein spöttisches Grinsen im Gesicht. Der Höherrangige hält ihm ein Papier hin, er unterschreibt es.

»Das könnt ihr nicht machen, ihr Schweine!«, schreie ich immer wieder.

Ludovica spuckt den Amerikanern ins Gesicht. Sie zeigen keine Regung und gehen weg.

»Ist das nicht rührend?«, sagt Teljan. »Unser Liebespaar wird heimkehren.«

Wie sie beschreiben, die Stunden, die Wochen des Elends und der völligen Verzweiflung? Wie ausdrücken, dass daraus Monate und Jahre wurden?

Es gibt kaum Worte dafür. Alles klingt banal, was ich hier darüber schreibe.

Das U geht fast nicht mehr. Oft hämmere ich drei oder vier Mal darauf, bis es anschlägt. Es muss noch halten, bis ich alles fertig aufgeschrieben habe.

Auf dem Schiff prügelt man mich systematisch zusammen. Was mit Lu passiert, weiß ich nicht, wir werden sofort getrennt. Einmal höre ich sie verzweifelt schreien. Dabei klingt ihre Stimme ganz nah, denn die Wände sind dünn auf dem kleinen Schiff. Ihre Schreie sind furchtbarer für mich als die Schläge und Fußtritte der Soldaten. Ich habe das Gefühl, dass ich sterbe.

Im Lager sperrt man mich einen Monat lang in den Karzer. Der Karzer ist ein kleiner Raum ohne Fenster, ungefähr eineinhalb Meter in der Länge und Breite und auch in der Höhe, sodass man nicht aufrecht stehen kann. Es gibt keine Möbel im Karzer, auch keine Toilette. Erst am dritten Tag erhalte ich eine Schüssel mit schmutzigem Wasser zu trinken und nach einer Woche etwas zu essen. Einen Monat lang wasche ich mich nicht. Einen Monat lang sehe ich niemanden, spreche niemanden. Das Essen wird mir durch eine Luke in der Tür gereicht. Ich werde zum Tier, zum Wahnsinnigen.

Als ich nicht mehr esse und mich hinlege, um zu sterben, wird die Tür aufgerissen. Zwei Soldaten zerren mich ins Freie, dabei halten sie sich die Nase zu. Ich bin kein Mensch mehr, nur noch ein stinkendes Stück Fleisch, starr vor Dreck. Man wirft mich vor dem Badehaus auf die Erde. Der Friseur kommt mit zwei Eimern Wasser und schüttet es über mich. Das Wasser ist eiskalt. Dann schneidet er mir die Kleidung vom Leib. Im Badehaus duscht und schrubbt er mich immer wieder ab, bevor er alle Körperhaare entfernt. Zwei Soldaten schauen zu, sie lassen uns keinen Augenblick allein. Teilnahmslos lasse ich alles über mich ergehen.

Jemand aus der Küche bringt Tee und Kascha, das ist Buchweizengrütze. Als ich mich weigere zu essen, sagt ein Soldat zu mir: »Wir haben den Auftrag dafür zu sorgen, dass du alles aufisst.«

Der andere Soldat fügt grinsend hinzu: »Sonst muss sie es büßen.«

Ich zwinge mich Löffel für Löffel zu essen. Danach werde ich von den beiden zum Uranbergwerk begleitet. Verzweifelt schaue ich zurück zu den Blockhütten und hoffe, noch einmal Lu irgendwo zu sehen. Sie treiben mich weiter.

Lu sehe ich nicht mehr.

Am Stolleneingang übergeben sie mich dem wachhabenden Offizier. Er bringt mich in die Schlafkaverne und sagt: »Du hast die nächsten zwei Tage frei. Ruh dich aus«, bevor er mich alleine lässt. Einige Stunden später kommt die Brigade von der Arbeit zurück. Ich werde vor allem von Fritz und Kristjan überschwänglich empfangen. Die anderen drängen sich ebenfalls heran und wollen jede Einzelheit hören. Schwerfällig setze ich mich auf den Boden und versuche die zahlreichen Fragen so kurz wie möglich zu beantworten.

»Die haben euch wirklich an die Sowjets ausgeliefert, anstatt euch zu helfen?«, fragt Fritz fassungslos.

Kristjan fängt zu lachen an: »Hast du nicht gewusst, dass die Russen und die Amerikaner Verbündete sind? Die halten zusammen.«

Nein, ich wusste es nicht. Und Lu wusste es vermutlich auch nicht. Ansonsten war ihr Plan nämlich perfekt, ihr Mut großartig.

Ich lebe weiter und habe jeden Tag ihr Gesicht vor mir. In den ersten Wochen weine ich mich in den Schlaf. Ich versuche, leise zu sein, doch manchmal ist mein Schluchzen so laut, dass die anderen mich anschreien, weil sie nicht schlafen können. Doch man hat auch Mitleid mit mir. Nicht wenige klopfen mir während der Arbeit aufmunternd auf die Schulter und sagen ein paar freundliche Worte.

Wie ein Roboter fühle ich mich, ohne Empfindung, ohne Kraft, ohne Hoffnung. Allen geht es so, wir sind menschliche Arbeitsmaschinen. Warum überlebt man hier? Wir bekommen genug zu essen und haben es im Bergwerk warm. Offensichtlich ist das genug, um zu überleben. Dass wir unmenschliche Arbeit verrichten, in der Dunkelheit leben, keine Freude oder Liebe um uns haben, nicht frei sind, ist zu wenig, um zu sterben. Man überlebt vieles, auch in Sibirien. Oft denke ich an Lus Worte in diesem Lager, bevor wir auf das Schiff nach Magadan getrieben wurden: »Überleben ist das Wichtigste!«

Ich bezweifle jetzt, ob das stimmt. Doch manchmal spüre ich Wärme in meinem Bauch und dann weiß ich, dass es Lu ist, die fest an mich denkt. Dann regt sich der Überlebenswille in mir. Irgendetwas wird doch passieren, denke ich, irgendjemand wird sich doch darum kümmern, dass wir wieder nach Hause kommen!

Als Träger werde ich nie eingesetzt, ich sehe also das Tageslicht nur alle vierzehn Tage, wenn wir uns eine Stunde im Freien die Beine vertreten dürfen. Zum Badehaus werden wir nicht mehr gebracht, alle paar Wochen kommt der Friseur zu uns in die Kaverne. Vorher stellt man uns zwei Eimer Wasser hin, damit wir uns notdürftig waschen können. Man gibt mir die Schuld, wegen meiner Flucht wurde der Ausflug in das Badehaus gestrichen. Man beschimpft und bespuckt mich, nur Fritz und Kristjan nehmen mich in Schutz.

Ich lebe, ich überlebe, in der Hölle. Einen Tag nach dem anderen.

Ein Jahr später ändern sich plötzlich die Bedingungen. Anstatt wie früher eine Mahlzeit am Tag erhalten wir zwei Mahlzeiten. Plötzlich ist jeder zehnte Tag frei und wir werden wieder in das Badehaus geführt. Dort steht ein anderer Offizier da, Teljan ist nicht zu sehen. Die Gerüchteküche brodelt, während wir duschen. Ein junger Wachsoldat erzählt im Tausch gegen fünf Machorkas, dass Teljan in einem Goldschürflager auf Kolyma als Lagerleiter eingesetzt wurde. Das Klavier und die Pianistin nahm er mit. Vor zwei Wochen reiste er ab, glücklich über die Versetzung. Über den neuen Lagerkommandanten sagt der junge, stotternde Soldat: »Er ist gütiger.«

Gütiger! Alle lachen über seine Wortwahl.

»Gütiger Gott!«, sagen Fritz und Kristjan lachend.

Ich lache nicht und denke an Lu. Die Tränen steigen mir hoch. Sie ist weit weg, wahrscheinlich sehe ich sie nie wieder. In der Nacht weine ich wieder, so wie vor einem Jahr, als man mich zurück ins Bergwerk brachte.

Die Monate vergehen. Wir wissen meistens nicht, welches Datum wir haben, nur wenn ein Wachsoldat gnädig ist und unsere Frage danach beantwortet. Von den Jahreszeiten bekommen wir nicht viel mit, nur bei unseren Ausgängen ins Freie. Die ewigen Schneestürme im Winter, das Schmelzwasser im Frühling, der kurze Sommer, der die Landschaft zu einer Einöde macht, der Herbst, der keiner ist, weil keine Bäume in rotgoldenen Farben erstrahlen, sondern nur wirbelnden Schnee bringt.

Manchmal, wenn die Sicht gut ist, können wir hinunter bis zur Küste sehen. Wir sehen die Frachtschiffe der Sowjets, die Baidaren und Walboote der Tschuktschen, auch ihre Jarangas aus Rentierfellen, und fragen uns, wie man in dieser Kälte sein ganzes Leben verbringen kann. Eines Tages treffen wir beim Ausgang nicht auf Helmut, wie wir es sonst tun. Wir sprechen einen Mann aus seiner Brigade an, von dem wir wissen, dass er viel mit Helmut zusammen war. Der Mann schüttelt traurig den Kopf.

»Helmut ist tot«, sagt er.

Wir können es nicht fassen.

»Was ist passiert?«, fragt Fritz.

»Ein riesiger Gesteinsbrocken ist ausgebrochen und hat ihn erschlagen. Alle sprangen zur Seite, nur er nicht. Wir glauben, dass er nicht mehr leben wollte. Wir mussten den Stein in einzelne kleine Stücke schlagen und stückweise abtransportieren, erst dann konnten wir seine Leiche bergen. Es war furchtbar. Während wir schlugen und schlugen, haben wir die ganze Zeit unter uns Helmuts Gesicht gesehen«, antwortet er.

Fritz und ich sind tagelang geschockt. Der fröhliche Student, den wir in Sopron kennenlernten, der sich auf ein Abenteuer freute, geistert lange in unserem Kopf herum. Wo Karl, sein Bruder, sein mag? Ob er noch lebt?

Einmal fragt Fritz einen jungen Soldaten, welches Datum wir haben, und bietet ihm eine Machorka an.

»Wir haben heute den 26. April«, antwortet der junge Mann, dessen Gesicht voller Pickel ist.

Ich zucke zusammen. Es ist mein Geburtstag!

»Welches Jahr?«, fragt Kristjan.

Der Soldat sieht ihn überrascht an.

»Das ist nicht dein Ernst«, antwortet er.

»Doch, ich weiß es wirklich nicht«, sagt Kristjan.

»1949«, antwortet der Soldat und geht weg.

Es ist mein vierundzwanzigster Geburtstag, der vierte, den ich ohne meine Familie verbringe. Meine Flucht mit Lu ist beinahe zwei Jahre her. Und beinahe vier Jahre lang bin ich bereits in sowjetischer Gefangenschaft.

»Alles Gute zum Geburtstag!«, sagen meine Kameraden zu mir und überreichen mir jeweils eine Machorka.

»Mein Leben verrinnt in diesem schrecklichen Land«, sage ich traurig, während ich rauche.

»Unser Leben zerrinnt in diesem Schmelzwasser«, grinst Kristjan, »meine Schuhe sind schon wieder patschnass!«

Fritz und die Umstehenden lachen. Viele versuchen krampfhaft, ihren Humor zu behalten. Manche haben sich Karten organisiert und spielen immer wieder. Manche erzählen ständig Witze oder Anekdoten aus ihrem früheren Leben. Andere versuchen eisern, von den Wachsoldaten Dinge zu erbetteln, die etwas Abwechslung in unseren trostlosen Alltag bringen sollen. Einer, er heißt Stepan, ist besonders erfolgreich darin. Wir erhielten in den letzten Monaten drei Bücher (»Robinson Crusoe«, »Der brave Soldat Schwejk« und »Anna Karenina«), Dominosteine und einen Tisch samt vier Stühlen. Die Bücher bereiten allen am meisten Freude. Bevor wir schlafen, liest einer ein paar Seiten daraus vor.

»Ach sei nicht immer so ernst«, sagt Fritz und schlägt mir kameradschaftlich auf die Schulter, »du bist jung, im Gegensatz zu uns! Du kommst wieder nach Hause, ganz sicher!«

Kurz darauf bin ich schwer krank und werde ins Lazarett gebracht. Ein Russe traf mit seiner Spitzhacke versehentlich meinen Fuß und die zuerst harmlose Wunde entzündete sich schwer. Ohne jede Narkose schneidet man das kaputte Fleisch weg und desinfiziert mit Wodka. Drei Wochen liege ich im Lazarett und werde mit Salben behandelt. Die Erinnerungen an Lu sind hier beinahe unerträglich. Ein Sanitäter erkennt mich und flüstert mir einmal zu: »Sie ist nicht mehr hier, sie ist jetzt im Goldlager Kalinka, fünfhundert Kilometer westlich von hier. Er hat sie mitgenommen. Nur damit du Bescheid weißt.«

Einmal kommt der Lagerkommandant zu mir ans Bett und fragt: »Du bist also der, dem die Flucht nach Alaska gelungen ist?«

Ich nicke nur. Er betrachtet mich eingehend und geht dann schmunzelnd weg. Dann bringt man mich zurück in das Bergwerk, wo wieder jeder Tag dem anderen gleicht.

Jeder Tag ist ein Fest der Freudlosigkeit.

2001–2006: JULIUS
DIE ERTRÄGLICHE LEICHTIGKEIT DES SEINS

Zwei Jahre lang traf Julius Claudia regelmäßig, danach fanden ihre Zusammenkünfte in der Pension Monika in immer größeren Abständen statt, bis sie im Frühling 2001 beschlossen, ihre Beziehung ganz zu beenden. Claudia war nun beinahe achtundvierzig Jahre alt und Julius sollte in einigen Wochen heiraten, sein drittes Kind war ein Jahr alt.

Seit einigen Monaten fühlte sie sich nicht mehr wohl, ihr Wechsel hatte mit voller Wucht eingesetzt, sie litt an heftigen Schweißausbrüchen und bekam dabei ein hochrotes Gesicht. Einmal hatte sie nach dem Liebesakt einen solchen Schweißausbruch gehabt und Julius merkte, dass es ihr unangenehm war. Er spielte den Fürsorglichen, obwohl er sich ekelte. An diesem Tag wusste er, er würde sie nicht mehr lange treffen können, er hatte ein Problem mit Körpern, die alterten und nicht mehr funktionierten.

Er besorgte Rosen und wollte es ihr schonend beibringen. Sie lag auf dem Bett, nicht wie sonst nackt, sondern völlig bekleidet, und als er eintrat, sah er in ihrem Gesicht, dass das nicht nötig war, sie wusste es bereits und wollte dasselbe. Claudia überreichte ihm zum Abschied eine Schachtel mit einer Zigarre und sie rauchten sie gemeinsam, bevor sie auseinandergingen.

Im Juli stand er vor dem Altar und sah seine Verlobte in einem cremeweißen Kleid aus Seidentaft an Arthurs Arm auf ihn zukommen. Vor den beiden gingen die sechsjährigen Zwillinge und streuten Rosenblätter auf den Kirchengang, zwischen ihnen die vierzehnmonatige Leonora. Katharina sah atemberaubend aus, die drei Kinder waren entzückend und Julius ging das Herz vor Stolz über. War es möglich, dass das seine Familie war?

Später erzählte er es seinem Freund Robert, den er trotz seiner Kündigung bei der Versicherung noch manchmal auf ein Bier traf.

»Vor Stolz? Nicht vor Liebe, sondern vor Stolz?«, fragte dieser und zog grinsend eine Augenbraue hoch, »das ist ja interessant.«

»Natürlich auch vor Liebe, du Blödmann«, erwiderte Julius und warf einen Bierdeckel nach ihm.

Robert war sein Trauzeuge gewesen, neben ihm war eine neue Frau gestanden, die einundzwanzigjährige Sibille, für sie hatte er nach drei Wochen seine Familie verlassen.

»Du kennst sie erst drei Wochen«, hatte Julius zu ihm gesagt, »willst du nicht nachdenken darüber?«

»Nein, will ich nicht!«, hatte Robert gelacht. »Ich hab das Jammern zu Hause satt, die Verantwortung, die Forderungen! Ich will leben, ich will spüren!«

Er flog mit der jungen Geliebten für vier Wochen auf die Seychellen und kam einen Tag vor Julius' Hochzeit zurück. Braun gebrannt und sprühend vor Energie tanzte er die ganze Nacht mit seiner Sibille durch.

Die Zeit verging, Katharina wollte unbedingt zu arbeiten beginnen. Irgendetwas in ihm sträubte sich dagegen, dass seine Frau arbeiten ging. Vermutlich hatte er Roberts zynische Schilderungen seines Familienlebens beim Feierabendbier noch zu sehr im Kopf: die Mutter, die jeden Morgen aus dem Haus hetzte, das Make-up im Gesicht noch gar nicht richtig verteilt, die Kinder, die jeden Nachmittag alleine vor dem Fernseher hockten und sich selbst eine Fertigpizza in den Ofen schoben, der Haushalt, der im Chaos versank, und die Frau, die

231

jeden Abend vor Müdigkeit auf dem Sofa vor dem Fernseher zu schnarchen begann. Julius konnte Katharina überreden, es noch ein Jahr zu verschieben und die Kleine erst mit vier Jahren in den Kindergarten zu schicken.

Alles lief gut, alles lief harmonisch.

Doch tat es das wirklich? Nach außen hin war es so, das wusste Julius und das war ihm wichtig. Neben sich die große Frau mit den blonden langen Haaren und den strahlenden blauen Augen und die drei süßen blonden Kinder, er merkte, die Leute drehten sich nach ihnen um, das tat gut.

Doch innerlich war er rastlos, unausgeglichen und versuchte es zu verbergen. Nach einer Weile wurde ihm bewusst, dass es unter anderem auch am Geld lag, am Geld, das ständig knapp war. Seine Familie musste sparen und das war ihm zuwider. Er war über dreißig Jahre alt und verdiente einen Pappenstiel! Im Grunde waren sie von Arthurs Wohlwollen abhängig, dieser finanzierte den Umbau des Hauses alleine, verlangte keine Miete von ihnen, bezahlte für die Zwillinge die Skiausrüstung. Julius hasste es, von seinem Vater abhängig zu sein.

Seit Jahren arbeitete er in Hauers Werkstätte und restaurierte alte Kästen, Betten, Truhen, Kommoden, fuhr auf Montage mit, um Böden und Wandverkleidungen zu richten, er mochte seine Arbeit und ging gerne hin. Doch was er jeden Monat auf seinem Konto sah, mochte er nicht. Er wusste, dass Hauer nicht mehr bezahlen konnte, die Werkstätte war klein und warf nicht mehr ab, am liebsten hätte sich Julius selbständig gemacht, er hatte aber den Mut nicht dazu. Er hätte einen Kredit aufnehmen müssen, um sich eine Werkstätte einrichten zu können. Er wusste nicht, was er tun sollte.

Katharina begann zu arbeiten, Julius hatte keine schlagenden Argumente mehr, sie davon abzuhalten. Seine Befürchtungen, alles würde im Chaos versinken, bewahrheiteten sich nicht, weil Arthur am Nachmittag bis vier Uhr – dann kam Katharina nach Hause – bei den Kindern war. Es war Julius ein Dorn im Auge, dass es ausgerechnet sein Vater war, der so viel Zeit mit seinen Kindern verbrachte, dass es ausgerechnet sein Vater war, der ihnen immer wieder aus der Patsche half, dass es ausgerechnet sein Vater war, den seine Frau so sehr mochte.

»Dein Vater ist ein Schatz, weißt du das?«, flötete sie hin und wieder, wenn Arthur für die Kinder ein Baumhaus baute, wenn er mit ihnen rodeln ging, wenn er sie im Büro spielen ließ, weil Katharina müde war. Einmal, die Zwillinge waren noch klein, kam sie leicht beschwipst aus Arthurs Wohnung zurück, wo sie mit ihm auf einen großen Auftrag angestoßen hatte, und lachte die ganze Zeit. Ihre Wangen waren leicht gerötet, ihre Lippen glänzten feucht.

Schläft sie mit ihm?, fragte sich Julius damals. Eifersucht schoss heiß in ihm hoch und er begann die beiden zu beobachten und ihnen nachzuspionieren. Er stellte sich vor, wie er sie im Bett überraschte und mit einer Axt auf sie einschlug.

Katharina arbeitete in einer Werbeagentur, die einem Mann gehörte, den er insgeheim »Gockel« nannte, nicht nur weil seine James-Dean-Frisur von vorne einem Hahnenkamm ähnelte, sondern weil er in seiner Agentur nur junge, hübsche Frauen anstellte, um die er herumstolzierte und mit denen er offen flirtete. Julius konnte ihn von Anfang an nicht leiden. Leiden konnte er ebenso wenig, dass Katharina sich am Morgen schminkte, das hatte sie früher nie gemacht, dass sie kurze Röcke und Kleider anzog und die gewohnten Jeans und schlabbrigen T-Shirts im Kasten liegen ließ. Zu Hause war sie oft genervt. Julius fühlte sich ungeliebt und zu wenig beachtet.

Eines kam zum anderen. Mit Robert passierte etwas Schreckliches und das machte Julius schwer depressiv. Sein Freund hatte im Skiurlaub in der Schweiz einen schweren Unfall auf der Piste und Sibille rief Julius weinend an, er solle sofort nach St. Moritz kommen, um ihr zu helfen, sie war mit der Situation überfordert. Julius regelte die Verlegung in ein Linzer Krankenhaus und auch alles Weitere. Er war es, der dabei war, als Robert von den Ärzten mitgeteilt wurde, dass die zwei gebrochenen Lendenwirbel schuld daran waren, dass er den Rest seines Lebens im Rollstuhl verbringen würde. Er war es, der ihm sagte, dass Sibille ihn verlassen hatte, da sie nicht den Mut dazu hatte, es ihm persönlich zu sagen. Er suchte einen Platz in einer Rehabilitationsklinik für ihn und half ihm danach, seine Wohnung im dritten Stock ohne Lift, die er für Sibille und sich gekauft hatte, zu verkaufen. Er half Robert bei der Suche nach einer kleinen, behindertengerechten Wohnung.

Julius war der Einzige, mit dem Robert Kontakt hielt. Er wurde verbittert, blieb alleine in seiner Wohnung, soff und verwahrloste. Julius vermisste seinen Freund, er vermisste den lustigen, fröhlichen Robert, mit dem er um die Häuser gezogen war.

Jedes Mal, wenn er bei Robert gewesen war und danach zu Hause ankam, umarmte er Katharina und küsste die Kinder, er nahm ihr das Kochen ab und spielte besonders aufmerksam mit den dreien.

Dir geht es gut, dachte er, mein Gott, geht es dir gut.

Er getraute sich Robert nicht mehr zu erzählen, wenn es ihm gut ging, er schämte sich, wenn er sagte: »Ich war mit Katharina in der Stadt essen und danach im Kino.« Oder: »Ich habe endlich diesen Schreibtisch fertig bekommen, er sieht wieder wie neu aus!«

Es war eigenartig, wenn er bei Robert war, erzählte er nur, wie schlecht es ihm ging, obwohl es oft nicht stimmte, aber er fühlte sich dazu verpflichtet. Die schleichende Unzufriedenheit, die er manchmal verspürt hatte, erlangte in den Gesprächen eine Dimension, die er dann zu Hause schwer abschütteln konnte. Oft hatte er bei Robert das Gefühl, keine Luft mehr zu bekommen, und nahm sich vor, den Kontakt abzubrechen, doch immer, wenn Robert anrief, besuchte er ihn, weil er ansonsten ein schlechtes Gewissen gehabt hätte.

Einmal kam das Thema auf Katharinas Arbeit in der Werbeagentur und Julius erzählte, wie gern sie den Job hatte, wie sie sich zurechtmachte jeden Tag und wie ihm der Chef zuwider war.

Robert horchte auf und sagte: »Ach, sie wird also flügge, deine schöne Frau? Du solltest auf sie aufpassen. Ich kenn den Typen, der vögelt echt jede.«

Bei Julius schien eine Sicherung durchzubrennen.

»Warum hängst du ihr nicht noch ein Kind an?«, fragte Robert, »dann ist sie wieder da, wo sie hingehört, im sicheren Nest.«

»Du spinnst ja«, sagte Julius.

Eines kam zum anderen. Am nächsten Tag sah er Katharina und ihren Chef im einzigen chinesischen Restaurant in der Kleinstadt sitzen, sie aßen gemeinsam zu Mittag. Julius versteckte sich hinter einer Säule und beobachtete die beiden aus der Ferne. Seine Frau lächelte und redete und lachte, dabei schaute sie dem Gockel permanent in die Augen und klimperte mit den Wimpern, kurz legte der Gockel seine Hand auf die ihre.

Am Abend begann der Plan in ihm zu reifen.

Er war erstaunt, wie leicht alles ging. Sie war so naiv, so beeinflussbar, wie Wachs in seinen Händen! Er redete ihr zu, endlich eine Pillenpause zu machen, und sie tat es. Als sie bei seiner Geburtstagsfeier stark betrunken war, verführte er sie und ließ das Kondom einfach weg (was ihr in ihrer Trunkenheit nicht auffiel – und was er ihr gegenüber nie zugeben würde). Nach-

dem sie schwanger geworden war, bearbeitete er sie mit allen
Mitteln, damit sie selbst den Wunsch verspürte, das Kind zu
behalten. Er spielte den liebevollen Familienvater, der sich wie
wahnsinnig auf einen vierten Sprössling freute. Er tat es nicht,
alleine der Gedanke an den brüllenden Säugling, der ihn um
seinen Schlaf brachte, drehte ihm den Magen um.

Robert war der Einzige, der davon wusste, und Julius erzählte es ihm erst, als sein Plan aufgegangen war: »Katharina ist im
vierten Monat schwanger.«

»Was? Ihr bekommt noch eins? Wie viele habt ihr denn
schon? Vier oder fünf?«, fragte Robert.

»Wir haben drei und bald kommt Nummer vier. Ich hab
deinen Rat befolgt«, sagte Julius.

»Meinen Rat?«, fragte Robert ungläubig.

Plötzlich verstand er, sein Gesicht verzerrte sich und er begann kreischend zu lachen.

»Du bist ein Idiot, nein, genial bist du!«, brüllte er, »wie hast
du es geschafft?«

»Es war eine Menge Alkohol im Spiel«, grinste Julius.

»Du bist ein perverses Schwein, Julius Bergmüller«, lachte
Robert, »und trotzdem gratulier ich dir!«

Das Kind kam zur Welt, wieder ein Mädchen, Julius war es
egal, er verstand sich ohnehin mit seinen Töchtern besser als
mit seinem Sohn, besonders mit Victoria, sie war sein Liebling. Katharina ging es nach der Geburt sehr schlecht und
Julius hatte einerseits Mitleid mit ihr, andererseits stieß ihn
ihr Verhalten ab. In den ersten Wochen lag sie mit fettigen
Haaren und ungeduscht im Bett und weinte nur, sie schaffte
es gerade, das Baby zu stillen, für mehr brachte sie die Kraft
nicht auf.

»Reiß dich doch zusammen!«, schrie er sie an und sie tat es.

Als das Kind vier Monate alt war, traf Katharina in der Kleinstadt auf Robert. Normalerweise kaufte sie immer im kleinen Supermarkt des Ortes ein, an diesem Tag hatte sie spontan beschlossen, einen Großeinkauf zu machen. Robert, wie immer stockbesoffen, plauderte natürlich Julius' Geheimnis aus und dann war die Hölle los.

Er gab es nicht zu, doch Katharina glaubte ihm nicht. Sie war außer sich vor Wut, er hatte sie noch nie so erlebt und noch nie hatte sie so mit ihm geschrien.

»Mach dich nicht lächerlich, du siehst aus wie eine Furie!«, versuchte er das Ganze herunterzuspielen.

»Dann seh ich eben aus wie eine Furie!«, schrie sie. »Es ist mir egal! Ich kenne dich gut, Julius, du bist extrem blass im Gesicht und deine Hände zittern, und alleine das sagt mir, dass es die Wahrheit ist!«

Als er am nächsten Tag vor dem Haus Arthur über den Weg lief, sah ihn dieser mit einer derartigen Verachtung an, dass Julius glaubte, ihn auf der Stelle zusammenschlagen zu müssen.

»Hast du wieder mal bei Arthur gepetzt?«, fragte er Katharina in der Küche, sie saß am Tisch und stillte gerade.

»Nein, hat sie nicht«, sagte Arthur scharf, er stand im Türrahmen, »aber eure Schreiduelle waren nicht zu überhören.«

Später, als sie alleine im Stiegenhaus waren, sagte Arthur zu ihm: »Ich trau es dir ohne zu zögern zu, Julius, weißt du das?«

»Natürlich weiß ich das«, höhnte Julius, »du traust mir alles Schlechte auf der Welt zu!«

Arthur betrachtete ihn eine Weile und sagte dann ruhig: »Nein, ich traue dir nicht alles Schlechte auf der Welt zu, aber jetzt hast du einfach Mist gebaut. Deine Beweggründe kann ich mir denken. Geschehen ist geschehen, du kannst es nicht rückgängig machen. Kämpf um sie! Katharina wird sich wieder beruhigen.«

Das Schlimme war, ihre Wut verrauchte nicht, sie blieb. Und

sie schaute ihn an mit Augen voller Verachtung. Sie veränderte sich, ignorierte ihn vollkommen und ließ sich nichts mehr sagen, ihre ansonsten weiche Nachgiebigkeit ihm gegenüber war verschwunden. Er hatte ihr früher alles einreden können.

»Ich bin fertig mit dir«, sagte sie zu ihm.

Er spürte, dass er zu weit gegangen war und ihre Liebe verloren hatte, alles kam ihm aussichtslos vor.

Seine Wut projizierte er auf Robert.

Er stellte ihn zur Rede, schrie ihn an, packte ihn am Kragen und schüttelte ihn heftig: »Was fällt dir ein, du Scheißkerl? Ich hab dir das im Vertrauen erzählt! Du bist mein Freund gewesen, mich siehst du nie mehr!«

Auch Claudia sprach ihn darauf an, als er einmal Leonora bei Doris abholte, wo sie den Nachmittag bei ihrer Freundin Mara verbracht hatte. Sie kam zu ihm ans Auto, er schnallte gerade das Kind an, und schlug dann die Autotür zu. Claudia, in eine Strickjacke gehüllt und die Arme um ihren Oberkörper geschlungen, stand vor ihm. Sie sah gealtert aus.

»Sag mir, dass das nicht stimmt, was Katharina Doris erzählt hat«, sagte sie.

Er sah sie perplex an.

»Ohhh«, machte er sarkastisch, »hat es die Runde gemacht? Weiß es schon das ganze Dorf? Ihr Frauen seid einfach nur blöde Klatschweiber!«

»Doris ist ihre beste Freundin! Sie muss sich mit jemandem ausreden, soll sie es in sich hineinfressen? Nur sie und ich wissen es, niemand sonst! Es stimmt doch nicht, oder?«, fragte sie ihn und legte ihm die Hand auf seinen Oberarm. Er schüttelte sie gereizt ab.

»Glaubst du es denn?«, fragte er, plötzlich neugierig.

»Ich weiß es nicht. Manchmal ist etwas in dir drin, das du selber nicht verstehst, das glaube ich«, antwortete Claudia.

Julius lachte auf, stieg ins Auto und fuhr davon.

Einen Monat später brachte sich Robert um, er erhängte sich in seinem Schlafzimmer. Ein paar Wochen danach begann Julius seine Arbeit als Pharmareferent. Er machte in Wien eine kurze Einschulung und begann dann seinen Vertreterjob in Vorarlberg und Tirol.

Die meiste Zeit schlief er in Hotels, in Innsbruck, in Bregenz, in Dornbirn oder sonst wo, er fühlte sich wohl, die Berge hatten ihm immer schon gefallen. Er spürte den Rausch der Freiheit, er fühlte sich in den kleinen Zimmern pudelwohl, je unpersönlicher, desto lieber war es ihm.

Stundenlang lag er am Abend vor dem Fernseher und zappte sich durch die sinnlosesten Serien, während er ein Bier nach dem anderen trank. Oder er spazierte durch die Altstadt, setzte sich in eine Bar und beobachtete andere Leute. Am Morgen wurde er nicht durch Babygebrüll oder laute Kinderstimmen geweckt, er konnte sich ausschlafen. Er vermisste nichts.

Er fühlte sich ein bisschen wie Tomas, die Figur in Milan Kunderas »Die unerträgliche Leichtigkeit des Seins«, eines der wenigen Bücher, das er in seinem Leben gelesen hatte, und eines von Katharinas Lieblingsbüchern, sie hatte ihm immer wieder ans Herz gelegt, es zu lesen, bis er sich dazu durchgerungen hatte. Das Buch hatte ihm gar nicht so schlecht gefallen.

Der Chirurg Tomas spürt in Zürich, nachdem seine Teresa samt Hund nach Prag zurückgekehrt ist, die süße Leichtigkeit des Seins. Julius fühlte sie in den Bergen. Für Tomas war sie unerträglich geworden, für ihn, Julius, war sie mehr als erträglich, er empfand sie als genial. Er spazierte durch die Stadt und atmete den Duft seiner Freiheit, die Zukunft war wieder ein Geheimnis und er genoss in vollen Zügen das Junggesellenleben. Wegen einer Unachtsamkeit war er zwölf Jahre an Katharina gekettet gewesen, eine Schwangerschaft hatte sie damals aneinander gebunden und eine Schwangerschaft hatte diesen gemeinsamen Weg wieder beendet.

In der Arbeit lief es gut, er hatte von Robert in seiner Zeit als Vertreter genug fachmännische Tipps bekommen, außerdem war er vierunddreißig Jahre alt und kein schüchterner, junger Mann mehr, er wusste, was er wollte. Was seine Ausstrahlung betraf, arbeitete er daran, gleichzeitig solide und charmant auf die Leute zu wirken. Mit einem Kompliment oder einem kleinen Geschenk schmierte er sich den Weg vorbei an wartenden Patienten ins Arztzimmer.

Er lernte Leute kennen und unternahm nach der Arbeit vieles, er war so aktiv wie schon lange nicht mehr. Er begann sich anders zu kleiden, moderner, jugendlicher. Sein neues Leben passte zu ihm.

An den Wochenenden fuhr er heim und das auch nicht immer. Das Familienleben funktionierte blendend ohne ihn, den Familienvater, und das kränkte ihn. In seiner Familie nahm er sich nur noch als Fremdkörper wahr, die Kinder hatten zwar nicht gewusst, worum es in den Streitereien der Eltern ging, sich jedoch automatisch auf die Seite der Mutter geschlagen. Sie redeten kaum mit ihm und schlugen die Augen nieder, wenn er ins Zimmer kam.

Am wenigsten verstand er sich mit Vincent und er hätte nicht sagen können, woran es lag. Daran, dass der Junge ein gottverdammtes Muttersöhnchen war? Sollte sie sich wiederholen, die schwierige Beziehung, die er mit seinem Vater hatte? Der Junge saß nur vor seinem Computer und schaute ihn von unten herauf an, wenn er mit ihm redete, und antwortete kaum auf seine Fragen. Die teigige Gesichtsfarbe, die Geistesabwesenheit, die schlechten Noten und keine Minute an der frischen Luft!

Ganz anders die älteste Tochter, sie war sein ganzer Stolz, willensstark, ehrgeizig und obendrein noch hübsch. Er war überzeugt davon, dass man im Grunde nur ein Kind richtig lieben konnte. Gerne brachte er ihr Geschenke mit und überreichte sie ihr heimlich im Zimmer, damit die anderen nicht neidisch wurden. Am Abend liebte er es, wenn sie sich neben ihn auf das Sofa setzte, um mit ihm die Nachrichten zu schauen, und ihren Kopf dabei auf seine Schulter legte. Im Laufe der Jahre wuchs sie zu einer Schönheit heran und ihm fiel auf, dass es ihm wichtiger war, ihr zu gefallen als seiner Frau. Ihre bewundernden Blicke bewiesen ihm, dass er immer noch ein attraktiver Mann war, der sich seine Jugendlichkeit und Coolness bewahrt hatte.

Im Frühling 2008 lernte Julius die fünfundzwanzigjährige Margaret kennen, sie arbeitete als Ordinationshilfe bei einem Allgemeinmediziner. Sie war das genaue Gegenteil von seiner Frau, klein, zart und dunkelhaarig, und das gefiel ihm. Ein Jahr lang waren sie – während der Woche – ein Paar, bis er sich von ihr trennte, weil er Simone kennenlernte.

Und dann, eines Tages im März 2012, lernte Julius seine Traumfrau kennen, Stephanie Mangold. Sie kam zur Bergmühle, weil sie Katharina engagieren wollte, irgendeine Biografie über einen entfernten Onkel von ihr zu schreiben, dabei hatte er sich zu den beiden Frauen gesetzt und anschließend die Hausführung gemacht. Die Frau hatte ihm sofort gefallen. Im Flur hatte sie ihm plötzlich eine Visitenkarte in die Hand gedrückt und gesagt: »Rufen Sie mich an.«

Auf der Toilette hatte er die Karte angeschaut und war überrascht zu lesen, dass sie in Innsbruck wohnte. Perfekt, hatte er gedacht und gegrinst, na, wenn das kein Wink des Schicksals ist.

Er rief sie an und sie verabredeten sich für den Abend in einem Restaurant. An der Tür des Restaurants stießen sie versehentlich zusammen.

Sie war zwei Jahre älter als er und sah umwerfend aus, sie haute ihn buchstäblich um. Am nächsten Tag gingen sie gemeinsam Mittag essen, drei Tage später gingen sie gemeinsam ins Bett. Sie war ganz anders als Katharina, flippig, unkonventionell und temperamentvoll, ihr enormes Selbstvertrauen, ihr Auftreten, ihr Stil und ihr Erfolg zogen ihn an. Stephanie besaß eine große moderne Wohnung in Innsbruck, die sie kunstvoll eingerichtet hatte, eine Ferienwohnung am Gardasee und fuhr einen Mercedes. Sie war nie verheiratet gewesen und hatte keine Kinder. Einen Geliebten nach dem anderen hatte sie gehabt, oft waren es verheiratete Männer, sie nahm sich einfach, was sie wollte, Julius imponierte das. Er konnte kaum glauben, dass sie sich für ihn, den kleinen Pharmareferenten, interessierte. Aber es war so: Stephanie war verrückt nach ihm.

Und er nach ihr. Noch nie war er in eine Frau so verliebt gewesen. Er fühlte sich bei ihr einfach nur wohl. Stephanie war offen und direkt und wünschte sich dasselbe von ihm, er musste keine Angst haben, dass sie ihn verstummt und mit waidwunden Augen ansah, so wie Katharina es tat, wenn sie eine Auseinandersetzung hatten; wenn ihr etwas nicht passte, konterte sie. Wie er las sie wenig, und wenn, dann waren es Fachbücher, sie liebte dieselbe Musik und war wie er ein Nachtmensch. Er begann immer öfter bei ihr zu übernachten.

Von Anfang an fragte sie ihn viel über seine Herkunft aus, sie wollte alles über seine Kindheit, sein Elternhaus, seinen Vater wissen und er erzählte ihr Details, die nicht einmal Katharina wusste. (Diese hatte auch nie so penetrant gebohrt.)

Was sie betraf, fragte er nicht viel, ganz einfach, weil ihn die Vergangenheit eines Menschen (ganz anders als Katharina) nie sonderlich interessiert hatte, ihn interessierte die Gegenwart. Er wusste nur, dass sie in der Nähe von Kitzbühel aufgewachsen war, auf einem großen Landgut, ihr Vater war früh gestorben, ihr Bruder Philipp lebte in Wien und war Neurochirurg. Das reichte ihm.

»Mein Bruder würde übrigens gut zu deiner Frau passen«, sagte sie einmal, »er ist genauso eine Leseratte und trinkt genauso gern süße Weißweine.«

»Oh mein Gott, ist er schwul?«, fragte Julius und sie bekamen beide einen Lachkrampf.

Am Wochenende bei seiner Familie hatte er ein schlechtes Gewissen, was er früher nie gehabt hatte. Es war nämlich das erste Mal, dass er auch am Wochenende intensiv an die Geliebte dachte und dass, wenn Katharina mit ihm schlafen wollte, er sich Stephanies Körper vorstellen musste, um sich überwinden zu können.

THOMAS' GESCHICHTE

Eines Tages, im August 1949, ist alles anders.

Heute, am 23. März 1965, sitze ich in der Küche meiner Eltern und denke: Wäre ich dort in diesem Uranbergwerk geblieben, wäre ich doch dort verreckt! Kein Hahn hätte nach mir gekräht! Meine Mutter hat nicht lang nach mir gesucht, sie hatte ihren Mann und meinen Bruder. Ich bin nichts Besonderes. Ein Müller, der nicht gerne Müller war. Ein Müller, der lieber Schriftsteller geworden wäre, aber dazu keine Begabung hat. Ha, Müller bleib bei deinem Leisten! Ein Müller, der jetzt nicht mehr gebraucht wird, weil es keine Mühle mehr zu Hause gibt. Nie wäre das Schreckliche passiert. Lu würde vermutlich heute mit ihrer Schwester Susanna in einem Wiener Kaffeehaus sitzen und plaudern oder an einem Konzertflügel viele Menschen mit ihrer Musik begeistern.

Nach dem Aufstehen bekommen wir wie üblich das Essen ausgeteilt, doch danach werden wir nicht in den Stollen getrieben. Alles mitnehmen und draußen antreten, heißt es. Überrascht sehen wir uns an.

Vor dem Stolleneingang stellen wir uns in Zweierreihen auf. Der Lagerkommandant geht an uns vorbei und betrachtet jeden. Er spricht Abschiedsworte und bedankt sich sogar für unseren Einsatz, wünscht uns alles Gute für die Zukunft. Seine Worte sind ungewohnt für uns, wir sehen uns betreten an.

Wir marschieren zum Hafen hinunter und erblicken erstaunt ein großes Schiff, aus dessen Schiffsbauch gerade Hunderte von

Häftlingen aussteigen. Es sieht aus, als würden Ameisen aus einem Loch hervorquellen.

»Der Nachschub ist da«, sagt Fritz, »uns haben sie erlöst und jetzt sind die armen Schweine dran.«

Die Überfahrt bis nach Magadan dauert drei Tage. Die Stimmung ist gut, wir sind überglücklich.

»Schlimmer als in diesem Bergwerk kann es nicht werden«, sagen alle.

Im großen Durchgangslager in Magadan werden wir genau registriert, man schreibt unsere Namen, Daten, Berufe, den Paragraphen und das Strafausmaß auf. Diese bürokratischen Maßnahmen geben uns endgültig das Gefühl, wieder in der Zivilisation zu sein. Einige von uns werden sofort ins Krankenhaus verlegt. Wir wissen nicht, wie lange wir hier bleiben werden, genauso wenig wissen wir, in welche Lager wir abtransportiert werden sollen. Wir dürfen uns ausruhen. Wie vor drei Jahren erhalten wir neue Kleidung und genug zu essen.

»Es ist wie im Paradies hier«, sagt Fritz genüsslich, als er sich auf seiner Pritsche ausstreckt.

Sogar Kissen und Decken sind vorhanden.

Fritz und ich fragen mehrere Leute nach Karl, aber niemand weiß etwas von ihm. Ich lungere vor dem Verwaltungsbüro herum und warte tagelang, bis die Sekretärin endlich alleine ist. Jemand sagte mir, dass die junge Frau, die selbst ein Häftling ist, gerne Auskunft gibt, wenn sie allein im Büro ist. Als ich sehe, dass alle das Büro verlassen haben, gehe ich schnell hinein und frage sie, ob Ludovica Steiner immer noch im Goldlager Kalinka ist. Sie sieht mich an und bekommt nasse Augen: »Sie müssen der junge Mann sein, der – mit ihr –. Ihr habt die Flucht versucht, nicht wahr? Alle wissen davon und alle halten euch für Helden.«

Ein Offizier nähert sich dem Büro und ich schlüpfe ängstlich durch die Tür hinaus. Ich stehe in der warmen Sonne und schaue zum blauen Himmel hinauf. Dieser Sommer ist wärmer als die vorigen. Meine Wattekleidung bringt mich zum Schwitzen.

Ludovica und ich sind also eine Legende.

Ich bekomme keine Gelegenheit mehr, die Sekretärin aufzusuchen.

Dann ist es so weit. Die Türen zu unserer Baracke werden aufgerissen, ein Wachsoldat schreit: »Abtransport!« Obwohl wir noch so sehr betteln, werden Fritz, Kristjan und ich getrennt. Wir umarmen uns mit Tränen in den Augen.

»Du überlebst, Thomas, hörst du?«, schärfen sie mir ein, »versprich uns das. Und wenn du nach Hause kommst, besuch unsere Familien und erzähl von uns.«

Ich verspreche es ihnen. Die Adressen der beiden weiß ich schon längst auswendig.

Ich komme mit einer kleinen Brigade von nur zehn Mann in eine Mühle etwas außerhalb von Magadan. Noch nie in meinem Leben sah ich so eine große Mühle, noch nie so riesige Mengen an Getreide! Es liegt tonnenweise in den Hallen. Alles ist automatisiert. Wir haben es gut getroffen, die Arbeit ist körperlich nicht sonderlich anstrengend und man behandelt uns menschlich. Wir wohnen neben der Mühle in einer Baracke, alle in einem Raum. Ich bin zuständig für die Walzenstühle, für deren Wartung und vor allem dafür, dass sie nicht überlastet werden, was vorher oft der Fall war. Man kommt mir mit Respekt entgegen und schätzt mein Wissen.

Die meisten, die dort bereits länger arbeiten, sind entlassene Häftlinge, denen man die Rückkehr in die Heimat verwehrt. Sie wohnen in einer anderen Baracke, erhalten ihren Lohn ausbezahlt und müssen für das Wohnen bezahlen. Verbannung ist sehr oft der Fall hier auf Kolyma, es lautet dann: Zehn Jahre

Haftstrafe, weitere zehn Jahre Verbannung, wie es zum Beispiel bei Jurij der Fall ist.

Jurij ist ein junger Moskauer, der Literatur studierte, und eines Nachts im Februar 1939 aus dem Bett heraus verhaftet wurde. Erst beim Verhör erfuhr er den Grund, er hatte sich einem anderen Studenten gegenüber angeblich abfällig über Stalin geäußert. Es half nichts, dass Jurij seine Unschuld beteuerte, er hätte nie gewagt, etwas Schlechtes über Stalin zu sagen, er wusste, was das bedeutete. Warum der Student ihn angeschwärzt hatte, weiß er immer noch nicht.

»Wenn ich heimkomme, dann werde ich als Erstes –«, sagt Jurij und unterbricht.

»Ihn aufsuchen und umbringen?«, frage ich.

»Ihn aufsuchen und nach seinen Beweggründen fragen«, sagt Jurij, »vielleicht habe ich ihm ja etwas Furchtbares angetan, dessen ich mir nicht einmal bewusst bin, und es war seine Rache?«

Ich schüttle lächelnd den Kopf. Der hagere Jurij mit dem früh ergrauten Haar ist ernst und melancholisch. Wir freunden uns an.

»Für mich bist du die typische russische Seele«, sage ich zu ihm und er lacht.

Wir reden viel, ich erzähle ihm auch von meiner Flucht nach Alaska. Jurij kann es kaum glauben.

»Ich hab von diesem Offizier Teljan gehört«, sagt Jurij, »im Sammellager in Magadan haben einige von ihm gesprochen. Er soll abartig sein. Einen jungen Mann ließ er einfach ohne Kleidung in der Kälte stehen, bis er erfror. Einen anderen hat er so lange ausgepeitscht, bis er nur noch ein blutiger Klumpen Fleisch war.«

Er erzählt mir von der russischen Literatur und von den aktuellen politischen Ereignissen. Da seine Haftstrafe vorbei ist, hat er Zugang zu Zeitungen.

»Die Beziehungen der Sowjetunion und der USA sind in den letzten Jahren merklich abgekühlt«, sagt er, »heute würden dich die Amerikaner sicher nicht mehr ausliefern. Du hast dir einfach nur den falschen Zeitpunkt ausgesucht. Den Tschuktschen und Eskimos wurde zum Beispiel der Kontakt verboten.«

Die Sirene am anderen Ende der Halle geht an, ich laufe hinunter. Ein Walzenstuhl ist verstopft.

In den folgenden Wochen unterhalten wir uns jedes Mal, wenn wir alleine sind, über verschiedene Fluchtwege.

»Weißt du, wie ich fliehen würde?«, sagt er. »Ich habe den perfekten Fluchtplan entwickelt, seitdem ich schon ein paar Mal im Hafen war, um beim Verladen der Mehlsäcke zu helfen.«

»Nein, sag es mir«, bitte ich ihn.

»Ich würde es an einem Feiertag versuchen, da sind sie alle betrunken. Sie trinken ziemlich ausgiebig ihren Wodka, nicht wahr? Ich schleiche mich in der Nacht in den Hafen und verstecke mich auf dem kleinen Frachtschiff ›Sachalin‹ im Laderaum hinter den Mehlsäcken. Das Schiff fährt im Sommer ständig mit einer Ladung Mehl und anderen Lebensmitteln, auch Medikamente sind dabei, zwischen Magadan und Uelen hin und her, die letzte Fahrt machen sie immer am frühen Morgen nach dem 8. September, da feiern sie hier in Magadan die Schlacht bei Borodino. Das Schiff eignet sich deshalb so gut, weil keine Soldaten an Bord sind, der Kapitän ist ein alter Tschuktsche, der mit seinen Söhnen diese Frachtfahrten durchführt. Sie nehmen es mit den Kontrollen nicht so genau und sind dem Wodka überhaupt nicht abgeneigt. Ich habe sie kennengelernt, sie mögen die Sowjets nicht besonders. In Uelen, das ist ein winziges Nest noch wesentlich nördlicher als Lawrentija, wo ein paar übrig gebliebene Tschuktschen hausen, die nichts anderes tun als trinken, schnapp ich mir ein kleines Boot und fahr damit bis nach Kanada. Ich weiß von zwei, die es geschafft haben.«

Sein Plan geht mir nicht aus dem Kopf.

Wieder bin ich Müller.

Ein Müller in Sibirien.

Ein Müller, der davon träumt, nach Hause zu kommen und dort ein erfolgreicher Schriftsteller zu sein.

Ein Schriftsteller, der mit seinem Mädchen, einer berühmten Pianistin, in New York auf einer Hotelterrasse sitzt und frühstückt.

Ich schimpfe mich selbst einen Dummkopf und muss über meine lächerlichen Träumereien den Kopf schütteln.

Ludovica. Wie mag es dir wohl gehen?

Ein Jahr später, im August, habe ich einen schlimmen Unfall. Ich stürze drei Meter von einer Leiter hinunter auf den Betonboden, wobei ich mit den Füßen aufkomme. Meine zertrümmerten Fersen werden im Krankenhaus von Magadan operiert. Als man mich in den Operationssaal schiebt, wehre ich mich panisch, weil ich Angst habe, dass nicht viel Federlesens gemacht wird und man mir einfach die Füße amputiert. Vier Sanitäter müssen mich festhalten, bis der Äther wirkt und ich einschlafe.

Nach dem Aufwachen stelle ich benommen fest, dass ich meine Füße noch habe. Sie sind sorgfältig verbunden. Außerdem stelle ich fest, dass die Schwester, die neben meinem Bett sitzt, Ludovica ist.

Sie lächelt mich an.

Zuerst denke ich, dass ich vielleicht gestorben bin und Lu mich im Himmel soeben empfängt. Dann denke ich, dass ich träume, dass mich die Narkose noch benommen macht und ich Halluzinationen habe.

»Thomas, ich bin es wirklich«, flüstert sie und fasst nach meiner Hand.

Ich kann es kaum glauben und starre sie an. Ihr Gesicht wirkt nicht mehr so schmal und kindlich wie früher, sie wirkt erwachsener. Sie ist eine Frau geworden. Meine Tränen kann ich nicht zurückhalten. Ich japse nach Luft.

»Pst«, sagt sie und hält den Finger an die Lippen, »wir müssen aufpassen.«

Wir erzählen uns flüsternd, was in den letzten drei Jahren passiert ist. Ludovica ist seit einem Monat Krankenschwester im Krankenhaus von Magadan. Vorher war sie mehr als zwei Jahre lang im Lazarett des Goldschürflagers Kalinka tätig. Teljan nimmt sie – mit dem Klavier – überallhin mit. Wie früher muss sie ihm mehrmals in der Woche vorspielen. Sie sieht seiner verstorbenen Frau sehr ähnlich und er betrachtet sie als sein Eigentum. Damit es nicht allzu sehr auffällt, verschafft er ihr in jedem Lager, in dem er in der Leitung tätig ist, irgendeine Arbeit. Zurzeit ist er für einige Wochen in Moskau auf Urlaub, da sein Vater gestorben ist, muss er sich um die Hinterlassenschaft kümmern.

»Behandelt er dich gut?«, frage ich sie leise und betrachte aufmerksam ihr Gesicht.

Sie weicht meinem Blick aus und beginnt schließlich zu weinen. Ich weiß sofort Bescheid. Und in dem Augenblick entschließe ich mich endgültig zur Flucht.

»Hat es damals auf dem Schiff angefangen?«, frage ich sie.

Sie nickt: »Seither ist es zur Gewohnheit geworden. Es passiert Gott sei Dank nicht sehr oft, nur ein bis zwei Mal im Monat und ich wehre mich auch nicht mehr. Er ist nicht grob zu mir, er behandelt mich recht gut. Er kümmert sich um viele Dinge, ich habe bessere Bedingungen als die anderen Häftlinge.«

Zahlreiche Bilder ihrer nackten Körper schießen mir in den

Kopf. Mir wird schwindlig. Dass ich mehr als eifersüchtig bin, wahnsinnig vor Schmerz, will ich mir nicht anmerken lassen.

»Das ist nicht die Lu, die ich kenne«, sage ich bitter, »du hast resigniert.«

Sie sieht hoch und wird rot. Wut macht sich in ihrem Gesicht breit.

»Was soll ich machen? Er kann mich jederzeit erschießen oder in einem Karzer verhungern lassen! Ich habe keine Wahl!«, sagt sie und steht auf. »Du bist verdammt selbstgerecht, Thomas! Ich will doch einfach nur überleben und nach Hause kommen!«

Sie fängt zu weinen an.

»Alles, was ich will, ist nach Hause kommen!«, sagt sie und geht schnell weg.

Ich brauche Stunden, um mich zu beruhigen. Immer wieder sage ich mir, dass es nur ihr Überlebenswille ist, der sie das tun lässt, dass es keine Liebe ist. Als sie wieder nach mir sieht, sie tut es mit verschlossenem Gesichtsausdruck, greife ich nach ihrer Hand und entschuldige mich.

»Ich konnte dich die ganze Zeit nicht vergessen«, flüstere ich, »deshalb habe ich so reagiert, es tut mir leid.«

»Ich habe auch jeden Tag an dich gedacht«, flüstert sie, während ihr Tränen über die Wangen laufen.

Ich erzähle ihr von Jurijs Fluchtplan.

21. DEZEMBER 2012: PHILIPP
HUMBERT HUMBERT UND WILBUR LARCH

Er erkannte sie sofort wieder.

Sie kam langsam die Treppen herunter, neben ihr ein großer, älterer Herr, der etwas Majestätisches an sich hatte, das ihm sofort ins Auge stach, und der eine Ähnlichkeit mit jemandem hatte, den er früher einmal gekannt hatte, doch es fiel ihm beim besten Willen nicht ein, vielleicht täuschte er sich auch. Die beiden kamen den Gang entlang auf ihn zu, auf ihn, seine weinende Mutter, den Arzt und den Polizisten.

Die große Gestalt, der aufrechte Gang, das schöne, symmetrische Gesicht, die langen Haare. Wie hätte er sie nicht erkennen sollen? Er hatte sie danach wochenlang nicht aus dem Kopf bekommen.

Was zum Teufel machte sie hier im Keller des Bezirkskrankenhauses? Was hatte sie mit seiner Schwester zu tun? War sie eine Freundin? Wer hatte sie angerufen? Sein Gehirn arbeitete langsam, es war, als ob sich Nebelschleier darübergelegt hatten, er verstand nichts. Er war immer noch geschockt von der Tatsache, dass seine Schwester nicht mehr lebte, dass ein Lkw in ihr Auto gedonnert war und sie zu Brei gefahren hatte. Er konnte kaum klar denken.

Und plötzlich dämmerte es ihm: Die Frau, ihr Name war Katharina, das wusste er noch, hatte nichts mit seiner toten Schwester zu tun, sie hatte mit dem Mann zu tun, der neben dem Auto seiner Schwester auf dem Gehsteig gestanden und von dem Lkw ebenfalls erwischt worden war. Sie musste seine Frau sein! Sie, Katharina, war die Frau des Verunglückten, der zufälligerweise seine Schwester nach dem Weg gefragt hatte, in dem Augenblick, als der Lkw auf die Gegenfahrbahn geriet, so hatte es ihnen die Polizei berichtet.

Was für ein eigenartiger Zufall.

Philipp hatte Katharina vor sieben Wochen in einem Hotel in Tirol kennengelernt, es war Anfang November gewesen. Er war Teilnehmer eines Ärztekongresses in Innsbruck gewesen und wollte, bevor er nach Wien zurückfuhr, noch eineinhalb Tage wellnessen und entspannen. (Stephanie empfahl ihm das Interalpen-Hotel, das sich dreißig Kilometer westlich von Innsbruck, mitten im Wald, befand, wir erinnern uns daran.)

Beim Abendessen am Samstag fiel sie ihm bereits auf, sie saß einem Mann gegenüber, der mit dem Rücken zu ihm saß, und sie strahlte diesen Mann voller Liebe an. Er war neidisch, seine Scheidung lag drei Jahre zurück, zu lange war er schon allein. Als er vom Buffet zurückkam, waren die beiden weg.

Am Sonntagmorgen stand er sehr früh auf, schwamm mehrere Runden im Becken und legte sich dann in den Ruheraum, um zu lesen. Als die Tür aufging, kam sie herein, mit einem Buch in der Hand, er sprach sie an und sie kamen ins Gespräch. Die meiste Zeit sprachen sie über Bücher, sie war wie er, sie las ein Buch nach dem anderen, brauchte dieses Eintauchen in eine fremde Welt.

»Wer ist Ihre absolute Lieblingsfigur?«, fragte sie ihn.

Er überlegte eine Weile und antwortete dann: »Ich glaube, das ist Humbert Humbert in Nabokovs ›Lolita‹.«

Sie verzog das Gesicht und er lachte: »Der Mann tut mir leid. Zu wissen, ein pervertierter Kerl zu sein und so bedingungslos zu lieben, muss furchtbar sein. Und Ihre?«

»Ich glaube, der Arzt Wilbur Larch in ›Gottes Werk und Teufels Beitrag‹ von John Irving. Kennen Sie das Buch?«

Philipp nickte.

»Er ist keiner, der verurteilt, und das gefällt mir an ihm. Er akzeptiert die Entscheidungen der Frauen auf so positive Weise. Wenn sie eine Abtreibung haben wollen, bekommen sie ihre Abtreibung, wenn sie das Kind entbinden wollen, es aber nicht aufziehen können, nimmt er es in sein Waisenhaus auf. Er ist voller Liebe.«

Sie fachsimpelten lange über Autoren, Bücher und ihre Charaktere, bis sie auf die Uhr sahen und von den Liegen aufstanden, Katharina wollte frühstücken gehen, wo sie Julius treffen würde, Philipp hatte schon gefrühstückt und musste abfahren.

»Ich heiße Philipp.« Er gab ihr die Hand.

»Katharina«, sagte sie.

»Sie sind zu zweit hier?«, fragte er neugierig und fügte schnell hinzu: »Ich habe Sie gestern beim Abendessen mit jemandem gesehen.«

»Ja, mit meinem Mann«, sagte sie und errötete leicht, »er ist Pharmareferent hier in Tirol, und ja, wir leben in Oberösterreich, und ich wünsche mir sehr, dass er sich wieder eine Arbeit in unserer Nähe sucht, damit wir nicht so viel getrennt sind. Darüber haben wir gestern gesprochen. Wozu erzähl ich Ihnen das?«

Sie lachte verlegen.

»Und? Will er es auch?«

»Ja, er ist einverstanden, er will es auch«, sagte sie glücklich.

»Das ist gut. Ein Neustart ist immer gut. Ich freue mich für Sie«, sagte Philipp.

»War nett, mit Ihnen zu plaudern«, sagte sie und reichte ihm lächelnd die Hand.

»Auf Wiedersehen, Katharina«, sagte Philipp.

Er erinnerte sich auch noch an den Gedanken, den er gehabt hatte, als er sie hinter der Ecke verschwinden sah, er dachte:

Warum sage ich eigentlich »Auf Wiedersehen«, ich werde sie bestimmt nie wiedersehen, es sei denn, sie rennt versehentlich in Wien vor ein Auto und wird ins AKH eingeliefert, wo festgestellt wird, dass sie an einem Gehirntumor leidet.

Und jetzt sah er sie wieder.

Offensichtlich sah er im Wintermantel anders aus als im Bademantel, denn sie schien ihn nicht zu erkennen. Sie sah blass und müde aus, hatte geschwollene Augen. Sie weigerte sich, mit in die Leichenkammer zu gehen, und deshalb begleitete der ältere Mann den Polizisten alleine. Sie setzte sich auf einen der Stühle und starrte an die Wand. Als der Mann zurückkam, schaute sie ihm gespannt ins Gesicht, er nickte und sie brach weinend zusammen.

Philipp brachte die beiden in ein Hotel und fragte den Mann, ob er noch Schlaftabletten aus einer Apotheke besorgen sollte, was der Mann dankend annahm.

»Ich bin übrigens Philipp Mangold, der Bruder von Stephanie. Sie ist – war in diesem Auto«, sagte er und reichte Arthur die Hand. Katharina saß auf einem Stuhl, sie wäre beinahe umgekippt.

»Arthur Bergmüller, das ist meine Schwiegertochter Katharina. Julius und sie haben vier Kinder«, sagte der Mann.

Vier Kinder!

(Eigentlich hätte Katharina der Name Stephanie Mangold etwas sagen müssen, da sie sich aber im Schockzustand befand, war das nicht der Fall, erst Tage später dämmerte es ihr und sie brach völlig zusammen. Philipp hätte der Name Bergmüller etwas sagen müssen, da dies aber ein verbreiteter Name in Österreich ist, war das nicht der Fall.)

Philipp kam mit Beruhigungs- und Schlaftabletten zurück ins Hotel, überreichte sie Arthur und sagte ihm, wie viel er Katharina davon verabreichen durfte. Sie war bereits auf dem Zimmer.

»Ich kümmere mich um alles, Herr Bergmüller, ich rufe morgen ein Bestattungsinstitut an, das die Überstellung übernehmen kann«, sagte Philipp, »wenn Sie nichts dagegen haben, komme ich morgen früh her und bringe Sie zu Ihrem Auto.«

Arthur gab ihm seine Visitenkarte und bedankte sich. Philipp fuhr zu seiner Mutter.

Obwohl er um Stephanie trauerte und mit den Begräbnisvorbereitungen und vor allem mit seiner Mutter, die einen Zusammenbruch erlitten hatte, sehr beschäftigt war, ließ ihn der Gedanke an Katharina nicht los. Er hoffte die ganze Zeit auf einen Anruf aus P. Am Abend nach Stephanies Bestattung rief er Arthur an und erfuhr, dass Julius' Begräbnis am nächsten Tag stattfinden sollte. Spontan entschloss er sich hinzufahren.

Er parkte außerhalb des Ortes und spazierte hinein. In der Kirche fand gerade die Begräbnismesse statt, er setzte sich in eine der hinteren Reihen und hörte zu. Die Kirche war fast ganz voll, vorne links konnte er Katharina erkennen, neben ihr die vier Kinder und Arthur. Zwei blonde Mädchen, ein älteres und ein jüngeres, standen auf und lasen einen bewegenden Text, den sie selbst geschrieben hatten, die Kleinere fing dabei zu schluchzen an. Er hieß »Das war mein Vater« und rührte alle in der Kirche zu Tränen, auch ihn.

Als sich die Prozession mit dem Sarg in Gang setzte, schloss er sich hinten an. Auf dem Friedhof sprach der Pfarrer noch ein paar Worte, bevor der Sarg hinabgelassen wurde und jeder Trauergast mit einer kleinen Schaufel Erde hineinwarf. Als er vortrat, um Katharina sein Beileid auszusprechen, schüttelte sie seine Hand und sagte nichts. Sie sah aus, als hätte sie einige Kilo abgenommen.

Arthur schüttelte herzlich seine Hand und sagte: »Schön, dass Sie gekommen sind. Gehen Sie doch nachher mit zum Leichenschmaus, es würde uns sehr freuen!«

Im Gasthaus saß er, das hatte Arthur spontan entschieden, an der großen Tafel mit Familie Bergmüller und einer anderen Familie, das Paar hieß Doris und Andreas und war offenbar mit Katharina gut befreundet. Die vier blonden Kinder saßen wie die Orgelpfeifen zwischen Katharina und Arthur und Philipp stellte fest, dass sie wie die Mutter groß, blond und blauäugig waren, selbst dass die Art zu sprechen eine ähnliche war. Sie alle sahen aus, als wären sie ihr aus dem Gesicht geschnitten.

Ob Julius das gestört hatte?, fragte er sich, hatte er sich manchmal gewünscht, dass wenigstens eines so wäre wie er?

Man beäugte ihn neugierig und die Jüngste, sie hieß Luisa, fragte ihn unverblümt: »Bist du der Bruder von der Frau, die auch überfahren wurde?«

»Ja, der bin ich«, sagte er.

»Warum bist du hier?«, fragte sie weiter. »Du hast meinen Papa ja gar nicht gekannt.«

»Weil ich gerade in der Nähe war, und da dachte ich, ich schaue vorbei«, sagte er und warf Katharina einen Blick zu.

Er merkte, dass sie ihn aufmerksam betrachtete.

(Es ist unnötig zu erwähnen, dass er ihr gefiel, er hatte ihr schon im Interalpen-Hotel gefallen, sie stand auf große dunkelhaarige Männer mit Brille.)

Später, als alle das Gasthaus verließen, waren sie einen Moment allein.

»Wie geht es Ihnen?«, fragte er sie leise.

Sie zuckte nur mit den Schultern und schüttelte leicht den Kopf, er merkte, dass sie die Tränen zurückhalten musste.

»Nicht besonders gut, wie Sie sich denken können«, sagte sie bitter, »und Ihnen?«

»Es geht, ich muss zugeben, ich hatte wenig Kontakt mit meiner Schwester«, antwortete er, »für meine Mutter ist es schlimmer, die beiden hatten eine sehr enge Bindung.«

Sie verließen das Gasthaus und er begleitete sie zum Auto, wo zwei der Kinder schon warteten, die beiden anderen stiegen gerade zu Arthur ins Auto.

»Mein Mann hat sechs Jahre lang als Pharmareferent in Westösterreich gearbeitet und vor Kurzem gekündigt, er wollte wieder mehr bei uns sein. Im Frühling wollten wir außerdem für längere Zeit alleine verreisen. Ich habe mich sehr darauf gefreut«, sie knetete ihre Hände, »ja, es hätte ein Neuanfang werden sollen.«

»Ich weiß«, sagte Philipp und dann gab er sich einen Ruck und fragte sie: »Erinnern Sie sich nicht an mich?«

»Wie meinen Sie das? Natürlich erinnere ich mich an Sie! Sie waren in diesem Krankenhaus in Kitzbühel, Sie sind der Bruder der verunglückten Frau«, sagte Katharina irritiert.

»Ihre Lieblingsfigur ist Dr. Wilbur Larch in ›Gottes Werk und Teufels Beitrag‹ von John Irving, weil er den Frauen hilft, egal ob sie sich eine Abtreibung wünschen oder ein Waisenkind zurücklassen«, sagte er.

Katharina blieb abrupt stehen und sah ihn erstaunt an.

»Das ist jetzt nicht wahr!«, sagte sie. »Das gibt es einfach nicht!«

»Wir haben uns in diesem Wellnesshotel im November unterhalten, im Ruheraum, wissen Sie noch?«

Sie nickte.

»Was für ein eigenartiger Zufall«, sagte sie.

Sie sah an ihm vorbei und presste ihre Lippen zusammen.

»An dem Wochenende war ich so glücklich«, sagte sie.

Und dann begann sie zu weinen.

Sie konnte sich gar nicht mehr beruhigen.

THOMAS' GESCHICHTE

Auch Lu gefällt Jurijs Fluchtplan von Anfang an.

Fünf Wochen lang liege ich im Krankenhaus und habe immer wieder Gelegenheit, sie zu sehen. Dass Teljan nicht anwesend ist, ist unser großes Glück. Als ich ihr vorschlage, den Plan in die Tat umzusetzen, lehnt sie zunächst ab. Ihr sitzt immer noch der Schreck im Nacken, als uns die Eskimos zur Küste hinunterbrachten und plötzlich Sowjetsoldaten vor uns standen.

»Das war so schrecklich damals«, sagt Lu, »und Teljan hat mir gedroht. Falls ich es noch einmal wagen sollte zu fliehen, würde er nicht mehr so gnädig sein.«

»Deshalb sollten wir seine Abwesenheit nützen«, antworte ich.

»Du wirst sehen, wir kommen aufgrund von politischen Umständen frei«, sagt sie, »wir sind schon fast fünf Jahre hier, irgendwas wird passieren.«

»Was soll denn passieren?«, frage ich sie, »ich habe immer noch zehn Jahre Haft vor mir und du sogar fünfzehn.«

Sie sitzt da und starrt an die Wand, wieder laufen ihr Tränen über die Wangen. Ich habe das Gefühl, dass sie die Hoffnung aufgegeben hat.

»Die müssen doch etwas für uns tun«, sagt sie verzweifelt und presst ihre Fäuste an die Schläfen, »die Politiker zu Hause, unsere Familien, das Rote Kreuz oder sonst irgendwer muss doch dafür kämpfen, dass wir alle wieder heimkommen!«

Eines Nachts kommt sie zu mir an mein Krankenbett, weckt

mich und sagt: »Ich komme mit, egal was und wie du es planst. Alles ist besser, als hier dahinzuvegetieren.«

Später, als wir dann bei den Rentiertschuktschen festhängen, erzählt sie mir den Grund. Teljan habe ihr einmal im betrunkenen Zustand gesagt, er werde dafür sorgen, dass sie nie wieder nach Hause komme, selbst nach ihrer Freilassung werde er sie zwingen, bei ihm zu bleiben. Die Macht dazu habe er.

Am 8. September 1950, am Jahrestag der Schlacht bei Borodino, brechen wir auf. Unsere Flucht ist – dank Jurij – bis ins letzte Detail geplant.

Es gelingt Ludovica, aus der Wäscherei Kleidung von einem Unteroffizier und einem weiblichen Leutnant zu entwenden, beide sind verletzt und befinden sich zurzeit auf der Krankenstation des Wachpersonals. Aus der Küche lässt sie immer wieder Proviant mitgehen.

Eines Nachts ziehen wir uns um und verlassen das Gebäude. Dank unserer Uniformen kommen wir ungehindert in den Hafen hinunter.

»Oh mein Gott, hier wimmelt es nur so von Soldaten!«, sage ich.

Ein knurrender Hund kommt auf uns zu und wir müssen unser Zittern unterdrücken. Der Hund beschnuppert uns und läuft wieder weg. Mehrere Soldaten kreuzen unseren Weg, aber sie scheinen keine Notiz von uns zu nehmen, die meisten grüßen nicht einmal. Viele stehen oder sitzen in Gruppen beieinander und trinken.

Wir gehen die Hafendämme ab und suchen das Frachtschiff »Sachalin«. Endlich finden wir es und klettern hinüber. Im Laderaum verstecken wir uns zwischen den Mehlsäcken, dann beginnt das qualvolle Warten. Da wir im Stockdunkeln sitzen, wissen wir nicht, wie viel Zeit schon verstrichen ist. Diese

Nacht kommt uns wie eine Ewigkeit vor. Was, wenn das Schiff nicht am frühen Morgen ausläuft, weil es zum Beispiel einen Motorschaden hat oder weil es einen Wetterumschwung gab und das Meer überraschend früh zugefroren ist? Was, wenn die Suche nach uns das Auslaufen verhindert?

Unsere Angst ist unberechtigt. Wir hören den Motor starten und spüren die Bewegung im Wasser. Die tagelange Fahrt geht gut, niemand schaut bei den Mehlsäcken nach. Das Sitzen im stockdunklen Laderaum wird nach einer Weile schwierig und mühsam, auch verschütten wir versehentlich unser restliches Wasser, sodass der Durst qualvoll wird. Wir können nur hoffen, dass nichts Unvorhergesehenes passiert und wir bald in Uelen ankommen. Wenn die Kälte einbricht, das Schiff im Eis stecken bleibt, ein Eisbrecher angefordert werden muss, wären wir viele Wochen länger unterwegs und würden verdursten. Lu wird immer schwächer.

Das Schiff wird langsamer und bleibt endlich mit einem Ruck stehen. Wir atmen auf und verstecken uns ganz hinten. Schritte eilen hin und her, die Tür zum Laderaum wird aufgerissen, zwei Männerstimmen sind zu hören. An den Geräuschen hören wir, dass sie mit dem Ausladen beginnen, und ich werde panisch. Schweißüberströmt hocke ich da, an die Wand gedrückt. Wenn sie alle Säcke noch heute ausladen, werden sie uns entdecken, und dann ist alles vorbei.

An die Hälfte der Säcke wird hinausgetragen, dann beschließt man, es für heute gut sein zu lassen. Wir sind wieder allein, mein Herzschlag beruhigt sich. Wir warten, bis alles auf dem Schiff ruhig ist, bis wir uns aus unserem Versteck wagen, vorbei an der Küche, in der ein Mann schnarcht. Wir schaffen es bis an Deck und stellen mit Entsetzen fest, dass ein heftiger Schneesturm tobt. Wir sehen nichts, rein gar nichts, buchstäblich nur die Hand vor Augen. Wir klettern vorsichtig die Strickleiter hinunter und stellen fest, dass das Schiff im Eis feststeckt. Große Eisschollen treiben um die Schiffswand herum, zwei Meter weiter befindet sich festes Eis.

»Wie haben sie die Säcke an Land gebracht?«, frage ich verwundert.

»Vermutlich sind sie auf dem Packeis bis an die Küste gegangen. Das Eis ist anscheinend fest genug«, sagt Lu.

Wir steigen auf eine große Eisscholle und springen hinüber auf das Packeis. Die Angst sitzt mir im Nacken. Was, wenn es bricht?

Wir gehen los und verlieren schnell die Orientierung in diesem Schneegestöber. Wir wissen nicht, ob wir uns Richtung Festland bewegen oder auf dem Eis weiter hinaus aufs offene Meer. Lu wird immer schwächer, ich muss sie stützen. Der Wind geht so stark, dass er uns mehrmals umwirft. Wir halten unsere Hände schützend vor das Gesicht und tasten uns mit den Füßen Schritt für Schritt vorwärts. Eine Ewigkeit sind wir unterwegs. Lus Beine versagen, sie stürzt, ich schleppe sie weiter. Meine Lunge schmerzt vor Anstrengung, mein Kopf dröhnt, vor meinen Augen wird es schwarz.

Als ich aufwache, merke ich, dass ich getragen werde. Ich wehre mich verzweifelt und bekomme einen Schlag auf den Kopf. Und mit diesem Schlag auf den Kopf, den mir der alte Tschuktsche Jako mit einem Gewehr verpasste, beginnt die schönste Zeit meines bisherigen Lebens.

Drei Tschuktschen haben uns gefunden und uns an Land getragen, auf Schlitten gelegt und mit in ihr Lager im Landesinneren genommen, wo sie uns gut versorgten. Aufgrund unserer Uniformen glaubten sie, wir seien höherrangige sowjetische Soldaten, und einige erhofften sich eine spätere Belohnung von der Kommandantur. Nicht so der alte Jako und seine Frau Kelena, sie merkten sofort, dass wir geflohene Häftlinge sein mussten, und bestanden deshalb darauf, dass wir in ihrer Jaranga untergebracht wurden.

Der Schneesturm lässt tagelang nicht nach und wir sind gezwungen, bei Jako und Kelena zu bleiben, wir haben keine Wahl. Sie sind von Anfang an freundlich und ohne Misstrauen. Ihre Haut sieht aus wie gegerbtes Leder, ihr Mund ist voller Zahnlücken. Offen erzählen sie, welchen Repressionen sie unter den Sowjets seit den dreißiger Jahren ausgesetzt waren, und ermuntern uns, unsere Geschichte zu erzählen. Nach langem Zögern tun wir es. Man stellt uns einen eigenen Polog, das ist ein abgegrenzter Bereich zum Schlafen, zur Verfügung. Sie behandeln uns gut, obwohl wir für sie nur zwei zusätzliche Esser sind. Doch wir wollen weiter, wir möchten noch in diesem Jahr hinüber auf den amerikanischen Kontinent gelangen und bitten die beiden, ob sie uns helfen können, ein Boot zu bekommen.

Die zwei alten Menschen lachen: »Ihr seid zu spät dran. Die Beringstraße ist zugefroren, ihr müsst bis nächsten Frühling warten!«

Wir sind entsetzt. Das wäre beinahe ein Jahr, zumindest acht Monate, wenn nicht neun! Die beiden winken ab, als wäre das nichts. Offenbar hat man hier oben in der Kälte ein anderes Zeitgefühl.

Wir bleiben und fühlen uns wohl, werden träge.

Jede Nacht liegen wir zueinander gewandt da und flüstern miteinander. Wir erzählen uns von unserer Kindheit, von unserer Jugend, von den Familien, von den Freunden. Lu schildert mir die Städte Wien, London und New York so gut, dass ich das Gefühl habe, ich wäre bereits dort gewesen. Wir schmieden Pläne für die Zukunft. Wir lachen und balgen uns wie kleine Kinder, wir lieben uns.

Nach einer Weile zeigt man uns ein paar Tätigkeiten, die

wir verrichten können, und wir helfen den beiden Alten gerne. Beim ersten Mal, als ich beim Töten und Häuten eines Renkalbs dabei bin, dreht es mir den Magen um und ich muss erbrechen. Später mache ich es selbst. Das Leben ist hart und einfach, doch es gefällt mir.

»Mein Sohn ist in Leningrad, dort studiert er«, jammert Jako, »er ist ein eingefleischter Kommunist«, dabei spuckt er auf den Boden, »anstatt dass er hier bei seinen alten Eltern ist und ihnen hilft.«

Die Menschen in den anderen Jarangas beobachten uns, die meisten sind uns wohlgesinnt und interessieren sich für unser früheres Leben in Europa. Besonders die jungen Leute fragen uns immer wieder aus. Was esst ihr da? Welche Kleidung tragen die Leute? Welchen Berufen gehen sie nach? Nur bei Illotsch, einem jungen Mann, merken wir, dass er uns nicht leiden kann und es ihm lieber wäre, wenn wir sofort wieder verschwänden.

Noch nie erlebten wir solche Gastfreundschaft und Herzlichkeit. Oft sitzen wir mit Jako und Kelena am Feuer und unterhalten uns mit Geschichten. Ich höre so gerne die raue Stimme des Alten, wenn er von früher erzählt, als es noch keine Sowjets in Tschukotka gab. Einmal wird Kelena zu einer Geburt gerufen und sie nimmt Ludovica mit. Am Abend kommt sie freudestrahlend zurück in die Jaranga und umarmt mich heftig: »Das war ein wunderschönes Erlebnis, Thomas! Wunderschön! Es ist ein kleiner Junge und die Mutter hat einfach vor allen Leuten entbunden, als wäre es das Natürlichste der Welt! Eigentlich ist es ja das Natürlichste der Welt. Ich möchte später unbedingt Kinder haben.«

Kelena zwinkert mir zu: »Ein Glück, dass es Pylmaus vierte Geburt war und deshalb ganz schnell und leicht ging, sonst würde sie etwas anderes sagen.« Auch Jako muss lachen.

Wir sehnen den Sommer herbei, dann schmilzt das Eis und der Weg zum anderen Kontinent wird frei. Jako und sein Freund Tnarat versprechen, sobald die Überfahrt möglich ist, uns zu Verwandten an die Küste zu bringen. Mit einer Menge Rentierfellen werden die beiden die Waljäger dafür bezahlen, dass sie uns an die kanadische Küste bringen, zu Händlern, die sie bereits sehr lange kennen und mit denen sie ein bis zwei Mal im Sommer Gewehre gegen Rentier- und Polarfuchsfelle eintauschen.

»Eigentlich haben uns die Sowjets verboten, mit den Eskimos in Kanada und Alaska Handel zu treiben, doch wir halten uns nicht immer daran«, sagt Jako, »wir haben jahrhundertelang mit ihnen Handel getrieben und lassen es uns nicht verbieten. Allzu viel sollte man es allerdings nicht herumerzählen, es gibt auch unter uns Tschuktschen so manchen Sowjetgetreuen.«

Eines Tages im Mai, wir wollen in einer Woche mit Jako und Tnarat aufbrechen, stürzt ein Junge in die Jaranga und schreit: »Jako, komm, dein Sohn ist da! Er sitzt in der Jaranga des Ältesten! Alle sind schon da!«

Jako und Kelena sehen uns bestürzt an.

»Er darf euch nicht sehen!«, sagt Kelena, »ihr müsst sofort aufbrechen!«

Jako macht sich schnell auf den Weg, um seinen Sohn zu begrüßen, damit dieser keinen Verdacht schöpft. Er umarmt uns und eilt davon. Kelena packt Proviant in zwei Felltaschen und reicht sie uns.

»Lauft so schnell ihr könnt Richtung Norden, nach ein paar Tagen werdet ihr an die Küste kommen. Fragt nach Amol und bittet ihn um die Überfahrt, sagt ihm, wir werden ihn mit Polarfuchsfellen bezahlen«, sagt sie, »bitte seid vorsichtig und bitte nennt unsere Namen nicht, wenn sie euch schnappen. Die Sowjets würden uns hart bestrafen.«

Kelena schaut beim Zelteingang hinaus und sieht sich um, dann deutet sie uns. Wir verlassen die Jaranga, in der wir acht Monate lang gelebt haben, und laufen gebückt los. Es gibt keinen Wald, in dem wir uns verstecken können, nur vereinzelt Sträucher und Steine. Wir laufen, so schnell wir können, weiter und weiter, stundenlang, bis es dämmert und wir erschöpft bei einem Gestrüpp Rast machen. Wir beschließen, an dieser Stelle zu übernachten, und essen etwas vom Proviant. Wir besprechen noch einmal die Geschichte, die wir erzählen werden, falls wir in die Hände von Sowjets fallen: Wir sind ein Lehrerehepaar, das aus Litauen stammt und das tschuktschische Kinder in ihren Jarangas unterrichtet. Beide bemühen wir uns, die Angst zu unterdrücken und zuversichtlich zu sein.

Am frühen Morgen laufen wir weiter. Gegen Abend sehen wir die Küste vor uns. Begeistert umarmen wir uns. Wir gehen den Abhang hinunter und stehen unmittelbar vor dem Meer, doch ringsum befindet sich nichts, keine Fischerboote, keine Siedlung, gar nichts. Schließlich entscheiden wir uns, die Küste Richtung Osten entlangzugehen.

In der dritten Nacht im Freien findet man uns. Mit Fußtritten werden wir geweckt, ein starker Lichtstrahl blendet uns, sodass wir nicht erkennen, wer uns gefunden hat. Sind es Soldaten oder einfache Tschuktschen? Ich sage mein eingelerntes Sprüchlein auf: Wir sind Lehrer, unterrichten seit Jahren tschuktschische Kinder und müssen weiter nach Uelen. Dröhnendes Gelächter folgt. Eiseskälte kriecht in mein Innerstes. Ich sehe Lus panisch verzerrtes Gesicht im Licht und versuche einen Scherz: »He, Frau, vielleicht brauchen wir nicht mehr laufen, vielleicht bringen uns die Herrschaften ja mit dem Auto nach Uelen.«

»Da könnt ihr drauf wetten«, sagt jemand lachend, »wir bringen euch zur Militärkommandantur in Uelen.«

Man zerrt uns hoch und schleppt uns zu einem Jeep. Eingequetscht zwischen zwei Soldaten sitzen wir hinten und werden auf unserer Fahrt durch die karge Tundra durchgerüttelt. Lu muss sich übergeben.

»Jop twoju math!«, schreit der Soldat neben ihr.

Ich kann die Panik nicht mehr genau beschreiben, hier in der Küche meiner Eltern, vierzehn Jahre danach. Ich weiß nur noch, dass sie elementar von mir Besitz ergriffen hat.

Mir ist die ganze Zeit speiübel. In der Kommandantur verlangt man unsere Papiere und ich zeige das abgegriffene Dokument, das mir Jako gab. Der Leutnant schüttelt nur den Kopf und gibt es mit der Anweisung, es zu überprüfen, weiter. Stundenlang werden wir getrennt verhört und anfangs ist man noch freundlich, bis sich plötzlich der Ton ändert. Ich bleibe hartnäckig bei der Version, dass wir herumziehende Lehrer seien, stark hoffend, dass Lu sich nicht einschüchtern lässt und bei derselben bleibt. Ständig geht jemand ein und aus und berichtet flüsternd dem Leutnant, bis sich plötzlich dessen Gesicht wütend verzieht. Er springt auf und schreit mich an: »Hör auf zu lügen! Ich weiß Bescheid, wer ihr seid!«

Ich werde in einen Karzer gesperrt. Der Durst ist unerträglich, den ganzen Tag bekomme ich nichts zu essen und zu trinken. Auch am nächsten Tag bekomme ich nichts, ich bleibe im Karzer, niemand kommt und holt mich. Am Tag darauf holt man mich wieder zum Verhör. Mittlerweile kennt der Leutnant meinen und Lus Namen und verlangt von mir die Namen der Tschuktschen, die uns so lange beherbergt haben. Ich schweige und er deutet dem jungen Soldaten, der daraufhin mit Fäusten und Füßen auf mich einschlägt, bis ich bewusstlos werde. Man lässt mich einfach liegen. Als ich aufwache, zerrt mich der Soldat wieder auf den Stuhl.

»Sie hat schon gestanden, dass ihr entflohene Häftlinge seid«, sagt der Leutnant grinsend zu mir, »willst du nicht die Wahrheit sagen?«

Ich weiß nicht, ob er die Wahrheit sagt oder ob es eine Falle ist, und schweige.

»Meinetwegen schweigst du bis ans Ende deiner Tage«, sagt er, weiterhin ekelhaft grinsend, »es tut nichts mehr zur Sache. Wir wissen genauestens Bescheid über euch. Morgen werdet ihr abgeholt.«

»Wohin bringt man uns?«, frage ich schnell.

Doch er antwortet nicht und verlässt den Raum.

Am nächsten Tag sehe ich Lu wieder, als man uns in den Jeep setzt. Sie sieht furchtbar aus, offensichtlich wurde sie auch geschlagen. Mein Herz krampft sich zusammen.

Alles war umsonst, alles ist vorbei.

Wir wissen nicht, was uns erwartet. Die Todesstrafe? Monatelanger Karzer? Ich hoffe sogar, dass wir bei Teljan abgeliefert werden, denn er wird Lu sicherlich verschonen.

Wie konnte ich mich so täuschen!

Wir sind fast zwei Tage lang unterwegs. Die Soldaten sind schweigsam und unfreundlich, doch sie geben uns immerhin zu essen und zu trinken, sogar einen Schluck aus ihrer Wodkaflasche bekommen wir ab. Unsere Hände sind ständig auf dem Rücken gefesselt und da offensichtlich Handschellen fehlen, verwendet man einfache Stricke. Wie im Mittelalter, denke ich. Nur zum Essen und Trinken löst man die Fesseln, selbst in der Nacht sind unsere Hände auf dem Rücken zusammengebunden. Ich schlafe keine Minute und mein ganzer Körper schmerzt. Frierend und verzweifelt liege ich im Gras und höre Ludovica weinen. Kurz überlege ich, zu ihr zu schleichen und trotz gefesselter Hände eine Flucht zu wagen, doch ich weiß, wir würden nicht weit kommen.

Und dann taucht plötzlich ein kleines Goldlager vor uns

auf, Teljan steht mit drei Soldaten am Eingang und nimmt uns lächelnd in Empfang. An die drei Soldaten erinnere ich mich gut, sie waren auch im Uranbergwerk, als Teljan seinen Dienst dort machte. Es sind welche von der übelsten Sorte, Männer, denen es Spaß macht, andere zu quälen. Immer an der Seite Teljans.

Es ist der 21. Mai 1951.

Das sagt Teljan mir noch ins Gesicht, bevor er – neben diesem dahinplätschernden Bach – loslegt: »Merk dir das Datum, junger Mann! Du wirst es nie vergessen!«

Ludovica ist fünfundzwanzig Jahre alt, ich bin sechsundzwanzig. Ein Jahr und zehn Monate später stirbt Stalin. Kurze Zeit später erreicht Konrad Adenauer die Freilassung der meisten deutschen und österreichischen Häftlinge in der Sowjetunion.

Was an diesem 21. Mai passiert, ist so grauenhaft, dass –

Mir wird übel

Meine Eltern bedrängen mich

Ludovica

Meine Lu

Hiermit endete Thomas' Text. Katharina suchte in den Unterlagen nach weiteren Seiten, fand aber keine mehr. Nur die CD fiel ihr in die Hände, sonst war da nichts mehr. Sie überlegte, ob sie sie sofort anhören sollte, nach einem Blick auf die Uhr, es war schon nach Mitternacht, entschied sie sich dagegen.

Aufgewühlt ging sie ins Bett.

In der Nacht träumte sie von Thomas und Ludovica. Sie hüteten händehaltend eine Herde Rentiere in der Tundra.

THOMAS' GESCHICHTE

Thomas' Geschichte ließ Katharina nicht los.

Gleich am nächsten Tag wollte sie sich die CD anhören, doch sie kam nicht dazu. Leonora und Luisa erkrankten an Bauchgrippe und sie pendelte zwischen Betten und Toilette und Küche hin und her, bis sie sich selbst ansteckte. Erst zwei Tage später konnte sie am Abend endlich die CD einlegen. Zuerst hörte sie einfach nur zu, dann, beim zweiten Mal, tippte sie alles wortwörtlich in ihren PC, um anschließend ganze Sätze daraus zu formulieren, denn Thomas sprach eigenartig verdreht, oft sagte er nur einzelne Wörter.

Die Stimme, der Katharina zuhörte, kam ihr auf seltsame Weise vertraut vor, doch sie schob den Gedanken achtlos zur Seite. Und das, was sie hörte, machte sie fassungslos.

Es ist ein ungewöhnlich warmer Tag, das Schmelzwasser ist überall.

Wir setzen unsere Füße in Pfützen, als wir aus dem Jeep aussteigen. Ludovica knicken beim Aussteigen vor Schwäche die Beine weg und ein Soldat muss sie auffangen. Vor uns stehen Wladimir Iwanowitsch Teljan und drei andere Soldaten. Teljan lächelt uns auf eigenartige Weise an, ja, irgendwie wirkt er entrückt oder, ich weiß nicht, wie ich es ausdrücken soll. Er tritt auf Lu zu und fasst ihr unter das Kinn. Sie wendet das Gesicht ab.

»Wie siehst du denn aus, meine kleine Pianistin?«, fragt er, »ich habe dich vermisst und überall gesucht.«

Er unterzeichnet ein Papier, das ihm einer unserer Begleitsoldaten aushändigt. Er schickt die drei sofort in die Küche, wo das Mittagessen auf sie wartet. Erleichtert ziehen sie ab.

»Löst den beiden die Fesseln«, sagt er und der Soldat, der neben ihm steht, tut es.

Man führt uns durch das Lager bis zum Badehaus. Niemand ist zu sehen, alles wirkt gespenstisch ruhig und ausgestorben. Im Badehaus stehen zwei Holzwannen voll mit Wasser, daneben jeweils zwei Stühle, darauf liegen Seife, Handtuch und Kleidungsstücke. Ein dritter Stuhl steht etwas abseits.

Wir sind mit Teljan alleine.

»Ihr zieht euch jetzt aus und genießt ein Bad«, sagt er ruhig.

Er zieht seine Pistole aus dem Halfter, setzt sich auf den dritten Stuhl und beobachtet uns ungerührt, während er mit der Waffe spielt. Wir stehen betreten da und würgen an unserer Angst herum.

»Bitte seien Sie doch gnädig!«, platzt es schluchzend aus Ludovica hervor.

»Scht, scht«, macht Teljan und deutet mit der Waffe auf die Wannen, »einfach ausziehen, ins Wasser steigen und ordentlich waschen.«

Wir ziehen uns aus und vermeiden beide, jeweils einen Blick auf den anderen zu werfen. Aus den Augenwinkeln heraus sehe ich, dass Ludovica mit blauen Flecken übersät ist und dass sie am ganzen Körper zittert.

Das Wasser in der Wanne ist kalt. Ich seife mich ein, auch die Haare, und tauche unter. Dann steige ich aus dem Wasser und trockne mich ab.

»Anziehen«, befiehlt Teljan.

Ich ziehe die Kleidung an, die auf dem Stuhl liegt. Als ich fertig bin, sehe ich zu Lu hinüber und zucke zusammen. Sie trägt ein langes, elegantes rotes Kleid und hohe Schuhe. Der Offizier geht zu ihr und schließt die Haken auf dem Rücken.

»Sieht sie nicht großartig aus?«, sagt er, »das war das Lieblingskleid meiner Frau.«

Lu wirft mir einen verzweifelten Blick zu. Teljan zieht aus seiner Jackentasche einen Lippenstift heraus und reicht ihn ihr.

»Zieh deine Lippen nach und färb deine Wangen ein bisschen rot«, sagt er.

Mit zitternden Händen tut sie es. Das Ergebnis sieht grotesk aus. Sie sieht wie eine wächserne Puppe aus, in deren Gesicht ein kleines Kind mit einem Lippenstift herumgemalt hat. Wir verlassen das Badehaus und gehen zu Teljans Unterkunft. Drinnen im Wohnraum steht der Flügel und auf dem Tisch ist für sechs Personen gedeckt.

»Bitte esst, ihr müsst ja hungrig sein«, fordert uns Teljan auf, »setzt euch und feiert mit uns ein Fest! Das Fest eurer Rückkehr!«

Wir müssen uns nebeneinandersetzen und Teljan nimmt uns gegenüber Platz. Wir sind sehr hungrig und schlingen das Essen förmlich hinunter. Die Pilmenis und der Borschtsch sind köstlich. Die drei Soldaten betreten den Raum und setzen sich neben Teljan. Die vier essen kaum und schauen uns belustigt zu. Der Offizier trinkt ein Glas Rotwein nach dem anderen, seine drei Schergen sind mehr dem Wodka zugeneigt.

Nach dem Essen fordert er Lu auf, etwas auf dem Klavier zu spielen. Sie setzt sich an den Flügel und spielt Schumanns »Kinderszenen« und anschließend Beethovens »Mondscheinsonate«. Teljan schließt die Augen und beginnt mit seinen Händen und seinem Kopf ruckartige Bewegungen zu machen, als würde er dirigieren.

Was hat er vor mit uns, denke ich die ganze Zeit panisch, was soll dieses groteske unwürdige Spiel? Mir wäre es fast lieber, er würde uns einfach in die Karzer sperren, dann wüsste ich wenigstens, was mich erwartet.

Plötzlich steht Teljan auf und die Männer erheben sich ebenso. Der Offizier packt Lu am Arm und schleift sie mit sich in das angrenzende Zimmer. Im selben Moment packen mich die Männer und –

Hier hatte der Erzähler für eine lange Weile gestockt, bis er wieder weitersprach.

– schleppen mich zum Tisch. Als ich mich wehren will, verpasst mir einer einen so festen Schlag in die Magengrube, dass ich außer Gefecht gesetzt bin. Meinen Oberkörper pressen sie mit dem Gesicht nach unten auf den Tisch. Sie spreizen meine Beine und reißen meine Hose hinunter. Der Reihe nach vergewaltigen sie mich. Der Schmerz ist furchtbar, ich habe das Gefühl, dass es mich innerlich zerreißt. Sie grölen dabei.

Dann lassen sie von mir ab und fordern mich auf, meine Hose hochzuziehen. Ich kann kaum aufrecht stehen. Teljan kommt mit Ludovica aus dem Zimmer, sie hat einen Strick um den Hals, an dem er sie hält. Ihr Gesicht ist noch mehr mit Lippenstift verschmiert.

»Bitte lassen Sie sie in Ruhe«, bettle ich, »machen Sie doch mit mir, was Sie wollen, aber bringen Sie sie einfach in die Frauenbaracke!«

Teljan lacht lauthals, es klingt, als wäre er ein Wahnsinniger.

Die vier trinken wieder, bis Teljan die Tür öffnet. Mir werden die Hände auf den Rücken gebunden.

»Jetzt beginnt das Fest so richtig«, sagt er und reicht einem Soldaten einen Leinensack, der neben der Tür lag.

Wir entfernen uns immer weiter vom Lager. Ich weiß nicht, ob es eine halbe oder ganze Stunde ist, die wir gehen und gehen. Jeder Schritt bereitet mir höllische Qualen. Ich bin überzeugt davon, dass sie uns einfach erschießen werden, ohne jede Gerichtsverhandlung, ohne Urteil. Es ist gut so, das Leiden hat ein Ende, denke ich, wir sterben gemeinsam in der Weite

Sibiriens und ich bin dankbar, dass ich die letzten Monate gemeinsam mit Lu verbringen durfte. Ich schließe innerlich mit meinem Leben ab, verabschiede mich von meiner Mutter und meinem kleinen Bruder.

Neben einem Bach, an einer Stelle, an der vereinzelt kleine Bäume wachsen und auch Baumstümpfe zu sehen sind, bleiben wir stehen. Lu wird gezwungen, vor einem Baumstumpf stehen zu bleiben, und der Soldat öffnet den Sack.

Er zieht eine kleine Axt hervor.

Von da an hatte Thomas nur noch stockend gesprochen, mit langen Pausen zwischen den Worten. Es waren die Pausen gewesen, die Katharina so nahegegangen waren. Sie hatte sich den Mann vorgestellt, wie er um Worte ringend auf dem Stuhl saß und versuchte, das Unbeschreibliche zu schildern. Wieder einmal hatte sie es bedauert, den alten Mann nicht persönlich kennenlernen zu dürfen. Wie mochte er wohl aussehen?

Mein Herz setzt aus. Lu entfährt ein Schrei. Entsetzt starrt sie die Axt an, die der Soldat an Teljan weitergibt.

»Na los, du widerliches Stück Dreck, schlag mir doch den Kopf ab!«, schreit sie Teljan an und spuckt ihm ins Gesicht.

Ruhig wischt er mit seinem Ärmel Wange und Stirn ab und entgegnet: »Nicht so eilig, meine Liebe.«

Er kommt zu mir, in der linken Hand die Axt, in der rechten Hand die Pistole, die er an meine Schläfe hält. Meine Hände bindet man los. Zwei Soldaten zwingen Lu in die Knie und halten ihre rechte Hand auf dem Baumstumpf fest. Sie beginnt zu wimmern.

»Du sollst jeden Tag deines Lebens an diese Stunden zurückdenken, hörst du«, flüstert er in mein Ohr, »denn du hast mir das genommen, was mein Leben in den letzten Jahren wieder erträglich gemacht hat. Du sollst überleben! Das ist deine Strafe! Du sollst überleben!«

Er beginnt die Worte hysterisch lachend zu wiederholen: »Du sollst überleben! Du sollst überleben!«

»Bitte lasst sie leben«, flüstere ich, »es ist alles meine Schuld, ich habe sie gezwungen, mit mir mitzukommen.«

Er schüttelt den Kopf und neigt seinen Mund wieder an mein Ohr.

»Nimm die Axt und hack ihr den Daumen ab oder den kleinen Finger, du kannst es dir aussuchen!«, flüstert er, »tu es oder ich erschieß dich hier auf der Stelle!«

Ich stöhne auf. Eine Weile ist es ruhig.

»Dann erschieß mich doch!«, brülle ich ihn an, »los, drück ab, worauf wartest du?«

»Gut«, sagt er und betrachtet mich aufmerksam, »wenn es dir lieber ist zuzusehen, dann bitte.«

Dann –

Thomas hatte hier zu reden aufgehört und laut zu stöhnen begonnen, dann war sein Stöhnen in Schreie übergegangen. Katharina war es in Mark und Bein gefahren. Man konnte zwei Mal ein Klick hören, das Aufnahmegerät war offenbar aus- und wieder eingeschaltet worden.

Er deutet zwei Soldaten, und obwohl ich mich heftig wehre, binden sie mich an einem Baum fest. Ein Strick schnürt dabei so fest in meinen Hals, dass ich meinen Kopf nicht bewegen kann und kaum Luft bekomme.

Teljan, mit der Axt in der Hand, nähert sich Lu. Ihre Augen weiten sich vor Angst. Sie wehrt sich und der Soldat hat Mühe, sie festzuhalten. Ein zweiter kommt ihm zu Hilfe.

»Bitte nicht«, flüstert sie, »ich tu alles, was du willst.«

275

»Die Gelegenheit hattest du bereits! Alles habe ich für dich getan! Ging es dir nicht gut bei mir?«, schreit er, »musstest du unbedingt mit diesem elenden Kerl davonlaufen?«

Er schaut auf sie herab.

»Du wirst nie wieder Klavier spielen, das schwör ich dir!«, sagt Teljan, »du bist eine liederliche untreue Frau, genauso wie meine Ehefrau es eine war, und es wird dir so ergehen wie ihr!«

»Oh mein Gott, es tut mir so leid«, schreie ich, »Lu, es tut mir so leid!«

Die Axt saust auf den Baumstumpf hinab und das Blut spritzt. Lu schreit auf. Das ist kein Schrei mehr, es ist unmenschlich, es ist wie das lang gezogene Röhren eines Tieres. Teljan hört nicht auf, mit weiteren Schlägen hackt er ihr die restlichen vier Finger ab, wobei er nicht jedes Mal genau trifft. Mit der blutigen Axt streift er die Finger in das Gras. Ich muss mich übergeben. Lu schreit und schreit.

Die Soldaten lassen die rechte Hand los und pressen die linke Hand auf den blutüberströmten Baumstumpf. Dieses Mal macht er sich nicht mehr die Mühe, die einzelnen Finger zu erwischen. Er hackt mit einem Hieb die ganze Hand ab, die wie eine rote, geschwollene Spinne liegen bleibt.

Die Soldaten lassen Lu los und sie fällt zurück ins Gras, schreiend, stöhnend, wimmernd. Sie richtet sich auf und bewegt sich auf ihren Knien auf mich zu. Es ist so – so ein grauenhaftes Bild. Oh mein Gott!

Lu!

Thomas hatte wieder zu schreien und stöhnen begonnen und es machte Klick. Jemand hatte die Aufnahme damit vorerst beendet.

Katharina ging wankend ins Bett, Thomas' Schreie verfolgten sie.

DEZEMBER 2012: KATHARINA UND JULIUS
KATHARINA WILL THOMAS KENNENLERNEN

»Erinnerst du dich eigentlich an diese Frau Mangold, die im März einmal bei uns gewesen ist?«, fragte Katharina Julius am Wochenende. Sie lagen gemeinsam im Bett, Katharina las ein Buch, Julius die Zeitung.

»Hm«, machte er und hoffte, dass sie sein Zusammenzucken nicht bemerkt hatte, »warum fragst du?«

»Vor drei Wochen hat sie mir wirklich dieses Manuskript zugeschickt und ich habe die Geschichte schon fast fertig geschrieben, sie ist sehr interessant und auch sehr, sagen wir mal, aufwühlend. Ich würde diesen Thomas wirklich gern kennenlernen«, sagte Katharina.

»Ruf sie an und frag sie, ob das möglich ist«, sagte er, »du hast ja ihre Telefonnummer, oder nicht?«

Bitte ruf sie nicht an, dachte er.

»Na ja, sie hat schon im März so ablehnend reagiert«, sinnierte Katharina, »vielleicht ist er ja wirklich schon so dement, dass es gar keinen Sinn hat, ihn zu besuchen, aber weißt du, einfach nur sein Gesicht zu sehen, das würde mir schon reichen. Aber eigentlich habe ich jetzt vor Weihnachten ohnehin keine Zeit mehr, vielleicht rufe ich sie im Jänner an.«

Julius drehte sich zu ihr.

»Da hast du auch keine Zeit«, sagte er, nahm ihre Hand und küsste sie, »da bin ich wieder da und wir müssen unsere Reise genauestens planen. Aber wenn du möchtest, kann ich Frau Mangold anrufen. Sie wohnt ja in Innsbruck, wenn ich mich richtig erinnere.«

»Würdest du das wirklich tun?«, fragte Katharina, »das wäre nett von dir. Frag sie doch nach dem Namen des Pflegeheims und ob es nicht möglich wäre, dass ich da einmal kurz vorbeischaue.«

»Das mache ich«, sagte Julius, »falls ich es nicht vergesse.«

Katharina kuschelte sich an ihn: »Übrigens habe ich schon ein wunderschönes Hotel in Phnom Penh gefunden.«

Julius schaltete das Licht aus und nahm sich vor, Stephanie nach ihrem Onkel zu fragen.

Am Montag, dem 17. Dezember, betrat er Stephanies Wohnung, fand sie in ihrem Arbeitszimmer vor, wo sie geistesabwesend über einem Packen alter, vergilbter, zerknitterter Zettel saß. Sie trug nur ein schwarzes Negligé und sah phänomenal aus.

Sie schrak hoch und begrüßte ihn liebevoll, er schmolz dahin. Sie stand auf und ging ins Wohnzimmer, um zwei Brandys einzuschenken, die Zettel ließ sie demonstrativ liegen. Julius warf einen Blick darauf, las aber keine einzige Zeile. Er war müde von der Fahrt und brannte darauf, Stephanie das Negligé auszuziehen.

(Er hätte sich die Mühe machen sollen, zumindest den Anfang zu lesen, denn auf dem Original waren keine Zeilen schwarz durchgestrichen und Julius hätte schnell erkannt, dass die Geschichte etwas mit ihm zu tun hatte.)

Nach ihrem Onkel zu fragen vergaß er, und als es ihm mitten in der Nacht einfiel, wischte er den Gedanken weg. Er würde Katharina sagen, er habe Frau Mangold zwar erreicht, aber von ihr erfahren, dass der Alte schon gestorben war.

Das Ganze interessierte ihn nicht sonderlich.

THOMAS' GESCHICHTE

Katharina saß vor dem PC und legte die CD wieder ein. Man hörte das Einschalten des Aufnahmegeräts.

Ich muss kurz ohnmächtig geworden sein.

Einmal komme ich zu Bewusstsein, ich höre die Männer in der Ferne lachen, sie sind am Bach und waschen sich. Es dämmert schon. Lu liegt vor mir im Gras und verblutet. Überall ist Blut.

Die Männer kommen zurück und einer von ihnen versetzt mir einen Fußtritt in den Magen. Ich werde bewusstlos. Von da an weiß ich nichts mehr.

Wirklich, ich weiß nichts mehr von der Zeit danach. Da ist nur ein großes Loch, wie ein Nebel, der alles verschluckt hat.

Ich erinnere mich nur an das Krankenhaus von Magadan, zwei Monate später. Ich liege im Bett und eine Schwester beugt sich über mich. Zuerst denke ich, dass es Lu ist, und ich brauche eine Weile, bis ich merke, dass es jemand anderer ist. Ich fange an zu schreien und zu toben, bis Sanitäter kommen und mich ans Bett binden.

Mehr weiß ich nicht. Ich weiß nicht, was dazwischen passiert ist und wie ich überhaupt nach Magadan gekommen bin. Auch danach bleibt alles für sehr lange Zeit verschwommen, irgendwie ist da nur eine große Lücke.

Ich weiß noch, dass ich viele Jahre als Sanitäter im Krankenhaus von Magadan arbeite und im September 1964 mit dem Schiff und Zug nach Moskau komme. Jurij ist dabei. Ich wohne monatelang bei ihm und seiner Familie in der Nähe des

Kreml. Auf der Botschaft bekomme ich einen Reisepass und ein Zugticket nach Wien.

Am 14. März 1965 komme ich in Wien an und ein paar Tage später zu Hause.

Thomas hatte aufgehört zu sprechen, wieder war das Aufnahmegerät aus- und eingeschaltet worden.

Ich weiß von den ersten Jahren in Magadan fast nichts. Manches erzählen mir Jurij und Nadja viel später.

Ich bleibe mehr als ein Jahr im Krankenhaus, sitze und liege die meiste Zeit nur teilnahmslos herum. Ärzte bemühen sich freundlich um mich, aber ich rede nicht mit ihnen, ich rede mit niemandem, nur mit Lu flüstere ich. Sie besucht mich manchmal, wenn ich alleine bin. Dann trägt sie immer das lange rote Kleid. Wenn sie zu lange bleibt, beginnen ihre Hände zu bluten.

Besonders ein russischer Arzt aus Moskau kümmert sich aufmerksam und verabreicht mir Medikamente und Spritzen. Wofür, weiß ich nicht. Es kommt zu einem heftigen Streit zwischen ihm und einer jungen Ärztin, die ihm vorwirft, dass er mich für Experimente missbraucht. Der Arzt wird kurz darauf versetzt.

All das erzählt mir später Nadja. Sie stammt aus einem kleinen Dorf in der Ukraine, wurde wegen angeblicher Spionage verhaftet und arbeitet hier als Krankenschwester. Im Krieg verlor sie ihre ganze Familie. Wie eine energische Schwester kümmert sie sich um mich. Oft empfinde ich sie wie eine lästige Fliege, die sich nicht abwehren lässt.

Jurij sagt einmal: »Sie war von Anfang an in dich verliebt.«

Allmählich beginnt man mich zu kleineren Aufgaben auf der Station heranzuziehen, ich helfe beim Austeilen der Mahlzeiten und beim Reinigen des Geschirrs. Schließlich werde ich als Patient aus dem Krankenhaus entlassen und als Sanitäter eingestellt. Ich wohne in der Sanitäterbaracke auf dem Krankenhausgelände. Meine Schicht beginnt um sechs am Abend und endet um sieben Uhr morgens. Ich bin für das Abendessen zuständig, teile es aus, sammle das schmutzige Geschirr ein und wasche es. Anschließend schrubbe ich die Böden. Tagsüber rolle ich mich auf meiner Pritsche ein und schlafe. Ich bin froh, wenn mich die Leute in Ruhe lassen. Manchmal schaut Nadja vorbei und bringt mir das Mittagessen, ich würde sonst den ganzen Tag nichts essen. Sie ist es auch, die sich darum kümmert, dass ich regelmäßig meine Tabletten nehme.

»Ohne sie bist du nicht du selbst, es ist wichtig, dass du sie jeden Tag nimmst, Thomas«, sagt Nadja, »sie beruhigen dich.«

An einem Abend, als es mir gut geht, erzählt sie mir leise, dass man mich todkrank aus dem Karzer eines kleinen Goldlagers zerrte, nachdem sich dort der Lagerkommandant eine Kugel in die Schläfe geschossen hatte. Warum, wusste niemand, er hinterließ keinen Brief, gar nichts. Mit anderen Schwerkranken überstellte man mich ins große Krankenhaus in Magadan, im Lazarett des kleinen Lagers hätte ich keine Überlebenschance gehabt. Die Zustände dort waren katastrophal gewesen. Zahlreiche Gerüchte gingen um, hatten doch einige gesehen, wie zwei Flüchtende, ein Mann und eine Frau, zurückgebracht wurden, man mit beiden in die Tundra hineinging und nach vielen Stunden nur mit einem Gefangenen zurückkam.

»Möchtest du es mir erzählen?«, fragt Nadja, »sie war diese Pianistin, nicht wahr, mit der du schon früher einmal geflohen bist?

Ich schüttle den Kopf.

Im März 1953 stirbt Stalin. Trauerfeierlichkeiten werden von oben verordnet, doch viele hier auf der Insel der Vergessenen feiern vor lauter Freude, wollen es aber nicht zugeben. In den folgenden Jahren bricht eine neue Zeit an. Die deutschen und österreichischen Häftlinge, deren Urteil weniger als zehn Jahre lautet, werden begnadigt und dürfen in die Heimat zurückkehren. Diejenigen, die fünfzehn oder zwanzig Jahre bekommen haben, müssen vorerst bleiben. Doch alles wird lockerer gehandhabt, auch in den Lagern herrscht ein neuer Wind, ein menschlicherer, zumindest wird das herumerzählt. Kaum einer, der misshandelt oder in den Karzer geworfen wird.

Eines Tages steht Jurij vor mir und umarmt mich. Er ist immer noch derselbe wie vor drei Jahren, groß, hager, fröhlich und gleichzeitig melancholisch.

Er ist zwar frei, muss aber auf Kolyma in der Verbannung bleiben, man händigt ihm seinen Reisepass nicht aus. Auch ohne Verbannung erleben russische Staatsbürger noch tagtäglich die reinste Willkür, was die Aushändigung ihrer Dokumente betrifft. Dadurch werden sie gezwungen zu bleiben.

»Ich glaube, sie wollen die Leute einfach hierbehalten, damit das, was bis jetzt an Zivilisation errichtet wurde, nicht verloren geht. Sie brauchen Arbeitskräfte hier, Leute, die heiraten und Kinder bekommen!«, meint Jurij.

Er findet Arbeit in der Stadtbücherei, die gerade neu aufgebaut werden soll, und Unterkunft bei einem älteren Ehepaar. Jurij besucht mich, sooft er kann. Er ist es auch, der mich wieder zum Reden bringt.

»Möchtest du nicht deinen Eltern endlich einen Brief schreiben?«, fragt er mich einmal.

»Nein, das möchte ich nicht«, antworte ich und Jurij schaut mich erstaunt an, »ich bin tot für sie. Offensichtlich haben sie sich keine Mühe gemacht, mich mithilfe des Roten Kreuzes zu finden. Ich fühle mich auch wie tot, verstehst du.«

Meine Stimme ist brüchig und hört sich fremd an.

»Du sprichst ja! Das feiern wir gleich mit Wodka, der wird auch deine eingerosteten Stimmbänder ölen!«, sagt er.

1958 werde ich in einem schnellen Verfahren begnadigt, Papiere erhalte ich keine, auch meinen Pass nicht. Angeblich sind meine Dokumente unauffindbar. Hilflos zuckt man mit den Schultern, ich bin kein Einzelfall. Ich erhalte ein Papier, das mich zur Arbeits- und Wohnungssuche berechtigt. Bei der Botschaft in Moskau soll ich mit einem Ansuchen einen neuen Pass beantragen. Ich stelle keinen Antrag, Jurij und Nadja schütteln den Kopf.

Wir drei ziehen zusammen in eine kleine Wohnung, Jurij schläft gemeinsam mit mir im winzigen Schlafzimmer, Nadja auf dem Sofa der Wohnküche. Alles ist sehr klein und bescheiden, doch uns ist es genug. Nadja arbeitet weiterhin im Krankenhaus, Jurij und ich in der Bibliothek. Den ganzen Tag lang registriere ich Bücher auf Karteikarten, gebe Bücher aus, nehme sie zurück und ordne sie wieder im Regal ein. Jurij nimmt es mit der Registrierung der ständig neu eintreffenden Bücher sehr genau, er kontrolliert am Anfang jeden Buchstaben, jede Zahl, die ich vermerke.

Ich beginne wieder viel zu lesen, so wie früher, daheim in der Mühle. Ich lese die russischen Klassiker, Puschkin, Dostojewski, Tolstoi, Gogol, Tschechow. Raskolnikow, Natascha Rostowa, Onkel Wanja und viele andere erscheinen mir in der Nacht, dazwischen kommt Lu zu mir und küsst mich. Es fällt mir nicht mehr schwer, auf Russisch zu lesen. Ich ertappe mich oft dabei, dass sogar meine Gedanken in dieser Sprache kommen. Aber denke ich überhaupt etwas? Nein, ich funktioniere nur wie ein Schlafwandler. Einmal deutet ein Schüler einer Klasse, die sich Bücher ausleiht, auf mich und sagt zu seinem Freund: »Uh, schau mal den an, der macht so komische langsame Bewegungen, schaut aus wie ein lebendiger Geist.«

Eines Nachts, während eines Schneesturms im Jänner 1959, kriecht Nadja zu mir ins Bett und verführt mich. Ihre Haut fühlt sich weich an, ihre schwarzen Haare riechen nach Brennnessel. Lu sieht uns zu. Danach weine ich.

Eines Nachts wache ich auf und sehe Jurij und Nadja gemeinsam auf dem Sofa. Es ist gut so.

Die Jahre gehen dahin, ich schleppe mich dahin, ich empfinde nicht viel. Warum bin damals nicht ich gestorben?, denke ich oft. Das Leben selbst bedeutet mir nichts, es bedeutet mir so wenig, dass es mir nicht der Mühe wert ist, es zu beenden.

Ich will für immer hier in Magadan bleiben, Jurij schimpft deswegen oft mit mir. Wozu nach Europa zurückkehren? Es gibt keine Pianistin mehr, die an meiner Seite über den Stephansplatz spazieren wird. Es gibt nur furchtbare Albträume, von denen ich schreiend aufwache, bis mich Jurij und Nadja wecken und beruhigen. Oft schlafen wir dann zu dritt im breiten Bett.

Die kurzen Sommer hier sind schön, wir machen Ausflüge ans Meer oder ins Landesinnere, wir veranstalten Picknicke im hohen Gras, inmitten von Schafgarben, Margeriten, Kuckucksnelken, Klee, Gänseblümchen. Wir besuchen Kino- und Theatervorstellungen. Immer sind wir zu dritt. Nadja, Jurij und ich. Die Krankenschwester, der Bibliothekar und der Verrückte. So werden wir genannt.

Die langen Winter sind trostlos.

1961 sehen wir Chruschtschow und Kennedy händeschüttelnd in der Zeitung.

Jurij bedrängt mich wieder und wieder, endlich einen Brief an die Botschaft in Moskau zu schreiben.

»Du musst nach Hause, Thomas, das bist du deiner Familie schuldig!«, sagt er.

Er tut es schließlich für mich, ich setze nur meine Unterschrift darunter. Erst nach zwei Monaten erhalte ich Antwort: Mein Reisepass wird vorbereitet, ich soll ihn abholen kommen. Irgendeine Bestätigung liegt bei, dass ich österreichischer Staatsbürgerschaft bin und mir die Fahrtkosten rückvergütet werden.

Jurij jubelt und beschließt, mit mir gemeinsam nach Moskau zu fahren, er hat vor Kurzem seinen Pass zurückbekommen. Er will endlich seine Familie wiedersehen. Nadja wollen wir überreden mitzukommen, um ihre Verwandten in der Ukraine zu besuchen, doch sie lehnt ab.

»Meine Heimat ist hier und meine Station ist ohne mich verloren«, lacht sie und verschränkt ihre Arme vor dem Bauch, »mich bekommt ihr hier nicht weg!«

Ich merke, dass Jurij schwer von ihr Abschied nimmt. Die Zugfahrt dauert dieses Mal nur zwei Wochen. Von Tag zu Tag geht es mir miserabler. Der furchtbare Transport vor neunzehn Jahren ist allgegenwärtig, Lu ist allgegenwärtig. Am Bahnhof in Omsk ist kurzer Aufenthalt und hier breche ich zusammen. Jurij schafft es kaum, mich zu beruhigen, er hält mich von hinten fest, stundenlang. Man hätte uns fast beim nächsten Halt aus dem Zug geworfen.

Bei Jurijs Schwester und ihrer Familie fühle ich mich wohl, alle sind herzlich zu mir, auch zu dem totgeglaubten Bruder. Nach einigen Tagen spüre ich, dass es nicht nur Herzlichkeit ist, die man uns entgegenbringt, sondern auch etwas anderes. Ich kann es lange nicht benennen, bis ich weiß, dass es eine Mischung aus Verlegenheit, Hilflosigkeit und Mitleid ist. Sie wissen nicht, wie sie mit den Gulag-Überlebenden umgehen sollen. Wir sind die Gezeichneten.

Jurij merke ich an, dass er das Gleiche empfindet.

»Nie lässt sie mich mit meinen Neffen allein! Hat sie Angst, dass ich ihnen Grauenhaftes von dem Ort erzähle, an dem ich die letzten zwanzig Jahre verbracht habe? Oder Angst, dass ich gemein zu ihnen bin, weil ich nach so viel erlebter Unmenschlichkeit nicht anders kann? Oder hält sie mich für ein Wrack, das nervlich überfordert ist mit ihnen?«, jammert er mir vor, als wir eines Tages spazieren gehen.

Es ist Jänner, wir stapfen durch den Schnee.

»Das ist doch kein richtiger Winter!«, schimpft Jurij, »nur zehn Grad minus, mein Gott!«

Plötzlich fangen wir an zu lachen und können gar nicht mehr aufhören. Wir lachen so fest, dass uns Tränen über die Wangen laufen und sich Leute nach uns umdrehen.

»Ich vermisse die Kälte auf Kolyma«, sagt er.

»Ich glaube, du vermisst eher den Körper, der dich in der Kälte gewärmt hat«, lache ich.

Jurij bleibt stehen und sagt: »Du hast recht, ich vermisse unsere kleine Krankenschwester. Und weißt du was? Ich fühle mich hier verloren. Ich werde zurück nach Magadan gehen und sie heiraten. Ich werde mein Leben dort verbringen und versuchen, in die Kälte der Menschen ein bisschen Wärme zu bringen, mit perfekt registrierten Büchern in der Bibliothek!«

Wir krümmen uns wieder vor Lachen.

In der Botschaft erhalte ich meinen Pass und auch etwas Geld, damit ich die Fahrt nach Wien bezahlen, mich dort neu einkleiden und die ersten Wochen in Österreich leben kann. Man will unbedingt meinen Eltern Bescheid geben, ebenso den Behörden in Wien, damit ein Empfang vorbereitet werden kann, doch ich lehne alles strikt ab. Dass ich meine Eltern überraschen will, finden sie seltsam und befremdend. Auch dass ich ihnen nie geschrieben habe.

Beim Abschied auf dem Bahnsteig umarmen Jurij und ich uns lange.

Am 14. März komme ich in Wien an und schlendere durch die Straßen. Ich bin erstaunt, wie farbenprächtig hier alles ist, in Magadan wirkte alles grau und eintönig. Und wie gut es den Menschen geht! Ich habe noch nie so viele Autos gesehen, so viele Geschäfte, so viele Pelzmäntel, noch nie eine Straßenbahn.

Ich nehme mir ein Zimmer in einer billigen Pension und kaufe mir Kleidung. Vier Tage streune ich in der Stadt, in der Lu aufgewachsen ist, herum, besuche die Plätze, von denen sie mir erzählt hat. Einmal sitze ich stundenlang in einer Kirche, an einem Abend besuche ich ein Klavierkonzert. Dort wirft man mich hinaus, weil ich mich nicht ruhig verhalte. Am dritten Tag gehe ich in die Straße, in der Lu gewohnt hat. Vor dem Haus bleibe ich stehen. Als eine ältere Frau herauskommt, frage ich sie, wobei ich mich zwingen muss, Deutsch zu sprechen: »Wohnt hier eine Susanna Steiner? Die Familie hat hier früher gewohnt.«

Die Frau sieht mich überrascht an und sagt: »Das stimmt. Mein Mann und ich haben Frau Steiner das Haus abgekauft. Wir haben ihre Eltern gut gekannt.«

Dann erklärt sie mir, dass Susanna gleich nach dem Krieg nach Tirol gezogen ist, zu Freunden ihrer Eltern, später hat sie nach Kitzbühel geheiratet. Ich frage sie, ob sie die Adresse weiß, und sie hat sie tatsächlich. Sie schreibt sie mir auf.

Am vierten Tag fahre ich nach Hause zu meinen Eltern, ich komme in der Nacht an. Der Schock und die Freude meiner Eltern sind groß, doch ich bleibe nur ein paar Tage. Sie bedrängen und bestürmen mich mit vielen Fragen, vielen Erwartungen. Mein Vater hat schon am nächsten Tag Vorschläge, wie ich die Mühle modernisieren und weiterführen könnte. Meine Mutter meint, ich sei trotz allem noch jung genug für eine Familiengründung.

Die Schreibmaschine finde ich in meinem alten Zimmer, ich streichle über die Tasten. Das U ist kaputt. Ich denke an den Jungen zurück, der in die Tasten hämmerte und eine Geschichte nach der anderen anfing. Ein ganzes Leben liegt dazwischen.

Mein Leben mit Lu.

Mein Leben ohne Lu.

Ich putze die Schreibmaschine und beginne zu schreiben. Das U wird schnell schwächer, man kann es auf dem Papier kaum erkennen. Es ist mir gleichgültig. Ich schreibe dennoch.

Meinen Roman ohne U.

Das waren die letzten Worte, die auf der CD zu hören waren: »Meinen Roman ohne U«. Mehr war offensichtlich nicht aufgezeichnet worden.

Todmüde ging Katharina ins Bett. Sie wollte Thomas unbedingt kennenlernen, auch wenn er dement und nicht ansprechbar war. Sie hoffte, dass Julius mit Frau Mangold telefoniert und etwas herausgefunden hatte. Falls er es vergessen hatte, würde sie selbst im neuen Jahr anrufen.

Zwei Tage später verunglückte Julius tödlich bei einem Autounfall. Katharina zog es den Boden unter den Füßen weg, nur wegen der Kinder stand sie weiterhin am Morgen auf und funktionierte.

Als sie vor dem offenen Grab stand und der Sarg hinuntergelassen wurde, durchzuckte sie unwillkürlich der Gedanke:

Jetzt beginnt mein Roman ohne U.

JÄNNER 2013: PHILIPP
KATHARINA FÜHLT SICH SCHULDIG

Es war ein Samstagvormittag, drei Wochen waren seit dem Begräbnis vergangen. Er war einfach vorbeigekommen, ohne sich anzumelden, und er spürte, dass sich Katharina über seinen Besuch freute, obwohl sie es nicht zugab. Arthur lud ihn spontan zum Mittagessen ein. Am späten Nachmittag wollte er weiter zu seiner Mutter fahren, der es immer noch nicht besonders gut ging.

Sie machten zu dritt einen Spaziergang im Wald, Katharina, Philipp und Luisa. Das Kind machte sich einen Spaß daraus, an den Ästen der Bäume zu ziehen und somit den Schnee auf sich herabrieseln zu lassen.

Philipp bat Katharina, ihm genauer zu erzählen, woher sie seine Schwester gekannt hatte.

»Ich habe sie nicht gut gekannt, sondern nur einmal gesehen, das habe ich Ihnen doch nach dem Leichenschmaus schon einmal erzählt«, sagte sie.

Da hatte er jedoch nicht viel mitbekommen, da sie so geschluchzt und abgehackt gesprochen hatte.

»Bitte erzählen Sie es mir noch einmal«, sagte Philipp.

»Frau Mangold, ich meine Ihre Schwester, war im letzten März bei uns und hat von einem entfernten Onkel namens Thomas erzählt, der zwanzig Jahre lang in Sibirien gelebt hat. Sie wollte, dass ich seine Biografie schreibe. Im November hat sie mir dann ein altes Manuskript und eine CD geschickt und ich habe daraus die Geschichte geschrieben. Das ist alles«, erzählte Katharina, »mich hat die Geschichte sehr bewegt und ich wollte Thomas unbedingt kennenlernen. Und so – na ja, ich habe Julius gebeten, dass er mit Frau Mangold Kontakt aufnimmt und sie nach dem Pflegeheim fragt, in dem Thomas lebt, damit ich ihn irgendwann einmal besuchen kann«, sie begann zu weinen, »ja, und offensichtlich hat Julius das gemacht, mir zuliebe, sonst wäre er ja nicht in Kitzbühel in der Nähe dieses Pflegeheims gewesen. Er hat wahrscheinlich Frau Mangold angerufen und mit ihr einen Termin vereinbart. Sie haben sich dort in Kitzbühel getroffen und wollten zusammen ins Pflegeheim gehen, um Thomas zu treffen. Wahrscheinlich wollte Julius ein Foto von ihm machen und es mir zeigen und von dem alten Mann erzählen. Alles für mich! Weil ich ihn darum gebeten habe! Ich bin schuld an seinem Tod!«

Sie schluchzte wieder hemmungslos, Gott sei Dank war das kleine Mädchen nicht da, es war weit nach vor gelaufen, er hätte nicht gewusst, was er hätte tun sollen, wenn es auch zu weinen begonnen hätte. Vorsichtig nahm er Katharina in die Arme und sprach beruhigend auf sie ein. Als das Kind zurückkam, straffte sie ihren Rücken und schnäuzte sich.

Sie gingen wieder zurück zur Bergmühle.

»Wegen Thomas müsste ich mit Ihnen und Ihrem Schwiegervater reden«, sagte er, »vielleicht haben Sie nach dem Essen Zeit? Es wäre wichtig.«

Nach dem Spaziergang saßen sie also alle bei Arthur in der Küche; die Köchin, Mascha, wurde von Arthur als seine Pflegerin vorgestellt. Sie hatte etwas typisch Slowakisches gekocht: Sauerkrautnocken, und Philipp fand sie köstlich, die Jüngste verzog allerdings das Gesicht.

»Manchmal pflegt sie auch seinen Enkelsohn«, sagte die mittlere Tochter vorlaut und grinste, »vor allem in der Nacht.«

Der Älteste lief so rot an, dass alle lachen mussten. Er verpasste seiner Schwester einen Hieb auf den Kopf. Danach fragte Philipp alle nach Namen, Alter, Hobbys. Er erfuhr, dass die beiden Älteren Zwillinge waren, dass die Mittlere Fleisch verabscheute und dass die Jüngste, Luisa, einmal Primaballerina werden wollte.

»Was arbeitest du?«, fragte Leonora.

»Ich bin Neurochirurg«, sagte Philipp.

»Bist du verheiratet? Hast du Kinder?«, fragte Luisa weiter.

»Ich bin nicht verheiratet und habe keine Kinder«, antwortete er.

»Warum nicht? Du bist ja schon steinalt«, sagte Luisa.

»Was bin dann ich?«, fragte Arthur.

»Uralt«, sagte Luisa.

»Ich bin geschieden und kann keine Kinder bekommen«, sagte Philipp.

Alle schauten ihn neugierig an.

»Mumps, mit neunzehn«, erklärte er.

»Papa hatte keinen Mumps«, sagte Luisa, »was ist Mumps?«

Er beugte sich zu Luisa und flüsterte: »Mumps ist eine Kinderkrankheit, die früher sehr häufig war. Bei Jungen konnte sie zu Unfruchtbarkeit führen.«

»Aha«, machte sie.

»Warum besuchst du uns?«, fragte sie weiter.

»Ich wollte einfach nur nachschauen, ob eure Mama vielleicht Hilfe braucht«, antwortete er verlegen.

Jetzt hörten alle gespannt zu.

»Braucht sie nicht«, sagte Victoria und stocherte in ihrem Essen herum.

Aha, sie schien es am schlechtesten zu verkraften. War sie Papas Liebling gewesen?

»Du könntest ein bisschen Kohle rüberschieben«, sagte Leonora, »ihr seid ja reich, oder? Deine Schwester hat einen Mercedes gefahren und du bist Chirurg. Die verdienen doch nicht schlecht, oder?«

Jetzt lief Katharina rot an.

»Sei still, Leonora«, sagte sie, »wir haben genug Geld.«

»Mum, du hast gesagt, wir müssen uns jetzt alle ein bisschen einschränken. Ihm würde es ja nicht fehlen, er scheint genug zu haben und wahrscheinlich hat er auch noch von seiner Schwester geerbt«, sagte Leonora.

»Sei jetzt still, Leo«, sagte Arthur, »siehst du nicht, dass es deiner Mutter unangenehm ist?«

Katharina stand auf, sie war sichtlich verlegen.

»Möchten Sie das Haus sehen, bevor wir in Ruhe«, das betonte sie und schenkte gleichzeitig ihren Kindern einen durchdringenden Blick, »einen Kaffee trinken?«

»Ja, sehr gern. Ich liebe alte Häuser«, sagte Philipp und erhob sich.

Er folgte Katharina, die ihre Strickjacke fest um sich zog und die Arme verschränkte. Sie sah verbissen aus.

»Hören Sie«, sagte sie als Erstes im Gang zu ihm, »es tut mir leid, die Kinder reden einfach viel Blödsinn. Das war mir jetzt echt peinlich.«

»Ich finde Ihre Kinder sehr nett«, sagte er.

»Sie lieben alte Häuser und finden meine Kinder sehr nett. Wenn Sie glauben, diese Masche zieht bei mir, haben Sie sich getäuscht«, sagte sie und rollte dabei leicht mit den Augen.

»Was meinen Sie denn damit?«, fragte er erstaunt.

»Sie können bei mir nicht landen«, sagte sie patzig.

»Wenn Sie glauben, ich möchte bei Ihnen landen, haben Sie sich getäuscht«, sagte er gekränkt, »immerhin sind Sie eine Witwe mit vier Kindern!«

Sie sah ihn mit einem entrüsteten Blick an: »Ich dachte, Sie finden sie sehr nett!«

Dann fingen sie beide zu lachen an.

Als sie durch das Haus gingen, entdeckte er im Arbeitszimmer das Ölbild mit dem gelben Haus und erkannte es sofort wieder. Stephanie hatte es vor ungefähr einem Jahr gemalt, offenbar nach einem Foto, er hatte ihr bei den letzten Pinselstrichen zugesehen, als er sie in den Weihnachtsferien besucht hatte. Das Bild hatte ihm außerordentlich gut gefallen.

Er betrachtete es eingehend. Es bestand kein Zweifel, rechts unten sah er ganz klein ihre Initialen: S.L.M.

»Das hat uns Ihre Schwester geschenkt, als sie damals gekommen ist«, sagte Katharina, »das war aufmerksam von ihr, uns ein kleines Geschenk mitzunehmen. Machen nicht viele.«

»Ja, ich kenne das Bild, ich habe es in ihrem Atelier gesehen«, sagte Philipp, »und hier stehen auch ihre Initialen: S.L.M. Stephanie Ludovica Mangold.«

JÄNNER 2013: PHILIPP
THOMAS BERGMÜLLER

Sie saßen zu dritt in Arthurs Küche, tranken Kaffee und unterhielten sich, Arthur, Philipp und Katharina.

»Ich wollte Ihnen beiden von Thomas erzählen«, begann Philipp, »kennen Sie eigentlich seinen Nachnamen?«

»Mir wäre es lieber, Sie würden zuerst erzählen, warum Ihre Schwester mit zweitem Namen Ludovica geheißen hat«, warf Katharina ein.

»Ich werde beides verbinden, in Ordnung?«, sagte Philipp.

»Ich verstehe jetzt nur Bahnhof, aber werde trotzdem brav zuhören«, lachte Arthur.

»Thomas heißt mit Nachnamen Bergmüller«, sagte Philipp, »und ist auch nicht unser Onkel. Ich nehme an, dass er mit Ihnen verwandt ist, Arthur.«

Katharina und Arthur starrten ihn verblüfft an.

»Es gibt eine Menge Bergmüller in Österreich«, meinte Arthur, »ist nicht gerade ein seltener Name.«

»Das weiß ich«, sagte Philipp, »Sie sehen ihm aber ähnlich. Ich glaube, ich muss ein bisschen weiter ausholen.«

Er erzählte von seiner Kindheit auf dem Landgut seines Vaters, Martin Mangold, in der Nähe Kitzbühels. Seine Mutter war eine Wienerin gewesen, die kurz nach dem Krieg nach Innsbruck zu Verwandten gezogen war. Sie war Lehrerin und nicht mehr ganz jung gewesen.

1967 war er, Philipp, auf die Welt gekommen, drei Jahre später folgte eine Tochter. Die Mutter wollte ihr den Namen ihrer verschollenen Schwester geben, aber sein Vater bestand auf einen anderen ersten Vornamen, also wurde sie Stephanie Ludovica getauft.

»Dann heißt Ihre Mutter also Susanna?«, fragte Katharina.

»Ja. Meine Schwester bekam also den Namen Stephanie Ludovica. Meine Mutter hatte eine Schwester gehabt, die 1945 von den Russen verhaftet worden und daraufhin nie wieder aufgetaucht ist. Irgendetwas Schlimmes muss in der Wohnung vorgefallen sein, meine Mutter war damals erst vierzehn Jahre alt. Ich weiß es nicht genau, sie hat nie darüber geredet, jedenfalls mit mir nicht, ich glaube, mit meiner Schwester schon. Auf alle Fälle hat Mutter das Ganze nie verkraftet, sie war phasenweise depressiv und musste Medikamente nehmen.«

(Katharina starrte seine schmalen Hände und feingliedrigen Finger an. Mein Gott, dachte sie, er war Ludovicas Neffe!)

Philipp schwieg eine Weile.

»Ich glaube, wir brauchen jetzt etwas Gutes«, sagte Arthur, stand auf und kam mit Gläsern und einer Flasche Centenario zurück.

Katharina starrte ihn perplex an.

»Arthur, wir können doch jetzt nicht einfach Rum trinken!«, sagte sie vorwurfsvoll, »wir erfahren hier etwas sehr Wichtiges und Trauriges!«

»Ja, ja«, sagte er, »die Geschichte bleibt dieselbe, auch wenn wir dabei ein Gläschen trinken.«

Er schenkte allen ein. Katharina sah, dass Philipp grinste.

»Prost!«, sagte Arthur und sie tranken.

Philipp erzählte weiter. Sein Vater war früh bei einem Reitunfall verstorben, mit vierzehn ging er nach Wien, besuchte dort das Gymnasium und studierte anschließend Medizin. Die Sommerferien verbrachte er anfangs in Tirol, später kam er immer seltener, seine Beziehung zur Mutter war nie eine besonders innige gewesen. Sie war ihm immer leicht verbissen vorgekommen, alles in ihrem Leben wollte sie perfekt machen: Sie wollte nicht nur die beste Mutter sein, sondern auch die beste Hausfrau, Partnerin, Geschäftsfrau. Nie kam sie zur Ruhe. Stephanie und die Mutter waren sehr symbiotisch gewesen.

»Und Thomas?«, fragte Katharina, nachdem Arthur das zweite Glas eingeschenkt hatte.

»Ach ja, Thomas!«, sagte Philipp und trank einen Schluck. »Den hätte ich jetzt ganz vergessen. Aber so war es auch! Man hat ihn vergessen, er war einfach nur da, schon immer. Ein Faktotum bei uns zu Hause.«

»Er hat bei euch gewohnt?«, fragte Katharina.

»Nein, nicht direkt.«

Thomas Bergmüller wohnte in dem kleinen Gärtnerhaus, ein paar Hundert Meter vom großen Wohnhaus der Mangolds entfernt. Er arbeitete in den Pferdeställen und verrichtete im Haus Hausmeistertätigkeiten. Er arbeitete jeden Tag, Philipp konnte sich nicht daran erinnern, dass Thomas jemals auf Urlaub gewesen wäre oder einen freien Tag gehabt hätte. Er war immer da, und obwohl er bei der Arbeit selbst langsam war, war er unersetzlich, weil er eben immer da war, auch in der Nacht und an den Wochenenden. Wenn es ein Problem gab, hieß es: »Hol doch bitte Thomas.«

Die Zeiten änderten sich, es ging finanziell schlechter und Martin Mangold musste viel Grund verkaufen und auch die meisten Leute entlassen, er konnte sich nur noch billige Saisonarbeiter leisten. Ein Teil des Wohnhauses wurde ab den achtziger Jahren als Gästehaus geführt, um den Bankrott zu verhindern. Thomas aber blieb im Gärtnerhaus, selbst als er schon Pensionist war, und verrichtete weiterhin alle möglichen Arbeiten, bis er ungefähr fünfundsiebzig war.

»Thomas zählte sozusagen zum Inventar, er gehörte zum Gut wie – wie das Amen zum Gebet«, erzählte Philipp und trank sein drittes Glas leer, »er war sehr schweigsam, redete überhaupt nicht gern. Ich weiß noch, dass ich als kleiner Junge oft zu ihm ging und ihn über Sibirien ausfragte. Wir wussten nur, dass er dort gewesen war, aber nicht, wie lange und warum. Wir wussten überhaupt nichts über ihn! Er gab mir nie eine Antwort. Einmal zog er mich im letzten Moment aus dem Schwimmbecken, da war ich fünf. Stephanie stieg mit drei Jahren auf ein Wespennest und wurde von vierzehn Wespen gestochen. Er lief mit ihr auf dem Arm zum Auto und raste mit ihr ins Krankenhaus, dann erst verständigte er meine Mutter telefonisch. Er wollte einfach keine Zeit verlieren und rettete ihr so das Leben. Da war er ein Held für uns. Später wurde er uninteressant für mich, ich glaube, ich habe ihn sogar ein bisschen belächelt. Ich habe ihn nicht für ganz voll genommen. Er war nämlich eigenartig.«

»Inwiefern?«, fragte Katharina.

»Er hörte Stimmen, manchmal sah man ihn mit jemandem reden, der nicht anwesend war. Als wir Kinder waren, lachten wir ihn deswegen aus. Ich glaube, er war deswegen in psychiatrischer Behandlung und musste Medikamente nehmen. Ich weiß es nicht so genau. Wir hatten im Ort einen sehr netten Hausarzt, der sich ein bisschen um ihn kümmerte.«

»Wie alt ist Thomas?«, fragte Arthur, der wieder nachschenkte.

»Ich weiß es wirklich nicht. Er ist mir schon als Kind alt vorgekommen«, antwortete Philipp.

»Er wurde im April 1925 geboren, also muss er siebenundachtzig Jahre alt sein«, sagte Katharina.

»Woher weißt du das?«, fragte Arthur.

»Er war mein letzter Arbeitsauftrag, der Mann, der zwanzig Jahre lang in Sibirien war«, antwortete Katharina und merkte, dass sie einen Schwips hatte.

»Ach ja, du hast mir davon erzählt«, sagte Arthur.

Philipp erzählte weiter.

In den letzten Jahren sah er Thomas kaum noch, nur wenn er kurz zu Besuch daheim war.

Vor zwei Jahren, als er zu Weihnachten für wenige Tage zu Hause war, erzählte ihm seine Mutter, dass Thomas jetzt in einem Pflegeheim wohnte, er war alleine im Gärtnerhaus schon lange nicht mehr zurechtgekommen, es sei besser so. Philipp fragte sie, warum Thomas denn nicht einfach ins Wohnhaus gezogen war – wo es doch genug Platz gebe und auch eine Haushälterin, die sich um Wäsche und Essen kümmerte –, was seine Mutter mit einem rügenden »Das wäre wohl kaum schicklich« kommentierte. Er musste daraufhin einen Lachkrampf unterdrücken, weil er sich die beiden alten Leute bei einer Unschicklichkeit kaum vorstellen konnte.

»Seither habe ich Thomas nicht mehr gesehen, auch nichts mehr von ihm gehört«, schloss Philipp, »erst nach Stephanies Tod wieder. Meine Mutter sagte mir nämlich, dass meine Schwester vermutlich Thomas besuchen wollte oder ihn gerade besucht hatte und deshalb in der Nähe des Pflegeheims war, als der Lkw in ihr Auto –«

Er brach ab und Arthur schenkte ihm noch einmal ein.

»Wir sprachen dann über Thomas. Meine Mutter erzählte mir, dass er eines Tages im Frühling 1965 einfach vor dem Haus gestanden war, mit einer kleinen alten Reisetasche in der Hand. Er fragte nach Arbeit und sagte, er brauche nicht viel, nur eine Unterkunft, Essen, ab und zu neue Kleidung und ein Taschengeld, er wolle einfach nur hierbleiben, weil es ihm hier gut gefalle. Er sprach merkwürdig, und als ihn meine Mutter fragte, woher er denn komme, sagte er, dass er soeben aus der Psychiatrie in Linz entlassen worden und vorher zwanzig Jahre lang in Russland gewesen sei.«

Philipp beschrieb die Szene genau:

Susanna und Thomas saßen auf der Terrasse und er sagte zu ihr, wobei er sie merkwürdig fixierte: »Russland hat mich zwanzig Jahre lang verschluckt. ›Russland‹ und ›verschluckt‹ könnte man nicht ohne U schreiben.«

Susanna stand auf und wollte ihn schon wegschicken, er war ihr einfach zu seltsam. Da sagte er plötzlich: »›Ludovica‹ könnte man auch nicht ohne U schreiben.«

Sie starrte ihn an und setzte sich wieder.

»Kannten Sie meine Schwester?«, fragte Susanna und er antwortete, wobei er auf den Tisch starrte: »Ich habe sie nicht gekannt, aber eine Frau hat mir von ihr erzählt.«

»Sagen Sie mir, was mit ihr passiert ist«, sagte Susanna hastig, »lebt sie noch?«

»Sie ist einfach nur eingeschlafen in der Kälte. Einfach nur eingeschlafen. Das tut nicht weh, sie hat keine Schmerzen gehabt«, sagte Thomas und wippte mit dem Oberkörper vor und zurück.

»Sie ist erfroren?«, fragte Susanna entsetzt.

»Nur eingeschlafen, gleich am Anfang, im Herbst 45, kurz nach Omsk, auf dem Weg nach Sibirien. Es war ein Glück für sie, dass sie dort nicht angekommen ist«, sagte Thomas, er starrte beharrlich auf die Tischdecke, »das waren schreckliche Todeslager dort. Die Frau hat mir erzählt, dass Ludovica friedlich in ihren Armen eingeschlafen ist, im Zug. Sie hat von Ihnen erzählt und ist dann einfach eingeschlafen und nicht mehr aufgewacht. Es war ein schöner Tod. Das müssen Sie mir glauben! Das müssen Sie mir glauben!«

Susanna stellte den Mann ein, obwohl sie ihm die Geschichte nicht ganz abkaufen konnte. Sie überließ ihm das leer stehende Gärtnerhaus und von da an wohnte er dort. Nach ihrer Schwester fragte sie nicht mehr, irgendetwas an seinem Verhalten hielt sie davon ab, sie befürchtete, dass Ludovica etwas Schreckliches zugestoßen sein musste, wollte jedoch an der Version mit dem friedlichen Einschlafen festhalten. Im Laufe der Zeit erfuhr sie, dass er aus dem Mühlviertel stammte und sein Elternhaus Bergmühle hieß, dass er jedoch keinen Kontakt mit seiner Familie haben wollte. Einmal kam ein Brief von seiner Mutter, er las ihn zwar, beantwortete ihn aber nicht.

»Die Version mit dem friedlichen Einschlafen stimmte ganz und gar nicht«, sagte Katharina.

Sie erzählte knapp, was wirklich geschehen war.

Eine Weile war es still.

»Stephanie hat wahrscheinlich dieses alte Manuskript im Gärtnerhaus gefunden. Sie hat es ausgeräumt, nachdem Thomas ins Pflegeheim gekommen ist. Ich werde es sicher in ihrer Wohnung finden, meine Mutter hat mich gebeten, Stephanies Sachen zu sortieren und zu verschenken. Und Sie«, sagte Philipp und sah Arthur an, »sind sicher mit Thomas verwandt, Sie sehen ihm ähnlich.«

FEBRUAR 2013: ARTHUR
EIN TOTGEGLAUBTER BRUDER

»Ich hatte einen Bruder, der ist nach dem Krieg verschwunden«, sagte Arthur.

»Ja, aber der hat ja Max geheißen und ist schon gestorben«, warf Katharina ein.

»Das stimmt, er hat Max geheißen«, sagte Arthur, »und er ist in die USA ausgewandert, wie es schon früher Verwandte getan haben. Da war ich fünf. Ehrlich gesagt kann ich mich an meinen Bruder überhaupt nicht erinnern.«

»Thomas ist sicher Ihr Bruder!«, rief Philipp und stand wankend auf, »wir müssen hinfahren und ihn besuchen, dann werden Sie es selber sehen!«

»Ich glaube wirklich nicht, dass er mein Bruder ist, aber gut, warum sollten wir nicht einen schönen Ausflug nach Kitzbühel machen?«, sagte Arthur, »Kitzbühel wollte ich schon immer mal sehen. Du bist doch dabei, Katharina?«

Katharina nickte. Die Gelegenheit, endlich Thomas kennenzulernen, wollte sie sich auf keinen Fall entgehen lassen. Außerdem würde es sie ablenken.

»Wir fahren sofort!«, rief Philipp.

»Das verschieben wir besser auf morgen«, sagte Arthur, »und Sie schlafen heute in meinem Gästezimmer.«

Am nächsten Tag fuhren sie am frühen Morgen in Philipps Auto los. Es war Sonntag, die Kinder schliefen noch, Mascha würde sich um das Frühstück, Victoria um das Mittagessen und Vincent um das Abendessen kümmern.

Als sie durch den verschlafenen Ort fuhren, sahen sie die alte Philomena von der Kirche nach Hause gehen, und Arthur sagte plötzlich: »Halten Sie an. Ich möchte mit ihr reden, vielleicht weiß sie etwas.«

Philomena stellte ihnen Kaffee und von der Schwiegertochter selbst gemachten Apfelstrudel auf das geblümte Wachstischtuch. Auf der Ecksitzbank lagen fünf Katzen. Eine davon legte sich auf Philipps Schoß.

»Das ist aber schön, dass du mich besuchst«, sagte Philomena zu Arthur und schlürfte ihren Kaffee.

»Ich wollte dich was fragen, Philomena«, sagte Arthur.

»Frag mich«, sagte die alte Frau.

Draußen wurde es langsam hell.

»Über meinen Bruder, der nach dem Krieg ausgewandert und in den siebziger Jahren angeblich in den USA gestorben ist. Meine Eltern haben nie über ihn geredet. Weißt du, wohin er gegangen ist?«, fragte Arthur.

Philomena stellte ihre Tasse auf den Tisch und fixierte Arthur.

»Warum fragst du mich das?«, fragte sie.

»Weil jemand die Vermutung hat, dass er noch lebt und nicht ausgewandert ist«, sagte Arthur, »ich will ehrlich sein. In einem Pflegeheim in Kitzbühel lebt ein gewisser Thomas Bergmüller, er ist siebenundachtzig Jahre alt und war nach dem Krieg lange in Sibirien. Es kann sein, dass er mein Bruder ist, zumindest glaubt das dieser Herr hier«, er schaute auf Philipp, »nur, na ja, er hat doch Max geheißen, wie unser Vater? Und wieso Sibirien und Tirol und nicht die USA?«

Philomena legte ihre Gabel nieder, um eine kleine schwarze Katze zu streicheln, die auf ihren Schoß geklettert war. Sie seufzte.

»Dein Bruder hat Maximilian Thomas geheißen. Maximilian nach seinem Vater und Thomas nach dem Erfinder der

Glühlampe, Thomas Edison. Er ist nicht nach Amerika ausgewandert. Nach deiner Heimkehr habe ich jahrelang darauf gewartet, dass du mich danach fragst«, sagte sie.

Arthur starrte sie an. An seinen Augen merkte Katharina, dass er wütend wurde, und sie legte besänftigend ihre Hand auf seinen Unterarm.

»Sag jetzt nicht, dass das wahr ist!«, sagte er laut. »Sag bloß nicht, dass ich einen Bruder habe, der noch lebt und das sogar in Österreich!«

»Du brauchst nicht so laut werden, ich höre noch ganz gut«, erwiderte Philomena verärgert, »ich habe es deiner Mutter versprechen müssen und sogar auf die Bibel schwören.«

»Ich scheiß auf die Bibel!«, rief Arthur zornig. »Ihr bigotten Weiber! Das gibt es ja nicht!«

Mit der Katze auf dem Arm stand sie auf, zeigte auf die Küchentür und sagte mit zitternden Lippen: »Raus hier! Das brauche ich mir von dir nicht gefallen lassen! Wer hat sich um deine alten Eltern gekümmert, wer? Wo warst du?«

»Philomena, Arthur hat es nicht so gemeint«, sagte Katharina bittend, »erzähl uns doch, was du weißt.«

»Geht jetzt«, sagte sie und in ihren Augen schimmerten Tränen.

Bedrückt gingen sie aus der Küche und aus dem Haus.

»Du solltest zurückgehen und sie um Entschuldigung bitten«, sagte Katharina.

»Den Teufel werde ich«, sagte Arthur, »ich weiß genug. Wir fahren jetzt nach Tirol und dort kann ich ja meinen Bruder fragen, warum er mich nie besucht hat.«

»Das wird nicht funktionieren«, sagte Philipp, »Thomas redet nämlich nicht.«

Sie stiegen ins Auto, Philipp startete den Motor. Dann deutete er plötzlich mit dem Kopf auf den Rückspiegel. Arthur drehte sich um und sah Philomena vor der offenen Haustür stehen. Er stieg aus und ging zu ihr, die anderen warteten im Auto.

»Hättest du wenigstens einmal nach deinem Bruder gefragt, hätte ich dir die Wahrheit erzählt, weil angelogen hätte ich dich nicht, nicht einmal für einen Schwur auf die Bibel«, sagte Philomena, »du hast aber nie gefragt.«

»Es tut mir leid, dass ich so laut geworden bin und dich beschimpft habe«, sagte er.

Sie gingen wieder in die Küche und setzten sich. Und dann erzählte Philomena, was sie alles über Arthurs Bruder wusste, was Luzia ihr im Frühling 1965 anvertraut hatte und was sonst niemand im Ort wusste.

Nachdem der Vater, Max, 1939 überraschend aus Australien, wo er nach Gold gesucht hatte, zurückgekehrt war, bestand sein Sohn hartnäckig darauf, von nun an mit seinem zweiten Vornamen, Thomas, angesprochen zu werden. Die beiden verstanden sich nicht gut, Thomas konnte es seinem Vater nicht verzeihen, dass er sich wenige Monate nach seiner Geburt aus dem Staub gemacht und die Familie im Stich gelassen hatte. Neun Monate später kam Arthur zur Welt, die Eltern waren überglücklich, Thomas war eifersüchtig. Er musste dem Vater, der den ganzen Tag nur mit ihm zankte, viel in der Mühle helfen, bezahlt bekam er nichts.

»Dein Vater kam aus einer anderen Zeit, Arthur«, sagte Philomena, »aus einer Zeit, in der einer den ganzen Besitz geerbt hat und die anderen entweder ins Kloster gegangen, ausgewandert oder eben als Knecht oder Magd im Haus geblieben sind, weil sie keine andere Möglichkeit gehabt haben. Ohne Besitz hat ein Bursche kaum heiraten können, ein Mädchen hat hoffen müssen, dass ein Mann sie heiratet, auch wenn sie nichts oder nur eine magere Mitgift bekommt. Knecht oder Magd haben zum Inventar gehört und haben meistens für Wohnen, Essen, Kleidung und ein geringes Taschengeld ihr ganzes Leben lang geschuftet. Warum erzähle ich dir das alles? Thomas ist in dem Glauben herangewachsen, dass er eines Tages alles erben wird, bis zu seinem fünfzehnten Lebensjahr war er sogar der einzige Erbe, und auch der Liebling seiner Mutter. Er hat Pläne gehabt, er ist geschickt gewesen, aber auch intelligent und ein bisschen ein Träumer. Er war sechs Jahre jünger als ich und ich habe ihn immer gern gemocht. Als dann dein Vater doch noch heimgekommen ist, niemand hat damit gerechnet, und du auf die Welt gekommen bist, hat dein Vater nur noch davon geredet, dass du alles erben wirst. Du hättest seine heißgeliebte Mühle erben sollen, das Haus, den Grund und Boden, nicht Thomas, und dein Bruder hätte als Knecht in der Bergmühle bleiben sollen. Max hat das mehrmals zu ihm gesagt, er hat ihn regelrecht provoziert damit und Thomas war zu ernst, um darüber lachen zu können. Im August 45 hat es deshalb wieder einen heftigen Streit gegeben, und daraufhin hat Thomas einen Rucksack gepackt und ist von zu Hause weggelaufen. Er hat sich nicht einmal von Luzia verabschiedet, nur einen Brief hat er ihr hinterlassen. In dem Brief ist gestanden, dass er nach New York auswandern will. Zuerst hat sie sich nicht viel Sorgen gemacht, sie hat gedacht, er kommt in ein paar Tagen wieder zurück, im ganzen Land hat nämlich ein furchtbares Chaos geherrscht. Die Amerikaner haben das Mühlviertel plötzlich doch den Sowjets überlassen, das war sehr schlimm für uns, wir haben große Angst vor den Russen gehabt. Überall sind die heruntergekommenen Soldaten der Wehrmacht herumgeirrt. Aber Thomas ist nicht zurückgekommen und sie hat nie mehr etwas von ihm gehört, es ist nie ein Brief aus Amerika gekommen. Max hat sogar geglaubt, dass er in dem Chaos irgendwie ums Leben gekommen ist. Bis er eines Nachts im März 65 vor der Tür gestanden ist.«

Die beiden konnten es kaum glauben, als ihnen der mittlerweile vierzigjährige Thomas in der Küche gegenübersaß, Luzia weinte vor Schock und Freude. Seit Jahren wohnten sie alleine in dem großen Haus, Arthur war nach Wien gegangen, um Architektur zu studieren, seit drei Jahren lebte er in Paris, wo er das Studium beendet hatte. Er plante jedoch, in ein paar Monaten für immer heimzukommen und eine Stelle in der Nähe anzunehmen.

(Was ich dann immer wieder verschoben habe, dachte Arthur beschämt, die Telefonate mit seiner Mutter diesbezüglich waren alle furchtbar gewesen.)

Die stolzen Eltern fieberten dieser Heimkehr des begabten Architekten entgegen.

»Es mag sein, dass Thomas das auch gespürt hat oder sich unwillkommen oder fehl am Platz gefühlt hat«, hatte Luzia später Philomena erzählt.

Bald erkannten sie, dass Thomas stark traumatisiert sein musste. Er erzählte ihnen nicht, was er in Sibirien erlebt hatte, war wortkarg und seltsam und schien eine hochgradige Feindseligkeit gegen alles, was mit seinem Elternhaus zu tun hatte, zu hegen. Seiner Meinung nach waren sie schuld daran, dass er damals von zu Hause fortgegangen war, und wenn er nicht fortgegangen wäre, hätten ihn die Sowjets nicht verhaftet. Er verbot den Eltern, ins Dorf zu gehen oder zu telefonieren, niemand sollte wissen, dass er heimgekehrt war, er verkroch sich hinter einer alten Schreibmaschine und redete mit einer nicht anwesenden Person, was ihm dann aber unangenehm war, wenn man ihn dabei sah. Er schien zu wissen, dass die Person nicht real war, brauchte aber offenbar diese Zwiegespräche und erfundene Nähe.

In der vierten Nacht sprang er von der Schreibmaschine auf, rastete völlig aus und ging plötzlich mit einer Axt auf seinen Vater, der im Wohnzimmer Zeitung las, los. Mit der Axt in den erhobenen Händen stand er da und brüllte wie ein Wahnsinniger. Im letzten Moment ließ er sie sinken und brach weinend zusammen. Er musste etwas geschrieben haben, was ihn sehr aufgeregt hatte, wollte es seine Mutter aber nicht lesen lassen und wollte auch nicht darüber sprechen. Max wollte sofort die Polizei rufen, Luzia konnte ihn davon abhalten. Aber sie hatten große Angst vor ihrem Sohn, der ihnen wie ein Fremder erschien, sie waren vollkommen überfordert. Als er sagte, er würde weggehen, waren sie im Grunde erleichtert. Er packte seine wenigen Sachen zusammen, stopfte seine voll beschriebenen Zettel in die Tasche und wartete, bis es dunkel war. Von niemandem wollte er gesehen werden.

Beim Abschied lagen sich Luzia und Thomas weinend in den Armen, Luzia beschwor ihren Sohn, mit ihr am nächsten Tag zu einem Psychiater zu fahren. Thomas versprach ihr, alleine einen Arzt aufzusuchen, sie solle sich keine Sorgen um ihn machen, er komme schon zurecht. Er wisse, wo er hingehen könne, ein guter Freund aus einem Lager in Sibirien war schon vor ein paar Jahren heimgekommen, er besaß in Tirol einen Bauernhof, dort könne er arbeiten, im Sommer zum Beispiel als Senn auf der Alm. Das würde ihm sogar gut gefallen. Er versprach ihr zu schreiben.

»Ich hätte gar nicht herkommen sollen«, sagte er zu ihr, »es tut mir leid. Es wäre besser gewesen, ihr hättet mich weiter für tot gehalten.«

Dann ging er weg. Die alten Leute erzählten niemandem davon, sie schämten sich, sie fühlten sich schuldig. Nur Philomena erzählte es Luzia drei Monate später, nachdem Arthur am Telefon gesagt hatte, dass er den perfekten Job in Paris gefunden habe und doch nicht so schnell nach Hause komme.

Im Auto saß Arthur schweigend im Fond und starrte aus

dem Fenster. Erst nach einer Stunde fühlte er sich in der Lage zu berichten, was er gerade erfahren hatte.

Gegen Mittag parkten sie vor dem Pflegeheim, das ein bisschen außerhalb von Kitzbühel lag. Sie fragten den Pförtner nach Thomas Bergmüller und erhielten die Auskunft, dass die Herrschaften gerade alle beim Essen im Speisesaal waren. Sie saßen in der Lounge und warteten, Arthur trommelte nervös mit den Fingern auf der Stuhllehne. Es dauerte nicht lang und eine Schwester führte sie in Thomas' Zimmer.

»Stellen Sie sich vor, Thomas, Sie haben heute Besuch!«, trompetete sie.

Thomas stand am Fenster, drehte sich um und sagte freundlich lächelnd: »Schönes Wetter wir haben heute!«

21. DEZEMBER 2012: JULIUS
MIT DIR WILL ICH ALT WERDEN

Julius wachte am Morgen auf und schrieb an Katharina eine SMS: Ich komme circa um vier oder fünf heim. Freue mich wahnsinnig auf unser neues Leben! Ich liebe dich so sehr!

Eine Stunde später stand Julius mit Blumen in der Hand vor Stephanie.

Als sie ihn mit dem Strauß Blumen vor der Tür stehen sah, musste sie unwillkürlich lachen.

»Du bist vermutlich der Erste, der seiner Freundin Blumen schenkt, wenn er sich von ihr trennt«, sagte sie und nahm die Blumen entgegen.

»Woher weißt du …?«, fragte er.

»Ich habe es geahnt«, sagte sie, »komm herein. Frühstückst du noch mit mir?«

Sie saßen im Wintergarten und frühstückten gemeinsam. An ihren fahrigen Gesten merkte er, dass es ihr nicht gut ging und sie es überspielen wollte.

»Es tut mir leid, Stephanie«, sagte er und legte seine Hand auf ihre, »irgendwann musste ich mich entscheiden. Ich habe meinen Job gekündigt und werde wieder ganz zu Hause wohnen. Ich möchte mich als Restaurator selbständig machen. Ich liebe dich, aber ich liebe auch meine Frau und, na ja, wir haben Kinder.«

»Schon gut, ich verstehe dich«, sagte sie und schaute auf die Tischdecke.

»Die Zeit mit dir war wunderschön«, sagte er. »Mein Gott, sie war nicht nur schön, sie war fantastisch, noch nie habe ich mich bei einer Frau so wohl gefühlt. Du wirst mir fehlen.«

Sie hob den Kopf und er sah tatsächlich Tränen in ihren Augen schimmern. So verletzlich hatte er sie noch nie gesehen. Sie nahm seine Hand zwischen ihre.

»Ich muss dir unbedingt noch etwas erzählen«, sagte sie, »es ist mir wichtig. Hast du Zeit?«

»Natürlich habe ich Zeit«, sagte er, obwohl es nicht ganz der Wahrheit entsprach, doch er wollte sie nicht kränken oder sie so traurig zurücklassen. Eigentlich wollte er unbedingt für Katharina und die Kinder noch Geschenke besorgen, er hatte sich dafür den Tag freigehalten. Am Nachmittag wollte er nach Hause fahren und er freute sich darauf.

»Worum geht es denn?«, fragte er und begann den Tisch abzuräumen.

»Lass das, ich mache es später«, sagte sie. (Dazu sollte sie nicht mehr kommen.)

Im Wohnzimmer setzten sie sich nebeneinander auf die Couch. Sie hielten sich an den Händen.

»Wir haben uns nicht zufällig kennengelernt«, sagte sie, »und bevor wir auseinandergehen, möchte ich dir doch die Wahrheit sagen.«

Julius war überrascht. Was hatte sie bloß?

»Ich weiß, dass wir uns nicht zufällig kennengelernt haben, du bist zu uns gekommen, weil meine Frau Biografin ist und sie die Geschichte deines Onkels schreiben sollte«, sagte er.

»Ja, aber es war die Geschichte deines Onkels, die sie geschrieben hat«, sagte Stephanie, »und ich bin nicht nur deshalb gekommen. Ich wollte dich unbedingt kennenlernen. Ich – ich habe dich einmal gesehen und du hast mir vom ersten Augenblick an gut gefallen.«

Julius war verwirrt.

»Ich muss jetzt weiter ausholen«, sagte sie, »weißt du, wem ich ähnlich sehe?«

»Nein«, sagte er und stöhnte innerlich, es war ihm in diesem Augenblick ziemlich egal, wem sie ähnlich sah, er war irritiert und wollte eigentlich nur noch die Geschenke besorgen und nach Hause fahren. Warum hatte er eingewilligt, noch zu bleiben? Er hatte einen klaren Schlussstrich gewollt, ein kurzes Gespräch, mehr nicht, nichts Kompliziertes. Das erschien ihm jetzt kompliziert.

Als hätte sie seine Gedanken erraten, sagte sie beruhigend: »Es ist wirklich nichts Schlimmes, Julius, ich möchte dir nur etwas erzählen, okay? Ich bin mir sicher, es wird dich interessieren. Hör einfach nur zu.«

Er nickte.

»Ich sehe meiner Tante Ludovica ähnlich«, fuhr Stephanie fort, »meine Mutter hatte eine Schwester, sie hieß Ludovica und war eine begnadete Pianistin, ein Nachwuchstalent sozusagen. Ich wurde übrigens nach ihr benannt: Stephanie Ludovica. Meine Tante war fünf Jahre älter als meine Mutter und hat ihr im August 1945 das Leben gerettet. Ich merke, dass deine Gedanken abschweifen, du solltest besser genau zuhören.«

Julius musste sich dazu zwingen.

Ein russischer Soldat drang in das Haus ein und wollte die vierzehnjährige Susanna vergewaltigen. Weil sie sich so heftig wehrte, begann er sie zu würgen, woraufhin die neunzehnjährige Ludovica den Soldaten erschoss. Der Schuss lockte andere Soldaten an, die vor der Haustür geraucht hatten, Ludovica versteckte ihre jüngere Schwester schnell entschlossen im Kleiderkasten und warf Mäntel über sie. Man fand also nur sie neben dem verblutenden Soldaten vor und verhaftete sie, schleppte sie weg. Nach Stunden kroch Susanna aus dem Kasten und versteckte sich im ehemaligen Kohlenkeller, wo sie

Tage später eine Freundin der Mutter fand, völlig verwahrlost und traumatisiert. Diese Frau brachte sie zu Freunden nach Tirol und dort nahm man sich ihrer an. Sie besuchte die Lehrerbildungsanstalt und wurde Volksschullehrerin in einem Tiroler Dorf. Ziemlich spät, sie war schon über dreißig, heiratete sie in der Nähe Kitzbühels Martin Mangold, der einen großen landwirtschaftlichen Betrieb besaß. Von ihrer Schwester Ludovica hatte Susanna nie wieder etwas gehört, obwohl sie jahrelang mithilfe des Roten Kreuzes nach ihr suchte. Man nahm an, dass sie – wie so viele – früh in einem sowjetischen Gefangenenlager gestorben war. Susanna kam nie darüber hinweg, ihre Schwester und sie hatten eine sehr enge Bindung gehabt, die Eltern waren in Dachau ums Leben gekommen und nun stand sie plötzlich ganz alleine da.

1967 bekam sie einen Sohn, Philipp, drei Jahre später kam die lang ersehnte Tochter Stephanie zur Welt und diese hatte das Pech, ihrer Tante sehr ähnlich zu sehen.

»Ich habe meine Mutter jeden Tag an ihre verschwundene Schwester erinnert, ich habe das gespürt, obwohl sie es nicht zugeben wollte. Meine verschollene Tante ist wie ein Geist über meiner Kindheit geschwebt und das ist auch an mir gelegen. Ich habe die Geschichte gekannt, konnte als Kind nicht genug davon bekommen. Meine Mutter musste es mir immer wieder erzählen, die Erlebnisse an diesem Tag im August und was sie durch die Kastentür gehört hat, das Poltern der Soldaten, die Schläge, Ludovicas Schreie, als sie sie weggezerrt haben. Das Tragische, das Dramatische daran hat mich fasziniert, ich habe einen Hang dazu gehabt.«

Stephanie dachte sich alles Mögliche über ihre Tante aus, die Ungewissheit, was mit ihr passiert war, verleitete sie zu allen möglichen Fantasien. Ludovica war noch am Leben und lebte verheiratet irgendwo in der Weite Russlands, Stephanie stellte sich ihre Cousinen, die sie so gerne gehabt hätte, vor, der Mann hielt sie gefangen und die arme, zarte Tante musste Unvorstellbares erleiden. Oder: Ludovica lebte in der Nähe, gab sich aber niemandem zu erkennen, weil sie furchtbar entstellt war, und sie beschützte die Nichte jeden Tag. Oder: Ludovica lebte furchtbar entstellt in der Nähe und wollte die Nichte töten, aus Rache an der Schwester, wegen deren sie jahrelang in einem Gefangenenlager in Russland hatte leben müssen. Lange noch, sogar während des Studiums, hatte sie dieses Gefühl, dass ihre Tante da war und sie beobachtete.

Susanna war völlig auf ihre Tochter fixiert und ließ sie kaum aus den Augen, und auch Stephanie liebte ihre Mutter abgöttisch. Sie besuchte nicht die Volksschule, weil ihre Mutter sie vier Jahre lang daheim unterrichtete, und als sie zehn war, wollte sie das Kind mit einem Privatlehrer weiter zu Hause unterrichten, was der Vater jedoch unterband. Endlich durfte sie wie ein normales Kind das Gymnasium besuchen. Stephanie spielte auch Klavier und ihre Mutter war von ihrem Talent begeistert. Sie wollte aus ihrer Tochter eine berühmte Pianistin machen.

»Mein Vater ist gestorben, da war ich zehn, Philipp kam mit vierzehn nach Wien zu Verwandten, er wollte das so und Mutter war einverstanden. Ich bin mit ihr alleine geblieben und es war nicht leicht für mich. Viele haben mich für ein reiches, verwöhntes Mädchen gehalten, aber meine Kindheit war nicht schön«, sagte Stephanie.

Meine Kindheit war auch nicht schön. Wer kann das schon von seiner Kindheit behaupten?, dachte Julius.

Ihr Vater starb früh und ihr Bruder zog nach Wien, Stephanie und Susanna waren alleine, es war nicht leicht für das heranwachsende Mädchen. Ihre Mutter wollte eine vollkommene Person sein und wünschte sich dasselbe für ihre Tochter.

Einmal hörte Stephanie sie geistesabwesend sagen: »Ich bin zu Unrecht noch am Leben. Eigentlich sollte Lu hier sein und Kinder haben. Ich sollte tot sein.« Stephanie liebte ihre unglückliche Mutter sehr und wollte ihr gefallen und sie beeindrucken, indem sie weiter Klavier spielte, obwohl sie es hasste. Sie liebte Möbel, Holz, Steine, Stoffe, Farben, sie begann zu malen und zu bildhauern und hörte mit dem Klavierspielen auf. Sie war nicht anständig, wollte es aber für ihre Mutter sein, sie war verdorben, denn sie trank, rauchte und traf sich heimlich mit Jungen, seit sie vierzehn war. Das schlechte Gewissen war ständig da, die verschollene Tante verfolgte sie ebenso wie die vorwurfsvollen Blicke der Mutter.

Nach der Matura zog sie nach Innsbruck, wo sie Architektur studierte und dann in einem großen Möbelhaus zu arbeiten begann. Dann ging sie auf Weltreise, als sie zurückkam, machte sie sich selbständig. Das Geschäft lief von Anfang an gut.

Sie machte eine Pause.

»Und was hat es mit diesem Onkel auf sich?«, fragte Julius.

»Ich komme gleich darauf«, sagte sie und erzählte weiter.

Auf dem Grundstück ihrer Mutter lebte in einem heruntergekommenen kleinen Haus ein alter Mann mit dem Namen Thomas Bergmüller.

»Bergmüller?«, fragte Julius.

»Ja, er ist dein Onkel«, sagte Stephanie.

»Ich habe keinen Onkel, Steph«, sagte Julius, »es gibt eine Menge Bergmüller in Österreich.«

»Hör einfach zu, Julius.«

Seit sie denken konnte, hatte er da gelebt und auf dem Gut der Eltern gearbeitet, die meiste Zeit in den Pferdeställen, und als er in Pension gegangen war, durfte er weiter in dem Häuschen wohnen. Er war im Herbst 1965 einfach vor dem Haus gestanden und hatte um Arbeit gebeten, Susanna erbarmte sich seiner und stellte ihn ein, nachdem sie von ihm gehört hatte, dass er lange in Sibirien gewesen war.

Stephanie wusste absolut nichts von ihm und interessierte sich auch nicht für ihn, auf sie wirkte er mit seiner langsamen, stillen Art – er sprach so gut wie nichts – wie der Dorftrottel schlechthin. Als Kind machte sie sich lustig über ihn und verspottete ihn. Er sprach manchmal mit einer Person, die es gar nicht gab, das sah derart komisch aus, dass sie einmal als Zehnjährige zu ihm sagte: »Du gehörst ja in die Klapsmühle!«

Seit zwei Jahren lebte Thomas in einem Pflegeheim, er hatte es nicht mehr geschafft, sich alleine zu versorgen, und verwahrloste immer mehr. Ihre Mutter wollte das kleine Haus sanieren, um es vermieten zu können, und bat Stephanie vor einem Jahr, sich um alles zu kümmern. Als sie das Haus genau inspizierte und überlegte, was man damit machen könnte, fand sie hinter der Wandverkleidung einen großen Umschlag, in dem ein altes Manuskript und ein Tonband steckten. Sie zog die alten Zettel heraus, überflog sie und fand immer wieder den Namen Ludovica darin. Ihrer Mutter erzählte sie nichts davon.

In Innsbruck verschlang sie das Manuskript und hörte sich das Tonband an, das ein Psychiater in Linz aufgenommen haben musste. Thomas hatte seine Erlebnisse in Sibirien aufgeschrieben, wo er beinahe zwanzig Jahre lang gelebt hatte. Er nannte seinen Text »Roman ohne U«.

»Roman ohne U?«, entfuhr es Julius.

Das kam ihm bekannt vor. Wo hatte er das schon einmal gehört?

Sie konnte nicht glauben, was sie darin las. Sie saß auf dem Boden und weinte, konnte die ganze Nacht nicht schlafen. Der alte Mann hatte also ihre Tante Lu gut gekannt, sie geliebt und war bei ihrem schrecklichen Tod dabei gewesen. Er hatte die ganze Zeit vor ihrer, Stephanies, Nase gewohnt und war der

Schlüssel zu ihrer Kindheit gewesen! Der Schlüssel, der diese Ungewissheit über ein Phantom hätte beenden können.

»Die Geschichte, die ich da gelesen habe, war für mich der Wahnsinn. Sie hat mich lange nicht losgelassen. Ich habe Thomas besucht und ihm erzählt, dass ich sein Manuskript gefunden und gelesen habe. Er hat nichts gesagt und mich nur angeschaut. Seine Demenz ist wirklich schon sehr fortgeschritten, er weiß nichts von früher, redet kaum etwas und macht sehr kleine Schritte beim Gehen. Ich habe ihn gefragt, ob er mit mir einen Ausflug zu seinem Elternhaus machen möchte. Er wollte nicht. Also bin ich an einem Sonntag im letzten März alleine hingefahren. Ich bin an der Bergmühle vorbeispaziert, hinauf zum Wald. Du bist auf der Terrasse gesessen. Erinnerst du dich?«

»An den Sonntagen spazieren viele an unserem Haus vorbei und gehen weiter in den Wald«, sagte Julius, »das fällt uns gar nicht mehr auf, die Straße liegt ja auch weiter unten und nicht direkt neben dem Haus. Aber was jetzt wichtiger ist – warum bist du dir so sicher, dass er mein Onkel ist?«

»Weil er es geschrieben hat. Er wurde in der Bergmühle geboren, seine Eltern haben Max und Luzia geheißen, sein kleiner Bruder Arthur. So heißt doch dein Vater?«

Julius nickte.

Arthur hatte also einen Bruder, von dem er nichts wusste? Wie zum Teufel sollte das gehen? Er hätte doch besser zuhören sollen, als Katharina von dieser Geschichte erzählt hatte, ständig hatte sie an den letzten Wochenenden davon geplappert. Er würde sie noch einmal fragen.

»Am liebsten wäre ich zu euch auf die Terrasse gegangen und hätte euch alles erzählt. Aber ich wollte niemanden belästigen und es hätte ja sein können, dass das Haus verkauft worden war. Vom Wald aus beobachtete ich dich und deine jüngste

Tochter mit dem Fernglas, du hast mir vom ersten Augenblick an gut gefallen. Dann fuhr ich wieder weg. Von der Straße aus machte ich ein Foto von dem Haus, nach diesem Foto malte ich dann ein kleines Bild. Das Bild habe ich euch geschenkt, erinnerst du dich?«, erzählte Stephanie weiter, »ich fuhr also heim, konnte aber nicht abschließen damit. Ich – na ja, ich habe mich ein bisschen hineingesteigert, ich gebe es zu. Ich war neugierig, ich wollte wissen, wer in dem Haus lebt und ob sie etwas von Thomas wissen und warum sie keinen Kontakt zu ihm haben. Für mich war das alles sehr spannend.«

»Deshalb bist du noch einmal gekommen«, sagte Julius, »wieder an einem Sonntag, und hast meiner Frau den Auftrag gegeben, die Geschichte deines Onkels Thomas zu schreiben, der zwanzig Jahre lang in Sibirien gewesen ist. Dabei war es mein Onkel und nicht deiner.«

»Ja, ich bin deswegen an einem Sonntag gekommen, weil ich wollte, dass du auch zu Hause bist. Ich wollte dich kennenlernen. Ich habe mich vom ersten Moment an zu dir hingezogen gefühlt. Den Rest weißt du, wir haben uns dann am übernächsten Abend in Innsbruck getroffen«, sagte sie, »es tut mir leid, ich hätte dir sofort die Wahrheit sagen sollen, aber irgendwie war es wie ein Spiel für mich. Das Ganze war am Anfang lustig für mich. Gleichzeitig habe ich es als schicksalhaft empfunden, irgendwie ist ein Reiz davon ausgegangen, von der Vorstellung, dass du, Thomas' Neffe, und ich, Ludovicas Nichte, ein Liebespaar sind. Und vor allem habe ich mich wirklich in dich verliebt. Das ist die Wahrheit, Julius, ich liebe dich wahnsinnig. Du bist der erste Mann, dem ich das sage. Mit keinem Mann hätte ich mir vorstellen können, alt zu werden, mit dir schon.«

Sie küssten sich. Julius zog Stephanie das Kleid über den Kopf und sie liebten sich auf dem Sofa, leidenschaftlich und wild, sie rollten auf den Teppich hinunter, lachten und liebten sich weiter.

»Ich bin verrückt nach dir«, sagte Julius, heftig keuchend.

»Ich weiß«, sagte Stephanie, triumphierend.

Anschließend saßen sie nebeneinander an das Sofa gelehnt auf dem Teppich, tranken einen Martini und rauchten.

Mein Gott, ich kann nicht gehen, ich kann einfach nicht. Wir sind füreinander bestimmt.

»Möchtest du ihn kennenlernen?«, fragte Stephanie und blies ihm Rauch ins Gesicht.

»Wen?«, fragte Julius.

»Deinen Onkel«, sagte sie, »wir könnten nach Kitzbühel fahren, ihn besuchen und dort noch gemeinsam zu Mittag essen.«

»Das ist eine gute Idee. Warum nicht?«, sagte Julius.

Eine halbe Stunde später fuhren sie los, jeder in seinem Auto, damit Julius von dort nach Hause weiterfahren konnte. In Kitzbühel konnte er auch noch Geschenke kaufen, falls er noch Lust dazu hatte, wenn nicht, würde er es bleiben lassen, so wie er Katharina kannte, hatte sie ohnehin wieder zu viele Geschenke für die Kinder besorgt.

Er saß in seinem Dienstwagen, den er Anfang Jänner zurückgeben musste, fuhr hinter Stephanies Mercedes her und hing seinen Gedanken nach.

Roman ohne U? Wo hatte er das schon einmal gehört? Vielleicht hatte Katharina es einmal an einem Wochenende erwähnt, als sie an der Geschichte geschrieben hatte? Es könnte sein, doch er wusste, dass es nicht so war. In den letzten Wochen hatten sie fast nur über die Asienreise und die Werkstätte geredet, welche Investitionen nötig waren, welche neuen Maschinen er brauchte, welche Behördengänge er machen musste. Katharina hatte nur einmal erzählt, dass es furchtbar gewesen war, was dieser Mann in Sibirien erlebt hatte, weil so ein Psychopath dem Mädchen, das er liebte, irgendein Körperteil abgehackt hatte. Ob sie Hände oder Füße oder Kopf gesagt hatte, wusste er nicht mehr. Er hatte nur halb hingehört, er hätte ihr besser zuhören sollen.

Plötzlich fiel es ihm ein. Roman ohne U!

Er sah sich als Kind auf dem Dachboden sitzen und mit einer uralten Schreibmaschine, die er in einem Kasten gefunden hatte, spielen. Bei dieser Schreibmaschine hatte der Buchstabe U gefehlt, es war nur die Metallverbindung da gewesen. Wochenlang war er immer wieder vor diesem Gerät gesessen, hatte sogar manchmal ein Papier eingespannt und ein paar Worte getippt.

Die Erinnerung wurde in ihm lebendig: Der kleine Julius saß da und stellte sich einen jungen Schriftsteller vor, der vor vielen Jahren von einem alten, bösen Müller gefangen gehalten wurde und der an dieser Schreibmaschine ohne U gesessen war, um einen Abenteuerroman zu schreiben. Julius kannte bereits mehrere deutsche Wörter mit dem Buchstaben U: gut, alles Gute, Mut, mutig, ruhig, Ruder, suchen, und; eigentlich alles Wörter, die ihm gefielen. Julius summte das U vor sich hin, uuuh, er fand den Buchstaben irgendwie angenehm und beruhigend, er probierte das I und fand es quietschend, das A fand er laut. Wie hatte der Schriftsteller mit einem fehlenden U einen Roman schreiben können? Ohne U konnte man nicht einmal das Wort »Mut« schreiben, das man doch für einen Abenteuerroman unbedingt brauchte! Vielleicht hatte er alle Wörter mit U vermieden und stattdessen andere gesucht. Ob das funktioniert hatte? Wahrscheinlich nicht. Wahrscheinlich hatte er trotz der fehlenden Taste auf die Metallstange gedrückt, um ein U auf das Papier zu bekommen, und sich dabei den Zeigefinger wund gedrückt, sodass jedes Mal mit einem U auch ein kleiner Blutstropfen auf das Papier gefallen war. Der arme Schriftsteller, dachte der sechsjährige Julius, er hat einen Roman geschrieben, der mit Blutflecken übersät ist.

Julius saß im Auto und wurde ganz aufgeregt. War Thomas vielleicht auch der Schlüssel zu seiner Kindheit? War er es gewesen, der an dieser Schreibmaschine gesessen war? Es musste so sein. Und vielleicht war Thomas auch der Schlüssel zu seiner Zukunft? Ohne das U kann man das Wort Mut nicht schreiben und ohne das Wort Mut kann man keinen Abenteuerroman schreiben! Er, Julius, musste mutig sein und es wagen: das Abenteuer Leben! Er musste einen Neuanfang wagen, aber nicht mit Katharina, sondern mit Stephanie. Die ersten Wochen nach der Trennung würden zwar hart werden, für Katharina würde es hart werden, aber er würde sie, so gut er konnte, unterstützen, in jeder Hinsicht. Im Grunde hatten sie doch nie zueinander gepasst.

Julius wurde immer euphorischer. Vor dem Pflegeheim in Kitzbühel würde er aussteigen und es sofort Stephanie mitteilen, er stellte sich ihr strahlendes Gesicht vor. Doch wie der Zufall es wollte, wurde im Radio, kurz bevor sie ankamen, ein Song von Cat Stevens gespielt: *How can I tell you that I love you?*

Julius begann innerlich zu fluchen, er war hin- und hergerissen. Er konnte seiner Familie nicht sagen, dass er ganz nach Tirol ziehen würde, er konnte seinem Vater, seinen Kindern und seiner Frau nicht gegenübertreten und sagen: »Du verlierst zwar deinen Sohn, dafür bekommst du aber einen Bruder! Und hey, ihr verliert zwar euren Vater, aber dafür bekommt ihr einen Großonkel! Und du, liebe Katharina, verlierst zwar deinen Ehemann, gewinnst dafür aber einen Onkel, der dir viele Geschichten aus Sibirien erzählen kann. Du liebst doch alte Geschichten, nicht wahr?«

Er fühlte sich dem Irrsinn nahe. Er stellte sich die Gesichter

seiner Kinder vor und malte sich ihre patzigen Antworten aus:
»Wow, Papa, wenn es ein cooler, reicher Onkel aus Amerika
ist, kannst du dich gerne vertschüssen!«, woraufhin er sagen
würde: »Nein, es ist ein uralter, vertrottelter Mann in einem
Pflegeheim in den Bergen, der oft die Stimme seiner Geliebten
hört, die übrigens irgendwo in der Taiga von einem Psychopa-
then verstümmelt wurde, der Mann ist altersdement, hat überhaupt kein Geld und macht ganz kleine Schritte beim Gehen,
aber ihr werdet euch daran gewöhnen.«

Als er ausstieg, sagte er nichts zu ihr. Es war elf Uhr. Stephanie kam zu ihm, küsste ihn und unterbreitete ihm ihren
Vorschlag: Sie würde in das Heim hineingehen und Thomas
zu einem gemeinsamen Mittagessen mitnehmen, er solle in-
zwischen in ihrem Auto warten.

»Warum so kompliziert?«, fragte er.

»Es ist wegen meiner Mutter, sie besucht Thomas manchmal
und dann würde ihr das Pflegepersonal vielleicht erzählen, dass
ich mit einem Mann da gewesen bin. Die Schwestern quatschen nämlich gern und viel. Meine Mutter würde mich mit
Fragen löchern, weißt du, und ich möchte ihr eigentlich nicht
von dir erzählen«, erklärte sie, »sie hasst meine Affären mit
verheirateten Männern.«

»Aber Thomas wird es ihr ja erzählen«, warf er ein.

»Nein, Thomas erzählt nie etwas«, lachte sie.

»Ist gut«, sagte er und nahm ihre Autoschlüssel.

Er setzte sich in ihr Auto und wartete. Im Handschuhfach
fand er die CD von Cat Stevens, die eigentlich ihm gehörte,
er nahm sie heraus und hatte plötzlich eine Idee. Er ging zu
seinem Auto und fand ein Stück Papier, auf das er schrieb:
»Meine liebste Katharina, diese CD möchte ich noch oft mit
dir hören! Ich will mit dir gemeinsam alt werden. Dein dich
liebender Julius.«

Das »Ich will mit dir gemeinsam alt werden« hatte ihm am Morgen so gut gefallen, als Stephanie es gesagt hatte. Er klappte die Hülle auf, legte das Papier hinein, klappte sie wieder zu und ließ die CD auf dem Beifahrersitz liegen. Dann ging er zu Stephanies Auto zurück.

Stephanie kam mit einem alten Mann, den sie führte, auf ihn zu. Eine Ähnlichkeit mit seinem Vater erkannte er nicht: Der Mann schlurfte gebückt, seine Hände und sein Gesicht waren übersät mit Altersflecken, seine Augen schauten ins Leere, sein Gebiss saß nicht ganz einwandfrei. Julius schüttelte ihm kurz die Hand, er konnte mit alten Menschen nichts anfangen.

Wider Erwarten genoss er aber dann das Mittagessen zu dritt und fand es bis zu einem gewissen Grad sogar lustig. Sie waren einen Berg hinaufgefahren und saßen jetzt in einer gemütlichen Hütte. Thomas saß freundlich lächelnd da, schaute auf die Tischdecke hinunter und aß dann mit zitternden Händen seine Gemüsesuppe, wobei ihm Stephanie ein bisschen helfen musste. Er war schweigsam und antwortete nur manchmal auf Fragen, meistens jedoch hatte die Antwort, bei der er auf eigenartige Weise die Wörter verdrehte, mit der Frage absolut nichts zu tun. Er selbst fragte nach nichts.

Julius sagte zu ihm: »Ich bin der Sohn von Arthur, deinem Bruder. Erinnerst du dich an Arthur?«, und musste die Frage ein Mal wiederholen, bis Thomas antwortete: »Natürlich, natürlich, an alle Menschen ich erinnere mich.«

Seine Redeweise erinnerte Julius stark an die Star-Wars-Filme, die Vincent früher gerne gesehen hatte, da hatte es so ein kleines, grünes Männchen namens Yoda gegeben, er war der Meister der Yedi-Ritter, der seine Sätze ebenfalls auf diese Art und Weise verdreht hatte.

»Du noch viel lernen musst«, hatte Yoda zu einem seiner Schüler gesagt, der Satz war dann wochenlang der Lieblingssatz seines Sohnes gewesen, den er bei jeder Gelegenheit angewendet hatte.

»Was weißt du noch von Arthur?«, fragte er.

»Hm hm«, machte Thomas, »Essen mir schmeckt gut.«

Stephanie und Julius mussten lachen.

Die liebevolle und ungezwungene Art, mit der Stephanie mit dem alten Mann umging, gefiel ihm. Als ein Mann ein paar Tische weiter eine Gitarre zur Hand nahm und spielte, forderte sie Thomas zum Tanz auf.

»Ist dir das nicht peinlich?«, fragte er sie leise.

»Warum sollte es mir peinlich sein?«, fragte sie lachend, zog Thomas vom Stuhl hoch und tanzte mit ihm.

Es sah wunderbar aus, wie sie miteinander tanzten, alle Leute in der Hütte sahen zu. Thomas ließ sich von ihr führen und lächelte sie die ganze Zeit an. Julius war gerührt. Er konnte sich nicht sattsehen an Stephanie, sie trug ein sehr kurzes buntes Kleid, dazu schwarze Leggins und kurze braune Stiefel mit Nieten, zahlreiche Armreifen klimperten an ihrem rechten Handgelenk. Er wusste, sie hatte das bunte Kleid aus verschiedenen Stoffstücken selbst genäht. Katharina hätte so etwas nie angezogen.

Als Stephanie zur Toilette ging und er gedankenverloren aus dem Fenster starrte, hörte er Thomas sagen: »Du sie nehmen solltest.«

Verblüfft sah er dem alten Mann ins Gesicht, dieser aber stocherte in seinem Nachtisch herum. Hatte sein Onkel das wirklich gesagt oder hatte er es sich einfach eingebildet, weil er es hören wollte? Oder hatte er ganz einfach zu viel Wein getrunken?

»Nach Hause will ich«, sagte Thomas, er war müde und brauchte seinen Nachmittagsschlaf.

Sie brachen auf, fuhren in Stephanies Auto den Berg wieder

hinunter und zurück zum Pflegeheim. Im Fond nickte Thomas ein, aus dem Radio ertönte ein Klavierkonzert.

Er beobachtete sie von der Seite, betrachtete ihre rotblonden, schulterlangen Haare, ihr Wangengrübchen, ihre schmale Schulter. Sie drehte sich zu ihm, lächelte und warf ihm eine Kusshand zu. Seine Liebe zu ihr wurde ihm schmerzlich bewusst, Julius sah die Landschaft vorbeiziehen, alles kam ihm surreal vor. Und dann fällte er seine Entscheidung.

Sie parkten in einer Querstraße und stiegen aus. Stephanie führte Thomas in das Heim zurück. Julius sah ihr nach, dann ging er auf der Straße auf und ab und überlegte sich, was er zu ihr sagen würde. Als sie zurückkam, ging er ihr schnell entgegen, bis er zu laufen anfing und sie umarmte.

»Ich liebe dich, Stephanie, ich liebe dich so sehr und ich werde dich nicht verlassen«, flüsterte er ihr ins Haar, während er sie fest drückte, »ich bleibe bei dir.«

»Wirklich?«, fragte sie erstaunt und nahm seinen Kopf in ihre Hände.

»Ja, wirklich«, sagte er lachend und weinend gleichzeitig, »ich möchte mit dir alt werden. Ich fahre jetzt nach Hause und werde es meiner Familie sagen. Morgen komme ich zu dir zurück, für immer. Es wird für alle hart werden, besonders am Anfang, aber es muss sein. Ich kann doch nicht aus Verantwortungsgefühl bei jemandem bleiben, das wäre auch Katharina gegenüber unfair. Sie soll auch die Chance haben, wieder mit jemandem glücklich zu werden. Und meine Kinder wirst du lieben.«

»Das werde ich!«, sagte Stephanie strahlend.

(Sie triumphierte innerlich. Immer hatte sie bekommen, was sie wollte. Falls es je zu einer Trennung kommen sollte, würde sie diejenige sein, die sich trennte, nicht er.)

Umschlungen gingen sie zurück zu ihrem Auto. Sie umarmten und küssten sich noch einmal, dann stieg Stephanie ein und fuhr langsam los. An der Kreuzung blieb sie stehen, weil die Ampel auf Rot war, und öffnete das Fenster, Julius war neben ihr auf dem Gehsteig. Er beugte sich zu ihr hinunter, küsste sie noch ein letztes Mal und richtete sich dann auf.

In dem Moment passierte es: Die Ampel schaltete auf Grün, doch ein kleiner Junge, der mit seiner Mutter auf dem Gehsteig der anderen Straßenseite gestanden war, hatte sich losgerissen und lief auf die Straße. Ein riesiger Lkw bremste scharf ab, schlitterte dabei auf die andere Fahrbahn hinüber und schoss in die beiden hinein. Dem Jungen passierte nichts.

Julius und Stephanie waren auf der Stelle tot.

Die Leichen wurden in die Leichenkammer des Bezirkskrankenhauses St. Johann gebracht, wo der Amtsarzt den Tod feststellte und wo sie von den Angehörigen identifiziert werden sollten. Die Polizei verständigte beide Familien. Eine Stunde später traf Stephanies Mutter Susanna ein, sie weigerte sich jedoch, die Identifizierung vorzunehmen, und bat, auf ihren Sohn Philipp zu warten. Dieser war bereits auf dem Weg von Wien nach Kitzbühel, da er Weihnachten mit seiner Mutter verbringen wollte, sie hatte ihn auch schon telefonisch über das tragische Unglück informiert. Drei Stunden später betraten Arthur und Katharina den Keller des Krankenhauses.

(Von Julius könnte man nun posthum behaupten, er hätte einen genialen Schachzug hingelegt. Es geschah zwar unbewusst – Julius wusste ja nicht, dass der verzogene Bengel genau in diesem Augenblick vor Wut über seine Mama, die ihm das gewünschte Weihnachtsgeschenk verweigerte, auf die Straße laufen würde, der übermüdete Dragan im MAN-Lkw seiner Firma deshalb eine Vollbremsung hinlegen musste, woraufhin das Riesengefährt ins Schleudern geriet und auf die andere Fahrbahn schlitterte –, doch schmälert das nicht die Genialität des gewählten Augenblicks des eigenen Ablebens:

Julius' Geliebte starb mit dem Geschmack eines leidenschaftlichen Kusses auf ihren Lippen und in dem Bewusstsein, ihr Traummann wolle mit ihr gemeinsam alt werden. Seine Frau Katharina hatte an dem Morgen noch eine letzte SMS von ihrem Mann bekommen, in der stand, dass er sie so sehr liebe. Auf dem Beifahrersitz des Autos fand sie, die Witwe, Tage später die Cat-Stevens-CD, und als sie sie öffnete, fiel ein Zettel heraus, auf dem stand: Ich will mit dir gemeinsam alt werden. Dein dich liebender Julius. Sie blieb also traurig zurück, jedoch mit dem tröstenden Wissen, dass ihr Mann sie geliebt hatte und mit ihr gemeinsam hatte alt werden wollen.

Und auch hinsichtlich anderer Punkte waren Inszenierung und Timing seines Todes perfekt: Man stelle sich vor, Julius und Stephanie wären erst einen Tag später verunglückt! Das hieße dann, Julius wäre nach Hause gefahren, hätte am Abend Katharina die Geliebte gebeichtet und sie am nächsten Morgen verlassen, wäre anschließend nach Innsbruck zurückgefahren, wo er dann nach einem gemeinsamen Abendessen mit Stephanie aus dem Restaurant gekommen und – bleiben wir bei derselben Todesart – von einem Lkw überfahren worden wäre. In diesem Falle wäre Katharina mehr wütend, gedemütigt, verletzt denn traurig! So konnte sie richtig trauern, das ist doch schön.

Und noch ein Punkt, der nicht unter den Tisch gekehrt werden sollte, muss angesprochen werden: Katharina fühlte sich mitverantwortlich für den Tod von Frau Mangold, weshalb sie sich deren Bruder, dem Neurochirurgen, ein bisschen verpflichtet fühlte, sie war nett zu ihm und ja, kurzum: Aus den beiden wurde nach einem halben Jahr ein Paar. Übrigens war es eine wundervolle Beziehung, die beiden mussten nicht einmal verhüten.

Wenn nun, wie gesagt, Julius und Stephanie einen Tag später verunglückt wären, wäre der Neurochirurg in Katharinas Augen der Bruder des Flittchens gewesen und vermutlich wären sie nie ein Paar geworden, und wenn doch, dann hätte es sehr lange gedauert und es wäre immer zwischen ihnen gestanden, denn die Sippenhaft soll man in so einem Fall nicht unterschätzen.

Und nun der allerletzte Punkt, der zwar nicht ganz so bedeutend ist wie die vorigen, aber dennoch nicht unerwähnt bleiben sollte: Im Sommer 2013 fuhren alle gemeinsam für ein paar Tage nach Paris: Philipp, Katharina, die vier Kinder, Arthur, Olga, Mascha, Thomas und sogar Susanna hatte man überreden können. Für Katharina wurde es die lustigste und schrägste Reise, die sie je erlebt hatte, nun gut, so viele hatte sie noch nicht erlebt. Mit einem kleinen Bus samt Fahrer, den Philipp gemietet hatte – Leonora hatte recht gehabt, er verdiente nicht schlecht –, fuhren sie hin und wieder zurück, dazwischen übernachteten sie in einem Fünf-Sterne-Hotel, was die Kinder »echt krass« fanden. Zwei Mal ging Thomas verloren, einmal Luisa, einmal tanzten Arthur und Susanna betrunken einen Tango, was den Kindern so peinlich war, dass sie aus dem Restaurant flüchteten.

Katharina und ihre Töchter hatten auf der Reise zahlreiche neue Kleidungsstücke, Schuhe, Taschen, Seidentücher, Armbänder mit, die sie sich aus Stephanies unerschöpflichem Fundus hatten aussuchen dürfen, alle vier fühlten sich in der Stadt der Mode unendlich extravagant. Das wäre wohl auch nicht der Fall gewesen, wenn Julius und Stephanie einen Tag später verunglückt wären.)

FRÜHLING UND SOMMER 1945: SUSANNA
DU MACHST KEINEN MUCKS!

Am 8. Mai 1945 wurde in Europa offiziell der Krieg beendet.
Ludovica musste diese Nachricht in der Neuen Zürcher
Zeitung ihrer vierzehnjährigen Schwester Susanna vorlesen,
woraufhin diese ihre Schwester wochenlang bestürmte, sofort
nach Wien zurückzukehren. Sie lebten bei einer alten Groß-
tante in einem Dorf in Graubünden und langweilten sich zu
Tode. Besonders Susanna fühlte sich nicht wohl hier, sie wollte
nichts anderes als endlich nach Hause, um nach ihren Eltern
zu suchen.

Ihre Eltern waren 1943 von der SS aus der Villa in Wien
abgeführt worden, sie hatten sich wiederholt kritisch zu Hitler
und dem Regime der Nationalsozialisten geäußert. Die beiden
Mädchen, damals siebzehn und zwölf Jahre alt, konnten sich
rechtzeitig im Kohlenkeller verstecken. Seither hatten sie nichts
mehr von ihnen gehört. Wochen später halfen Freunde der
Familie den beiden Mädchen, in die Schweiz zu fliehen.

Auch Ludovica wollte ihre Eltern suchen, doch andererseits
reizte es sie nicht, in das zerstörte und von den Sowjets besetzte
Wien zurückzukehren. Schließlich gab sie nach, die Sehnsucht
nach den Eltern und die Ungeduld, etwas über ihren Verbleib
herauszufinden, wurden immer größer. Die beiden kamen
Mitte Juli in Wien an und bezogen die leer stehende, verwahrloste Villa. Tatkräftig putzten und scheuerten sie, kauften
am Schwarzmarkt ein, besuchten Verwandte, Bekannte und
Freunde und lasen täglich die veröffentlichten Listen des Roten
Kreuzes über die Toten der KZs. Sie waren zuversichtlich, und

obwohl sie traurig waren, waren sie dennoch oft ausgelassen, ein Gefühl der Freiheit hatte sie erfasst. Der Krieg war zu Ende und bald würden Vater und Mutter vor der Tür stehen!

Gemeinsam schliefen sie im Schlafzimmer der Eltern und erzählten sich in der Nacht stundenlang Geschichten von früher, so beschworen sie die Zeit vor dem Krieg, als sie noch zu viert gewesen waren, herauf. Susanna erzählte von einem Lehrer, für den sie geschwärmt hatte, Ludovica erzählte von zwei kleinen Katzen, die sie von einer Freundin geschenkt bekommen und dann heimlich im Klavierkorpus versteckt hatte, weil sie sie behalten wollte. Die Mutter hatte sich über den seltsamen Klang des Klaviers gewundert, bis sie endlich die Ursache gefunden hatte. Dann schliefen sie Hand in Hand ein.

Eines Tages Mitte August kam der frühere Klavierlehrer vorbei, um das Klavier zu stimmen. Er war entsetzt, dass die beiden Mädchen alleine wohnten, und bot ihnen an, zu ihm und seiner Frau zu ziehen. Sie lehnten ab und lachten ihn aus, als er ihnen Schauermärchen über Vergewaltigungen durch sowjetischen Soldaten erzählte. Sie hatten ja einander und außerdem die Pistole ihres Vaters. Stark und mutig fühlten sie sich. Jeden Tag konnten ihre Eltern heimkommen und dann würden sie ein leeres Haus vorfinden, das wollten sie auf keinen Fall.

Am darauffolgenden Abend spielte Ludovica gerade auf dem Klavier Beethovens »Mondscheinsonate« – Susanna saß auf dem Boden und lauschte –, als ein betrunkener sowjetischer Soldat die Wohnungstür eintrat und hereinpolterte. Der Mann fiel über Susanna her und schleifte sie an den Haaren mit ins Schlafzimmer, sie schrie und schrie. Ludovica schlug auf den Mann ein, der aber nur lachte und ihr einen Fausthieb ins Gesicht verpasste, sodass sie mit dem Kopf gegen den Türrahmen stürzte und liegen blieb.

Im Schlafzimmer der Eltern presste er Susanna auf das Bett

und legte sich auf sie, sein Atem stank fürchterlich, sein Gesicht war wie eine Fratze. Sie schlug, kratzte und biss ihn, daraufhin wurde er wütend, legte seine linke Hand um ihren Hals und begann sie zu würgen. Mit der rechten Hand zog er ihr das Kleid hoch und riss an ihrer Unterhose. Röchelnd tastete Susanna mit ihrer Hand unter den Polster und ergriff die Pistole.

Schnell hob sie sie hoch, der Mann machte ein verdutztes Gesicht und sie schoss ihm mitten hinein. Das Blut spritzte und wie ein Sack fiel er auf sie. Die Pistole ließ sie fallen. Ludovica wankte herein und dann hörten sie auch schon das Getrampel mehrerer Männer, es klang so, als wäre eine ganze Armee unterwegs. Ludovica hob die Pistole hoch, öffnete den Kleiderkasten ihrer Mutter, riss Susanna vom Bett hoch und zerrte sie in den Kasten.

»Du machst keinen Mucks«, sagte sie.

Susanna hockte sich zitternd hin, Ludovica warf einen Pelzmantel über sie und schloss die Kastentür.

Bei der Recherche zu Thomas' Geschichte halfen mir die Bücher von Josef Martin Bauer *(So weit die Füße tragen)*, Herbert Killian *(Geraubte Jahre. Ein Österreicher verschleppt in den GULAG und Geraubte Freiheit. Ein Österreicher verschollen in Nordostsibirien)*, Alexander Solschenizyn *(Der Archipel Gulag)*, Juri Rytcheu *(Traum im Polarnebel und Polarfeuer)* und Jewgenia Ginsburg *(Gratwanderung)*.

*Was wird aus unseren Sehnsüchten,
wenn wir erwachsen werden?*

ELISABETH SCHMIDAUER
Das Grün in Doras Augen

Roman, 208 Seiten
gebunden mit Schutzumschlag

Auch als E-Book erhältlich

Leni ist zehn, als sie ins Internat kommt. Herausgerissen aus der ländlichen Idylle kämpft sie mit ihrer Einsamkeit. Doch im Laufe der Zeit findet sie ihren Platz, behütet von ein paar wenigen Freundinnen. Bis Dora kommt. Dora, die Wilde, die Rebellische, die selten tut, was man von ihr verlangt. Leni verliebt sich – und stürzt damit in ein ungeahntes Gefühlschaos, an dem sie beinahe zerbricht.
Mehr als zwanzig Jahre später ist aus Leni Helene geworden, sie ist verheiratet und hat zwei erwachsene Kinder. Ein zufälliges Treffen mit Dora ruft in ihr nicht nur die Wucht der einstigen Gefühle wieder hervor, sondern konfrontiert sie auch mit der Frage, ob sie eine Lüge lebt.

www.picus.at   **Picus Verlag**